# RIPLEY ET LES OMBRES

*Née au Texas, vivant en France, Patricia Highsmith a obtenu en 1957 le Grand Prix de littérature policière pour* Monsieur Ripley, *porté à l'écran par René Clément sous le titre* Plein Soleil.
*Parmi ses nombreux romans, on doit citer* L'Inconnu du Nord-Express, Le Meurtrier, L'Amateur d'escargots *(Grand Prix de l'Humour Noir 1975),* L'Epouvantail. *Un film tiré par Claude Miller d'après* Ce Mal étrange *est sorti en 1977 sous le titre :* Dites-lui que je l'aime. *La même année* L'Ami américain, *mis en scène par Wim Wenders d'après* Ripley s'amuse, *passait sur les écrans.*

D'une imagination diabolique et d'une séduction nonchalante, tel était M. Ripley, le cynique héros de Patricia Highsmith, magistralement incarné à l'écran par Alain Delon dans le film de René Clément *Plein Soleil.* Personnage-prototype d'un genre que Patricia Highsmith a inventé et qui se situe entre le roman policier et le roman noir, entre Raymond Chandler et Graham Greene, M. Ripley était l'auteur d'un crime parfait. Il apparaissait à la fin du roman, riche et blanchi de tout soupçon, et le lecteur pouvait, à sa guise, imaginer que ce sinistre individu, maintenant à l'abri des soucis matériels, rentrerait dans le rang.
Il est vrai que M. Ripley s'est marié. Mais l'existence luxueuse et désœuvrée qu'il mène avec sa femme, riche héritière française, n'est peut-être pas aussi simple et dénuée d'aventures qu'il y paraît à première vue. Tom Ripley, toujours aussi avide de puissance et de richesse, anime la Société Derwatt qui exploite les toiles du grand peintre du même nom. L'affaire est solide, mondialement connue, et la cote de Derwatt ne cesse de monter depuis que sa retraite romantique au Mexique défraie la chronique des arts. Jusqu'au jour où un Américain, amateur d'art éclairé, flaire l'escroquerie. La réapparition inopinée de Derwatt, arrangée par Tom Ripley, ne réussira pas à calmer les doutes de l'entêté Yankee. C'est le début d'une lutte sans merci.

## ŒUVRES DE PATRICIA HIGHSMITH

*Dans Le Livre de Poche :*

PLEIN SOLEIL (Monsieur Ripley).
EAUX PROFONDES.
CE MAL ÉTRANGE.
JEU POUR LES VIVANTS.
L'HOMME QUI RACONTAIT DES HISTOIRES.
L'EMPREINTE DU FAUX.
L'AMATEUR D'ESCARGOTS.
LES DEUX VISAGES DE JANVIER.
LA RANÇON DU CHIEN.
LE MEURTRIER.
LA CELLULE DE VERRE.
LE RAT DE VENISE.
L'INCONNU DU NORD-EXPRESS.
CEUX QUI PRENNENT LE LARGE.
LE CRI DU HIBOU.

PATRICIA HIGHSMITH

# *Ripley et les ombres*

ROMAN

TRADUIT DE L'AMÉRICAIN
PAR ÉLISABETH GILLE

CALMANN-LÉVY

*Titre original de l'ouvrage :*
RIPLEY UNDER GROUND

*A mes voisins polonais, Agnès et Georges Barylski,*
*mes amis de France, 77.*

Il me semble que je mourrais plus volontiers pour les choses auxquelles je ne crois pas que pour les choses auxquelles je crois... Quelquefois je pense que la vie de l'artiste est un long et merveilleux suicide, et je ne regrette pas qu'il en soit ainsi.

Oscar WILDE
dans sa correspondance personnelle

Tom était dans le jardin quand le téléphone sonna. Il laissa Mme Annette, sa gouvernante, répondre, et continua à gratter la mousse spongieuse qui collait aux marches de pierre. C'était un mois d'octobre pluvieux.

« Monsieur *Tome* ! cria la voix de soprano de Mme Annette. C'est Londres !

— J'arrive ! »

Il jeta sa binette et monta. Le téléphone du rez-de-chaussée était dans le salon. Tom ne s'assit pas sur le divan de satin jaune, parce qu'il portait ses jeans.

« Allô, Tom. Jeff Constant. Est-ce que... *Grr.*

— Vous pourriez parler un peu plus fort ? La communication n'est pas bonne.

— Ça va mieux ? Moi je vous entends très bien. »

De Londres, on entendait toujours.

« Un peu mieux, oui.

— Vous avez reçu ma lettre ?

— Non, dit Tom.

— Ah ! On a des pépins. Je voulais vous adoucir le choc. Il y a un... »

Le téléphone grésilla, bourdonna, puis il y eut un déclic et la communication fut coupée.

« Merde », fit Tom, sans élever la voix. Lui adoucir le

choc ? Est-ce qu'il y avait quelque chose qui ne tournait pas rond à la galerie ? Ou chez Derwatt Ltd ? Lui adoucir le choc, *à lui* ? Il n'était pratiquement pas mêlé à cette affaire. Derwatt Ltd était une idée à lui, bien sûr, et il en retirait un petit revenu, mais... Tom jeta un coup d'œil vers le téléphone, s'attendant à l'entendre sonner d'un instant à l'autre. Et s'il rappelait Jeff ? Non, il ne savait pas s'il se trouvait à son studio ou à la galerie. Jeff Constant était photographe.

Tom se dirigea vers la porte-fenêtre qui donnait sur le jardin de derrière. Autant gratter encore un peu de mousse, se dit-il. Il ne détestait pas jardiner, à l'occasion; il aimait bien passer une petite heure par jour à promener la tondeuse à moteur, à ratisser et brûler du bois mort, à désherber. Ça lui permettait de prendre un peu d'exercice et de rêvasser en même temps. Il venait à peine de ramasser sa binette quand le téléphone sonna.

Mme Annette entra dans le salon avec un chiffon à poussière. Petite, trapue, elle avait une soixantaine d'années et un assez joyeux caractère. Elle ne savait pas un mot d'anglais et semblait incapable d'en apprendre un seul, même *good morning*, ce qui convenait merveilleusement à Tom.

« Je vais le prendre, madame, dit-il en saisissant l'appareil.

– Allô, fit la voix de Jeff. Ecoutez, Tom, je me demande si vous ne pourriez pas venir ici. Faire un saut à Londres. Je...

– Vous quoi ? »

La communication était toujours mauvaise, mais moins que la dernière fois.

« Je dis... Je vous ai tout raconté dans ma lettre. Je ne peux pas m'expliquer par téléphone. Mais c'est important, Tom.

– Quelqu'un a fait une gaffe ? Bernard ?

– C'est un peu ça. Il y a un type qui arrive de New York, demain probablement.

– Qui ?

– Je vous l'explique dans ma lettre. Vous savez que le vernissage de l'exposition Derwatt est pour mercredi. Je m'arrangerai pour le faire lanterner jusqu'à ce moment-là. Il n'arrivera pas à nous joindre, ni Ed ni moi. (Jeff avait un ton réellement anxieux). Vous êtes libre, Tom ?

– Heu... oui. »

Mais Tom n'avait aucune envie d'aller à Londres.

« Tâchez de ne pas le dire à Héloïse. Que vous venez à Londres.

– Héloïse est en Grèce.

– Ah ! tant mieux. »

Pour la première fois, la voix de Jeff traduisit un léger soulagement.

Sa lettre arriva dans l'après-midi, à cinq heures, recommandée et par exprès.

104, Charles Place NW 8

*Cher Tom,*

*La nouvelle exposition Derwatt, la première depuis deux ans, s'ouvre mercredi 16. Bernard a dix-neuf toiles encore inconnues et d'autres nous seront prêtées. Je passe aux mauvaises nouvelles. Il existe un Américain, un certain Thomas Murchison, un collectionneur, pas un marchand, qui s'est retiré des affaires avec pas mal de pognon. Il nous a acheté un Derwatt il y a trois ans. Il l'a comparé avec un autre Derwatt, antérieur à celui-là, qu'il a vu par hasard aux Etats-Unis, et maintenant il dit que le sien est un faux. Il a raison, bien sûr, puisque c'est un de ceux que Bernard a faits. Il a écrit à la Buckmaster Gallery (en s'adressant à moi) pour déclarer qu'à son avis la toile qu'il possède n'est pas authentique, parce que la technique et les couleurs sont celles que Derwatt utilisait cinq ou six ans plus tôt . J'ai la nette impression que ce Murchison est décidé à nous emmerder jusqu'à la gauche. Que faire ? Vous avez toujours des idées formidables, Tom.*

*Pourriez-vous en discuter avec nous ? Tous frais payés par la Buckmaster Gallery ? Ce dont nous avons le plus besoin ici, c'est qu'on nous remonte le moral. Je ne crois pas que Bernard ait gaffé avec les nouvelles toiles, mais il est dans le trente-sixième dessous et nous aimerions mieux qu'il ne soit pas là, même pour le vernissage,* surtout *pour le vernissage.*

*Je vous en prie, venez le plus vite possible si vous pouvez.*

*Amitiés* JEFF.

*P.S. La lettre de Murchison était courtoise, mais s'il se fourrait dans la tête l'idée d'aller voir Derwatt pour vérifier, etc.*

Là, ça poserait effectivement un problème, se dit Tom, pour la bonne raison que Derwatt n'existait pas. L'histoire (inventée par Tom) que racontaient les gens de la Buckmaster Gallery et le petit noyau d'amis fidèles du peintre, c'était que Derwatt vivait dans un village minuscule, au Mexique, qu'il ne voyait personne, qu'il n'avait pas le téléphone et qu'il interdisait à la galerie de donner son adresse à quiconque. Bref, si Murchison allait au Mexique, il en aurait pour un bout de temps avant de le trouver, ça l'occuperait même pendant sa vie entière.

Mais Tom voyait très bien ce qui allait se passer : Murchison – qui débarquerait sans doute avec son Derwatt sous le bras – parlerait aux autres marchands de tableaux et à la presse. Il y aurait peut-être des soupçons et l'affaire Derwatt risquait de partir en fumée. Est-ce que la bande l'impliquerait dans l'histoire ? (Chaque fois que Tom pensait à l'équipe de la galerie, aux vieux amis du peintre, c'était ce terme, « la bande », qui lui venait à l'esprit, quoiqu'il le détestât.) Et Bernard pouvait fort bien mentionner le nom de Tom Ripley, non par méchanceté, mais à cause de cette conception complètement démente – presque chrétienne – de l'honnêteté qu'il avait.

Tom s'était toujours arrangé pour garder une réputation sans tache, pour éviter les ragots, et il y avait réussi de façon extraordinaire compte tenu de ce qu'il avait fait. Il serait fort embarrassant de lire dans les journaux français que Thomas Ripley, de Villeperce-sur-Seine, époux d'Héloïse Plisson, fille de Jacques Plisson, propriétaire richissime des Produits pharmaceutiques Plisson, avait imaginé l'histoire frauduleuse et lucrative de Derwatt Ltd, et touchait un pourcentage depuis des années, même s'il ne s'agissait que de dix pour cent. Ça aurait l'air sordide. Héloïse elle-même, bien que Tom jugeât sa conscience à peu près inexistante, réagirait sans doute assez mal, et en tout cas son père ferait pression sur elle pour l'inciter à demander le divorce (en lui supprimant sa pension).

Derwatt Ltd, était devenu une grosse affaire, qui ne s'écroulerait pas toute seule. Adieu la marque de fournitures d'art, qui portait son nom, et qui rapportait de juteuses royalties à la bande, à Tom aussi d'ailleurs. Adieu l'Ecole d'Art Derwatt de Pérouse, qui accueillait surtout de charmantes vieilles dames et des jeunes Américaines en vacances, mais qui représentait une source de revenus supplémentaire. Si elle gagnait de l'argent, c'était moins grâce à ses cours et à la vente de fournitures « Derwatt » que parce qu'elle faisait aussi fonction d'agence de location : elle trouvait des maisons et des appartements meublés, de l'espèce la plus coûteuse, pour les élèves-touristes aux poches bien remplies, et prélevait son pourcentage. L'école était dirigée par deux tapettes anglaises, qui n'étaient pas au courant de l'escroquerie Derwatt.

Tom n'arrivait pas à se décider : devait-il ou non aller à Londres? Que pourrait-il leur dire? Et d'ailleurs il ne saisissait pas le problème : était-il inconcevable que, pour une toile, un peintre retournât à sa technique antérieure?

« Monsieur préférerait des côtes d'agneau ou du jambon froid pour ce soir? demanda Mme Annette.

– Des côtes d'agneau, je crois. Merci. Et comment va votre dent? »

Mme Annette était allée dans la matinée chez le dentiste du village, en qui elle avait la plus grande confiance, pour faire soigner une dent qui l'avait empêchée de dormir toute la nuit.

« Je n'ai plus mal. Il est si gentil, le docteur Grenier. Il m'a dit que c'était un abcès, mais il a ouvert la dent et il paraît que le nerf va tomber. »

Tom hocha la tête, tout en se demandant comment le nerf pourrait tomber tout seul : grâce à la force de gravité, sans doute. Lui, on avait dû un jour creuser dur pour attraper un de ses nerfs, et dans une dent du haut encore.

« Vous avez eu de bonnes nouvelles de Londres?

– Non, heu... c'est simplement un ami qui m'appelait.

– Et Mme Héloïse a écrit?

– Pas aujourd'hui.

– Ah! quand je pense à tout ce soleil! La Grèce, vous vous rendez compte! » Mme Annette frottait la surface déjà resplendissante d'une grande commode en chêne, à côté de la cheminée. « Regardez! Pas un rayon de soleil à Villeperce. L'hiver est déjà là.

– Oui. »

Depuis quelque temps, elle lui disait la même chose tous les jours.

Tom ne pensait pas voir Héloïse revenir avant Noël. D'autre part, elle pouvait aussi débarquer n'importe quand : à la suite d'une brouille légère, mais irréparable, avec ses amis, ou simplement parce qu'en fin de compte ça l'ennuyait de rester si longtemps sur un bateau. Héloïse était impulsive.

Tom mit un disque des Beatles pour se remonter le moral, puis arpenta le vaste salon, les mains dans les poches. Il adorait cette maison. C'était un bâtiment de pierre grise, carré, à deux étages, et les quatre tours rondes juchées sur les quatre pièces d'angle lui donnaient l'air d'un petit château. Le jardin était grand et, même pour une bourse américaine, le tout avait coûté une fortune. Ils y habitaient depuis trois ans : c'était le cadeau de mariage du père d'Héloïse. Avant de se marier, Tom avait eu besoin de revenus supplémentaires, l'argent Greenleaf ne lui permettant pas de mener le genre de vie auquel il s'était attaché, et voilà pourquoi l'idée de toucher un pourcentage régulier sur l'affaire Derwatt l'avait intéressé. A présent, il le regrettait. Il avait accepté dix pour cent, ce qui ne représentait alors qu'une très petite somme. A l'époque, même lui ne prévoyait pas une telle prospérité pour Derwatt Ltd.

Tom passa cette soirée comme presque toutes les autres, seul et tranquillement, mais il était troublé. Il mit la stéréo tout doucement pendant qu'il mangeait et lut Servan-Schreiber en français. Il y avait deux mots qu'il ne connaissait pas. Il les chercherait ce soir, dans le *Harrap's* posé sur sa table de nuit. Il était très doué pour retenir les mots en attendant de consulter le dictionnaire.

Après le dîner, il enfila un imperméable, quoiqu'il ne

plût pas, et gagna à pied un petit bar distant d'environ cinq cents mètres. Il y prenait quelquefois son café le soir, debout au comptoir. Georges, le propriétaire, lui demandait invariablement des nouvelles de Mme Héloïse et le plaignait de devoir rester si longtemps seul. Cette fois, Tom lui dit gaiement :

« Oh! je ne suis pas sûr qu'elle reste encore deux mois sur ce yacht. Elle va s'ennuyer.

– Quel luxe! » murmura rêveusement Georges.

Il avait une figure ronde et de la brioche. Tom se méfiait de ses manières affables, de son imperturbable bonne humeur. Sa femme, Marie, grande brune énergique qui se peignait les lèvres en rouge vif, était, elle, franchement coriace, mais elle avait un rire joyeux et un peu dingue qui la sauvait. C'était un bistrot d'ouvriers et Tom n'y trouvait rien à redire, mais ce n'était pas son établissement préféré. Simplement, il n'y en avait pas de plus proche. Et au moins, ni Georges ni Marie ne faisaient jamais allusion à Dickie Greenleaf, ce qui arrivait quelquefois à Paris, quand Tom rencontrait de vagues connaissances ou des amis d'Héloïse. Le propriétaire de l'hôtel Saint-Pierre, la seule auberge de Villeperce, lui avait demandé un jour : « Ça ne serait pas vous, le monsieur Ripley qui était l'ami de l'Américain *Granelafe* ? » Tom avait répondu que si. Cela se passait trois ans plus tôt et à l'époque, s'il répondait sans nervosité à ce genre de questions – à la condition que l'on n'insistât pas – il préférait quand même éviter le sujet. Les journaux avaient écrit que Dickie lui avait légué une somme d'argent, un revenu régulier, disaient certains, ce qui était exact. Mais aucun d'eux n'avait jamais laissé entendre qu'il avait rédigé le testament lui-même, ce qui était pourtant le cas. Les Français se souvenaient toujours des détails financiers.

Après son café, Tom rentra chez lui, en disant

« bonsoir » à un ou deux villageois rencontrés sur la route, et en glissant sur les feuilles trempées qui jonchaient le talus. Les trottoirs se réduisaient à leur plus simple expression. Il avait apporté une lampe de poche, les réverbères étant trop espacés. De temps en temps, il apercevait une famille devant la télévision, confortablement installée dans sa cuisine, autour d'une table couverte de sa toile cirée. Des chiens enchaînés aboyaient dans les cours. Puis il ouvrit les grilles de fer – hautes de trois mètres – de sa propre maison, et ses pas firent crisser le gravier. Une des chambres de côté, celle de Mme Annette, était encore éclairée. Elle avait son poste de télévision personnel. Tom peignait souvent la nuit, pour son propre amusement. Il se savait peu doué, moins encore que Dickie. Mais ce soir-là, il ne se sentait pas dans un état d'esprit propice. Au lieu de peindre, il écrivit à un ami de Hambourg, un Américain, Reeves Minot, pour lui demander quand il pensait avoir besoin de lui. Reeves devait cacher un microfilm – ou quelque chose de ce genre – dans les affaires d'un comte italien, un certain Bertolozzi. Le comte viendrait ensuite passer un jour ou deux à Villeperce. Tom irait alors dénicher l'objet dans sa valise ou dans quelque autre cachette qui lui serait indiquée par Reeves, et le posterait à quelqu'un qu'il ne connaissait pas du tout, à Paris. Il faisait souvent ce petit travail de recéleur, surtout pour des vols de bijoux. Il lui était plus facile de prendre l'objet à l'un de ses hôtes qu'il ne l'aurait été à un employé de Reeves d'en faire autant dans une chambre d'hôtel, à Paris, en l'absence de la personne en question. Tom connaissait vaguement le comte Bertolozzi, depuis un voyage récent à Milan, où Reeves, qui vivait à Hambourg, se trouvait aussi à ce moment-là. Il avait parlé peinture avec lui. Tom ne rencontrait d'habitude aucune difficulté pour persuader les gens qui n'avaient pas grand-chose à faire de venir passer un jour ou deux chez lui à Villeperce pour regarder ses tableaux : il possédait, outre ses Derwatt, un Soutine, dont il aimait beaucoup les œuvres, un Van Gogh, deux Magritte, des dessins de Cocteau, de Picasso et d'autres peintres moins célèbres qu'il trouvait aussi bons, sinon meilleurs. Villeperce n'étant pas loin de Paris, ses hôtes se réjouissaient de passer un moment à la campagne avant de poursuivre leur voyage. En fait, Tom allait souvent les chercher à Orly en voiture, car il n'était qu'à une soixantaine de kilomètres de l'aérodrome, au sud. Il n'avait connu qu'un échec : un Américain qui, malade dès son arrivée chez lui, sans doute pour avoir mangé quelque chose de mauvais, était resté constamment bien réveillé dans son lit, ce qui avait empêché Tom de glisser la main dans sa valise. L'objet – encore un quelconque microfilm – avait été récupéré sans problème à Paris par l'un des hommes de Reeves. Tom ne comprenait rien à la valeur de ces choses, mais les romans d'espionnage qu'il lisait le laissaient tout aussi perplexe, et Reeves n'était lui-même qu'un recéleur, qui travaillait au pourcentage. Tom allait toujours poster les objets dans une autre ville; le nom et l'adresse de l'expéditeur qu'il écrivait sur le paquet étaient faux.

Cette nuit-là, comme il n'arrivait pas à dormir, Tom se leva, enfila sa robe de chambre en laine grenat – cadeau d'anniversaire d'Héloïse, en gros tissu épais, plein de galons militaires et de glands dorés – et descendit à la cuisine. Il pensait prendre une bouteille de Valstar, mais il décida de se faire du thé. Puisqu'il n'en buvait presque jamais, ce serait, se dit-il, une boisson parfaitement appropriée pour cette nuit bizarre. Il marcha sur la pointe des pieds pour ne pas réveiller Mme Annette. Le thé qu'il se fit était rouge sombre. Il en avait trop mis dans la théière. Un Anglais l'aurait trouvé horrible. Il porta son plateau dans le salon, se versa une tasse et se promena de long en large, sans faire de bruit grâce à ses mocassins d'intérieur en peau de phoque. Pourquoi ne pas jouer le rôle de Derwatt ? pensa-t-il. Bon dieu, oui. C'était la solution, la solution parfaite, la seule solution.

Derwatt avait à peu près le même âge que lui : environ trente-cinq ans, Tom trente et un. Les yeux bleu-gris, comme il se souvenait de l'avoir entendu dire par Cynthia (la petite amie de Bernard), ou par Bernard lui-même, au cours d'une de leurs interminables mélopées sur Derwatt l'Inaltérable. Une petite barbe, ce qui était, qui serait d'une immense utilité pour Tom.

Jeff Constant serait sûrement enchanté de cette idée. Une conférence de presse. Il faudrait essayer d'imaginer à l'avance les questions auxquelles il devrait répondre et les histoires qu'il aurait à raconter. Et la taille ? Derwatt était-il aussi grand que lui ? Bah, qui le saurait parmi les journalistes ? Il avait les cheveux plus foncés, se dit Tom. Mais ça pouvait s'arranger. Il but encore un peu de thé et se remit à faire les cent pas dans la pièce. Le mieux serait une apparition surprise... surprise même pour Jeff, pour Ed, et, bien entendu, pour Bernard. Du moins, c'est ce qu'ils raconteraient à la presse.

Tom s'efforça de s'imaginer face à Mr. Thomas Murchison. Du calme, de l'assurance, voilà ce qu'il fallait. Si Derwatt lui-même affirmait que la toile était de lui, qu'il l'avait peinte de ses propres mains, qui était Murchison pour prétendre le contraire ?

Au comble de l'enthousiasme, Tom marcha jusqu'au téléphone. Les opératrices dormaient souvent à cette heure – un peu plus de deux heures du matin – et elles mirent dix minutes à répondre. Il attendit patiemment, assis au bord du divan jaune. Il se disait que Jeff ou quelqu'un d'autre devrait se procurer très vite du maquillage d'excellente qualité. Tom aurait bien voulu faire superviser l'opération par une fille de confiance, Cynthia, par exemple, mais elle avait rompu avec Bernard depuis deux ou trois ans. Elle était au courant de l'escroquerie, il s'en souvenait, et elle ne voulait rien avoir à faire avec ça, même pas en retirer un sou.

« *Allô, j'écoute* », dit l'opératrice d'une voix irritée, comme si elle était sortie du lit pour faire une grâce à Tom. Il lui donna le numéro du studio de Jeff, qu'il avait sur son répertoire, à côté du téléphone. Par chance, il eut sa communication en cinq minutes. Il attira sa troisième tasse d'horrible thé près de l'appareil.

« Allô, Jeff. Tom. Comment ça va ?

– Pas mieux. Ed est ici. Nous pensions justement vous appeler. Vous allez venir ?

– Oui, et j'ai une idée excellente. Si je jouais le rôle de... de notre ami disparu... en tout cas pendant quelques heures ? »

Jeff mit un instant à comprendre.

« Oh ! Tom, ça serait formidable. Vous pouvez être ici mercredi ?

– Bien sûr.

– Ou mardi ? C'est-à-dire demain ?

– Demain, je ne crois pas. Mais mercredi, certainement. Ecoutez, Jeff, le maquillage... il faut qu'il soit bon.

– Ne vous inquiétez pas ! Une seconde ! » Il dit quelques mots à Ed et reprit l'appareil. « Ed a une source... d'approvisionnement.

– Ne l'annoncez pas au public, reprit Tom de sa voix calme, car Jeff avait l'air prêt à bondir de joie. Autre chose. Si ça ne marche pas, si j'échoue, il faudra dire que c'est une blague inventée par un ami... par moi. Que ça n'a rien à voir avec... vous savez. »

Tom voulait dire que ça n'avait pas pour but de valider l'escroquerie dont Murchison était victime, et Jeff saisit aussitôt.

« Ed veut vous dire un mot.

– Allô, Tom, fit Ed de sa voix plus basse. Nous sommes ravis de savoir que vous venez. C'est une idée merveilleuse. Et vous savez, Bernard a encore des vêtements et des trucs qui lui ont appartenu.

– Je vous laisse vous occuper de tout ça, dit Tom, subitement inquiet. Les vêtements, ce n'est rien. L'important, c'est le visage. Mettez-vous au boulot, hein ?

– D'accord. On ne vous remerciera jamais assez. »

Ils raccrochèrent. Tom se laissa aller en arrière sur le divan et se décontracta, dans une position presque horizontale. Non, il n'irait pas à Londres dès le lendemain. Mieux valait entrer en scène au dernier moment, brillamment, sur son élan. Des essais et des répétitions trop prolongés seraient peut-être mauvais.

Il se leva, avec sa tasse de thé froid. S'il arrivait à s'en tirer, ce serait très amusant, se dit-il, en contemplant le Derwatt accroché au-dessus de sa cheminée. C'était un portrait, dans les tons rosâtres, d'un homme assis sur une chaise; ses contours étaient brouillés, de sorte qu'on avait l'impression de le regarder à travers les verres déformants d'une paire de lunettes empruntée à quelqu'un d'autre. Certaines personnes disaient que les Derwatt leur faisaient mal aux yeux. Mais pas à une distance de trois ou quatre mètres. C'était un des premiers faux de Bernard Tufts, pas un vrai Derwatt. Par contre, il y avait de l'autre côté de la pièce un Derwatt authentique, *Les Chaises rouges* : deux petites filles assises côte à côte, l'air épouvanté, comme si c'était leur premier jour d'école, ou comme si elles écoutaient quelque chose de terrifiant à l'église. *Les Chaises rouges* dataient de huit ou neuf ans. Derrière les petites filles

– assises, donc, on ne savait où – tout était en feu. Des flammes jaunes et rouges jaillissaient de partout, embrumées par des touches de blanc, si bien que l'incendie n'attirait pas immédiatement l'attention du spectateur. Mais, quand il s'en apercevait, l'effet était bouleversant. Tom aimait beaucoup ces deux tableaux. Il oubliait presque, en les regardant, que l'un était faux et l'autre authentique.

Tom se souvenait des débuts ternes de ce qui allait devenir Derwatt Ltd. Il avait fait la connaissance de Jeffrey Constant et de Bernard Tufts à Londres peu après la noyade – probablement volontaire – de Derwatt en Grèce, et alors qu'il rentrait lui-même de ce pays, à quelque temps du décès de Dickie Greenleaf. On n'avait jamais retrouvé le corps du peintre, mais des pêcheurs du village prétendaient l'avoir vu partir à la nage un matin et ne pas l'avoir vu revenir. Les amis de Derwatt – et Tom avait rencontré Cynthia Gradnor pendant ce même séjour – étaient profondément atteints, éprouvés par cette mort, comme il n'avait jamais vu personne l'être, même après un deuil dans une famille. Jeff, Ed, Cynthia, Bernard semblaient assommés. Ils parlaient rêveusement, passionnément de Derwatt, non seulement en tant qu'artiste, mais aussi en tant qu'être humain et ami. A Islington, le peintre menait une vie simple, il mangeait mal quelquefois, mais il se montrait toujours généreux pour les autres. Les enfants du quartier l'adoraient, ils posaient pour lui sans en attendre le moindre paiement, et pourtant Derwatt fouillait dans ses poches, à la recherche de quelques sous, les derniers peut-être qu'il possédât, pour les leur donner. Puis, juste avant de partir pour la Grèce, il avait subi une déception. Le gouvernement lui avait commandé une fresque pour un bureau de poste situé dans une ville du nord de l'Angleterre. L'œuvre, approuvée sous la forme de projet, avait été rejetée une fois achevée : il s'y trouvait un personnage nu, ou trop nu, et Derwatt s'était refusé à la modifier. (Et il avait raison, bien sûr, disaient ses fidèles amis). Mais il avait perdu dans l'aventure un millier de livres sur lesquelles il comptait. Cette histoire n'était, semblait-il, que la dernière d'une série de déceptions dont ses amis n'avaient pas compris la profondeur, ce qu'ils se reprochaient à présent. Il y avait aussi une femme au milieu de tout ça, Tom s'en souvenait vaguement, autre source de désillusion pour Derwatt, mais moins importante pour lui, affirmait-on, que celle qui touchait à son œuvre. Tous les amis de Derwatt travaillaient, eux aussi, à leur propre compte pour la plupart, et ils étaient très occupés, de sorte que les derniers jours, quand il avait fait appel à eux – pas pour leur demander de l'argent, mais pour ne pas être seul – ils n'avaient pas eu le temps de le voir. A leur insu, Derwatt avait vendu les quelques meubles qui lui restaient et il était parti pour la Grèce, d'où il avait écrit une longue lettre, très déprimée, à Bernard. (Tom n'avait jamais vu cette lettre.) Puis on avait appris sa disparition, ou sa mort.

Le premier mouvement des amis de Derwatt, Cynthia y compris, avait été de rassembler toutes ses toiles, tous ses dessins, et d'essayer de les vendre. Ils voulaient que son nom continue à vivre, que le monde connaisse et apprécie ses œuvres. Derwatt n'avait aucune famille. C'était, Tom s'en souvenait, un enfant trouvé; on ne lui connaissait même pas de parents. La légende de sa mort tragique avait plutôt favorisé que freiné la vente : d'habitude, les galeries ne s'intéressaient guère aux œuvres de jeunes artistes inconnus et déjà morts, mais Edmund Banbury, journaliste à la pige, avait utilisé son talent et ses relations pour placer des articles sur Derwatt dans des journaux, des suppléments en couleurs, des revues d'art, et Jeffrey Constant avait fait des photographies de toiles pour les illustrer. Quelques mois après la mort du peintre, ils avaient trouvé une galerie, et à Bond Street encore, la Buckmaster Gallery : bientôt les œuvres de Derwatt se vendaient deux et trois mille livres.

Puis était arrivé l'inévitable. Il n'y avait plus, ou presque plus de tableaux à vendre. A l'époque, Tom vivait à Londres (il avait habité pendant deux ans un appartement, près d'Eaton Square) et il avait rencontré Jeff, Ed et Bernard un soir au Salisbury Pub. Ils étaient de nouveau tristes, parce que les toiles de Derwatt commençaient à s'épuiser, et c'était Tom qui leur avait lancé : « Ça marche si bien pour vous, quel dommage de s'arrêter. Bernard ne pourrait pas torcher deux ou trois toiles dans le style de Derwatt ? » Dans son esprit, il s'agissait d'une boutade, ou d'une demi-boutade. Il connaissait à peine le trio, il savait seulement que Bernard était peintre. Mais Jeff, qui avait l'esprit pratique, comme Ed Banbury (mais pas comme Bernard) s'était tourné vers ce dernier en lui disant : « Moi aussi, j'ai eu cette idée-là. Qu'est-ce que tu en penses, Bernard ? » Tom ne se souvenait plus exactement de la réponse, mais il se rappelait très bien que Bernard avait baissé la tête, comme si la pensée de trahir son idole le remplissait de honte ou même de terreur pure et simple. Bien des mois plus tard, à l'occasion d'une autre rencontre fortuite avec Ed Banbury dans une rue de Londres, Ed avait gaiement déclaré à Tom que Bernard s'était arrangé pour fabriquer deux « Derwatt » excellents et qu'ils en avaient vendu un à la galerie en le faisant passer pour authentique.

Puis, plus tard encore, juste après son mariage, alors qu'il ne vivait plus à Londres, Tom s'était trouvé avec Héloïse et Jeff à un cocktail, un de ces grands cocktails où l'on ne rencontre, où l'on n'aperçoit même jamais son hôte, et Jeff l'avait attiré dans un coin.

« On peut se voir ailleurs quand ça sera fini ? » lui avait-il dit. Et, en lui tendant sa carte : « C'est mon adresse. Vous pourriez passer vers onze heures ? »

Tom était donc allé chez Jeff tout seul, ce qui n'avait présenté aucune difficulté, car Héloïse – qui ne parlait pas bien l'anglais à l'époque – avait préféré rentrer tout de suite à l'hôtel : le cocktail lui suffisait. Héloïse adorait Londres – les chandails anglais et Carnaby Street, les boutiques qui vendaient des corbeilles à papier décorées de l'Union Jack et les écriteaux où l'on pouvait lire des inscriptions dans le genre de « Piss off » ou autres, que Tom devait souvent lui traduire – mais parler anglais plus d'une heure durant lui donnait mal à la tête, affirmait-elle.

« Notre problème, avait dit Jeff cette nuit-là, c'est que nous ne pourrons pas continuer à prétendre que nous découvrons tout le temps de nouveaux Derwatt. Bernard s'en tire très bien, mais... Vous croyez que vous auriez le culot de dénicher quelque part une grande malle pleine de toiles, en Irlande, par exemple, où il a peint pendant un moment ? On vendrait le tout et on laisserait tomber. Bernard n'est pas très chaud pour continuer. Il a l'impression de trahir Derwatt... en un sens. »

Tom avait pris le temps de réfléchir avant de dire :

« Et si Derwatt vivait encore quelque part ? S'il menait une existence d'ermite, tout en envoyant des tableaux à Londres ? A condition que Bernard veuille bien continuer, évidemment.

– Hum. Mais oui, au fait. En Grèce, peut-être. Quelle idée formidable, Tom ! Ça peut continuer indéfiniment !

– Pourquoi pas au Mexique, plutôt ? Ça me paraît

plus sûr que la Grèce. Il n'y a qu'à raconter que Derwatt vit dans un petit village. Qu'il ne donne son adresse à personne, sauf peut-être à vous, à Ed et à Cynthia...

– Pas à Cynthia, non. Elle est... enfin, Bernard ne la voit plus beaucoup, et nous non plus par conséquent. Il vaut mieux qu'elle n'en sache pas trop là-dessus. »

Jeff avait téléphoné à Ed en pleine nuit pour le lui raconter, Tom s'en souvenait.

« Ce n'est qu'une idée en l'air, avait dit Tom. Je ne sais pas si ça marchera. »

Mais ça avait marché. Les toiles de Derwatt avaient commencé à arriver du Mexique, disait-on, et la dramatique histoire de la « résurrection » du peintre avait permis à Ed Banbury et à Jeff Constant de remplir à nouveau les revues d'articles, de photographies montrant l'artiste et ses dernières œuvres (ou plutôt celles de Bernard), mais jamais Derwatt *au Mexique,* parce qu'il ne voulait recevoir ni journalistes ni photographes. Les tableaux arrivaient de Vera Cruz et personne ne connaissait le nom de son village, pas même Jeff ni Ed. Pour mener une existence si retirée, Derwatt devait être malade mentalement. Certains critiques trouvaient dans ses toiles un climat de dépression et de malaise. Elles atteignaient toujours des cotes qui se situaient parmi les plus élevées de celles dont pouvait bénéficier n'importe quel artiste vivant, en Angleterre, sur le Continent ou en Amérique. Ed Banbury écrivit à Tom en France, pour lui offrir dix pour cent des profits, le petit groupe de fidèles (qui se réduisait maintenant à trois membres : Bernard, Jeff et Ed) étant le seul bénéficiaire des ventes de Derwatt. Tom accepta, surtout parce qu'il considérait ce geste – son acceptation – comme une garantie pour eux : l'assurance qu'il ne trahirait par leurs manigances. Pendant ce temps Bernard Tufts peignait comme un enragé.

Jeff et Ed achetèrent la Buckmaster Gallery. Tom ne savait plus très bien si Bernard en possédait ou non une part. Ils exposaient plusieurs Derwatt à titre permanent, ainsi que d'autres peintres, bien entendu. C'etait plutôt le travail de Jeff que celui d'Ed et il engagea un assistant, une espèce de gérant pour la galerie. Mais ce pas en avant, l'achat de la Buckmaster Gallery, ne se produisit qu'après l'intervention d'un fabricant de fournitures pour artistes, un certain George Janopolos, ou quelque chose comme ça, qui voulait lancer une gamme de produits portant la marque « Derwatt ». Il y aurait tout, depuis la gomme jusqu'à la palette, et il fit des offres dans ce sens à Jeff et Ed, en proposant à Derwatt une royalty d'un pour cent. Jeff et Ed acceptèrent (avec le consentement présumé de Derwatt) et une société se forma, qui reçut le nom de Derwatt Ltd.

Tom repassait tout cela dans sa mémoire, à quatre heures du matin, en frissonnant un peu malgré sa robe de chambre princière. Mme Annette, dans un esprit d'économie, baissait toujours le chauffage central le soir. Sa tasse de thé froid et sucré entre les mains, il contemplait sans la voir une photo d'Héloïse – visage mince encadré de longs cheveux blonds, qui, dans son état d'esprit actuel, n'était rien de plus pour lui qu'un dessin agréable et dépourvu de signification – et il pensait à Bernard qui fabriquait en secret ses faux Derwatt, dans une pièce fermée, et même cadenassée, de son studio. Son appartement était assez minable, comme toujours. Tom n'avait jamais vu le saint des saints où il peignait ses chefs-d'œuvre, les Derwatt qui rapportaient des centaines de livres chacun. Si l'on peignait plus de faux que de toiles personnelles, ces faux ne deviendraient-ils pas naturels, plus réels, plus authentiques même aux yeux de leur auteur que les autres tableaux ? Le travail ne deviendrait-il pas une seconde nature, d'où toute notion d'effort disparaîtrait ?

Finalement, Tom ôta ses pantoufles, se pelotonna sur le divan jaune, remonta ses pieds sous sa robe de chambre et s'endormit. Il ne dormait pas depuis longtemps quand Mme Annette arriva et le réveilla en poussant un cri, ou plutôt une exclamation aiguë, de surprise.

« J'ai dû m'endormir en lisant », dit Tom avec un sourire, et il se redressa.

Mme Annette se hâta d'aller lui faire son café.

Tom retint une place dans l'avion de Londres pour le mercredi à midi. Il n'aurait que deux heures pour se maquiller et pour répéter. Donc pas le temps de s'énerver. Il prit sa voiture et alla à Melun chercher de l'argent liquide – des francs – à sa banque.

Il était midi moins vingt et la banque fermait à midi. Tom était le troisième dans la queue qui s'allongeait derrière la caisse, mais, par malheur, une femme déposait de l'argent à ce même guichet, sa recette sans doute : elle soulevait des sacs pleins de monnaie, tout en maintenant en équilibre, avec ses pieds, d'autres sacs posés par terre. Derrière le grillage, le caissier comptait aussi vite que possible des liasses de billets en se servant de son pouce mouillé et notait les sommes sur deux papiers différents. Tom, en voyant l'aiguille de la pendule se rapprocher lentement de midi, se demanda combien de temps ça allait durer. Il regarda avec amusement la queue se défaire. Trois hommes, auxquels étaient venues s'adjoindre deux femmes, se pressaient contre le grillage et contemplaient cette masse d'argent d'un œil vitreux, comme des serpents fascinés : on eût dit qu'il s'agissait d'un héritage à eux légué par un parent qui avait travaillé toute sa vie pour l'accumuler. Tom renonça et quitta la banque. Il pourrait se passer de cet argent, se dit-il : en fait, il n'avait eu l'idée de le prendre que pour le donner ou pour le vendre à des amis anglais susceptibles de venir en France.

Le mercredi matin, pendant qu'il faisait ses valises, Mme Annette frappa à la porte de sa chambre.

« Je pars pour Munich, lui dit-il gaiement. Il y a un concert.

– Ah! *Muniche*! Il faut emporter des vêtements chauds. (Mme Annette était habituée aux voyages impromptus.) Vous partez pour combien de temps, monsieur Tome?

– Deux jours, peut-être trois. Ne vous faites pas de soucis pour les messages. Je téléphonerai sans doute pour voir s'il y en a. »

Puis Tom pensa à quelque chose qui pourrait lui servir, une bague mexicaine qui devait se trouver dans sa boîte à bijoux. Oui, elle y était bien, perdue au milieu des boutons de manchettes. Tom la détestait et ne se rappelait plus du tout d'où elle lui venait, mais elle offrait l'avantage d'être mexicaine. Il souffla dessus, la frotta sur son pantalon et l'empocha.

Le courrier de dix heures et demie apporta trois choses : la facture du téléphone, dans son enveloppe bourrée à en craquer, à cause des tickets correspondant aux appels extérieurs à Villeperce; une missive d'Héloïse; et une lettre par avion, en provenance des Etats-Unis, dont l'écriture ne lui disait rien. Il la retourna et fut étonné d'y trouver le nom de Christopher Greenleaf, avec une adresse à San Francisco. Qui était ce Christopher? Il ouvrit d'abord la lettre d'Héloïse. Elle l'avait écrite dans un anglais approximatif qui, traduit littéralement en français, aurait donné à peu près ceci.

11 octobre 19...

*Chéri,*

*Je suis heureuse et très tranquille maintenant. Excellents festins. Nous attrapons des poissons au large du bateau. Zeppo t'envoie son affection.* (Ce Zeppo était un Grec au teint basané qui l'avait invitée, et Tom n'aurait pas eu de mal à lui dire ce qu'il pouvait faire de son affection.)

*J'apprends mieux à chevaucher une bicyclette. Nous avons fait beaucoup de voyages sur la terre qui est sèche. Zeppo fait des photos. Comment ça va à Belle-Ombre ? Tu me manques. Est-ce que tu es content ? Y a-t-il beaucoup d'invites ?* (Il se demanda si elle entendait par-là des invités ou des invitations ?) *Est-ce que tu peins ? Je n'ai pas de nouvelles de papa.*

*Embrasse Mme A. Je t'étreins.*

Le reste était en français. Elle voulait qu'il lui envoie un maillot de bain rouge qu'il trouverait dans le petit meuble de sa salle de bain. Il fallait l'expédier par avion. Il y avait une piscine chauffée à bord du yacht. Tom remonta aussitôt dans sa chambre où Mme Annette faisait encore le ménage et lui confia cette tâche en lui donnant un billet de cent francs, parce qu'il craignait que, scandalisée par le prix des paquets par avion, elle ne fût tentée de l'expédier par courrier normal.

Puis il descendit et ouvrit en hâte la lettre de Christopher Greenleaf : il ne lui restait plus que quelques minutes avant de partir pour Orly.

13 octobre 19...

*Cher Monsieur Ripley,*

*Je suis un cousin de Dickie et je pars pour l'Europe la semaine prochaine. Je passerai sans doute d'abord par Londres, mais je ne sais pas encore très bien s'il ne vaut pas mieux commencer par la France. Quoi qu'il en soit, il me serait agréable de vous rencontrer. Mon oncle Herbert m'a donné votre adresse et m'a dit que vous n'habitiez pas loin de Paris. Je n'ai pas votre numéro de téléphone, mais je pourrai le chercher.*

*Voilà quelques détails sur moi. J'ai vingt ans et je fais mes études à Stanford University. Mon service militaire m'a obligé à les interrompre pendant un an. Je retournerai plus tard à Stanford pour décrocher un diplôme d'ingénieur, mais en attendant, je prends encore un an pour visiter l'Europe et pour me détendre. Un tas de gens font ça, maintenant. Le rythme de l'existence devient épouvantable partout. Je veux dire en Amérique, mais comme vous vivez en Europe depuis très longtemps, vous ne vous en rendez peut-être pas compte.*

*Mon oncle m'a beaucoup parlé de vous. Il dit que vous étiez un grand ami de Dickie. Quand j'ai fait la connaissance de Dickie, il avait 21 ans, et moi 11. Je me rappelle un grand garçon blond. Il était venu faire un petit séjour dans ma famille en Californie.*

*Dites-moi, s'il vous plaît, si vous serez à Villeperce fin octobre, début novembre. J'espère sincèrement vous rencontrer.*

*Bien à vous.*

CHRIS GREENLEAF.

Il faudrait se dérober poliment, se dit Tom. Inutile de

nouer des liens plus étroits avec la famille Greenleaf. Une fois tous les trente-six du mois Herbert Greenleaf lui écrivait, et Tom lui répondait toujours, des lettres gentilles et courtoises.

« Madame Annette, veillez bien sur les dieux lares, dit-il en partant.

– Qu'est-ce que vous dites ? »

Il traduisit de son mieux.

« Au revoir, monsieur Tome, bon voyage ! » cria Mme Annette, debout sur le seuil, en agitant la main.

Tom prit l'Alfa-Roméo rouge, l'une des deux voitures du garage. A Orly, il la laissa au parking couvert, en disant que c'était pour un jour ou deux. Il acheta une bouteille de whisky détaxée pour l'apporter à la bande. Il avait déjà dans sa valise une grosse bouteille de Pernod : on ne pouvait entrer à Londres qu'avec un seul litre d'alcool, mais Tom savait par expérience que si l'on montrait la bouteille que l'on avait avec soi en se présentant à la douane, l'inspecteur ne faisait jamais ouvrir les bagages. Dans l'avion, il acheta aussi des Gauloises sans filtre, toujours appréciées à Londres.

Il pleuvait un peu en Angleterre. L'autocar cheminait lentement sur le côté gauche de la route et passait devant des villas dont les noms amusaient Tom, quoiqu'il eût de la peine à les déchiffrer à travers la bruine. *Ride-a-Wee.* Incroyable. *Milford Haven. Dum Wandering.* Ces enseignes étaient pendues à l'avancée des toits. *Inglenook. Sit-Ye-Doom.* Seigneur. Venait ensuite l'enfilade de maisons victoriennes serrées les unes contre les autres : on les avait converties en petits hôtels dont les noms grandioses brillaient en lettres de néon entre deux colonnes doriques. *Manchester Arms, King Alfred, Cheshire House.* Tom savait que derrière cette respectabilité de bon ton, certains des plus fameux assassins de l'époque, tout aussi respectables d'allure, venaient chercher refuge pour une ou deux nuits. L'Angleterre restait toujours l'Angleterre, Dieu la bénisse!

Ce qui attira ensuite l'attention de Tom, ce fut une affiche collée sur un réverbère, à gauche de la route. On y lisait la signature du peintre Derwatt, audacieusement calligraphiée en grosses lettres noires. Sous ce mauvais éclairage, le tableau reproduit en couleurs, dans les tons violet foncé ou noir, faisait un peu penser au couvercle relevé d'un piano à queue. Encore un faux de Bernard Tufts, sûrement. Tom rencontra une seconde affiche identique quelques mètres plus loin. Se sentir tellement « annoncé » dans tout Londres et arriver ainsi, sans tambour ni trompette, ça faisait un drôle d'effet, se dit-il en descendant du car au West Kensington Terminus dans l'indifférence générale.

De là, il appela Jeff Constant à son studio. Ce fut Ed Banbury qui répondit.

« Sautez dans un taxi et venez tout droit ici! » cria Ed, l'air fou de joie.

Le studio de Jeff se trouvait dans St John's Wood. Deuxième étage — le premier pour les Anglais — à gauche. C'était un petit bâtiment convenable, propret, ni tape-à-l'œil ni misérable.

Ed ouvrit la porte toute grande.

« Bon dieu, Tom, c'est épatant de vous revoir! »

Ils se serrèrent la main. Ed était plus grand que Tom; ses cheveux longs et raides lui retombaient souvent sur les oreilles, ce qui l'obligeait à les repousser toutes les cinq minutes. Il avait environ trente-cinq ans.

« Et où est Jeff? » Tom pêcha les Gauloises et le whisky dans le filet rouge, puis le Pernod de contrebande dans sa valise. « Pour tout le monde.

— Oh! formidable. Jeff est à la galerie. Ecoutez, Tom, vous allez *vraiment* faire ça? Parce que j'ai le maquillage ici et on n'a pas beaucoup de temps.

– Je vais essayer, dit Tom.

– Bernard va arriver d'un moment à l'autre. Il nous aidera. Il vous donnera des tuyaux. »

Ed consulta fiévreusement sa montre. Tom ôta sa veste et son gilet.

« A votre avis, Derwatt ne peut pas se permettre d'être un peu en retard ? Le vernissage est à cinq heures, non ?

– Si, bien sûr. Inutile d'y être avant six heures, mais je veux essayer le maquillage. Jeff a dit que vous étiez juste un petit peu moins grand que Derwatt... mais qui se souvient de sa taille ? En supposant que je l'aie indiquée quelque part. Et il avait les yeux bleu-gris. Les vôtres feront l'affaire. (Il rit.) Vous voulez un peu de thé ?

– Non, merci. » Tom regardait le costume bleu sombre étalé sur le divan de Jeff. Il avait l'air trop large, et mal repassé. Une paire de chaussures noires affreuses était posée par terre. « Si on buvait un verre ? » suggéra-t-il, car Ed semblait énervé comme un pou, tandis que la nervosité d'autrui le calmait toujours, lui.

La sonnette de l'entrée retentit.

Ed fit entrer Bernard Tufts.

Tom tendit la main.

« Comment ça va, Bernard ?

– Très bien, merci », répondit Bernard, d'un air misérable.

Il était maigre, le teint olivâtre, des cheveux noirs très raides et des yeux sombres au regard doux.

Tom jugea préférable de ne pas engager la conversation avec lui et de se borner à agir de façon efficace.

Ed alla chercher une cuvette d'eau dans la salle de bain de Jeff, petite mais moderne, et Tom se soumit au rinçage destiné à lui foncer les cheveux. Bernard commença à parler, mais non sans que Ed ait dû l'y pousser, de plus en plus vigoureusement.

« Il marchait les épaules un peu voûtées, dit Bernard. Sa voix... il était timide en public. Il parlait d'une façon monocorde, je crois. Comme ça, si j'arrive à l'imiter. De temps en temps, ajouta-t-il en s'y essayant, il riait.

– Comme tout un chacun », fit Tom, qui ne put retenir, lui non plus, un petit rire nerveux. Il était assis sur une chaise à dossier droit, et Ed le coiffait. Il avait à sa droite une assiette pleine de poils qui ressemblaient aux balayures d'un salon de coiffure, mais, quand Ed la secoua, on vit apparaître une barbe collée sur une gaze couleur chair. « J'espère que l'éclairage est assez faible, murmura-t-il.

– On s'en occupera », dit Ed.

Pendant qu'il lui arrangeait sa moustache, Tom ôta ses deux bagues, son alliance et la chevalière de Dickie Greenleaf, et les empocha. Il dit à Bernard de prendre l'autre bague dans la poche de son pantalon, ce que l'autre fit. Les doigts maigres de Bernard étaient glacés et tremblaient. Tom faillit lui demander des nouvelles de Cynthia, puis il se rappela qu'il ne la voyait plus, comme il le savait déjà depuis plusieurs années. Il se souvint qu'autrefois ils devaient se marier. Ed lui cisaillait les cheveux, pour créer une espèce de mèche sur le front.

« Et Derwatt... »

La voix de Bernard se brisa.

« Oh ! arrête, Bernard », fit Ed avec un rire presque hystérique.

Bernard rit, lui aussi.

« Désolé. Je suis vraiment désolé. »

Il avait l'air sincère, contrit.

La colle de la barbe commençait à prendre.

« Je voudrais que vous vous promeniez un peu dans

la pièce, Tom, dit Ed. Il faut vous habituer. A la galerie... vous n'aurez pas besoin de vous mêler à la foule pour entrer. Nous avons décidé qu'il vaudrait mieux s'arranger autrement. Il y a une porte derrière. Jeff nous introduira. Nous inviterons quelques journalistes à pénétrer dans le bureau, vous voyez, et il n'y aura qu'un lampadaire à l'autre bout de la pièce. Nous avons ôté une petite lampe et l'ampoule du plafond. Ça au moins, ça ne marchera pas. »

Tom sentait la fraîcheur de la barbe encore gluante. Il alla se regarder dans la glace des toilettes et trouva qu'il ressemblait un peu à D.H. Lawrence. Sa bouche était tout entourée de poils. Il n'aimait pas beaucoup cette sensation. Trois instantanés de Derwatt étaient appuyés contre le mur, sous la glace, sur une petite étagère : Derwatt en manches de chemise, sur une chaise longue, en train de lire; Derwatt face à la caméra, avec quelqu'un que Tom ne connaissait pas. Sur toutes ces photos, il portait des lunettes.

« Les lorgnons », dit Ed, comme s'il lisait dans les pensées de Tom.

Tom prit les lunettes rondes à monture d'écaille qu'Ed lui tendait et se les posa sur le nez. C'était déjà mieux. Il sourit, en veillant à ne pas déranger la barbe qui séchait. Les lunettes, apparemment, avaient des verres non corrigés. Il se mit à marcher dans le studio, les épaules un peu voûtées, et dit d'une voix qu'il espérait être celle de Derwatt :

« Maintenant, parlez-moi de ce Murchison...

— Plus basse, la voix ! fit Bernard, en agitant avec frénésie ses mains osseuses.

— Parlez-moi de ce Murchison, répéta Tom.

— Mu... Murchison, d'après Jeff, pense... que Derwatt est revenu à une technique antérieure. Celle de *L'Horloge,* vous voyez. En réalité, je ne sais pas exactement ce qu'il veut dire. » Bernard secoua rapidement la tête, prit un mouchoir et se moucha. « Je viens d'examiner une photo que Jeff a prise de *L'Horloge*. Je ne l'ai pas vue depuis trois ans, vous comprenez. La toile elle-même bien sûr. »

Il parlait à voix basse, comme si les murs avaient des oreilles.

« Murchison est un expert? demanda Tom, en se disant : et d'ailleurs, qu'est-ce qu'un expert?

– Non, ce n'est qu'un homme d'affaires américain, répondit Ed. Un collectionneur. Il est un peu cinglé. »

Ce n'était sûrement pas tout, pensa Tom, sinon ils ne seraient pas tellement bouleversés.

« Est-ce que je dois m'attendre à quelque chose de spécial?

– Non, dit Ed. Qu'est-ce que tu en penses, Bernard? »

Bernard sursauta, essaya de rire, et, l'espace d'un instant, il eut l'air plus jeune, plus naïf, tel qu'il était bien des années auparavant. Il avait beaucoup maigri depuis trois ou quatre ans, Tom s'en rendait compte.

« Je voudrais bien le savoir, dit Bernard. En tout cas, soutenez mordicus que *L'Horloge* est de Derwatt.

– Faites-moi confiance. »

Tom faisait toujours les cent pas; il s'exerçait à marcher les épaules voûtées, à une allure assez lente qu'il espérait être la bonne.

« Mais, reprit Bernard, si Murchison veut absolument continuer sur sa lancée, quelle que soit son idée, cet *Homme assis* que vous avez, Tom... »

C'était un faux.

« En principe, il ne le verra jamais. Personnellement, je l'aime beaucoup.

– *Le Baquet*, ajouta Bernard. Il est exposé.

– Il vous inquiète, celui-là?

– Il est de la même facture, dit Bernard. Du moins je crois.

– Alors vous savez à quelle technique Murchison fait allusion? Pourquoi ne pas ôter *Le Baquet* s'il vous ennuie?

– Il est annoncé au catalogue, répondit Ed. Nous nous sommes dit que, si nous l'enlevions, Murchison risquait de demander à le voir, de chercher à connaître le nom de l'acheteur, *et cetera.* »

La conversation ne mena pas à grand-chose, Tom ne réussissant pas à se faire expliquer en termes clairs ce qui gênait Murchison dans ces tableaux particuliers.

« Tu ne le rencontreras jamais, ce Murchison, dit Ed à Bernard, alors cesse de te tracasser.

– Vous l'avez vu, vous? demanda Tom.

– Non, c'est Jeff qui l'a reçu. Ce matin.

– Et de quoi a-t-il l'air?

– La cinquantaine, environ, d'après Jeff. Le type même du gros Américain. Poli, mais têtu. Il n'a pas de ceinture, ce pantalon? »

Tom la resserra. Il huma la manche de sa veste. Elle sentait un peu la naphtaline, mais qui le remarquerait dans la fumée des cigarettes? D'ailleurs, Derwatt pouvait très bien avoir rangé ses vêtements européens dans une malle et s'être habillé à la mexicaine pendant toutes ces années. Tom se regarda dans la grande glace, au-dessus de laquelle Jeff avait posé un projecteur très puissant, et, soudain, se plia en deux de rire. Il se retourna :

« Désolé, mais je me suis dit tout à coup qu'avec les sommes fantastiques que Derwatt gagne, il est rudement accroché à ses vieilles frusques.

– C'est normal, dit Ed. Il vit en ermite. »

Le téléphone sonna. Ed répondit, et Tom l'entendit rassurer quelqu'un, Jeff sûrement : oui, Tom était bien arrivé, il serait bientôt prêt à partir. Tom ne se sentait pas si prêt que ça. La nervosité le faisait transpirer. Il demanda à Bernard, en essayant de prendre un ton plein d'entrain :

« Comment va Cynthia? Vous la voyez de temps en temps?

– Non, plus du tout. Pas souvent, en tout cas. »

Bernard lança un coup d'œil à Tom et reporta son regard par terre.

« Qu'est-ce qu'elle va dire quand elle apprendra que Derwatt est revenu passer quelques jours à Londres?

– Je crois qu'elle ne dira rien, répliqua Bernard d'une voix morne. Elle... elle ne fichera pas l'histoire en l'air, j'en suis sûr. »

Ed acheva sa conversation au téléphone.

« Cynthia ne parlera pas, Tom. Ce n'est pas son genre. Vous vous souvenez d'elle, n'est-ce pas?

– Oui, un peu.

– Si elle n'a rien dit jusqu'ici, elle ne va pas commencer maintenant. »

Son ton signifiait : c'est une brave fille, elle ne bavarde pas à tort et à travers.

« Elle est merveilleuse », dit rêveusement Bernard, sans s'adresser à personne en particulier.

Tout à coup, il se leva et fila dans la salle de bain, peut-être pour satisfaire un besoin pressant, mais peut-être aussi pour vomir.

« Ne vous faites pas de soucis pour Cynthia, Tom, dit doucement Ed. Nous vivons avec elle, vous savez. Enfin, dans la même ville, ici, à Londres. Elle se tient tranquille depuis trois ans. Depuis qu'elle a rompu avec Bernard. Ou qu'il a rompu avec elle.

– Elle est heureuse? Elle a trouvé quelqu'un d'autre?

– Oh! elle a un type, je crois. »

Bernard revint.

Tom se servit un scotch. Bernard but un Pernod et Ed ne prit rien. Il trouvait ça plus raisonnable, déclara-t-il, parce qu'il avait absorbé un tranquillisant. En attendant cinq heures, Tom se fit préciser plusieurs détails et rafraîchir la mémoire sur d'autres : la ville de Grèce où Derwatt avait été vu officiellement pour la dernière fois près de six ans auparavant. Si on le lui demandait, Tom devait dire qu'il avait quitté la Grèce sous un faux nom, à bord d'un pétrolier grec à destination de Veracruz, en se faisant embaucher comme peintre et soutier.

Ils empruntèrent le pardessus de Bernard, parce qu'il faisait plus vieux que celui de Tom ou que ceux qui étaient accrochés dans le placard de Jeff. Puis Tom partit avec Ed, laissant Bernard au studio où ils devaient tous se retrouver ensuite.

« Il a l'air dans le trente-sixième dessous », dit Tom sur le trottoir. Il marchait les épaules voûtées. « Combien de temps va-t-il encore tenir le coup ?

– Il ne faut pas le juger sur son attitude d'aujourd'hui. Ça ira. Il est toujours comme ça avant une exposition. »

Bernard, se dit Tom, c'était le vieux cheval de labour. Ed et Jeff savouraient le fric, les bons repas, la bonne vie et s'épanouissaient. Bernard se contentait de produire les tableaux qui rendaient tout cela possible.

Tom eut un violent mouvement de recul devant un taxi qu'il ne s'attendait pas à voir débouler du côté gauche de la rue.

Ed sourit.

« Parfait. Continuez comme ça. »

Ils arrivèrent à la station de taxis et en prirent un.

« Et ce type, ce gérant, celui qui s'occupe de la galerie, dit Tom. Comment s'appelle-t-il ?

– Leonard Hayward. Il doit avoir vingt-six ans. La vraie folle. Il serait tout à fait à sa place dans une boutique de King's Road, mais il est bien. Nous l'avons mis dans le coup, Jeff et moi. Il le fallait. Et d'ailleurs c'est plus sûr : il peut difficilement nous faire chanter à partir du moment où il s'est engagé par écrit à gérer la galerie, ce qu'il a fait. On le paie bien, et ça l'amuse. Et puis il nous envoie de bons clients. » Ed regarda Tom et sourit. « N'oubliez pas de prendre un peu l'accent populaire. Vous y arrivez très bien, si mes souvenirs sont exacts. »

Ed Banbury s'approcha d'une porte rouge foncé, à l'arrière d'un bâtiment, et tira la sonnette. Tom entendit une clef tourner dans la serrure, puis le battant s'ouvrit et Jeff apparut, rayonnant.

« Tom ! C'est *fantastique* ! » chuchota Jeff.

Ils longèrent un petit couloir, qui les conduisit dans un bureau confortable, avec moquette crème, livres et machine à écrire sur une table. Des toiles et de grands cartons à dessins étaient appuyés contre les murs.

« C'est tout à fait réussi, ça ne pourrait pas être mieux... Derwatt, fit Jeff en assenant une claque sur l'épaule de Tom. J'espère que ça ne va pas faire tomber votre barbe.

– Même un ouragan n'y arriverait pas », dit Ed.

Jeff Constant avait pris du poids et il avait le teint rouge... à moins qu'il n'eût utilisé une lampe à brunir. Ses poignets de chemise s'ornaient de boutons en or massif et son costume bleu à rayures noires semblait flambant neuf. Tom remarqua qu'il portait un toupet – on appelait ça un postiche – sur le sommet du crâne, à un endroit qui à présent devait être complètement chauve. On entendait derrière la porte fermée un bourdonnement de voix très nombreuses, au milieu desquelles un rire de femme jaillit, comme un dauphin à la surface d'une mer troublée se dit Tom, qui ne se sentait pourtant pas d'humeur à faire de la poésie.

« Six heures, annonça Jeff, en relevant sa manche pour consulter sa montre, en or comme le reste. Maintenant, je vais aller révéler discrètement à quelques journalistes que Derwatt est ici. Comme nous sommes en Angleterre, il n'y aura pas...

– Ha ha ! Pas de quoi ? coupa Ed.

– ... pas de *cohue,* dit fermement Jeff. J'y veillerai.

– Vous vous assiérez là, précisa Ed, en indiquant le bureau placé dans une position oblique, avec une chaise derrière. A moins que vous ne préfériez rester debout.

– Ce Murchison est ici ? » demanda Tom avec la voix de Derwatt.

Le sourire figé de Jeff s'élargit, mais il reflétait un certain malaise.

« Oh ! oui. Il va falloir que vous le voyiez, bien sûr. Mais après les journalistes. »

Jeff dansait sur place, il avait hâte de sortir, et pourtant il semblait avoir encore quelque chose à dire. Enfin il quitta la pièce. La clef tourna dans la serrure.

« Il y a de l'eau quelque part ? » s'enquit Tom.

Ed lui montra une petite salle de bain, dissimulée derrière une bibliothèque pivotante. Tom but à la hâte. Au moment où il rentrait dans le bureau, deux journalistes, les traits figés par la surprise et la curiosité, arrivaient avec Jeff. L'un avait une cinquantaine d'années, l'autre une vingtaine, mais leur expression était identique.

« Puis-je vous présenter Mr. Gardiner du *Telegraph* ? dit Jeff. Derwatt. Et Mr....

– Perkins, dit le plus jeune. Du *Sunday...* »

Un coup frappé à la porte les interrompit. Tom se dirigea vers le bureau les épaules voûtées, presque d'une allure de rhumatisant. Le lampadaire qui offrait le seul éclairage de la pièce était posé près de la porte de la galerie, à trois bons mètres de lui. Mais Tom avait observé que Mr. Perkins portait en bandoulière un appareil photo avec flash.

On laissa encore entrer quatre hommes et une femme. Dans les circonstances présentes, Tom redoutait par-dessus tout un regard féminin. Elle s'appelait, lui dit-on, Miss Eleanor Machin, du *Manchester* Quelque Chose.

Puis les questions se mirent à fuser, malgré les suggestions de Jeff qui aurait voulu que chaque journaliste prît la parole à son tour. Ce qui était irréalisable, tant chacun avait envie d'entendre la réponse à sa propre question.

« Est-ce que vous avez l'intention de passer le reste de votre vie au Mexique, monsieur Derwatt ?

– Monsieur Derwatt, nous sommes si étonnés de vous voir ici ! Qu'est-ce qui vous a décidé à venir à Londres ?

– Ne m'appelez pas *Mister* Derwatt, fit Tom d'un ton bourru. Dites Derwatt tout court.

– Est-ce que vous aimez le dernier... groupe de toiles que vous avez fait ? Vous en êtes plus content que du reste ?

– Derwatt, vous vivez seul au Mexique ? demanda Eleanor Machin.

– Oui.

– Vous pouvez nous indiquer le nom de votre village ? »

Trois hommes franchirent le seuil, et Tom vit que Jeff demandait à l'un d'eux d'attendre dehors.

« S'il y a une chose que je ne veux pas vous dire, répliqua lentement Tom, c'est le nom de mon village. Ça ne serait pas gentil pour les habitants.

– Derwatt, heu...
– Derwatt, d'après certains critiques... »
Quelqu'un tapait du poing sur la porte.
Jeff fit de même et hurla.
« Plus personne pour l'instant, s'il vous plaît.
– D'après certains critiques... »
La porte craqua comme si elle allait se fendre et Jeff pesa dessus de toutes ses forces. Tom constata que le battant ne cédait pas et le quitta des yeux pour regarder la personne qui l'interrogeait.
« ...votre œuvre rappelle la période cubiste de Picasso, quand il commençait à décomposer les visages et les formes.
– Il n'y a pas de périodes dans mon œuvre, dit Tom. Il y en a chez Picasso. Voilà pourquoi on ne peut pas le définir... à suppposer qu'on en ait envie. Il est impossible de dire : « J'aime Picasso », parce qu'il n'y a pas de période particulière qui vienne à l'esprit. Picasso joue. C'est son droit. Mais en agissant ainsi, il détruit ce qui pourrait être une... une personnalité authentique et bien structurée. Quelle *est* la personnalité de Picasso ? »
Les journalistes gribouillaient avec diligence.
« Parmi toutes les toiles exposées ici, quelle est celle que vous préférez ? Celle que vous jugez la meilleure ?
– Je n'ai pas... non, je ne peux pas dire que j'aie une toile préférée parmi celles qui figurent dans cette exposition. Merci. » (Derwatt était-il fumeur ? Quelle importance ? Tom prit une Craven dans le paquet de Jeff et, sans laisser le temps aux deux journalistes qui avaient bondi d'arriver jusqu'à lui, l'alluma lui-même avec un briquet de table. Il recula un peu pour protéger sa barbe de la flamme.) Mes toiles préférées, ce sont peut-être les anciennes : *Les Chaises rouges, La Femme qui tombe* aussi... Vendues, hélas ! » Le dernier nom lui était venu à l'esprit par miracle.

« Où est-elle, celle-là ? Je ne l'ai jamais vue, mais je connais le titre », dit quelqu'un.

Tom, très ermite, gardait les yeux fixés sur le buvard de cuir posé sur le bureau de Jeff.

« J'ai oublié. *La Femme qui tombe*. Vendue à un Américain, je crois. »

Les journalistes repartirent à l'attaque.

« Vous êtes satisfait de vos ventes, Derwatt ? »

Qui ne le serait pas ?

« Est-ce que le Mexique vous inspire ? J'ai remarqué qu'aucune des toiles exposées ici ne représentait un paysage mexicain. »

Petit obstacle, que Tom franchit aisément. Il ne peignait que des œuvres d'imagination.

« Pouvez-vous au moins nous décrire la maison que vous habitez au Mexique, Derwatt ? » demanda Eleanor.

C'était facile. Une maison d'un étage. Quatre pièces. Un bananier devant. Une jeune fille venait faire le ménage tous les matins à dix heures. A midi, elle lui apportait des tortillas cuites de frais, qu'il mangeait avec des haricots rouges, des *frijoles*. Oui, on trouvait peu de viande, mais il y avait des chèvres. Le nom de cette jeune fille ? Juana.

« Est-ce qu'on vous appelle Derwatt, au village ?

– Au début, oui, les gens m'appelaient comme ça, mais ils le prononçaient d'une façon bien différente, je peux vous l'assurer. Maintenant, je suis Felipe. Je n'ai pas besoin d'un autre nom que don Felipe.

– Ils ne savent pas qui vous êtes *exactement ?*

– Je ne crois pas qu'ils s'intéressent beaucoup au *Times*, à *Art Review* ou à quoi que ce soit de ce genre, dit Tom avec un petit rire.

– Londres ne vous manque pas ? La ville vous paraît changée ?

– C'est seulement une lubie qui vous a poussé à revenir ? demanda le jeune Perkins.

– Oui. Une lubie. »

Tom eut un sourire las, celui d'un homme habitué à contempler seul, depuis des années, les montagnes mexicaines.

« Vous ne venez jamais seul en Europe... incognito ? Nous savons que vous aimez la solitude...

– Derwatt, je serais très heureux si vous pouviez m'accorder dix minutes demain. Puis-je vous demander où vous allez...

– Je regrette, mais je ne sais pas encore où je vais m'installer », dit Tom.

Jeff fit comprendre doucement aux journalistes qu'il était temps de partir, et les appareils photo se mirent à crépiter. Tom regarda en bas, puis en haut, sur la demande des photographes. Jeff fit entrer un garçon en veste blanche qui portait un plateau plein de verres. Il se vida en quelques secondes.

Tom leva la main : geste d'adieu courtois et timide.

« Merci à tous...

– Non, plus personne, s'il vous plaît, dit Jeff à la porte.

– Mais je...

– Ah ! Monsieur Murchison, entrez, je vous en prie », dit Jeff. Il se tourna vers Tom. « Derwatt ! je vous présente Mr. Murchison. Il vient d'Amérique. »

Mr. Murchison était grand et avait un visage agréable.

« Comment allez-vous, monsieur Derwatt ? dit-il en souriant. Quel plaisir imprévu de vous trouver à Londres ! »

Ils se serrèrent la main.

« Comment allez-vous ? dit Tom.

– Et voici Edmund Banbury, ajouta Jeff. Mr. Murchison. »

Ed et Mr. Murchison se saluèrent.

« J'ai une de vos toiles : *L'Horloge*. Je l'ai même apportée avec moi. »

Mr. Murchison souriait largement, il contemplait Tom avec fascination et respect, et Tom espérait que la surprise de le voir suffirait à l'éblouir.

« Ah ! oui », dit-il.

Jeff referma calmement la porte.

« Vous ne voulez pas vous asseoir, monsieur Murchison ?

— Si, volontiers. »

Murchison s'assit, sur une chaise à dossier droit.

« Eh bien, pour en venir tout de suite à la question qui me préoccupe, monsieur Derwatt, je... m'intéresse à un certain changement de technique qui apparaît dans *L'Horloge*. Vous voyez, bien sûr, de quelle toile je veux parler ? »

Etait-ce une question posée négligemment ou dans un but bien précis ? se demanda Tom.

« Evidemment, répondit-il.

— Vous pourriez me la décrire ? »

Tom était encore debout. Un léger frisson le parcourut. Il sourit.

« Je ne peux jamais décrire mes tableaux. Je ne serais pas étonné qu'il n'y ait pas du tout d'horloge. Savez-vous, monsieur Murchison, ce n'est pas toujours moi qui trouve mes titres. Cette toile qui s'intitule *Un dimanche à midi*, par exemple, je veux bien être pendu si je sais d'où vient ce nom. » Tom avait parcouru le catalogue de la galerie, qui décrivait les vingt-huit Derwatt exposés actuellement, et Jeff ou quelqu'un d'autre avait eu la prévoyance de le poser, grand ouvert, sur le buvard du bureau. « C'est une idée à vous, Jeff ? »

Jeff rit.

« Non, je crois que c'est Ed qui l'a inventé. Vous

aimeriez boire un verre, monsieur Murchison ? Je peux aller vous chercher quelque chose au bar.

– Non merci, ça va très bien. » Et, à l'adresse de Tom : « C'est une horloge bleu foncé, presque noire, qui est tenue par... Vous vous souvenez ? demanda-t-il avec un sourire, comme s'il posait une innocente devinette.

– Par une petite fille, je crois, qui regarde le spectateur ?

– Hum. C'est ça. Mais vous peignez rarement des petits garçons, n'est-ce pas ? »

Tom gloussa, soulagé d'avoir deviné juste.

« Je suppose que je préfère les petites filles. »

Murchison alluma une Chesterfield. Il avait des yeux bruns, des cheveux châtain clair ondulés, une mâchoire puissante juste un peu trop charnue, comme le reste de sa personne d'ailleurs.

« J'aimerais bien que vous voyiez mon tableau. J'ai une raison pour ça. Excusez-moi un instant. Je l'ai laissé au vestiaire. »

Jeff le fit sortir et referma la porte derrière lui.

Tom et lui se regardèrent. Ed, adossé à un mur couvert de livres, resta silencieux. Tom dit à voix basse :

« Franchement, mes enfants, si cette fichue toile est restée dans le vestiaire pendant tout ce temps, l'un de vous aurait pu la subtiliser et la brûler, non ?

– Ah ! ah ! » fit nerveusement Ed.

La fossette de Jeff se creusa, mais il garda son sérieux, comme si Murchison se trouvait toujours dans la pièce.

« Eh bien, écoutons-le jusqu'au bout », dit Tom avec la voix lente et assurée de Derwatt.

Il tira sur ses manchettes; impossible de les faire dépasser.

Murchison réapparut, portant sous le bras un paquet enveloppé de papier brun. C'était une toile de dimensions moyennes : soixante centimètres sur quatre-vingt-dix à peu près.

« J'ai payé ça cinq mille dollars, dit-il en souriant. Vous trouverez peut-être imprudent de ma part de l'avoir laissée au vestiaire, mais je suis enclin à faire confiance aux gens. » Il défit le papier à l'aide d'un canif. « Connaissez-vous ce tableau ? » demanda-t-il à Tom.

Tom sourit à la toile.

« Oui, bien sûr.

– Vous vous souvenez de l'avoir peint ?

– Ce tableau est de moi.

– Ce sont les violets qui m'intéressent. Ils sont à base de cobalt, comme vous le voyez probablement mieux que moi. » L'espace d'un instant, Murchison eut presque l'air de s'excuser. « La toile a au moins trois ans, puisque je l'ai achetée il y a trois ans. Or, si je ne m'abuse, vous avez abandonné le cobalt pour un mélange de rouge cadmium et de bleu outre-mer il y a cinq ou six ans. Je ne peux pas fixer exactement la date. »

Tom resta silencieux. Sur la toile de Murchison, l'horloge était noir et violet. Les coups de pinceau et les couleurs ressemblaient à ceux de *L'Homme assis* (œuvre de Bernard) qu'il avait chez lui. Tom ne voyait pas très bien où Murchison voulait en venir avec son histoire de violet. Une petite fille, vêtue d'une robe rose et vert pomme, posait la main sur l'horloge, qui était grande et placée sur une table.

« Pour tout vous avouer, j'ai oublié, dit Tom. C'est peut-être du cobalt pur que j'ai utilisé ici, en effet.

– Et aussi dans une toile qui est accrochée là, dehors, dit Murchison avec un signe de tête en direction de la galerie. Celle qui s'appelle *Le Baquet.* Mais dans aucune autre. Je trouve ça curieux. Un peintre ne revient pas, d'habitude, à une couleur qu'il a abandonnée. Le mélange de rouge cadmium et d'outre-mer est beaucoup plus intéressant, à mon avis. Celui que vous avez choisi ensuite. »

Tom n'était pas inquiet. Aurait-il dû l'être davantage? Il haussa légèrement les épaules.

Jeff passa dans la petite salle de bain, où l'on entendit des bruits de verres et de cendriers.

« En quelle année avez-vous peint *L'Horloge*? demanda Murchison.

– Je ne peux pas vous le dire, malheureusement », fit Tom avec franchise. Il avait compris où Murchison voulait en venir, du moins en ce qui concernait la date, et il ajouta: « Il y a quatre ou cinq ans peut-être. C'est une vieille toile.

– On ne m'a pas dit qu'elle était ancienne quand on me l'a vendue. Et *Le Baquet*. Il est daté de l'année dernière. Pourtant on y retrouve ce violet cobalt. »

Le violet en question, qui servait à faire les ombres, pouvait-on dire, n'était pas une couleur dominante dans *L'Horloge*. Murchison avait un œil d'aigle. Tom avait l'impression qu'on trouvait ce même violet dans *Les Chaises rouges* – Derwatt authentique, mais plus ancien – et il se demanda si ce tableau était daté. S'il pouvait affirmer que *Les Chaises rouges* ne dataient que de trois ans et s'arranger pour le prouver, Murchison n'aurait plus qu'à aller se rhabiller. Il faudrait y réfléchir plus tard avec Ed et Jeff, se dit-il.

« Vous vous souvenez vraiment d'avoir peint *L'Horloge*? demanda Murchison.

– Je sais que cette toile est de moi, dit Tom. Il se peut que je l'aie peinte pendant mon séjour en Grèce, ou même en Irlande, parce que je ne me rappelle jamais très bien les dates, et celles que la galerie appose sur les tableaux ne sont pas toujours exactes.

– Je ne crois pas que *L'Horloge* soit de vous, déclara Murchison avec une conviction cordiale, typiquement américaine.

– Et pourquoi ça, mon Dieu ? rétorqua Tom, tout aussi cordialement.

– J'ai du toupet de m'obstiner comme ça, je le sais. Mais j'ai vu récemment quelques-unes de vos œuvres antérieures dans un musée de Philadelphie. Si je peux me permettre, Mr. Derwatt, je crois que...

– Appelez-moi simplement Derwatt. Je préfère ça.

– Derwatt. Vous êtes si prolifique qu'à mon avis, vous pouvez très bien avoir oublié... enfin vous pouvez ne plus vous souvenir d'une de vos toiles. Je vous accorde que *L'Horloge* est dans votre style et que le thème est caractéristique de votre... »

Ed écoutait attentivement, Jeff aussi, et ce fut lui qui mit à profit ce petit silence pour dire :

« Mais, somme toute, ce tableau est arrivé du Mexique avec d'autres. Derwatt en envoie toujours deux ou trois en même temps.

– Oui. Il y a une date au dos de la toile. Elle est vieille de trois ans. La peinture noire dont on s'est servi pour l'inscrire est la même que celle de la signature. » Murchison retourna son tableau pour que tout le monde puisse voir. « Je l'ai fait analyser en Amérique, pour m'assurer qu'elle était bien identique. C'est vous dire l'intérêt que je porte à cette affaire, ajouta-t-il en souriant.

– Je ne vois pas très bien où est le problème, dit Tom. Si j'ai inscrit moi-même la date derrière la toile, et si elle remonte à trois ans, c'est que je l'ai peinte au Mexique. »

Murchison regarda Jeff.

« Vous dites, monsieur Constant, que la toile vous est arrivée en même temps que deux ou trois autres ?

– Oui. Attendez que je me souvienne... Il me semble que les deux autres sont ici, prêtées par leurs propriétaires londoniens... *L'Etable orange* et... tu te rappelles la seconde, Ed ?

– *L'Oiseau fantôme*, probablement. C'est bien ça ? »

Jeff hocha la tête, et Tom en conclut que c'était exact, ou alors qu'il jouait bien la comédie.

« La technique de ces deux tableaux n'est pas la même. Il y a du violet dedans, mais il est composé d'un mélange de couleurs. Ce sont des toiles authentiques... ou authentiquement postérieures, en tout cas. »

Là, Murchison se trompait légèrement : elles étaient aussi fausses que la sienne. Tom se gratta la barbe, mais très doucement. Il gardait un air calme, un peu amusé.

Le regard de Murchison passa de Jeff à Tom.

« Vous me trouverez peut-être présomptueux, Derwatt, mais si vous voulez bien m'excuser, je crois que vous avez été victime d'un faussaire. J'irai plus loin. Je suis prêt à parier sur ma propre tête que *L'Horloge* n'est pas de vous.

– Mais, monsieur Murchison, dit Jeff, dans ces conditions il suffit...

– Que vous me montriez un reçu concernant un certain nombre de tableaux envoyés une certaine année ? Des tableaux en provenance du Mexique, qui n'avaient peut-être même pas de titre quand ils sont arrivés chez vous, si Derwatt ne leur en avait pas donné ?

– La Buckmaster Gallery a l'exclusivité des œuvres de Derwatt. C'est à nous que vous avez acheté cette toile.

– Je le sais bien, dit Murchison. Et je ne vous accuse pas... ni vous, ni Derwatt. Ce que j'affirme, c'est que ce tableau n'est pas de lui. Quant à savoir comment la chose a pu se produire, je ne peux pas vous le dire. » Il les regarda les uns après les autres, un peu gêné de l'éclat qu'il faisait, mais toujours entraîné par sa conviction. « Ma théorie, c'est qu'un peintre ne retourne jamais à une couleur simple qu'il a utilisée autrefois ou à une combinaison de couleurs, s'il a découvert par la suite une autre nuance aussi subtile et aussi importante que l'est le lavande dans l'œuvre de Derwatt. Vous êtes de mon avis, Derwatt ? »

Tom soupira et se caressa la moustache de l'index.

« Je n'en sais rien. Je ne suis sans doute pas aussi bon théoricien que vous. »

Petit silence.

« Eh bien, monsieur Murchison, que pourrions-nous faire pour vous être agréables ? demanda Jeff. Vous reprendre *L'Horloge* et vous la rembourser ? Ce serait avec plaisir... Derwatt vient de l'authentifier et, en toute franchise, elle vaut maintenant plus de cinq mille dollars. »

Tom espéra que Murchison accepterait, mais ce n'était pas son genre. Il prit son temps, enfonça ses mains dans les poches de son pantalon et regarda Jeff :

« Merci, mais c'est ma théorie, mon opinion, qui m'intéressent, beaucoup plus que l'argent. Et puisque je suis à Londres, où l'on trouve des experts aussi compétents qu'ailleurs, sinon davantage, j'ai l'intention de leur montrer *L'Horloge*, pour qu'ils la comparent avec... certains Derwatt indiscutables.

– Parfait, dit aimablement Tom.

– Merci beaucoup de m'avoir reçu, Derwatt. J'ai été enchanté de vous rencontrer. »

Murchison tendit la main. Tom la serra fermement.

« Tout le plaisir est pour moi, monsieur Murchison. »

Ed prêta son concours à Murchison pour remballer la toile et alla lui chercher de la ficelle, l'ancienne étant maintenant trop courte.

« Je pourrai vous joindre par l'intermédiaire de la galerie ? demanda Murchison à Tom. Demain, par exemple ?

– Oh ! oui, dit Tom. Ils sauront où je suis. »

Après le départ de l'Américain, Ed et Jeff poussèrent d'énormes soupirs.

« Alors... c'est grave ? » demanda Tom.

Jeff s'y connaissait mieux en peinture que les deux autres. Il ouvrit la bouche et dit avec difficulté :

« S'il met un expert dans le coup, oui, je pense que ça peut être grave. Et il va le faire. Ce qu'il dit sur les violets n'est pas idiot. C'est un indice qui peut conduire à des découvertes pires encore.

– Si on retournait chez vous, Jeff ? proposa Tom. Vous pouvez me faire disparaître par la porte de derrière... comme Cendrillon ?

– Oui, mais il faut d'abord que je dise un mot à Leonard. Je vais vous l'amener pour que vous fassiez sa connaissance. »

Il sortit.

Dans la galerie, le bourdonnement avait diminué de volume. Tom regarda Ed, qui était encore un peu pâle. *Moi, je peux disparaître, mais vous pas*, se dit-il. Il redressa les épaules et fit un V avec deux doigts.

« Haut les cœurs, Banbury ! On les aura !

– Ou alors, c'est nous qui nous ferons avoir », répliqua Ed, en accompagnant ses paroles d'un geste plus grossier.

Jeff revint avec Leonard : c'était un jeune homme de petite taille, tiré à quatre épingles, il portait un costume édouardien avec des revers en velours et une quantité de boutons. Il éclata de rire en voyant Derwatt, et Jeff lui fit signe de se taire.

« C'est merveilleux, merveilleux ! dit Leonard en contemplant Tom avec une sincère admiration. Moi qui vais si souvent au cinéma ! Je n'ai rien vu de mieux depuis ma propre interprétation de Toulouse-Lautrec, que j'ai faite à genoux avec les pieds attachés par-derrière ! Ça se passait l'année dernière. (Il regarda fixement Tom.) Mais *qui* êtes-vous ?

– Ça, dit Jeff, tu n'as pas besoin de le savoir. Tout ce qui importe....

– Tout ce qui importe, coupa Ed, c'est que Derwatt vient d'accorder une brillante interview à la presse.

– Et demain il disparaîtra. Il sera reparti pour le Mexique, chuchota Jeff. Maintenant, retourne à tes obligations, Leonard.

– *Ciao*, dit Tom en levant la main.

– *Mes hommages* », fit Leonard avec un profond salut. Il gagna la porte à reculons et ajouta : « La foule a presque entièrement disparu. L'alcool aussi. »

Sur quoi, il se faufila dehors.

Tom n'était pas si allègre. Il avait hâte de se débarrasser de son déguisement. Le problème devant lequel ils se trouvaient n'était toujours pas résolu.

En arrivant dans le studio de Jeff, ils découvrirent que Bernard Tufts n'y était plus. Ed et Jeff eurent l'air surpris. Tom se sentit un peu mal à l'aise, parce qu'il fallait absolument mettre Bernard au courant de ce qui se passait.

« Vous pouvez le joindre, bien sûr ? dit-il.

– Oh ! oui, répondit Ed, qui se faisait du thé dans la cuisine de Jeff. Il est toujours chez lui. Il a le téléphone. »

Tom pensa brusquement que même le téléphone ne serait pas sûr bien longtemps.

« Mr. Murchison va sans doute manifester l'intention de vous revoir, dit Jeff. Avec l'expert. Il faut donc que vous disparaissiez. Vous allez repartir pour le Mexique demain... officiellement. Peut-être même ce soir. »

Il sirotait un Pernod. Il avait repris de l'assurance, peut-être parce que la conférence de presse et même l'entrevue avec Murchison s'étaient raisonnablement passées, se dit Tom.

« Non, pas au Mexique, dit Ed en réapparaissant avec sa tasse de thé. Derwatt sera quelque part en Angleterre chez des amis et personne ne connaîtra son adresse, même pas nous. Laissons passer quelques jours. *Ensuite*, il repartira pour le Mexique. Par quel moyen ? Nous l'ignorerons. »

Tom ôta son veston informe.

« Est-ce que *Les Chaises rouges* sont datées ?

– Oui, dit Ed. Elles remontent à six ans.

– C'est écrit quelque part, je suppose ? Je me demandais si on ne pourrait pas avancer la date... pour résoudre cette histoire de violets. »

Ed et Jeff se regardèrent.

« Non, répondit très vite Ed. La date est portée sur trop de catalogues.

– Il y a un autre moyen de s'en sortir. Faites peindre à Bernard plusieurs toiles – deux au moins – où il utilisera le violet à base de cobalt. Pour prouver que Derwatt se sert indifféremment de l'un ou de l'autre. »

Mais Tom lui-même se sentait découragé en prononçant ces mots, et il savait pourquoi. Il se doutait qu'on ne pourrait plus compter longtemps sur Bernard. Il détourna son regard d'Ed et de Jeff. Ils étaient sceptiques. Son déguisement lui donnait confiance et il essaya de se reprendre.

« Est-ce que je vous ai raconté ma lune de miel ? demanda-t-il avec la voix monocorde du peintre.

– Non, allez-y ! » fit Jeff, tout prêt à s'amuser. Il souriait déjà.

Tom arrondit les épaules à la Derwatt.

« C'était... c'était très inhibant, comme atmosphère.

Ça se passait en Espagne. Nous avions pris une suite dans un hôtel, voyez-vous, et j'étais là avec Héloïse, mais en bas, dans le patio, il y avait un perroquet qui chantait *Carmen*... un perroquet qui chantait faux. Et chaque fois que... eh bien, ça y était : « La-la-la-la-la-la-la-la-la ! La-la-la-la-la-la-la-la-la ! » Les gens se penchaient aux fenêtres et hurlaient en espagnol : « Ferme ton sale bec ! Qui lui a appris à chanter *Carmen*, à ce.... à ce foutu animal ! Tuez-le ! Flanquez-le dans la soupe ! » On ne peut pas faire l'amour en riant, c'est impossible. Vous avez déjà essayé ? C'est le rire qui distingue l'homme de l'animal, paraît-il, pas cette autre activité que je viens de mentionner... Ed, vous ne pourriez pas m'aider à m'extirper de mon feuillage ? »

Ed se tenait les côtes et Jeff se tordait de rire sur le divan : réaction, que Tom savait provisoire, à la tension qu'ils venaient d'endurer.

« Venez dans la salle de bain. »

Il remplit la cuvette d'eau chaude.

Tom changea de pantalon. S'il réussissait, il ne voyait pas encore comment, à attirer Murchison chez lui, sans lui laisser le temps d'entrer en contact avec cet expert dont il avait parlé, il aboutirait peut-être à quelque chose... mais à quoi ?

« Où Murchison est-il descendu ?

– A l'hôtel, dit Jeff. Il n'a pas précisé lequel.

– Vous pourriez en appeler quelques-uns pour voir ? »

Le téléphone sonna au moment où Jeff s'en approchait. Tom l'entendit répondre à quelqu'un que Derwatt avait pris un train en partance pour le nord, il ne savait pas où exactement. « Il aime la solitude, vous savez. »

« Encore un journaliste, dit-il après avoir raccroché. Pour une interview personnelle. » Il ouvrit un annuaire.

« Je vais d'abord essayer le Dorchester. C'est assez son genre.

– Ou le Westbury », suggéra Ed.

Il fallut plusieurs applications délicates d'eau chaude pour décoller la gaze de la barbe. Ensuite, la coloration fut effacée à l'aide d'un shampooing. Enfin, Tom entendit Jeff déclarer avec entrain : Non merci, je rappellerai plus tard.

« Il est au Mandeville, dit-il. C'est une rue qui donne dans Wigmore Street. »

Tom remit sa chemise rose, achetée à Venise. Puis il décrocha le téléphone et prit une chambre au Mandeville sous le nom de Thomas Ripley. Il arriverait vers vingt heures, dit-il.

« Qu'est-ce que vous allez faire ? » demanda Ed.

Tom eut un petit sourire.

« Je ne sais pas encore », répondit-il, ce qui était vrai.

L'HÔTEL Mandeville était un établissement assez chic, mais beaucoup moins coûteux que le Dorchester. Tom y arriva à vingt heures quinze et donna sa véritable adresse : Villeperce-sur-Seine. Il avait pensé tout d'abord s'inscrire sous un faux nom et indiquer une fausse adresse, en Angleterre, pour le cas où il aurait des difficultés considérables avec Mr. Murchison et où il serait obligé de disparaître très vite, mais il fallait compter avec la possibilité d'inviter l'autre chez lui, en France, et pour ça son vrai nom lui serait peut-être indispensable. Il fit monter sa valise par un groom et alla jeter un coup d'œil au bar, dans l'espoir d'y trouver Mr. Murchison. Mais il n'y était pas. Tom décida de commander une bière et d'attendre un moment.

Au bout de dix minutes d'attente devant la chope de bière et *L'Evening Standard,* Mr. Murchison n'était toujours pas là. Il y avait un tas de restaurants dans le quartier, Tom le savait, mais il pouvait difficilement aborder l'Américain et faire connaissance avec lui sous le simple prétexte qu'il l'avait aperçu à l'exposition Derwatt dans la journée. Et pourquoi pas, au fond ? S'il ajoutait qu'il l'avait vu passer dans la pièce du fond pour parler à Derwatt ? Oui. Tom allait se lancer dans l'exploration des restaurants du coin, quand il vit Mr. Murchison entrer dans le bar, en faisant signe à quelqu'un de le suivre.

Et Tom fut ahuri, horrifié même, de reconnaître en ce quelqu'un Bernard Tufts. Il se glissa dehors en toute hâte, par l'autre porte du bar, qui donnait directement dans la rue. Bernard ne l'avait pas vu, il en était à peu près sûr. Il chercha une cabine téléphonique, puis un autre hôtel d'où il aurait pu appeler, et, ne trouvant ni l'un ni l'autre, il retourna au Mandeville par l'entrée principale et prit sa clef, le numéro 411.

De sa chambre, Tom appela le studio de Jeff. La sonnerie retentit trois, quatre, cinq fois, puis, à son grand soulagement, Jeff répondit.

« Allô, Tom! J'allais descendre avec Ed quand j'ai entendu le téléphone. Qu'est-ce qui se passe?

– Est-ce que vous savez où est Bernard en ce moment?

– Oh! on va le laisser tranquille ce soir. Il est un peu sens dessus dessous.

– Il est en train de boire un verre avec Murchison au bar du Mandeville.

– *Quoi?*

– Je téléphone de ma chambre. Bon, maintenant... vous m'écoutez, Jeff?

– Oui, oui.

– Ne dites sous aucun prétexte à Bernard que je l'ai vu. Ne lui dites pas non plus que je suis au Mandeville. Et ne vous montez pas le bourrichon. Espérons qu'il n'a pas déjà commencé à vider son sac. Je n'en sais rien.

– Dieu de Dieu! fit Jeff dans un gémissement. Non... non. Bernard ne racontera *rien*. Je ne *crois* pas.

– Vous serez chez vous, plus tard dans la soirée?

– Oui... Oh! je serai rentré à minuit, en tout cas.

– J'essaierai de vous rappeler. Mais si je ne le fais pas, il ne faudra pas vous inquiéter. Ne me téléphonez pas, vous... Je pourrais avoir quelqu'un dans ma chambre », dit-il avec un petit rire.

Jeff rit, lui aussi, mais on sentait qu'il avait le cœur un peu serré.

« D'accord, Tom. »

Tom raccrocha.

Il voulait absolument voir Murchison ce soir. Est-ce que l'Américain dînerait avec Bernard ? Dans ce cas, il faudrait attendre et ça ne serait pas amusant. Il suspendit un costume et glissa deux chemises dans un tiroir. Puis il se passa un peu d'eau sur la figure et se regarda dans la glace pour s'assurer que toutes les traces de colle avaient disparu.

Comme il ne tenait pas en place, il quitta sa chambre, son pardessus sur le bras. Il allait faire une balade, du côté de Soho peut-être, et trouver un endroit pour dîner. En bas, il risqua un œil à travers les portes vitrées du bar.

La chance était avec lui. Murchison signait sa note, tout seul, et la porte de la rue se refermait sur quelqu'un, peut-être sur Bernard. Tom regarda quand même dans tous les coins, pour le cas où Bernard reviendrait après un petit séjour aux toilettes. Mais il ne le vit nulle part. Il attendit que Murchison se fût levé avant d'entrer à son tour dans le bar. Il arborait une expression pensive et déprimée qui correspondait bien, d'ailleurs, à son état d'esprit. A deux reprises, il leva les yeux vers Murchison, dont le regard rencontra une fois le sien, comme s'il se demandait s'il ne l'avait pas vu quelque part.

Puis il l'aborda.

« Excusez-moi. Je crois vous avoir aperçu à l'exposition Derwatt, cet après-midi. »

Tom avait pris un accent américain, celui du Midwest, en appuyant sur le r de Derwatt.

« Mais oui, j'y étais, dit Murchison.

– Il m'a semblé que vous aviez l'air américain. Moi aussi, je le suis. Vous aimez Derwatt ? »

Tom s'efforçait de paraître aussi naïf et candide que possible sans donner l'impression d'être simple d'esprit.

« Oui, beaucoup.

– Je possède deux toiles de lui, dit Tom avec orgueil. Il se peut que j'achète aussi l'une de celles qui sont exposées aujourd'hui... si elle est toujours là. *Le Baquet.*

– Ah ? Moi aussi, j'en ai une, fit Murchison avec une égale candeur.

– Vraiment ? Comment s'appelle-t-elle ?

– Si vous vous asseyiez ? » Murchison était debout, mais il lui indiqua une chaise, devant lui. « Vous prenez un verre ?

– Merci, volontiers.

– Ma toile à moi s'appelle *L'Horloge.* Quelle chance de rencontrer quelqu'un qui possède un... et même deux Derwatt. »

Un garçon s'approcha.

« Un scotch pour moi, s'il vous plaît. Et vous ?

– Un gin tonic », répondit Tom. Et il ajouta : « Je suis descendu au Mandeville, donc c'est moi qui offre les verres.

– Nous en discuterons plus tard. Parlez-moi de vos toiles.

– La première, ce sont *Les Chaises rouges,* dit Tom et...

– Non ! C'est merveilleux ! *Les Chaises rouges* ! Vous habitez Londres ?

– Non ! Je vis en France.

– Ah ! fit Murchison déçu. Et l'autre, qu'est-ce que c'est ?

– *L'Homme assis.*
– Je ne connais pas. »

La conversation tourna pendant un moment autour de l'étrange personnalité de Derwatt, et Tom dit qu'il avait vu Murchison entrer dans la pièce du fond où le peintre se trouvait, à ce qu'on lui avait raconté.

« On ne laissait entrer que la presse, déclara Murchison, mais j'ai réussi à franchir l'obstacle. Voyez-vous, c'est pour une raison assez particulière que j'ai fait ce voyage à Londres et, quand j'ai entendu dire que Derwatt était *ici,* je n'ai pas voulu laisser échapper cette occasion.

– Ah! oui? Et quelle est cette raison? » demanda Tom.

Murchison la lui expliqua. Il lui exposa les motifs pour lesquels il croyait que Derwatt avait été victime d'un faussaire, et Tom écouta avec une attention soutenue. Le problème se résumait à ceci : Derwatt utilisait depuis cinq ou six ans (donc avant sa mort et l'innovation était bien de lui, pas de Bernard) un mélange de rouge cadmium et de bleu outre-mer; or, dans *L'Horloge* et dans *Le Baquet,* il était revenu à son violet à base de cobalt pur. Murchison peignait lui aussi, en amateur, comme il l'apprit à Tom.

« Je ne suis pas un expert, mais, croyez-moi, j'ai lu à peu près tous les livres qui existent sur les peintres et sur la peinture. On n'a pas besoin d'être très compétent ni de prendre un microscope pour distinguer une couleur simple d'un mélange de couleurs. Mon avis, c'est qu'un peintre ne revient jamais à une couleur qu'il a abandonnée consciemment ou inconsciemment. Je dis inconsciemment parce que, lorsqu'un peintre innove en matière de couleurs, c'est d'habitude à la suite d'une décision inconsciente. Je ne prétends pas que Derwatt utilise du lavande dans tous ses tableaux, non, bien sûr.

Mais je suis convaincu que mon *Horloge* – ainsi, peut-être, que d'autres tableaux, y compris *Le Baquet* auquel vous vous intéressez, d'ailleurs, ne sont pas des Derwatt.

– C'est intéressant. Très intéressant. Parce qu'il se trouve que mon *Homme assis* correspond assez bien à ce que vous venez de dire. A mon avis, du moins. C'est une toile qui doit avoir quatre ans. J'aimerais vous la montrer... Et alors, qu'est-ce que vous allez faire à propos de votre *Horloge* ? »

Murchison alluma une de ses Chesterfield.

« Je n'ai pas encore terminé mon histoire. Je viens de boire un verre avec un Anglais, un certain Bernard Tufts, peintre lui aussi, et il semble partager mes soupçons au sujet de Derwatt. »

Tom fronça les sourcils.

« Vraiment? S'il y a quelqu'un qui s'amuse à fabriquer des faux Derwatt, c'est important. Qu'est-ce qu'il a dit, ce type?

– Selon moi, il en sait plus long qu'il ne veut bien le dire. Je ne crois pas qu'il soit dans le coup. Il n'a pas l'air malhonnête et, visiblement, il ne roule pas non plus sur l'or. Mais j'ai l'impression qu'il connaît bien les milieux artistiques de Londres. Il m'a simplement averti : « N'achetez plus de Derwatt, monsieur « Murchison. » Alors, qu'est-ce que vous dites de ça?

– Hum. Mais il se fonde sur quoi?

– Je vous le dis, je n'en sais rien. Je n'ai pas pu lui tirer un mot de plus. Mais il s'est donné la peine de venir me voir ici, et il m'a raconté qu'il avait fait huit hôtels londoniens avant de me trouver. Quand je lui ai demandé comment il avait appris mon nom, il m'a répondu : « Oh! les choses finissent toujours par se « savoir. » C'est extrêmement bizarre, parce que je n'ai parlé à personne d'autre qu'aux gens de la Buckmaster

Gallery. Vous ne trouvez pas ça drôle ? Même l'expert de la Tate Gallery avec qui j'ai rendez-vous demain ne sait pas que c'est au sujet d'un Derwatt. » Murchison but une gorgée de scotch et reprit. « Quand les toiles arrivent du Mexique... Savez-vous ce que je vais faire demain avec ce Mr. Riemer de la Tate Gallery ? D'abord lui montrer *L'Horloge,* bien sûr. Mais je vais aussi lui demander si nous avons le droit, lui ou moi, de consulter les reçus ou les livres de la Buckmaster Gallery concernant les Derwatt qui viennent du Mexique. Ils sont sûrement enregistrés par la douane et, s'il y en a qui ne sont pas portés sur les livres, c'est bien pour quelque chose. Est-ce que ça ne serait pas étonnant si Derwatt lui-même se laissait mener par le bout du nez et si certains tableaux – qu'on prétend vieux de quatre ou cinq ans par exemple – étaient peints en ce moment même à Londres ? »

Oui, pensa Tom. Ça serait vraiment étonnant.

« Mais vous m'avez dit que vous aviez eu un entretien avec Derwatt. Vous lui avez parlé de votre toile ?

– Je la lui ai montrée ! Il m'a dit qu'elle était de lui, mais il n'en avait pas l'air absolument sûr, à mon avis. Il ne s'est pas écrié : « Mais oui, c'est mon tableau ! » Il l'a regardé pendant une ou deux minutes, et il a dit : « Bien sûr, ce tableau est de moi. » C'était peut-être présomptueux de ma part, pourtant je n'ai pas hésité à lui répondre que, selon moi, il pouvait très bien avoir oublié une ou deux toiles vieilles de plusieurs années, surtout si elles ne portent pas de titre. »

Tom fronça les sourcils comme s'il en doutait, ce qui était effectivement le cas. Un peintre, se disait-il, devait se souvenir de tous les tableaux qu'il avait peints, même s'ils ne portaient pas de titre. D'un dessin, peut-être moins. Mais il laissa Murchison continuer.

« Et puis je n'aime pas beaucoup les gens de la Buckmaster Gallery. Ni Jeffrey Constant, ni ce journaliste Edmund Banbury, qui lui est visiblement très lié. Ce sont de vieux amis de Derwatt, je le sais. A Long Island, où j'habite, je reçois le *Listener*, l'*Art Review* et aussi le *Sunday Times*. J'y trouve souvent des articles de Banbury et d'habitude il y a une allusion à Derwatt, même s'il s'agit de quelqu'un d'autre. Alors, vous savez ce que je me suis dit ?

– Non, fit Tom. Quoi ?

– Je me suis dit que peut-être Constant et Banbury laissaient passer un certain nombre de faux pour vendre plus de Derwatt que le peintre ne peut en produire. Mais ça serait drôle, vous ne trouvez pas, si Derwatt était distrait au point de ne même pas se rappeler combien de tableaux il a faits ? »

Drôle, oui, mais quand même pas hilarant, se dit Tom. En tout cas, pas aussi drôle que la vérité, Mr. Murchison. Il sourit :

« Alors, vous allez montrer votre toile à l'expert demain ?

– Montez la voir chez moi, si vous voulez. »

Tom voulut prendre l'addition, mais Murchison insista pour la payer.

Ils prirent tous les deux l'ascenseur. La toile était dans un coin du placard de Murchison, toujours emballée comme elle l'avait été par les soins d'Ed. Tom la regarda avec intérêt.

« Elle est très belle, dit-il.

– Ça, on ne peut pas le nier.

– Savez-vous... dit Tom, en la posant sur le secrétaire et en traversant la pièce pour la contempler de loin, toutes lumières allumées. Elle présente une nette ressemblance avec mon *Homme assis*. Pourquoi ne viendriez-vous pas le voir ? J'habite tout près de Paris. Si vous pensez que ma toile est peut-être un faux, je vous la confierai pour que vous la fassiez examiner à Londres. »

Murchison réfléchit.

« Hum. Ça ne serait pas impossible.

– Si vous vous êtes fait avoir, alors moi aussi, je crois. (Tom se dit qu'il vexerait sans doute Murchison en lui offrant de lui rembourser son voyage, et il ne le fit pas.) J'ai une grande maison et je suis seul pour le moment avec ma gouvernante.

– Eh bien, c'est d'accord, dit Murchison, qui ne s'était pas assis.

– J'ai l'intention de partir demain.

– Entendu. Je téléphonerai à la Tate Gallery pour remettre mon rendez-vous à plus tard.

– J'ai pas mal d'autres tableaux. Ce qui ne veut pas dire que je suis collectionneur. » Tom s'assit sur le plus grand fauteuil. « Je serais heureux de vous les montrer. J'ai un Soutine. Deux Magritte.

– Vraiment ? fit Murchison, dont les yeux commençaient à prendre une expression rêveuse. A quelle distance de Paris êtes-vous ? »

Dix minutes plus tard, Tom était dans sa chambre, à l'étage au-dessous. Murchison lui avait proposé de dîner avec lui, mais il avait jugé préférable de prétexter un rendez-vous à Belgravia à vingt-deux heures, ce qui ne leur laissait guère de temps. L'autre l'avait chargé de prendre deux billets pour le lendemain, dont un aller et retour pour lui. Tom décrocha le téléphone et retint deux places dans l'avion qui décollait le lendemain, jeudi, à quatorze heures trente pour Orly. Il possédait déjà son billet de retour. Il laissa un message en bas à Murchison pour lui indiquer l'heure du départ. Puis il commanda un sandwich et une demi-bouteille de médoc. Après quoi il sommeilla jusqu'à onze heures et appela Reeves Minot à Hambourg. Il lui fallut près d'une demi-heure pour obtenir la communication.

Reeves n'était pas là, répondit une voix d'homme avec un accent allemand.

Tom décida de risquer son va-tout, parce qu'il en avait par-dessus la tête de Reeves, et dit :

« Ici Tom Ripley. Est-ce qu'il y a un message pour moi ?

– Oui. C'est jeudi. Demain. Le comte arrive à Milan demain. Vous pourrez y être ?

– Non, je ne pourrai pas être à Milan demain. *Es tut mir leid.* » Tom ne désirait pas, pour l'instant, apprendre à cet homme, dont il ne connaissait pas l'identité, que le comte était d'ores et déjà invité à passer quelques jours chez lui lors de son prochain séjour en France. Reeves ne pouvait quand même pas lui demander de tout laisser tomber – comme il l'avait fait une ou deux fois, et malgré le plaisir que Tom retirait de ces petites excursions – pour courir à Hambourg ou à Rome, faire semblant de se trouver là par hasard et inviter le « porteur » (c'était ainsi qu'il le nommait en esprit, au sens où l'on est, à son insu, « porteur » d'une maladie contagieuse), chez lui, à Villeperce. « Je crois que ça ne fera pas trop de complications, dit-il. Vous pouvez m'indiquer l'adresse du comte, à Milan ?

– Grand-Hôtel, répondit la voix avec brusquerie.

– Dites à Reeves que je le contacterai probablement demain, s'il vous plaît. Où puis-je le joindre ?

– Il sera demain matin au Grand-Hôtel, à Milan. Il prend le train ce soir. Il n'aime pas l'avion, vous savez. »

Tom ne savait pas. Bizarre, qu'un type comme Reeves n'aimât pas l'avion.

« Je lui téléphonerai. Et je ne suis pas à Munich. Je suis à Paris.

– A Paris ? fit la voix avec surprise. Je sais que Reeves a essayé de vous joindre à Munich, au Vierjahreszeiten. »

Eh bien, tant pis pour lui. Tom raccrocha poliment.

Les aiguilles de sa montre-bracelet se rapprochaient de minuit. Il se demanda ce qu'il allait dire à Jeff Constant ce soir. Et que faire au sujet de Bernard ? Un discours rassurant naquit, entièrement composé dans son esprit. Quant à Bernard, il aurait le temps de le rencontrer le lendemain avant son départ, mais il craignait qu'en voyant quelqu'un faire des efforts trop visibles pour le rassurer, le jeune homme ne se troublât davantage et ne s'enfonçât plus encore dans une attitude négative. S'il avait dit à Murchison : « N'achetez plus de Derwatt », cela semblait impliquer qu'il n'avait plus l'intention d'en peindre, ce qui serait évidemment très mauvais pour les affaires. Il fallait compter avec une possibilité plus grave encore : que Bernard fût sur le point de se confesser à la police où à l'un des nombreux acheteurs de faux Derwatt ?

Quel était exactement l'état d'esprit de Bernard et que mijotait-il ?

Tom décida de ne rien lui dire du tout. Bernard savait que l'idée de fabriquer des faux était de lui. Il prit une douche et se mit à chanter :

*Babbo non vuole*
*Mama nemmeno*
*Come faremo*
*A far all'amor...*

Les murs du Mandeville donnaient l'impression – peut-être illusoire – d'être insonorisés. Tom n'avait pas chanté cet air-là depuis longtemps. Il lui était venu comme ça, sans raison, à la mémoire, et il s'en réjouit parce que, dans son esprit, cet air était synonyme de bonheur et de chance.

Il enfila son pyjama et composa le numéro de Jeff.

Jeff répondit immédiatement.

« Allô. Il y a du nouveau ?

– J'ai bavardé avec Mr. M. ce soir, et nous nous sommes très bien entendus. Il m'accompagne en France demain. Ça nous donne un peu de temps pour nous retourner.

– Vous voulez dire que... que vous allez essayer de le persuader ?

– Oui. Quelque chose comme ça.

– Vous voulez que je vienne à votre hôtel, Tom ? Vous êtes probablement trop fatigué pour faire un saut jusque chez moi ? Non ?

– Je ne suis pas fatigué, mais ce serait inutile. Et, en venant ici, vous risqueriez de rencontrer Mr. M. Ça n'arrangerait pas nos affaires, n'est-ce pas ?

– Non.

– Vous avez des nouvelles de Bernard ?

– Aucune.

– Eh bien, dites-lui ceci. » Tom pesa soigneusement ses mots. « Dites-lui que vous savez – vous, pas moi – que Mr. M. va attendre quelques jours avant de faire quoi que ce soit au sujet de sa toile. Ce qui importe surtout, c'est que Bernard ne craque pas. Vous pouvez vous en charger ?

– Pourquoi ne pas lui parler *vous-même* ?

– Parce que ça serait mauvais », répliqua Tom avec quelque irritation.

Certaines personnes n'avaient pas le moindre sens de la psychologie !

« Tom, vous avez été merveilleux aujourd'hui, dit Jeff. Merci. »

Tom sourit, content de ce ton admiratif.

« Occupez-vous de Bernard. Je vous rappellerai avant mon départ.

– Je serai chez moi toute la matinée. »

Ils se dirent bonsoir.

S'il lui avait révélé que Murchison comptait demander à voir les registres, les reçus des tableaux en provenance du Mexique, Jeff aurait piqué une crise, se dit Tom. Il faudrait le mettre en garde contre ça le lendemain matin, en appelant d'une cabine publique ou d'un bureau de poste. Tom se méfiait des standardistes d'hôtel. Il espérait, bien entendu, détourner Murchison de sa théorie, mais s'il n'y arrivait pas, autant que la Buckmaster Gallery fabrique des registres qui aient l'air authentique.

Le lendemain matin, tout en prenant son petit déjeuner au lit – privilège que la puritaine Angleterre faisait payer par quelques shillings supplémentaires – Tom téléphona à Mme Annette. Il n'était que huit heures, mais il savait qu'elle devait être debout depuis près d'une heure déjà et il l'imaginait en train de vaquer à ses occupations en chantonnant : monter le chauffage (en tournant un bouton placé dans la cuisine), préparer avec délicatesse son infusion (du thé, parce que le café du matin lui faisait battre le cœur trop vite), modifier la position de ses plantes, sur divers appuis de fenêtres, pour qu'elles profitent au maximum du soleil. Et elle serait aux anges de recevoir un *coup de fil* de Londres.

« Allô ! Allô ! *Allô !* » Voix furieuse de l'opératrice.

« Allô ? » (Distrait, celui-là).

Trois opératrices françaises participaient à la manœuvre, sans compter la standardiste du Mandeville.

Enfin, il entendit la voix de Mme Annette.

« Il fait très beau ici ce matin ! Un soleil magnifique ! »

Tom sourit. Cette voix joyeuse le réconfortait.

« Madame Annette ? Oui, je vais très bien, merci. Et cette dent ?... Tant mieux. Je vous téléphone pour vous dire que je serai à la maison cet après-midi vers quatre heures avec un invité américain.

– Ah ! fit Mme Annette, ravie.

– Il passera la nuit chez nous, celle du lendemain aussi peut-être, qui sait ? Vous voulez bien préparer la chambre d'amis ? Y mettre des fleurs ? Et si vous nous faisiez un tournedos pour dîner, avec votre délicieuse béarnaise ? »

Mme Annette avait l'air transportée de joie à l'idée de voir Tom revenir avec un invité et d'avoir quelque chose de précis à faire.

Puis Tom appela Mr. Murchison ; ils convinrent de se retrouver à la réception de l'hôtel à midi et de prendre un taxi ensemble pour Heathrow.

Tom sortit, avec l'intention d'aller à Berkeley Square, où se trouvait une chemiserie dans laquelle – habitude rituelle – il achetait un pyjama chaque fois qu'il venait à Londres. D'autre part, c'était sa dernière occasion de prendre le métro avant son départ. Le métro faisait partie intégrante de l'atmosphère londonienne, et Tom était aussi un admirateur des graffiti qui en ornaient les murs. Dehors, le soleil menait une lutte assez désespérée contre la brume annonciatrice de pluie, mais il ne pleuvait pas vraiment. Il s'élança dans la station d'Oxford Street en compagnie de gens qui devaient être des retardataires, l'arrière-garde de l'heure d'affluence. Tom admirait chez les auteurs de graffiti londoniens qu'ils arrivent à griffonner sur les murs tout en étant emportés par un escalier roulant. Il rencontra en chemin beaucoup de réclames pour des sous-vêtements, des filles en gaine et en panty, enjolivées de détails anatomiques mâles ou femelles, mais aussi, quelquefois, de phrases entières : QUEL PLAISIR D'ÊTRE HERMAPHRODITE ! Comment s'y prenaient-ils ? Est-ce qu'ils couraient très vite dans la direction opposée à celle de l'escalier roulant tout en écrivant ? On voyait beaucoup LES NÈGRES DEHORS ! avec cette variante : LES NÈGRES DEHORS TOUT DE SUITE ! Sur le quai, il aperçut une affiche publicitaire pour le *Roméo et Juliette* de Zeffirelli : Roméo, tout nu, était couché sur le dos et Juliette lui grimpait dessus. Une proposition obscène sortait de sa bouche. « Pourquoi pas ? » lisait-on dans la bulle qui s'échappait des lèvres de Roméo.

A dix heures et demie, Tom avait son pyjama. Il l'acheta jaune. Il l'aurait préféré violet parce qu'il n'en possédait plus de cette couleur, mais il avait assez entendu parler de violet récemment. Il se rendit en taxi à Carnaby Street. Il acheta pour lui un pantalon collant dans une espèce de tissu qui ressemblait à du satin, parce qu'il n'aimait pas les jambes évasées, et pour Héloïse il en prit un en laine noire, serré aux hanches, évasé du bas, taille vingt-six. La cabine où il essaya le sien était si petite qu'il n'avait même pas assez de recul pour se voir tout entier dans la glace, mais Mme Annette adorait faire de petites retouches pour lui ou pour Héloïse. En outre, deux Italiens qui répétaient tout le temps « *Bellissimo !* » tiraient le rideau toutes les deux secondes, dans leur hâte d'entrer et d'essayer à leur tour leurs acquisitions. Pendant qu'il payait, arrivèrent deux Grecs qui se mirent à convertir bruyamment les prix en drachmes. La boutique ne mesurait que deux mètres sur quatre à peu près, et s'il n'y avait qu'un seul vendeur il ne fallait pas s'en étonner : on n'aurait jamais eu la place d'en mettre un second.

Avec ses achats dans de grands sacs en papier crissant, Tom alla téléphoner à Jeff Constant dans une cabine publique.

« J'ai parlé à Bernard, dit Jeff, et il est absolument terrifié par Murchison. Je lui ai demandé ce qu'il lui avait dit. C'est lui-même qui m'a raconté qu'il était allé voir Murchison, vous comprenez. Il lui a conseillé, paraît-il, de ne plus acheter de... de tableaux. C'est déjà gratiné, vous ne trouvez pas ?

– Si, dit Tom. Et après ?

– Eh bien, j'ai essayé de lui faire comprendre qu'il en avait dit assez, et même trop. C'est difficile à expliquer, parce que vous ne connaissez pas Bernard, mais il a un complexe de culpabilité terrible à propos du génie de Derwatt, *et cetera*. Je me suis efforcé de le convaincre qu'il avait suffisamment soulagé sa conscience en disant *ça* à Murchison et qu'il ferait mieux de s'en tenir là.

– Qu'est-ce qu'il a répondu ?

– Il est tellement déprimé que c'est difficile à dire. On a vendu toutes les toiles exposées sauf une, vous vous rendez compte ! Et c'est cela qui gêne Bernard ! (Jeff rit.) *Le Baquet*. C'est une des toiles que Murchison conteste.

– S'il n'a plus envie de peindre pour l'instant, ne le forcez pas.

– C'est exactement mon attitude. Vous avez bien raison, Tom. Mais je parie que dans une quinzaine il sera de nouveau sur pied. Il se remettra à peindre. C'est l'énervement de l'exposition, et le fait de vous avoir vu déguisé en Derwatt. Pour lui, Derwatt, c'est quelqu'un de plus extraordinaire encore que Jésus-Christ pour la plupart des gens. »

Tom aurait deviné cela tout seul.

« Encore une petite chose, Jeff. Il se peut que Murchison demande à voir les livres de la galerie qui concernent les tableaux de Derwatt. Ceux qui viennent du Mexique. Vous tenez des registres pour ceux-là ?

– Pas... pas pour les toiles mexicaines.

– Vous pourriez fabriquer quelque chose ? Juste pour le cas où je n'arriverais pas à le faire changer d'idée ?

– J'essaierai, Tom », dit Jeff, l'air un peu dépassé par les événements.

Tom s'impatienta.

« Faites un registre. Vieillissez-le. Même sans tenir compte de Mr. Murchison, est-ce que ce n'est pas une bonne chose d'avoir quelques documents pour soutenir... »

Il se tut. Certaines personnes étaient incapables de gérer une entreprise, même aussi prospère que Derwatt Ltd.

« D'accord, Tom. »

Tom fit un détour par Burlington Arcade, où il acheta pour Héloïse, dans une bijouterie, un clip en or – un petit singe accroupi – qu'il paya en Travellers Cheques américains. L'anniversaire d'Héloïse tombait le mois prochain. Puis il regagna son hôtel à pied, en passant par Oxford Street, qui était pleine comme d'habitude de gens qui faisaient leurs courses, des femmes chargées de boîtes et de paquets, traînant des enfants. Un homme sandwich faisait de la réclame pour un studio spécialisé dans les photos de passeport, service rapide et bon marché. Le vieux bonhomme portait un pardessus antique, un chapeau ramolli, et un mégot éteint, sordide, lui pendait entre les lèvres. Prenez un passeport pour aller faire une croisière dans les îles grecques, se dit Tom, mais ce type-là n'irait jamais nulle part. Il lui ôta le mégot de la bouche et le remplaça par une Gauloise.

« Voilà une cigarette, dit-il. Et du feu. »

Il craqua une de ses allumettes.

« Merci », fit l'autre à travers sa barbe.

Tom lui enfonça le reste du paquet de Gauloises, puis sa pochette d'allumettes, dans la poche déchirée de son manteau, et s'enfuit, tête baissée, en espérant que personne ne l'avait vu.

De sa chambre, il appela Murchison et ils se retrouvèrent en bas avec leurs bagages.

« J'ai fait quelques courses pour ma femme ce matin », dit Murchison dans le taxi.

Il semblait d'excellente humeur.

« Ah! oui? Moi aussi. Un pantalon que j'ai acheté à Carnaby Street.

– Pour Harriet, ce sont des chandails de Marks and Spencer. Et des foulards Liberty. Des pelotes de laine, aussi. Elle tricote et elle aime bien se dire que la laine vient de la vieille Angleterre, vous comprenez.

– Vous avez annulé votre rendez-vous de ce matin?

– Oui. Je l'ai reporté à samedi matin. Je dois voir le type chez lui. »

A l'aérodrome, ils arrosèrent le déjeuner, d'ailleurs assez bon, avec une bouteille de bordeaux. Murchison voulut absolument payer. Pendant le repas, il parla à Tom de son fils qui était inventeur et qui travaillait pour un laboratoire de Californie. Sa belle-fille venait d'avoir son premier bébé. Il lui montra une photographie et s'accusa en riant d'être un grand-père gâteau, mais c'était sa première petite-fille : elle s'appelait Karin, comme sa grand-mère maternelle. En réponse à ses questions, Tom lui dit qu'il vivait en France par choix, parce qu'il était marié, depuis trois ans avec une Française. Murchison n'eut pas le front de lui demander carrément comment il gagnait sa vie, mais il l'interrogea quand même sur ce qu'il faisait de son temps.

« Je lis des ouvrages historiques, répondit négligemment Tom. J'étudie l'allemand. Et puis mon français n'est pas encore au point. Sans compter le jardinage. J'ai un jardin assez grand à Villeperce. Je peins aussi, ajouta-t-il, juste pour m'amuser. »

Ils atterrirent à Orly à quinze heures. Tom partit dans le petit car Gaso chercher sa voiture au garage, puis il revint prendre Murchison qui l'attendait près de la station de taxis avec leurs bagages. Le soleil brillait et il ne faisait pas aussi froid qu'en Angleterre. Tom passa par Fontainebleau et longea le château pour permettre à Murchison de le voir. Murchison ne l'avait pas vu, dit-il, depuis quinze ans. Ils arrivèrent à Villeperce vers seize heures trente.

« C'est là que nous achetons presque toute notre épicerie, dit Tom en indiquant une boutique, sur sa gauche, dans la rue principale du village.

– Très joli, dit Murchison. C'est resté tout à fait intact. Et, en arrivant devant la maison de Tom : mais c'est merveilleux ! C'est magnifique !

– Vous devriez la voir en été », dit modestement Tom.

En entendant la voiture, Mme Annette sortit pour les saluer et les aider à transporter les bagages. Mais Murchison ne pouvait pas tolérer de voir une femme porter une lourde valise; il ne lui laissa que les petits sacs qui contenaient les cigarettes et l'alcool.

« Tout va bien, madame Annette ? demanda Tom.

– Très bien. Il y a même le plombier qui est venu réparer les W.C. »

Tom se souvint qu'en effet la chasse d'un W.C. fuyait.

Avec Mme Annette, il accompagna Murchison dans sa chambre. Il disposerait d'une salle de bain adjacente. En réalité, c'était celle d'Héloïse, qui couchait de l'autre côté. Tom expliqua que sa femme se trouvait pour l'instant en Grèce avec des amis. Il laissa Murchison faire un brin de toilette et ouvrit ses valises, en lui disant qu'il l'attendrait en bas dans le salon. Murchison contemplait déjà avec intérêt quelques dessins accrochés aux murs.

Tom descendit et demanda à Mme Annette de faire un peu de thé. Il lui offrit une bouteille d'eau de Cologne – *Lake Mist* – qu'il avait achetée en Angleterre.

« Oh ! monsieur Tome, comme vous êtes gentil ! »

Tom sourit. Il se sentait toujours reconnaissant de la gratitude que Mme Annette lui exprimait si facilement.

« Il y a un bon tournedos pour ce soir ?

– Oh ! oui. Et de la mousse au chocolat pour le dessert. »

Tom passa dans le salon. Mme Annette avait mis des fleurs et poussé le chauffage. Il y avait une cheminée, et il adorait les feux de bois, mais il se sentait tenu de les surveiller constamment, ou alors il les aimait tellement qu'il n'arrivait pas à s'en arracher, si bien qu'il décida de ne pas en allumer un pour l'instant. Il regarda *L'Homme assis,* qui était accroché au-dessus de la cheminée, et il se balança sur ses talons, tout heureux de le retrouver pareil à lui-même dans sa perfection. Bernard s'en tirait très bien. Il avait simplement fait quelques erreurs de périodes. Mais au diable les périodes. En toute logique, c'étaient *Les Chaises rouges,* Derwatt authentique, qui auraient dû occuper la place d'honneur au-dessus de la cheminée. Avoir accroché le faux à cet endroit-là, c'était bien de lui, se dit-il. Héloïse ignorait que *L'Homme assis* fût un faux. Elle ne savait rien de l'histoire Derwatt, à vrai dire. Elle ne s'intéressait à la peinture que de loin. Si elle se passionnait pour quelque chose, c'était pour les voyages, les plats exotiques et les vêtements. Le contenu de ses deux placards faisait penser à un musée international du costume, sans les mannequins. On y trouvait des boléros tunisiens, des gilets à franges du Mexique, des culottes bouffantes de soldats grecs qui lui allaient à merveille et de longues vestes brodées en provenance de Chine qu'elle avait achetées quelque part à Londres.

Tom pensa brusquement au comte Bertolozzi et s'approcha du téléphone. Il n'avait pas particulièrement envie de laisser Murchison entendre le nom de l'Italien, mais d'autre part il ne comptait faire aucun mal à ce dernier et il valait peut-être mieux garder cette apparence de franchise. Tom demanda les renseignements à Milan, obtint le numéro et le donna à l'opératrice française. Celle-ci répondit qu'il faudrait sans doute une demi-heure d'attente.

Mr. Murchison descendit. Il s'était changé et portait à présent un pantalon de flanelle grise avec une veste de tweed vert et noir.

« Ah ! la vie à la campagne, dit-il, radieux. Tiens ! » Il venait d'apercevoir devant lui *Les Chaises rouges* et il s'approcha de la toile pour l'examiner de plus près. « Un vrai chef-d'œuvre. Ça, ce n'est pas du toc ! »

Aucun doute là-dessus, se dit Tom, avec un frémissement d'orgueil. Il se sentit un peu ridicule.

« Je l'aime beaucoup.

– Il me semble que j'en ai déjà entendu parler. Je me rappelle le titre. Mes félicitations, Tom.

– Et voici *L'Homme assis,* dit Tom avec un signe de tête en direction de la cheminée.

– Ah ! » dit Murchison, sur un ton différent. Il fit quelques pas en avant, et Tom vit son grand corps robuste se raidir tant il se concentrait. « Il date de quand ?

– De quatre ans environ.

– Combien l'avez-vous payé, si je peux me permettre de poser une question si brutale ?

– Deux mille livres. Avant la dévaluation. A peu près cinq mille six cents dollars, calcula-t-il, sur la base de deux dollars quatre-vingts la livre.

– Je suis enchanté de le voir, dit Murchison en hochant la tête. Voyez-vous, on retrouve ce même violet. Il y en a très peu, mais regardez. » Il montra la bordure de la chaise. A cause de la position élevée du tableau et de la largeur de la cheminée, le doigt de Murchison était à plusieurs centimètres de la toile, mais Tom savait très bien à quel coup de pinceau il faisait allusion. « C'est du cobalt pur. » Il traversa la pièce pour examiner de nouveau *Les Chaises rouges,* à vingt centimètres de distance. « Cette toile-là est plus ancienne. Et voici encore le cobalt.

– Vous croyez vraiment que *L'Homme assis* est un faux ?

– Oui. Comme mon *Horloge.* La qualité est différente. Elle est inférieure à celle des *Chaises rouges.* La qualité est une chose qu'on ne peut pas mesurer à l'aide d'un microscope. Mais je le sens très bien. Et puis, il y a ce violet à base de cobalt pur. Pour moi ça ne fait aucun doute.

– Est-ce que ça ne signifie pas que Derwatt utilise alternativement le cobalt pur et le mélange auquel vous faites allusion ? » demanda Tom sans se démonter.

Murchison secoua la tête, les sourcils froncés.

« Ce n'est pas mon avis. »

Mme Annette entra en poussant la table roulante, dont une roue grinçait légèrement.

« Voici le thé, monsieur Tome. »

Elle avait fait une fournée de biscuits plats, aux bords roussis, qui dégageaient une agréable odeur de vanille tiède. Tom servit le thé.

Murchison, sur son divan, resta insensible aux allées et venues de Mme Annette. Il contemplait *L'Homme assis* d'un air captivé, et même fasciné. Enfin il cligna des yeux, sourit à Tom et reprit son expression cordiale.

« Il me semble que vous ne me croyez pas. C'est votre droit.

– Je ne sais que vous dire. La différence de qualité m'échappe, oui. Je suis peut-être obtus. Si, comme vous me l'avez annoncé, vous faites examiner votre toile par un expert, je me rangerai à son avis. Et à propos, c'est *L'Homme assis* que vous pourrez emporter à Londres, si vous en avez envie.

– J'en serais ravi. Je vous ferai un reçu et j'irai même jusqu'à l'assurer pour vous. »

Murchison gloussa.

« Il est déjà assuré. Ne vous en faites pas. »

En buvant ses deux tasses de thé, Murchison posa des questions à Tom sur Héloïse et sur ce qu'elle faisait. Ils avaient des enfants ? Pas encore. Héloïse avait vingt-cinq ans. Non. Tom ne croyait pas que les Françaises étaient plus difficiles à vivre que les autres femmes, mais elles avaient une idée bien précise du respect qu'on leur devait. Ce sujet ne les conduisit pas bien loin car toute femme désire être traitée avec un certain respect et, tout en sachant ce que cela signifiait dans l'esprit d'Héloïse, Tom se sentait parfaitement incapable de l'exprimer.

Le téléphone sonna et Tom dit :

« Excusez-moi ! Je crois que je vais le prendre dans la chambre. »

Il monta l'escalier quatre à quatre. Après tout, Murchison supposerait peut-être que c'était Héloïse et qu'il désirait lui parler seul.

« Allô ? dit-il. Eduardo ! Comment allez-vous ? J'ai de la chance d'avoir pu vous joindre... C'est par le téléphone arabe. Un ami commun de Paris m'a appelé aujourd'hui et m'a dit que vous étiez à Milan... Vous pouvez me faire une petite visite ? Vous avez promis, n'oubliez pas. »

Le comte, bon vivant toujours diposé à se laisser détourner du rythme infernal des affaires (l'import-export), hésita quelque peu à modifier le programme de son séjour à Paris, puis accepta avec enthousiasme d'aller chez Tom.

« Mais pas ce soir. Demain. D'accord ? »

C'était bien assez tôt pour Tom, qui ne savait pas encore comment il s'en tirerait avec Murchison.

« Oui. Samedi, ce serait même...

– Vendredi, répéta fermement le comte, sans comprendre.

– Entendu. J'irai vous prendre à Orly. A quelle heure ?

– Mon avion arrive à... un instant. » Le comte mit un bon moment à chercher son renseignement, puis il reprit l'appareil. « Dix-sept heures quinze. Vol trois zéro six Alitalia. »

Tom prit note.

« J'y serai. Je suis ravi que vous puissiez venir, Eduardo ! »

Il rejoignit Thomas Murchison en bas. Maintenant, ils s'appelaient mutuellement Tom, bien que l'épouse de Murchison le nommât, semblait-il, Tommy. Murchison était ingénieur en hydraulique et travaillait dans une firme spécialisée dans la pose des canalisations, dont le siège était à New York. Il faisait partie de la direction.

Ils allèrent se promener dans le jardin qui, derrière la maison, se perdait dans les bois encore intacts. Tom aimait bien Murchison. Il pourrait sûrement le persuader, se dit-il, le convertir. Mais *comment* s'y prendre ?

Pendant le dîner, au cours duquel Murchison parla d'une découverte toute nouvelle de sa société – le transport par pipeline d'un tas de produits, n'importe lesquels, enfermés dans des containers de la taille d'une boîte de potage – Tom se demanda s'il valait la peine d'obtenir d'Ed et de Jeff qu'ils se procurent du papier à en-tête mexicain, au nom d'une compagnie de transports susceptible d'avoir expédié les toiles de Derwatt. Combien de temps faudrait-il pour ça ? Ed était journaliste. Ne pouvait-il pas se charger d'un travail de bureau comme celui-là et dire à Léonard, le gérant de la galerie, et à Jeff de poser les documents par terre, puis de marcher dessus pendant un moment pour qu'ils aient l'air vieux de cinq ou six ans? Le dîner était excellent et Murchison, dans un français passable, fit des compliments à Mme Annette pour sa mousse et même pour son brie.

« Nous prendrons le café dans le salon, dit Tom. Et vous pouvez nous apporter le cognac. »

Mme Annette avait allumé le feu. Tom et Murchison s'installèrent sur le grand divan jaune.

« C'est drôle, dit Tom. J'ai autant de tendresse pour *L'Homme assis* que pour *Les Chaises rouges*. A supposer que ce soit un faux. » Il parlait toujours avec l'accent du Midwest. « C'est lui que j'ai accroché à la place d'honneur, vous voyez?

– Mais à ce moment-là, vous ne saviez pas que c'était un faux! dit Murchison avec un petit rire. Il serait très, très intéressant de connaître l'identité du faussaire. »

Tom allongea ses jambes et tira sur son cigare.

« Le plus drôle, commença-t-il, jouant ainsi sa dernière carte, la meilleure, ce serait que tous les Derwatt que la Buckmaster Gallery écoule en ce moment, ceux que nous avons vus exposés hier, soient l'œuvre d'un faussaire. D'un type aussi doué que Derwatt, autrement dit. »

Murchison sourit.

« Et que ferait Derwatt pendant ce temps-là? Il se tournerait les pouces? Ne soyez pas ridicule. Je l'ai trouvé tout à fait tel que je m'attendais à le voir. Réservé. Un peu démodé.

– Vous n'avez jamais eu l'idée de collectionner des faux? Je connais quelqu'un en Italie qui fait ça. Il a commencé pour s'amuser, mais maintenant il les revend très cher à d'autres collectionneurs.

– Oh ! j'en ai entendu parler, oui. Mais ce que je veux surtout, si j'achète un faux, c'est savoir que c'en est un. »

Tom eut le sentiment désagréable d'aboutir à une impasse. Il fit un nouvel effort.

« J'aime bien rêver un peu... à des choses absurdes, comme celle-là. Au fond, pourquoi déranger un faussaire qui fait du si bon travail ? J'ai l'intention de rester fidèle à mon *Homme assis.* »

Murchison ne semblait pas avoir entendu.

« Et vous savez, dit-il, les yeux toujours fixés sur le tableau dont Tom parlait, ce n'est pas seulement le violet, c'est l'âme de la toile. Je ne m'exprimerais pas comme ça, si je ne me sentais pas tout amolli par votre merveilleuse cuisine et vos excellents vins. »

Ils avaient bu une délicieuse bouteille de margaux, l'une des dernières que Tom eût dans sa cave.

« Vous croyez que les gens de la Buckmaster Gallery pourraient être des escrocs ? demanda Murchison. Ils le sont *sûrement.* Sinon, pourquoi s'accommoderaient-ils d'un faussaire ? Pourquoi iraient-ils écouler des faux au milieu des vrais ? »

Tom se rendit compte que, dans l'esprit de Murchison, les autres nouveaux Derwatt, ceux de l'exposition, *Le Baquet* excepté, étaient authentiques.

« Si ce sont bien des faux, dit-il. Je parle de votre *Horloge* et de ma toile. Je crois que je ne suis pas encore convaincu. »

Murchison sourit avec bonne humeur.

« Parce que vous aimez votre *Homme assis.* Puisque votre toile a quatre ans et la mienne au moins trois, ces manigances doivent durer depuis un bon moment déjà. Il y en a peut-être d'autres à Londres, qui n'ont pas été prêtées pour l'exposition. Franchement, c'est Derwatt que je soupçonne. Je me demande s'il ne s'est pas mis en cheville avec les gens de la galerie pour gagner plus d'argent. Et puis il y a autre chose : on n'a vu aucun dessin de lui depuis plusieurs années. C'est bizarre.

– Ah ! bon ? » dit Tom avec une surprise feinte.

Il était parfaitement au courant de cela et il voyait très bien où Murchison voulait en venir.

« Les dessins révèlent la personnalité de l'artiste, reprit Murchison. Je m'en suis rendu compte tout seul, et ensuite j'ai lu ça quelque part, ce qui m'a confirmé dans cette idée. » Il rit. « Sous prétexte que je fabrique des tuyaux, on me croit privé de toute sensibilité ! Mais, pour le peintre, un dessin est comme une signature, et même une signature très compliquée. On pourrait aller jusqu'à dire qu'il est plus facile d'imiter une signature ou une toile qu'un dessin.

– Je n'y avais jamais pensé, dit Tom, qui faisait rouler son mégot de cigare dans le cendrier. Vous me dites que samedi vous allez parler au type de la Tate Gallery ?

– Oui. Il y a un ou deux Derwatt plus anciens dans ce musée, comme vous le savez sans doute. Ensuite, si Riemer est d'accord avec moi, je parlerai aux gens de la Buckmaster Gallery sans leur laisser le temps de se retourner. »

L'imagination de Tom fit un bond pénible en avant. Samedi, c'était le surlendemain. Riemer voudrait peut-être comparer *L'Horloge* et *L'Homme assis* avec les Derwatt de la Tate Gallery et ceux de l'exposition actuelle. Les œuvres de Bernard Tufts soutiendraient-elles l'examen ? Et dans le cas contraire ? Il remplit le verre de Murchison et se servit, à lui aussi, un peu de cognac dont il n'avait pas envie. Il se croisa les mains sur la poitrine.

« Vous savez, je ne crois pas que je déposerai plainte,

ou que je ferai quoi que ce soit de ce genre, s'il se révèle qu'il y a bien eu faux.

– Ah ! Moi je suis un peu plus orthodoxe. Mon attitude est peut-être démodée... Supposez que Derwatt soit vraiment dans le coup !

– Il a une réputation de sainteté.

– C'est la légende. Il la méritait peut-être autrefois quand il était plus jeune et plus pauvre. Il est allé vivre en ermite. Ses amis de Londres l'ont bien fait mousser, c'est certain. Il peut arriver un tas de choses à un type qui devient brusquement riche. »

Tom n'obtint pas d'autre résultat ce soir-là. Murchison était fatigué et désirait se coucher tôt.

« Je m'occuperai de l'avion dans la matinée. J'aurais dû retenir une place à Londres. C'est idiot de ma part.

– Oh ! vous n'allez pas partir dès demain matin, j'espère, dit Tom.

– Je prendrai une place dans l'avion de l'après-midi, si vous êtes d'accord. »

Tom accompagna son hôte dans sa chambre et s'assura qu'il ne manquait de rien. Un instant, il pensa téléphoner à Jeff ou à Ed. Mais pour leur dire quoi ? Seulement qu'il n'arrivait pas à dissuader Murchison de voir l'expert de la Tate Gallery ? Et puis il ne voulait pas que le numéro de Jeff apparaisse trop souvent sur sa note de téléphone.

Tom entama sa journée avec un optimisme résolu. Il enfila de vieux vêtements confortables – après avoir bu au lit, pour se réveiller, une tasse de café noir que Mme Annette faisait si bien – et descendit voir si Murchison bougeait. Il était neuf heures moins le quart.

« Le monsieur prend son petit déjeuner dans sa chambre », déclara Mme Annette.

Pendant qu'elle faisait le ménage chez lui, il se rasa dans sa salle de bain.

« Mr. Murchison part cet après-midi, je crois, dit-il, en réponse à Mme Annette qui l'interrogeait sur le menu du soir. Mais nous sommes vendredi aujourd'hui. Vous croyez que vous pourriez nous trouver deux belles soles pour le déjeuner? » La camionnette du poissonnier passait au village tous les vendredis matin. Il n'y avait pas de poissonnerie à Villeperce même : le village était trop petit.

Cette suggestion inspira Mme Annette.

« Le marchand de fruits a de très beaux raisins, dit-elle. Il faut les voir pour le croire...

– Achetez-en », dit Tom, qui écoutait à peine.

A onze heures, Tom et Murchison se promenaient

dans les bois qui longeaient la propriété. Tom se sentait d'humeur bizarre. Dans un élan de franche amitié, de sincérité ou d'il ne savait trop quoi, il avait conduit Murchison dans la pièce du haut, où il peignait, pour lui montrer le résultat de ses efforts. Il faisait surtout des paysages et des portraits. Il essayait sans trêve de simplifier, de conserver l'exemple de Matisse devant les yeux, mais sans grand succès, pensait-il. Un portrait d'Héloïse, son douzième peut-être, n'était pas mauvais, et Murchison lui en avait fait compliment. *Bon Dieu,* se dit Tom, *je veux bien mettre mon âme à nu devant lui, lui montrer les poèmes que j'ai écrits pour Héloïse, me déshabiller et lui faire la danse de l'épée, si seulement... si seulement il voulait bien voir les choses à ma façon.* Rien à faire.

L'avion de Murchison décollait à seize heures, ce qui leur laissait le temps de déjeuner confortablement à la maison, Orly n'étant qu'à une heure de voiture dans de bonnes conditions. Avant la promenade, pendant que son invité changeait de chaussures, Tom avait emballé *L'Homme assis* dans trois épaisseurs de papier d'aluminium, en entourant le tout de papier brun et de ficelle. Murchison garderait la toile avec lui dans l'avion. Il avait réservé une chambre au Mandeville pour le soir, déclara-t-il.

« Mais rappelez-vous, dit Tom, je ne dépose pas plainte, pour *L'Homme assis.*

— Si c'est un faux, vous n'irez quand même pas jusqu'à le nier, je suppose, répliqua Murchison en souriant. Vous ne soutiendrez pas qu'il est authentique.

— Non, dit Tom, touché. Je m'inclinerai devant les experts. »

Le bois n'était pas l'endroit rêvé pour une conversation qu'il fallait aiguiller vers un point bien précis, pensa Tom. Ou alors, valait-il mieux l'élargir, lui donner les dimensions d'un grand nuage gris ? En tout cas, il n'avait pas envie de parler de ça en plein bois.

Il avait demandé à Mme Annette de préparer le déjeuner assez tôt, à cause du départ de Mr. Murchison, et ils passèrent à table à une heure moins le quart.

Tom était décidé à ne pas changer de sujet, parce qu'il ne voulait pas abandonner tout espoir. Il parla de Van Meegeren, dont Murchison connaissait la carrière. Ses faux Vermeer avaient finalement pris une valeur propre. Peut-être l'affirmait-il pour se défendre, par bravade, mais du point de vue esthétique il était certain que les « nouveaux » Vermeer fabriqués par Van Meegeren avaient donné du plaisir à leurs acheteurs.

« Je ne comprends pas que vous affichiez tant de détachement pour *la vérité* des choses, dit Murchison. Le style de l'artiste, c'est sa vérité, son honnêteté. A-t-on le droit de l'imiter, comme on imiterait la signature d'un autre ? Et dans le même but, pour profiter de sa réputation, qui est son compte en banque ? De sa réputation qu'il a bâtie lui-même à force de talent ? »

Ils pourchassaient les derniers morceaux de sole et de beurre dans leur assiette, avec les derniers fragments de pommes de terre. Ils avaient trouvé le poisson succulent, le vin blanc le restait toujours. C'était le genre de déjeuner qui, en d'autres circonstances, aurait donné à n'importe qui un sentiment de satisfaction et même de bonheur, qui aurait inspiré à deux amants l'envie d'aller se coucher – après le déjeuner peut-être – de faire l'amour et puis de s'endormir. Toutes ces merveilles étaient gâchées pour Tom aujourd'hui.

« Je ne parle que pour moi, dit-il. C'est ce que je fais toujours. Je ne cherche pas à vous influencer. D'ailleurs, je sais bien que je ne pourrais pas. Mais je vous autorise à dire de ma part à ce... comment s'appelle-t-il ?... à ce monsieur Constant que je suis assez content de mon faux et que j'ai l'intention de le garder.

– Je le lui dirai. Mais vous ne pensez pas à l'avenir ? S'il y a quelqu'un qui persiste à faire des faux... »

Il y avait un soufflé au citron. Tom continua à se battre. Il était convaincu. Pourquoi n'arrivait-il pas à trouver les mots qui pourraient persuader Murchison ? *Murchison n'était pas un artiste.* Sinon, il ne parlerait pas comme ça. Il ne savait pas apprécier Bernard. Qu'obtiendrait-il en introduisant dans l'affaire ces histoires de vérité, de signatures et même la police peut-être, par comparaison avec ce que Bernard faisait dans son studio et qui était indubitablement l'œuvre d'un grand peintre ? Que disait Van Meegeren, déjà ? (Tom l'avait noté dans un carnet.) « L'artiste fait les choses naturellement, sans effort. Une force guide sa main. Le faussaire se bat et, s'il réussit, c'est un exploit authentique. » C'était une paraphrase personnelle, Tom s'en rendait bien compte. Mais quel emmerdeur, ce Murchison, avec sa bonne conscience ! Bernard, au moins, avait du talent, plus de talent que Murchison et ses tuyaux, ses pipelines, ses expéditions de produits en boîte, idée qui venait d'ailleurs d'un jeune ingénieur canadien, comme il le lui avait dit.

Café. Ils ne prirent ni l'un ni l'autre de cognac, quoique la bouteille fût à portée de leur main.

Pour Tom, le visage de Murchison, charnu, un peu rouge, semblait taillé dans la pierre. Ses yeux, vifs et assez intelligents, étaient ceux d'un ennemi.

Il était treize heures trente. Il faudrait partir pour Orly dans une demi-heure environ. Tom se demanda s'il aurait intérêt à retourner à Londres dès que possible après le départ du comte. Mais pour y faire quoi ? Merde pour le comte, se dit-il. Derwatt Ltd était plus important que le truc ou le machin qu'il transportait. L'idée lui vint brusquement que Reeves ne lui avait pas dit à quel endroit il devait chercher dans la valise. Il lui téléphonerait sans doute dans la soirée. Tom se sentait malheureux. Il fallait qu'il bouge, qu'il quitte ce fauteuil sur lequel il se tortillait depuis dix minutes.

« Je voulais vous offrir une bouteille de ma cave, dit-il. Si nous descendions en choisir une ? »

Le sourire de Murchison s'élargit.

« Quelle idée merveilleuse ! Merci, Tom. »

On pouvait descendre dans la cave soit par l'extérieur, en empruntant un escalier de pierre qui menait à une porte verte, soit par une autre porte qui donnait dans un W.C. du rez-de-chaussée, à côté d'un petit vestibule où les invités accrochaient leurs manteaux. Tom et Héloïse avaient fait installer cet escalier intérieur pour ne pas devoir sortir quand il faisait mauvais temps.

« Je rapporterai la bouteille aux Etats-Unis, dit Murchison. Ce serait dommage de la boire seul à Londres. »

Tom alluma dans la cave. Elle était vaste, grise, et froide comme un réfrigérateur, ou du moins elle en donnait l'impression par contraste avec la maison chauffée. Il y avait cinq ou six gros tonneaux posés sur des supports, qui n'étaient pas tous pleins, et plusieurs casiers empilés contre les murs, qui contenaient des bouteilles de vin. Dans un coin de la pièce, deux réservoirs : un gros à mazout qui alimentait le chauffage central, et un autre pour l'eau chaude.

« Voilà les bordeaux », dit Tom, en indiquant une pile de casiers plus qu'à moitié pleins de bouteilles sombres et poussiéreuses.

Murchison émit un sifflement appréciateur.

S'il y avait quelque chose à faire, pensa Tom, ce devait être tout de suite. Mais il n'avait pas de plan assez précis, et même pas de plan du tout. Ne t'arrête pas, se dit-il, et il se contenta de longer lentement les bouteilles, en effleurant un ou deux goulots enveloppés dans leur papier argent et rouge. Il en retira une.

« Du margaux. Ça vous a plu.

– Magnifique, dit Murchison. Merci beaucoup, Tom. Je dirai à mes amis de quelle cave elle vient. »

Il prit la bouteille avec respect.

« Vous ne pourriez vraiment pas changer d'avis, demanda Tom, à propos de cet expert que vous voulez voir à Londres pour les faux ? Juste par esprit sportif ! »

Murchison eut un petit rire.

« Je ne peux pas, Tom. Par esprit sportif ! Je ne vois vraiment pas pourquoi vous tenez tant à les protéger, sauf... »

Murchison venait d'avoir une idée, et Tom savait laquelle : il se demandait si Tom Ripley n'était pas dans le coup, s'il n'en retirait pas des bénéfices.

« Oui, dit-il rapidement, j'ai un intérêt dans l'affaire. Voyez-vous, je connais le jeune homme qui vous a parlé l'autre jour à l'hôtel. Je suis au courant de tout ce qui le concerne. C'est lui, le faussaire.

– Quoi ? Ce... ce...

– Oui, ce garçon si nerveux. Bernard. Il a connu Derwatt. Il s'est lancé dans cette histoire par idéalisme, vous savez.

– Vous voulez dire que Derwatt est *au courant* ?

– Derwatt est mort. Ils ont demandé à quelqu'un de jouer son rôle. »

Tom lâcha le paquet en se disant qu'il n'avait plus rien à perdre. Il avait peut-être même quelque chose à gagner. Quant à Murchison, c'était sa vie qu'il avait à gagner, mais Tom ne pouvait pas encore exprimer cette idée, pas clairement en tout cas.

« Donc Derwatt est mort. Depuis combien de temps ?

– Cinq ou six ans. Il est réellement mort en Grèce.

– Et tous ces tableaux...

– Sont de Bernard Tufts... Vous avez vu quel genre de garçon c'est. Il se suiciderait si l'on apprenait qu'il copie la signature de cet homme qui est mort et qui était son ami. Il vous a dit de ne plus acheter de Derwatt. Ça ne vous suffit pas? La galerie lui avait demandé de peindre une ou deux toiles dans le style de Derwatt, voyez-vous... » C'était *lui-même* qui l'avait suggéré, se dit-il brusquement, mais quelle importance? Il se rendait compte que cette discussion était sans espoir, non seulement parce que Murchison se montrait inflexible, mais aussi parce qu'il existait une faille dans son propre raisonnement, une faille dont il avait bien conscience. Il percevait à la fois le bien et le mal. Les deux faces de sa personnalité étaient également sincères : sauver Bernard, sauver les faux et même sauver Derwatt, voilà ce qu'il voulait. Murchison ne comprendrait jamais. « Bernard ne veut plus continuer, je le sais. Je pense que vous n'iriez pas jusqu'à courir le risque qu'il se suicide de honte dans le seul but de prouver que vous avez raison, n'est-ce pas?

– La honte, il aurait pu y penser quand il a commencé! » Murchison regarda les mains de Tom, son visage, puis de nouveau ses mains. « Ce n'est pas vous qui jouiez le rôle de Derwatt? Si. J'ai remarqué ses mains. » Il sourit avec amertume. « Et on dit que je ne remarque pas les petites choses.

– Vous êtes très observateur », glissa rapidement Tom.

Il sentait la moutarde lui monter au nez.

« Bon Dieu, j'aurais pu vous en parler dès hier. C'est une idée qui m'est venue hier. Vos mains. Impossible de les cacher sous une fausse barbe, hein?

– Vous ne voulez pas laisser les gens tranquilles? dit Tom. Ils ne font pas grand mal, n'est-ce pas? Les toiles de Bernard sont bonnes, vous ne pouvez pas le nier.

– Je veux bien être pendu si je les laisse faire ! Non ! Pas même si vous ou quelqu'un d'autre m'offrait un tas d'argent gros comme une maison pour que je me taise ! »

Murchison avait rougi et ses bajoues tremblaient. Il posa la bouteille par terre avec violence, mais elle ne se brisa pas.

Tom se sentit insulté en le voyant refuser son vin : oui, c'était une insulte, une vexation supplémentaire, minime, certes, mais qui venait s'ajouter aux autres. Il ramassa immédiatement la bouteille et en assena un coup à Murchison qu'il atteignit sur le côté de la tête. Cette fois, le verre se cassa, le vin se répandit dans un grand bruit d'éclaboussure et la base de la bouteille tomba par terre. Murchison alla tituber contre les casiers, qui frémirent, mais rien ne s'écroula, puis il s'affaissa, heurtant au passage quelques goulots sans les déranger. Tom saisit le premier objet qui se présenta – c'était un seau à charbon vide – et en frappa Murchison sur la tête. Une fois, puis deux. La base du seau était lourde. Murchison saignait, couché sur le côté, le corps un peu tordu, sur le sol de pierre. Il ne bougeait pas.

Comment effacer le sang ? Tom se mit à tourner en rond, à la recherche d'un vieux chiffon ou même d'un journal. Il s'approcha du réservoir à mazout et vit dessous un grand chiffon raidi par l'âge et par la crasse. Il retourna éponger, mais renonça au bout d'un moment à cette tâche inutile et regarda de nouveau autour de lui. Il faut le cacher derrière un tonneau, se dit-il. Il attrapa Murchison par les chevilles, mais les lâcha presque aussitôt pour lui palper le cou. Il ne trouva pas de pouls. Il respira profondément et saisit Murchison sous les aisselles. Puis, avec des efforts et des à-coups, il traîna le corps pesant vers le tonneau. Derrière, il y avait un coin sombre. Les pieds de Murchison dépassaient un peu. Il lui plia les genoux pour les faire disparaître. Mais, comme le tonneau était bien à cinquante centimètres du sol sur son support, le corps restait encore visible pour quelqu'un qui se tiendrait au milieu de la cave et qui regarderait justement dans ce coin-là. En se penchant, on voyait Murchison tout entier. Dans un moment pareil, se dit Tom, ne pas trouver un vieux drap, un bout de toile cirée, un journal, n'importe quoi pour le recouvrir ! Telle était l'idée que Mme Annette se faisait de l'ordre.

Il jeta le chiffon sanglant, qui atterrit sur les souliers de Murchison. Puis, du pied, il repoussa les bouts de verre cassé – le sang s'était mélangé au vin – et, très vite, ramassa le goulot dont il se servit pour frapper l'ampoule qui pendait au plafond, au bout de son fil. Elle se brisa et les morceaux tombèrent par terre avec un tintement.

Un peu essoufflé, Tom se dirigea dans le noir vers l'escalier qu'il gravit, tout en essayant de retrouver une respiration normale. Il ferma la porte de la cave. Il y avait un lavabo dans les W.C. et il s'y lava rapidement les mains. L'eau se teinta de rose : il crut d'abord que c'était le sang de Murchison, mais il s'aperçut ensuite qu'il s'était coupé à la base du pouce. Ce n'était pas bien profond et, comme ça aurait pu être dix fois pire, il se jugea chanceux. Il prit un peu de papier hygiénique au rouleau accroché au mur et s'en enveloppa le pouce.

Mme Annette s'affairait dans sa cuisine : autre coup de veine. Si elle en sortait, Tom lui dirait que Murchison était déjà dans la voiture... au cas où elle le lui demanderait. Il était temps de partir.

Il monta quatre à quatre dans la chambre de Murchison. Tout était emballé, sauf son pardessus et ses objets de toilette rassemblés dans la salle de bain. Il les glissa dans une poche de la valise et la ferma. Puis il descendit valise et pardessus, sortit par la porte de devant, et les mit dans l'Alfa-Roméo. Il remonta en toute hâte dans la chambre d'ami chercher *L'Horloge,* toujours dans son papier d'emballage. Murchison était si sûr de lui qu'il n'avait même pas pris la peine de la déballer pour la comparer à *L'Homme assis.* De grande montée grande chute, se dit Tom. Il prit son *Homme assis,* empaqueté lui aussi, et le porta dans sa propre chambre, où il le cala dans un coin sombre de son placard, et descendit avec *L'Horloge.* Il saisit son imperméable, qui pendait à un clou à côté des W.C., et courut à sa voiture. Puis il partit pour Orly.

Le passeport et le billet d'avion de Murchison étaient peut-être restés dans la poche de sa veste, se dit Tom. Il s'en occuperait plus tard, il les brûlerait de préférence, en profitant d'une absence de Mme Annette, qui prenait son temps, d'habitude, pour faire ses courses le matin. Il se rappela tout à coup qu'il ne lui avait pas annoncé l'arrivée du comte. Il lui téléphonerait, mais pas de l'aéroport d'Orly, pensa-t-il, parce qu'il n'avait pas envie d'y traîner trop longtemps.

Il était à l'heure, comme si Murchison devait effectivement prendre son avion.

Il se dirigea vers la porte des départs. Les taxis et les voitures particulières pouvaient s'y arrêter un moment, s'ils ne restaient pas trop longtemps, pour déposer des gens et des bagages ou les prendre. Il s'arrêta, sortit la valise de Murchison, la posa sur le trottoir, y adossa *L'Horloge* et plaça le pardessus sur le tout. Puis il repartit. Au passage, il remarqua d'autres petits tas de bagages ici et là. Il prit la direction de Fontainebleau et s'arrêta dans un café, l'un des nombreux établissements de dimensions moyennes qu'on trouve entre Orly et le début de l'autoroute du sud.

Il commanda une bière et demanda un jeton pour passer un coup de fil. Le jeton n'étant pas nécessaire, il approcha l'appareil de la caisse et composa son propre numéro.

« Allô, c'est moi, dit-il. Mr. Murchison a dû se presser au dernier moment. Il m'a chargé de vous dire au revoir et de vous remercier.

– Oh ! je comprends.

– Il y a un autre invité qui arrive ce soir, un Italien, le comte Bertolozzi. Je vais le prendre à Orly et nous serons à la maison pour six heures. Vous pourriez peut-être nous acheter... voyons... du foie de veau ?

– Le boucher a du très beau gigot en ce moment. »

Tom ne se sentait pas d'humeur à manger une viande avec os.

« Je crois que je préférerais quand même du foie, si ça ne vous ennuie pas trop.

– Et un margaux ? Un meursault ?

– Je m'occuperai du vin. »

Tom paya – il dit qu'il avait téléphoné à Sens, ce qui était plus loin que son village – et reprit sa voiture. Il conduisit à une allure modérée jusqu'à Orly, passa devant les arrivées et les départs, et remarqua que les affaires de Murchison étaient toujours là. Le pardessus disparaîtrait le premier, se dit-il, subtilisé par quelque jeune homme entreprenant. Et si le passeport de Murchison s'y trouvait, le pickpocket pourrait en tirer profit. Tom sourit un peu en se garant au P.-L., l'un des parkings où l'on pouvait rester une heure.

Il franchit lentement les portes de verre qui s'ouvrirent devant lui, acheta la *Neue Zürcher Zeitung* au kiosque à journaux, puis vérifia l'heure d'arrivée de l'avion d'Eduardo. Aucun retard n'étant signalé, il lui restait quelques minutes à perdre. Il se dirigea vers le bar bondé – il l'était toujours –, joua des coudes et parvint à commander un café. Après l'avoir bu, il prit un ticket.

Le comte portait un feutre gris. Il avait une longue et fine moustache noire et une brioche qui apparaissait même sous son pardessus boutonné. Il sourit – un vrai sourire spontané d'Italien – et agita la main. Il était en train de présenter son passeport.

Quelques secondes plus tard, ils se serraient la main et s'étreignaient rapidement. Tom aida le comte à porter ses valises et son fourre-tout. Il avait aussi un attaché-case. Quel objet transportait-il et à quel endroit ? Le douanier français ne lui demanda pas d'ouvrir ses bagages, il le fit avancer d'un geste.

« Si vous voulez bien m'attendre un instant, dit Tom sur le trottoir, je vais chercher ma voiture. Elle n'est qu'à quelques mètres d'ici. »

Il partit au trot et revint au bout de cinq minutes.

En passant devant les départs, il remarqua que la valise et le tableau de Murchison étaient toujours là, mais que le pardessus avait disparu. Un de parti, restaient deux.

Pendant le trajet, ils parlèrent politique, d'abord italienne, puis française, sans approfondir la question, et le comte demanda des nouvelles d'Héloïse. Ils se connaissaient à peine, c'était même la seconde fois seulement qu'ils se rencontraient, pensa Tom, mais à Milan ils avaient parlé peinture, ce qui intéressait passionnément le comte.

« Il y a une *esposizione* de Derwatt à Londres, en ce moment. J'ai hâte d'être à la semaine prochaine pour la voir. Et qu'est-ce que vous pensez de sa brusque apparition ? J'étais stupéfait ! Les premières photos de lui depuis plusieurs années ! »

Tom n'avait pas pris la peine d'acheter un journal anglais.

« C'est une grosse surprise, dit-il. Il paraît qu'il n'a pas beaucoup changé. »

Il n'avait pas l'intention de dire au comte qu'il revenait de Londres et qu'il avait vu l'exposition.

« Je serais aussi très content de voir votre toile. Comment s'appelle-t-elle déjà, celle où il y a les petites filles ?

– *Les Chaises rouges* », dit Tom, étonné que le comte s'en souvienne. Il sourit et resserra les doigts sur son volant. Malgré le cadavre dans la cave, malgré cette journée abominable et cet après-midi fertile en émotions, il se sentait très heureux de rentrer chez lui... de revenir sur le théâtre du crime, comme on disait. Il n'avait pas l'impression d'avoir commis un crime. La réaction viendrait peut-être le lendemain, ou même dans la soirée. Il espérait que non.

« L'espresso est de moins en moins bon dans les cafés en Italie, annonça le comte avec solennité, de sa voix de baryton. J'en suis convaincu. Il y a probablement une histoire de mafia derrière tout ça. » Il contempla la vitre avec aigreur. « Et les coiffeurs, mon Dieu ! J'ai du mal à reconnaître mon propre pays ! Même chez mon coiffeur préféré, celui où je vais depuis bien longtemps, dans la via Veneto, il y a de nouveaux jeunes gens qui me demandent quel shampooing je veux. Je leur dis : « Lavez-moi simplement les cheveux, « s'il vous plaît, ou du moins ce qu'il en reste. » « Mais « ils sont gras ou secs, signor ? Nous avons trois espè- « ces de shampooings. Vous avez des pellicules ? » Je réponds : « Non ! » N'y a-t-il plus personne qui ait des cheveux normaux de nos jours ? Ou bien est-ce qu'il n'y a plus de shampooings ordinaires ? »

Comme Murchison, le comte loua la robuste symétrie de Belle Ombre. Bien qu'il ne restât pratiquement plus une seule rose de l'été, le jardin étalait sa belle pelouse rectangulaire, entourée de pins épais et formidables.

Tom était là chez lui, et il ne s'agissait pas précisément d'une humble maisonnette. De nouveau, Mme Annette les accueillit sur le seuil; elle se montra aussi utile et plaisante que la veille, pour l'arrivée de Thomas Murchison. De nouveau, Tom accompagna son invité jusqu'à sa chambre, qu'elle avait préparée. Comme il était tard pour le thé, il déclara qu'il serait en bas si le comte désirait le rejoindre. On servirait le dîner à huit heures.

Puis, dans sa chambre, Tom déballa *L'Homme assis* et descendit ensuite l'accrocher à sa place habituelle. Mme Annette n'aurait peut-être pas remarqué son absence pendant quelques heures, mais, si elle lui posait des questions, il comptait lui dire que Mr. Murchison avait porté la toile en haut, chez lui, pour la regarder sous un éclairage différent.

Tom écarta les lourds rideaux rouges qui masquaient la porte-fenêtre et regarda son jardin. Les ombres vert foncé noircissaient avec la tombée de la nuit. Il se rendit compte qu'il se tenait juste au-dessus de Murchison, dans sa cave, et fit un pas de côté. Il fallait absolument y descendre, même si ce devait être tard dans la nuit, pour nettoyer comme il le pourrait les taches de vin et de sang. Mme Annette aurait peut-être une raison d'aller à la cave; elle surveillait de près le niveau du mazout. Et ensuite comment sortir le corps de la maison ? Il y avait une brouette dans le hangar à outils. Pourrait-il s'en servir pour transporter Murchison — couvert d'une bâche qui se trouvait également dans le hangar — jusqu'aux bois, derrière la maison, et l'enterrer ? Solution primitive et peu séduisante à cause de la proximité, mais ce serait peut-être la meilleure.

Le comte descendit, leste et plein d'entrain malgré sa corpulence. C'était un homme d'assez haute taille.

« Ah ! Ah ! ah ! » Comme Murchison, il eut l'air frappé par *Les Chaises rouges,* accrochées en face de la porte.

Mais il se détourna aussitôt, regarda vers la cheminée et parut plus impressionné encore par *L'Homme assis.* « Charmant ! Ravissant ! » Il examina l'un après l'autre les deux tableaux. « Vous ne m'avez pas déçu. C'est un plaisir pour les yeux. Le reste de la maison aussi, d'ailleurs. Je parle des dessins qui sont dans ma chambre. »

Mme Annette entra avec le seau à glace et les verres sur le bar roulant.

Le comte se prononça pour du Punt e Mes.

« Est-ce que la galerie de Londres vous a demandé de prêter vos toiles pour l'*esposizione* ? »

Murchison avait posé cette même question vingt-quatre heures plus tôt, à propos de *L'Homme assis* et parce qu'il était curieux de connaître l'attitude de la galerie vis-à-vis des tableaux dont elle devait savoir qu'ils étaient faux. Tom eut un léger vertige, comme s'il allait s'évanouir. Il était penché au-dessus du bar et il se redressa.

« Oui, on me l'a demandé. Mais c'est tellement embêtant, vous savez, d'expédier les toiles et de les assurer. Il y a deux ans, j'ai prêté *Les Chaises rouges* pour une exposition.

– J'achèterai peut-être un Derwatt, fit pensivement le comte. Si je peux me l'offrir. Il faudra que ce soit une petite toile, étant donné sa cote. »

Tom se servit un whisky sec avec de la glace.

Le téléphone sonna.

« Excusez-moi », dit-il, et il décrocha.

Eduardo se promenait dans la pièce, en regardant ce qu'il y avait sur les murs.

C'était Reeves Minot. Il demanda si le comte était arrivé, puis si Tom était seul.

« Non.

– L'objet est dans le...

– Je n'entends pas très bien.

– Dans le *tube de dentifrice,* dit Reeves.

– Oh ! oh ! »

C'était presque un gémissement qui venait d'échapper à Tom : un gémissement de fatigue, de mépris ou même d'ennui. Ça ressemblait à quoi ? A un jeu de gosses ? A un mauvais film ?

« Bon. Et l'adresse. La même que la dernière fois ? »

Tom disposait d'une, et même de trois ou quatre adresses à Paris, où il avait envoyé en d'autres occasions les trucs de Reeves.

« La dernière ira. Tout va bien ?

– Oui, je crois, merci », dit Tom.

Il aurait pu suggérer à Reeves de dire un mot au comte, par pure amabilité, mais il valait mieux que l'autre ne soit pas au courant du coup de téléphone. Il se sentait en mauvaise forme, mal dans sa peau.

« Merci de m'avoir appelé.

– Inutile de me téléphoner si tout se passe bien », dit Reeves, et il raccrocha.

Il monta dans la chambre du comte. Il y avait une valise ouverte sur le coffre ancien dont les invités et Mme Annette se servaient habituellement pour poser les bagages, mais Tom regarda d'abord dans la salle de bain. Comme le comte n'avait pas encore sorti ses affaires de toilette, il retourna à la valise et trouva un sac de plastique opaque à fermeture éclair. Il l'ouvrit et tomba sur une provision de tabac. Un autre sac contenait un nécessaire à raser, brosse à dents et dentifrice. Il prit le tube. Le fond était un peu rugueux au toucher, mais scellé. Le type de Reeves avait probablement un outil pour resceller le métal. Il appuya précautionneusement sur le tube et sentit à une extrémité une bosse dure. Il secoua la tête avec dégoût, empocha le dentifrice, remit la trousse de toilette à sa place. Puis il passa dans sa chambre et rangea le tube au fond à gauche du tiroir supérieur de sa commode, où se trouvaient déjà son coffre à bijoux et une quantité de cols empesés.

Après quoi il redescendit rejoindre le comte.

Pendant le dîner, ils parlèrent de la surprenante réapparition de Derwatt et de son interview, que le comte avait lue dans la presse.

« Il vit au Mexique, n'est-ce pas ? dit Tom.

– Oui. Et il ne veut pas dire où. Comme B. Traven, vous savez. Ha, ha ! »

Le comte trouva le repas excellent et mangea de bon cœur. Il avait le don, très européen, de parler la bouche pleine, ce dont aucun Américain n'est capable sans avoir l'air ou sans se sentir dégoûtant.

Après le dîner, en voyant l'électrophone de Tom, il demanda un peu de musique et choisit *Pelléas et Mélisande*. Il désirait le troisième acte : ce duo un peu fiévreux entre une soprano et une basse. Il s'arrangeait pour continuer à parler en écoutant, et même en chantant.

Tom essaya de concentrer son attention sur le comte et d'oublier la musique, mais il y parvenait toujours difficilement. *Pelléas et Mélisande* ne lui disait rien. Ce qu'il lui aurait fallu c'était *Le Songe d'une nuit d'été*, la fabuleuse ouverture, et pendant que le lyrisme un peu lourd de *Pelléas* lui retentissait aux oreilles, la musique nerveuse, comique, pleine d'invention de Mendelssohn dansait dans sa tête. De l'invention, voilà ce dont il avait besoin.

Le niveau du cognac baissait dans la bouteille. Tom suggéra pour le lendemain matin une promenade en voiture et un déjeuner à Moret-sur-Loing. Eduardo comptait prendre le train de l'après-midi pour Paris. Mais il voulait d'abord être sûr d'avoir vu tous les trésors artistiques de Tom, et celui-ci lui fit faire le tour de la maison. Même dans la chambre d'Héloïse il y avait un Laurencin.

Puis ils se dirent bonsoir et Eduardo monta se coucher avec deux livres d'art.

Dans sa chambre, Tom prit le tube de dentifrice Vademecum, essaya d'ouvrir le fond avec l'ongle du pouce et n'y réussit pas. Il passa dans la pièce où il peignait et s'empara d'une pince. Puis il retourna chez lui, coupa la base du tube et il en sortit un cylindre noir. Un microfilm, bien sûr. Il se demanda si l'objet survivrait à un rinçage, décida que non, et se contenta de l'essuyer avec un Kleenex. Ça sentait la menthe. Il adressa une enveloppe à

Monsieur Jean-Marc Cahannier
16 rue de Tison
Paris (9e)

glissa le cylindre entre deux feuilles de papier et mit le tout dedans. Ce faisant, il se jura de laisser tomber cette combine idiote, qu'il trouvait dégradante. Il le dirait à Reeves sans le vexer. Reeves pensait, bizarrement, que plus souvent un objet changeait de mains, moins on courait de risques. Il avait une mentalité de receleur. Pourtant, il perdait sûrement de l'argent en payant tout ce monde, même s'il ne donnait pas grand-chose à chacun. Mais certains lui demandaient peut-être des faveurs en échange.

Tom enfila un pyjama et une robe de chambre, risqua un œil sur le palier et fut satisfait de constater qu'aucune lumière ne filtrait sous la porte d'Eduardo. Il descendit doucement à la cuisine. Celle-ci était séparée de la chambre de Mme Annette par deux portes, parce qu'il y avait une entrée de service et un petit vestibule derrière, si bien qu'elle ne pouvait guère l'entendre, ni voir la lumière. Il prit une solide serpillière grise, une boîte d'Ajax, une ampoule électrique de rechange et empocha le tout. En descendant à la cave, il frissonnait. Brusquement, il se rappela qu'il lui faudrait une lampe de poche et une chaise pour monter dessus. Il retourna à la cuisine, où il prit un tabouret de bois puis il passa dans le vestibule où il trouva une lampe dans le tiroir de la table.

En bas, sa lampe sous le bras, il remplaça l'ampoule cassée. La cave s'éclaira. Les chaussures de Murchison dépassaient toujours. Il se rendit compte avec horreur que la rigidité cadavérique avait dû s'installer. A moins que l'autre ne fût encore vivant? Il se força à s'en assurer : il savait qu'autrement il ne dormirait pas de la nuit. Du bout des doigts, il toucha la main de Murchison. Cela lui suffit. La main était raide et glacée. Il tira le chiffon gris pour mieux couvrir les chaussures.

Dans un coin, il y avait un évier avec un robinet d'eau froide. Tom mouilla sa serpillière et se mit au travail. Un liquide coloré apparut à l'essorage, mais il n'eut pas l'impression que la tache, par terre, diminuait beaucoup; il se dit que c'était peut-être dû à l'humidité. En tout cas, si Mme Annette lui demandait quelque chose, il pourrait toujours lui répondre qu'il avait laissé tomber une bouteille de vin. Il ramassa les derniers fragments de l'ampoule et les autres morceaux de verre cassé, les récupéra dans l'évier après avoir rincé prudemment son chiffon, et les mit dans la poche de sa robe de chambre. Puis il se remit à frotter le sol. Enfin il remonta et s'assura, à la lumière plus forte de la cuisine que la coloration rougeâtre de la serpillière avait presque disparu. Il la remit à sa place, sur le tuyau, en dessous de l'évier.

Restait ce foutu cadavre. Tom soupira et pensa un instant fermer la cave à clef jusqu'à son retour le lendemain, après le départ d'Eduardo, mais Mme Annette ne trouverait-elle pas cela bizarre si l'envie lui prenait d'y descendre ? Et elle avait sa propre clef, ainsi que celle de la porte du dehors, dont la serrure était différente. Il prit la précaution d'emporter une bouteille de rosé, deux de margaux et de les poser sur la table de la cuisine. Il y avait des jours où la présence d'un domestique était bien ennuyeuse.

En allant se coucher, Tom, plus fatigué que la nuit précédente, eut l'idée de mettre Murchison dans un tonneau. Mais il faudrait un instrument spécial pour replacer convenablement les cercles, se dit-il. Et le cadavre devrait baigner dans un liquide quelconque, ou bien il se cognerait aux parois du tonneau. D'ailleurs, comment soulever un poids pareil tout seul ? Impossible.

Il pensa ensuite à la valise et à *L'Horloge,* abandonnées à Orly. Quelqu'un les aurait sûrement prises. Il y avait peut-être, dans la valise, un carnet d'adresses ou une vieille enveloppe. La disparition de Murchison risquait d'être signalée le lendemain. Ou le surlendemain. Il se demanda si l'Américain avait dit à quelqu'un qu'il se rendait chez Tom Ripley. Il espérait bien que non.

Le lendemain samedi, le soleil brillait et il faisait frais, mais pas froid. Eduardo et Tom prirent le petit déjeuner dans le salon, près de la porte-fenêtre ensoleillée. Le comte était en pyjama et en robe de chambre, ce qu'il ne se serait pas permis, déclara-t-il, s'il y avait eu une dame dans la maison, mais il pensait que Tom ne lui en voudrait pas.

Il monta s'habiller peu après dix heures et redescendit avec ses valises, prêt à faire une bonne promenade avant le déjeuner.

« Je me demande si je pourrais vous emprunter un peu de dentifrice, dit-il. Je crois que j'ai oublié le mien à mon hôtel de Milan. C'est idiot de ma part. »

Tom, qui s'attendait à cette requête, fut assez heureux de l'entendre enfin. Il alla conférer avec Mme Annette, dans sa cuisine. La trousse de toilette du comte étant sans doute dans sa valise, en bas, il jugea préférable de le diriger vers les W.C. du rez-de-chaussée qui avaient un lavabo. Mme Annette lui apporta du dentifrice.

Le courrier arriva et Tom demanda la permission d'y jeter un coup d'œil. Une carte d'Héloïse, qui ne disait à peu près rien. Et une seconde lettre de Christopher Greenleaf. Il l'ouvrit.

16 octobre 19...

*Cher Monsieur Ripley,*

*Je viens d'apprendre que je pouvais me rendre à Paris en charter. J'arriverai donc plus tôt que prévu. J'espère que vous êtes chez vous en ce moment. Je voyage avec un ami, Gerald Hayman, qui a mon âge, mais rassurez-vous, je ne vous l'amènerai pas. Ce serait sans doute une gêne excessive pour vous, quoi qu'il soit très sympathique. Je serai à Paris le dimanche 20 octobre et j'essaierai de vous appeler. Evidemment, je passerai la nuit du dimanche à l'hôtel, puisque mon avion atterrit à 19 heures, heure française.*

*En attendant, amitiés et bien à vous.*

CHRIS GREENLEAF.

Dimanche, c'était le lendemain. Tom aurait donc un jour de répit. Bon Dieu, pensa-t-il, si Bernard débarquait à son tour. Un instant, il faillit demander à Mme Annette de ne plus répondre au téléphone pendant quarante-huit heures, mais elle trouverait cela bizarre, et puis ça l'ennuierait beaucoup parce qu'elle recevait au moins un coup de fil par jour, généralement de son amie Mme Yvonne, qui travaillait aussi comme gouvernante au village.

« Mauvaises nouvelles ? demanda Eduardo.

– Oh ! non, pas du tout », répondit Tom.

Il fallait absolument sortir le corps de Murchison de la maison. Le soir même de préférence. Et aussi, bien entendu, retarder l'arrivée de Chris, lui dire qu'il était occupé au moins jusqu'à mardi. Tom vit en imagination la police française arriver le lendemain, chercher Murchison et le trouver en quelques secondes à l'endroit le plus logique, la cave.

Il alla dire au revoir à Mme Annette dans la cuisine. Elle astiquait une grande soupière en argent et une quantité de cuillères, toutes ornées des initiales de la famille d'Héloïse : PFP.

« Je vais faire un petit tour. M. le comte s'en va. Voulez-vous que je vous rapporte quelque chose ?

– Si vous trouviez un peu de persil qui soit vraiment frais, monsieur Tom...

– J'y penserai. *Du persil.* Je serai rentré pour cinq heures, je crois. Ce soir je dînerai seul. Quelque chose de simple.

– Vous avez besoin d'aide pour les valises ? » Mme Annette se leva. « Je ne sais pas où j'ai la tête aujourd'hui. »

Tom lui assura que ce n'était pas nécessaire. Elle sortit quand même pour faire ses adieux au comte, qui la salua et lui fit des compliments en français sur sa cuisine.

Ils prirent la direction de Nemours, regardèrent la place du marché avec sa fontaine, puis ils tournèrent au nord pour longer le Loing jusqu'à Moret, dont Tom regardait maintenant avec compétence les rues à sens unique. Il y avait deux tours de pierre grise, magnifiques – les anciennes portes de la ville – des deux côtés du pont qui enjambait la rivière. Le comte fut enchanté.

« Ce n'est pas aussi *poussiéreux* qu'en Italie », remarqua-t-il.

Tom fit de son mieux pour ne pas avoir l'air nerveux pendant le déjeuner. Le service était lent. Son regard se portait souvent sur les saules pleureurs, au bord de l'eau, et il souhaitait pouvoir assimiler le rythme souple de leurs branches que le vent balançait de-ci de-là. Eduardo raconta une très longue histoire : le second mariage de sa fille avec un jeune homme titré, que sa famille – des gens de Bologne – avait déshérité pendant un moment parce qu'il avait épousé une divorcée. Tom écoutait à peine. Il se demandait comment se débarrasser de Murchison. Serait-il trop risqué de le jeter dans une rivière quelconque ? Arriverait-il à basculer le cadavre, encore alourdi par les pierres, au-dessus du parapet d'un pont ? Sans être vu ? Et s'il se contentait de le traîner dans l'eau en partant de la rive, est-ce qu'il s'enfoncerait assez profondément, même une fois lesté ? Il avait commencé à pleuvoir un peu. La terre serait plus facile à creuser, se dit Tom. Au fond, le bois, derrière la maison, restait peut-être la meilleure solution.

A la gare de Melun, Eduardo n'eut que dix minutes d'attente avant l'arrivée du train qui devait le conduire à Paris. Après des adieux affectueux, Tom alla acheter des timbres au tabac le plus proche. Il en colla une quantité excessive sur l'enveloppe adressée au type de Reeves, pour être sûr qu'elle ne serait pas retenue par quelque postier mesquin faute de cinq centimes.

Il acheta du persil pour Mme Annette. *Parsley* en anglais. *Petersilie* en allemand. *Prezzemolo* en italien. Puis il reprit la direction de la maison. Le soleil se couchait. Il se demanda si une lampe de poche ou une lumière quelconque, dans les bois, attirerait l'attention de Mme Annette au cas où elle regarderait par la fenêtre de sa salle de bain, qui donnait sur le jardin de derrière ? Si elle monterait chez lui (où elle ne le trouverait pas) pour lui signaler ce fait ? A sa connaissance, personne n'allait jamais dans ce bois : ni pique-niqueurs, ni chercheurs de champignons. De toute manière, il comptait s'y enfoncer assez loin, de sorte que Mme Annette ne remarquerait peut-être pas la lumière.

De retour chez lui, Tom éprouva une envie irrésistible

d'enfiler tout de suite ses jeans et de sortir la brouette du hangar. Il lui fit descendre les marches de pierre qui conduisaient à la terrasse de derrière. Puis, comme il faisait encore assez jour, il repartit vers le hangar. Si Mme Annette s'apercevait de quelque chose, il lui raconterait qu'il voulait faire un tas de terreau dans les bois.

La fenêtre en verre dépoli de sa salle de bain était éclairée. Il supposa qu'elle prenait son bain, comme elle en avait l'habitude à cette heure si elle n'avait pas trop à faire dans la cuisine. Il prit une fourche dans le hangar et la porta dans les bois. Il était à la recherche d'un endroit convenable et il espérait pouvoir commencer à creuser un trou, ce qui lui donnerait un peu de cœur à l'ouvrage quand il devrait se mettre vraiment au travail, le lendemain de très bonne heure. Il choisit un point situé au milieu de quelques arbustes : il ne rencontrerait sans doute pas de trop grosses racines, pensa-t-il avec optimisme. Dans l'obscurité, ce coin lui parut le meilleur, bien qu'il ne fût qu'à quelque quatre-vingts mètres de l'orée du bois, où commençait sa pelouse. Il se mit à creuser avec vigueur, ce qui libéra une partie de l'énergie nerveuse qui le tracassait depuis le début de la journée.

Ensuite, le fumier, se dit-il, et il s'arrêta, haletant, la tête levée pour aspirer un peu d'air frais, en riant tout haut. S'il allait chercher des épluchures de pommes de terre et des détritus divers dans la poubelle pour les coller là-dedans avec Murchison ? En arrosant largement le tout avec cette poudre qui accélérait la décomposition ? Il y en avait un sac dans la cuisine.

Il commençait à faire nuit.

Tom repartit avec sa fourche, la rangea dans le hangar et, voyant encore de la lumière dans la salle de bain de Mme Annette — il n'était que sept heures — descendit à la cave. A présent, il se sentait le courage de toucher à Murchison, à l'objet du crime, comme on disait, et il glissa immédiatement la main dans la poche intérieure de la veste. Il voulait savoir ce qu'il était advenu du billet d'avion et du passeport. Il ne trouva qu'un portefeuille, d'où tombèrent deux cartes de visite. Il hésita et le replaça dans la poche, après y avoir remis les cartes. La poche extérieure de la veste contenait une clef accrochée à un anneau, qu'il laissa. L'autre fut plus difficile à atteindre car Murchison était couché dessus : il était raide comme une statue et semblait peser presque autant. Il n'y avait rien dedans. Les poches du pantalon ne révélèrent que quelques pièces de monnaie françaises et anglaises, auxquelles Tom ne toucha pas. Il n'ôta pas non plus à Murchison ses deux bagues. Si on le retrouvait sur sa propriété, on n'aurait aucun mal à l'identifier : Mme Annette l'avait vu. Enfin il quitta la cave et éteignit la lumière en haut de l'escalier.

Puis il prit un bain et il venait juste d'en sortir lorsque le téléphone sonna. Il se précipita vers l'appareil en pensant, en espérant que c'était Jeff et qu'il aurait de bonnes nouvelles à lui apprendre... mais *comment* les nouvelles auraient-elles pu être bonnes ?

« Allô, Tom ! ici Jacqueline. Comment allez-vous ? »

C'était l'une de leurs voisines, Jacqueline Berthelin, qui habitait avec son mari Vincent à huit kilomètres de là. Elle voulait l'inviter à dîner pour jeudi. Il y aurait les Class, des Anglais d'une cinquantaine d'années que Tom connaissait et qui vivaient près de Melun.

« Je suis navré, ma chère, mais j'ai un invité qui arrive. Un jeune Américain.

— Amenez-le. Nous serons enchantés. »

Tom essaya de s'en sortir et n'y réussit pas tout à fait. Il déclara qu'il rappellerait dans un jour ou deux pour donner sa réponse, parce qu'il ne savait pas exactement combien de temps son ami américain comptait rester.

Il allait sortir de la pièce quand le téléphone sonna de nouveau.

Cette fois, c'était Jeff. Il appelait du Strand Palace Hôtel.

« Comment ça va ? demanda-t-il.

– Oh ! très bien, merci », dit Tom avec un sourire, et il se passa les doigts dans les cheveux, comme s'il se fichait éperdument d'avoir dans sa cave un cadavre, celui d'un homme qu'il avait tué pour protéger Derwatt Ltd. « Et de votre côté ?

– Où est Murchison ? Il est toujours chez vous ?

– Il est parti hier après-midi pour Londres. Mais... je ne pense pas qu'il parle à... vous savez, à ce type de la Tate Gallery. Je suis même sûr qu'il ne le fera pas.

– Vous l'avez persuadé ?

– Oui. »

Le soupir de Jeff, son exclamation soulagée, retentirent d'une rive à l'autre de la Manche.

« Formidable, Tom. Vous êtes un génie.

– Dites aux autres de se calmer. A Bernard surtout.

– Ça c'est un problème. Oui, bien sûr, je le lui dirai, avec plaisir. Il est... déprimé. Nous essayons d'obtenir de lui qu'il s'en aille quelque part, à Malte ou n'importe où jusqu'à ce que l'exposition soit finie. Il est toujours ainsi dans ces moments-là, mais cette fois c'est pire parce que... enfin, vous savez.

– Qu'est-ce qu'il fait ?

– Il broie du noir. Nous avons même téléphoné à Cynthia – qui garde de l'affection pour lui, je crois. Evidemment, nous ne lui avons pas parlé de... de la peur que nous avons eue. Nous lui avons simplement demandé si elle pouvait passer un peu de temps avec Bernard.

– Et je suppose qu'elle a dit non.

– Exactement.

– Bernard sait que vous lui avez parlé ?
– Ed le lui a dit. Oui, bien sûr, il n'aurait pas dû. »
Tom commençait à s'impatienter.
« Vous ne pouvez vraiment pas faire en sorte que Bernard se tienne tranquille pendant quelques jours ?
– On lui donne des calmants, légers. J'en ai glissé un dans son thé cet après-midi.
– Vous voulez bien lui dire que Murchison est... calmé ? »
Jeff rit.
« Entendu, Tom. Qu'est-ce qu'il va fabriquer à Londres ?
– Il m'a dit qu'il avait deux ou trois choses à y faire. Ensuite il retournera aux Etats-Unis. Ecoutez Jeff, ne m'appelez plus pendant quelques jours, s'il vous plaît. D'ailleurs, je ne sais pas si je serai chez moi. »
Tom pensait pouvoir expliquer les quelques coups de téléphone qu'il avait échangés avec Jeff, si la police prenait la peine de s'y intéresser : il dirait qu'il avait parlé avec les gens de la galerie parce qu'il envisageait d'acheter *Le Baquet*.
Dans la soirée, Tom alla chercher une bâche et une corde dans le hangar à outils. Pendant que Mme Annette nettoyait la cuisine, il enveloppa le cadavre de Murchison et attacha la corde de façon à pouvoir le traîner. Le corps était difficile à manier; il ressemblait à un tronc d'arbre et pesait plus lourd encore, se dit Tom. Il le tira vers l'escalier de la cave. Il se sentait un peu mieux depuis qu'il était recouvert, mais le voir si près de la porte, de l'escalier, du jardin lui fit retrouver toute sa nervosité. Que dire si Mme Annette le voyait, si l'un de ceux qui venaient constamment sonner à la porte – une gitane qui vendait des paniers; Michel, l'homme à tout faire, qui voulait savoir s'il y avait du travail pour lui; le gamin qui vendait des brochures

religieuses – lui demandait ce qu'était ce monstrueux objet qu'il s'apprêtait à charger sur sa brouette ? Ils ne le demanderaient peut-être pas d'ailleurs, mais ils regarderaient de tous leurs yeux et ça se terminerait par un commentaire négatif, typiquement français.

« Ce n'est pas léger, dites donc ! »

Et ils s'en souviendraient.

Tom dormit mal et, curieusement, s'entendit ronfler. Comme il ne dormit pas profondément, il lui fut facile de se réveiller à cinq heures.

En bas, il repoussa le tapis brosse, devant la porte d'entrée, puis descendit à la cave. Murchison fut porté sans difficulté à la moitié de l'escalier, mais Tom avait consacré à l'opération une quantité considérable d'énergie, et il dut s'arrêter. La corde lui tailladait un peu les mains et il n'eut pas la patience d'aller chercher ses gants de jardinage dans le hangar. Il assura sa prise et parvint à tirer le corps jusqu'en haut. Sur le dallage de marbre, ce fut plus facile. Il varia le travail en allant chercher la brouette pour la ramener devant la porte d'entrée et la basculer sur le côté. Il aurait préféré sortir Murchison par la porte-fenêtre, mais il n'aurait pas pu traverser le salon avec lui sans emporter le tapis. Il fit glisser le grand colis le long des quatre ou cinq marches extérieures, puis il s'efforça de le caler dans la brouette pour pouvoir redresser celle-ci en soulevant un des côtés. Il y réussit, mais la brouette se retourna complètement et déversa Murchison par terre, de l'autre côté. C'était presque drôle.

L'idée de ramener le corps dans la cave était affreuse. Impensable. Tom passa un moment, trente secondes, à rassembler son énergie, les yeux fixés sur ce satané paquet. Puis il se jeta dessus comme si c'était un dragon vivant, écumant, ou quelque autre créature surnaturelle qu'il fallait absolument tuer sous peine d'y perdre la vie, et il parvint à le hisser dans la brouette.

La roue s'enfonçait dans le gravier. Tom se rendit tout de suite compte qu'il n'était pas question de traverser la pelouse, déjà un peu amollie par les averses de la veille. Il courut ouvrir le portail. L'allée qui le reliait au perron était couverte de dalles irrégulières qui ne lui donnèrent pas trop de mal. Puis il se retrouva sur la route cimentée. Sur sa droite, derrière la maison, s'ouvrait un chemin étroit qui s'enfonçait dans les bois, une espèce de sentier plutôt, juste assez large pour une voiture mais mieux adapté au passage d'une carriole. Il louvoya pour éviter les trous et les flaques, et finit par atteindre ses bois : ses bois qui ne lui appartenaient pas, en réalité, mais dont il se sentait en ce moment un peu propriétaire tant il était heureux d'avoir atteint le refuge qu'ils lui offraient.

Il poursuivit son chemin en poussant sa brouette, puis s'arrêta pour chercher l'endroit où il avait commencé à creuser. Il ne tarda pas à le trouver. Il y avait, entre le sentier et les arbres, un talus dont il avait omis de tenir compte, ce qui l'obligea à débarquer son passager sur place et à lui faire franchir cet obstacle en le traînant. Ensuite, il alla cacher la brouette dans les bois pour qu'elle ne soit pas visible au cas où quelqu'un viendrait à passer sur le sentier. Le jour commençait à se lever. Il partit en courant chercher la fourche dans le hangar. Il prit aussi une pelle rouillée, abandonnée là par quelqu'un avant son installation dans la maison. Elle était trouée mais pouvait encore servir. Il retourna dans les bois et se remit à creuser. Sa pelle heurta des racines. Au bout d'un quart d'heure, il dut convenir qu'il n'achèverait pas son trou ce matin. D'ailleurs, Mme Annette lui apportait son café dans sa chambre à huit heures et demie.

Il se baissa pour ne pas être aperçu par un homme en

salopette bleu passé, qui venait de déboucher sur le sentier en poussant une brouette de fabrication artisanale, pleine de petit bois, et qui ne regarda pas dans sa direction. Il se dirigeait vers la route qui longeait la propriété de Tom. D'où sortait-il ? Il avait peut-être fait main basse sur le bois de l'Etat et, dans ce cas, il était sans doute aussi désireux que Tom de ne rencontrer personne.

Tom, à force de creuser, finit par obtenir une tranchée d'environ un mètre cinquante de profondeur, sillonnée de racines qu'il faudrait couper à la scie. Il sortit de son trou et chercha des yeux un talus, un monticule, n'importe quelle élévation de terrain derrière laquelle il pourrait cacher provisoirement Murchison. Il trouva l'endroit idoine à une dizaine de mètres et y traîna son colis en l'attrapant par la corde. Enfin il couvrit la bâche grise de branches et de feuilles mortes. Au moins, pensa-t-il, elle n'attirerait pas l'attention d'un passant éventuel.

Puis il repartit avec sa brouette, qui était légère comme une plume à présent et, par précaution, il la rangea dans le hangar pour ne pas avoir à répondre aux questions de Mme Annette si celle-ci la voyait dehors.

Il dut entrer par la porte principale, la porte-fenêtre étant fermée. Il avait le front humide de sueur.

En haut, il s'essuya avec une serviette trempée dans de l'eau chaude, se remit en pyjama et retourna au lit. Il était huit heures moins vingt. Est-ce que la bande en valait la peine ? Il conclut bizarrement que Bernard le méritait si on pouvait obtenir de lui qu'il surmonte sa crise.

Mais ce n'était pas ainsi qu'il fallait voir les choses. Il n'aurait probablement pas tué un homme dans le seul but de sauver Derwatt Ltd. ou même Bernard. Il l'avait fait parce que Murchison s'était rendu compte, en bas, dans la cave, qu'il avait joué le rôle de Derwatt. Il avait tué Murchison pour se sauver lui-même. Mais n'avait-il pas de toute façon l'intention de le tuer, quand il l'avait invité à descendre avec lui à la cave? Impossible de répondre à cette question. Et d'ailleurs, quelle importance?

Bernard était le seul membre du trio qu'il ne comprenait pas très bien, et pourtant il le préférait aux deux autres. Le mobile d'Ed et de Jeff était très simple : l'argent. Tom doutait que la rupture avec Cynthia vînt de la jeune femme. Il n'aurait pas été étonné d'apprendre que Bernard (qui avait certainement été amoureux de Cynthia) avait rompu de lui-même parce que ses activités de faussaire lui faisaient honte. Il serait intéressant de le sonder là-dessus un jour. Oui, il y avait un mystère dans le cœur de Bernard, et c'était le mystère qui rendait les gens séduisants, pensait Tom, qui les faisait tomber amoureux aussi. Malgré la présence, derrière sa maison, de l'ignoble colis enveloppé dans sa bâche grise, ses pensées l'entraînaient et il avait l'impression de flotter sur un nuage. C'était étrange et très agréable, de rêvasser autour de Bernard, de ses impulsions, de ses craintes, de ses hontes et de ses possibles amours. Bernard, comme le vrai Derwatt, était un peu un saint.

Deux mouches, folles comme d'habitude, le tracassaient. Il en extirpa une de sa chevelure. Elles menaient un vrai sabbat autour de sa table de nuit. C'était un peu tard dans la saison pour les mouches et il en avait eu son content pendant l'été. Tom avait lu quelque part que la campagne française était célèbre pour ses variétés de mouches, qui l'emportaient en nombre sur ses variétés de fromages. L'une des deux sauta sur le dos de l'autre. Comme ça! En plein jour! Tom craqua une allumette et en effleura le couple exhibitionniste. Les ailes grésillèrent. Bzz, bzz. Les pattes s'agitèrent et battirent l'air pour la dernière fois. Ah! *Liebestod,* unies jusque dans la mort!

Si cela pouvait arriver à Pompéi, pourquoi pas à Belle Ombre, se dit Tom.

Le dimanche, Tom paressa. D'abord, il écrivit à Héloïse, c/o l'American Express, à Athènes, puis, à deux heures et demie, il descendit dans le salon écouter Roy Hudd à la radio. Mme Annette le trouvait souvent, le dimanche après-midi, tordu de rire sur le divan jaune. De temps en temps, Héloïse lui demandait de traduire, mais c'était à peu près intraduisible, surtout les calembours. A quatre heures, en réponse à une invitation reçue par téléphone à midi, il alla prendre le thé chez Antoine et Agnès Grais, qui habitaient de l'autre côté de Villeperce, à une courte distance. Antoine était architecte. Il travaillait à Paris et venait passer les week-ends dans son atelier. Agnès, une blonde placide de vingt-huit ans environ, restait à Villeperce et s'occupait de leurs deux jeunes enfants. Il y avait quatre autres invités chez les Grais, tous Parisiens.

« A quoi passez-vous votre temps, Tom ? demanda Agnès, en apportant, après le thé, la spécialité de son mari, un gin hollandais très fort qu'il recommandait de boire pur.

– Je peins. Je me promène dans le jardin. Je désherbe. J'arrache sûrement tout ce qu'il ne faut pas.

– Vous n'êtes pas trop seul ? Héloïse revient quand ?

— Dans un mois, peut-être. »

Cette heure et demie passée chez les Grais eut un effet apaisant sur Tom. Ses hôtes ne mentionnèrent aucun de ses deux invités, ni Murchison, ni le comte Bertolozzi : ils n'en avaient peut-être pas entendu parler par Mme Annette, qui pourtant bavardait beaucoup dans les magasins. Ils ne remarquèrent pas non plus ses mains, presque à vif d'avoir tiré sur les cordes du colis Murchison.

Sa soirée, Tom la passa allongé sur le divan jaune. Après avoir ôté ses chaussures, il se mit à feuilleter le *Harrap's* qui était si lourd qu'il devait le soutenir avec ses cuisses ou l'appuyer contre une table. Il s'attendait à recevoir un coup de téléphone, sans savoir très bien de qui il viendrait, et il en eut effectivement un, à dix heures moins le quart. Chris Greenleaf à Paris.

« Allô... Tom Ripley ?

— Oui. Bonjour, Chris. Comment ça va ?

— Très bien, merci. Je viens d'arriver avec mon ami. Je suis rudement content que vous soyez chez vous. Si vous avez écrit, je n'ai pas eu le temps de recevoir votre lettre. Bon.. alors...

— Où êtes-vous en ce moment ?

— A l'hôtel Louisiane. Chaudement recommandé par des copains ! C'est ma première soirée à Paris. Je n'ai même pas encore ouvert ma valise. Mais j'ai voulu vous appeler tout de suite.

— Quels sont vos projets ? Quand aimeriez-vous venir ?

— Oh ! n'importe quand. Evidemment, je compte faire un peu de tourisme. Le Louvre d'abord, peut-être.

— Mardi, ça irait ?

— Oh !... oui, mais je pensais plutôt à demain, parce que mon ami va être occupé toute la journée. Il a un cousin à Paris, un type plus âgé. Alors j'espérais... »

Sans trop savoir pourquoi, Tom ne réussit pas à l'envoyer paître, ni à trouver une bonne excuse.

« Demain. D'accord. Dans l'après-midi? Je suis un peu trop occupé le matin. »

Il lui expliqua qu'il devait prendre le train à la gare de Lyon pour Moret-les-Sablons et lui demanda de rappeler quand il aurait choisi son heure pour qu'il puisse aller le chercher.

Chris passerait certainement la nuit du lendemain à Belle Ombre. Tom se rendit compte qu'il devrait avoir enfoui Murchison dans sa tombe avant le jour. D'ailleurs, c'était sans doute la raison pour laquelle il avait laissé Chris venir dès lundi. Ce serait un stimulant supplémentaire pour lui.

Chris semblait naïf, mais on pouvait espérer qu'il avait les bonnes manières des Greenleaf et qu'il n'abuserait pas de l'hospitalité qu'on lui offrait. En se disant cela, Tom fit une grimace : il avait certainement abusé de l'hospitalité de Dickie, autrefois, à Mongibello, dans sa folle jeunesse, et il avait vingt-cinq ans à l'époque, pas vingt. Il était arrivé d'Amérique, ou plutôt il avait été envoyé par le père de Dickie, Herbert Greenleaf, pour ramener le jeune homme à la maison. Situation classique. Dickie ne voulait pas rentrer. Et Tom était à l'époque d'une naïveté qui lui arrachait maintenant des frissons rétrospectifs. Il en avait eu, des choses à apprendre! Puis... eh bien, Tom Ripley était resté en Europe. Il avait mûri. Après tout, il disposait d'une certaine somme – l'argent de Dickie –, les filles l'aimaient bien, il se sentait même un peu traqué par elles. Dans la bande, il y avait Héloïse Plisson. Tom ne la trouvait ni trop collante, ni trop orthodoxe, ni trop dingue, ni ennuyeuse. Il ne l'avait pas demandée en mariage. C'était un des chapitres les plus sombres de sa vie, bien qu'il n'eût pas duré longtemps. Héloïse avait dit, dans la villa qu'ils louaient à Cannes : « Puisque nous vivons ensemble, si nous nous mariions?... A propos, je crois que papa n'admettra plus très longtemps notre situation, alors que, si nous étions mariés, ce serait un fait accompli. » Le jour du mariage – simple cérémonie civile, sans passage devant un tribunal quelconque – Tom avait verdi. Héloïse le lui avait dit plus tard, en riant : « Tu étais vert. » Et c'était vrai. Mais il avait quand même survécu à l'épreuve. Il s'était attendu à des félicitations de sa part, tout en se sachant stupide. C'était au marié de dire : « Ma chérie, tu étais merveilleuse! » ou encore : « Ton visage rayonnait de beauté et de bonheur! » Eh bien, celui de Tom était vert pâle. En tout cas, il ne s'était pas effondré en parcourant la nef, ou plutôt en passant entre les deux rangées misérables de chaises vides, dans le bureau d'un quelconque magistrat du Midi. Les mariages, se dit-il, devraient rester secrets, aussi secrets que la nuit de noces... ce qui ne menait pas très loin. Puisque tout le monde pensait ouvertement à ça, pourquoi entourer le mariage lui-même d'une telle publicité? Il y avait quelque chose de vulgaire là-dedans. Pourquoi n'aurait-on pas le droit de surprendre ses amis en leur disant : « Oh! mais nous sommes mariés depuis trois mois déjà! » Si les mariages se faisaient en public autrefois, c'était pour une raison facile à comprendre – nous voilà débarrassés de notre fille, mon garçon, et si tu essaies de te débiner maintenant, tu auras sur le dos cinquante personnes de la famille, prêtes à te flanquer dans un chaudron d'huile bouillante – mais maintenant?

Tom alla se coucher.

Le lundi matin, vers cinq heures, il enfila ses jeans et descendit lentement l'escalier.

Cette fois, il tomba sur Mme Annette, qui ouvrait la

porte de la cuisine au moment même où il s'apprêtait à sortir. Elle appuyait sur sa joue une serviette blanche – sûrement imbibée de gros sel – et arborait une expression douloureuse.

« Mme Annette, c'est la dent, dit Tom avec sympathie.

– Je n'ai pas pu dormir de la nuit. Vous êtes debout de bonne heure, monsieur Tome.

– Quel crétin, ce dentiste », dit Tom en anglais. Il continua, en français : « Attendre que le nerf tombe tout seul ! Il ne sait pas ce qu'il fait. Ecoutez madame Annette, j'ai des pilules jaunes en haut. Je viens juste de m'en souvenir. Elles viennent de Paris. C'est spécial pour les maux de dents. Attendez une seconde. »

Il monta à toute vitesse.

Mme Annette cilla en avalant sa pilule. Elle avait les yeux bleu clair, les paupières tombantes comme les gens du Nord. Elle était bretonne par son père.

« Si vous voulez, je pourrai vous conduire à Fontainebleau dans la journée », dit Tom.

Héloïse et lui avaient là un dentiste qui s'appelait, fort à propos, le docteur Tuenerf.

Chez Mme Annette, la curiosité l'emportait encore, apparemment sur la douleur.

« Pourquoi êtes-vous levé si tôt ?

– J'ai envie de jardiner un peu et de me recoucher une heure ou deux. Moi aussi, j'ai du mal à dormir. »

Tom la reconduisit doucement jusqu'à sa chambre et lui laissa le flacon de pilules. Elle pouvait en prendre quatre dans la journée, lui dit-il.

« Ne vous occupez pas de mon petit déjeuner, ni du repas de midi, chère madame. Reposez-vous aujourd'hui. »

Puis il s'attela de nouveau à sa tâche. Il s'y mit à une cadence raisonnable, ou du moins qui lui parut telle. La tranchée devait avoir deux mètres de profondeur. Il avait pris dans le hangar une scie à main, un peu rouillée mais encore efficace, et il s'attaqua aux racines entrecroisées, sans se préoccuper de la terre mouillée qui collait aux dents de son instrument. Le travail avançait. Le soleil était encore loin de se lever, mais il y voyait assez bien. Enfin il sortit de son trou en se hissant à la force des poignets, ce qui couvrit de terre tout le devant de son chandail, un cachemire beige malheureusement. Il regarda autour de lui et ne vit personne sur le chemin qui traversait les bois. Quelle chance, se dit-il, que les Français attachent leurs chiens pendant la nuit : la veille, en effet, un chien aurait très bien pu flairer les branches qui recouvraient le corps de Murchison et signaler sa découverte par des aboiements qui auraient porté à un kilomètre à la ronde. De nouveau, il attrapa son colis par la corde. Le cadavre tomba dans le trou avec un bruit mou qui résonna délicieusement aux oreilles de Tom. L'opération qui consistait à le recouvrir de terre fut aussi un plaisir. De la terre, il y en avait à revendre et, après avoir piétiné l'emplacement de la tombe, Tom dispersa le reste dans toutes les directions. Puis, avec la bonne conscience du travail accompli, il retourna lentement chez lui à travers la pelouse.

Il lava son chandail avec des paillettes délicates, trouvées dans la salle de bain d'Héloïse. Après quoi, il dormit comme un sonneur jusqu'à dix heures passées.

Il se fit du café dans la cuisine et alla ensuite chercher son *Observer* et son *Sunday Times* chez le marchand de journaux. D'habitude il prenait un second café quelque part tout en les parcourant – il les appréciait beaucoup – mais aujourd'hui il voulait être seul pour lire les articles sur Derwatt. Il faillit oublier de rapporter à Mme Annette son quotidien, l'édition locale du *Parisien,* qui arborait toujours un gros titre en lettres rouges. Cette fois il était question d'un enfant de douze ans, retrouvé étranglé. Les affiches placardées à l'extérieur de la boutique pour promouvoir divers autres journaux étaient aussi bizarres, dans un genre différent.

JEANNE ET PIERRE S'EMBRASSENT
DE NOUVEAU !

De qui s'agissait-il ?

MARIE FURIEUSE CONTRE CLAUDE

Les Français étaient toujours *furieux* : jamais simplement mécontents.

ONASSIS CRAINT QU'ON LUI ENLEVE JACKIE !

Est-ce que ça les tenait éveillés la nuit ?

UN BEBE POUR NICOLE !

Nicole qui, bon Dieu ? Tom ne savait jamais qui étaient tous ces gens – des vedettes de cinéma, ou de la chanson peut-être – mais en tout cas ils faisaient vendre les journaux. Les activités de la famille royale anglaise étaient incroyables : Elizabeth et Philip se trouvaient au bord du divorce trois fois par an; quant à Margaret et Tony, ils passaient leur temps à se cracher à la figure.

Tom posa le journal de Mme Annette sur la table de la cuisine et monta dans sa chambre. L'*Observer* et le *Sunday Times* présentaient tous les deux, dans leurs pages artistiques, une photo de lui déguisé en Derwatt. Sur l'une d'elles il répondait à une question : il avait la bouche ouverte dans le fouillis de cette barbe dégoûtante. Il parcourut très vite les articles. Il n'avait pas vraiment envie d'en lire chaque mot.

L'*Observer* disait : « ... sortant de sa longue retraite pour faire une apparition surprise, mercredi après-midi, à la Buckmaster Gallery, Philip Derwatt, qui préfère se faire appeler simplement Derwatt, s'est montré réticent sur le lieu de son refuge mexicain, mais plus volubile quand on l'a interrogé sur son œuvre et sur celle de ses

contemporains. A propos de Picasso : « Il y a des pério-
« des dans l'œuvre de Picasso. Pas dans la mienne. » Sur la photo du *Sunday Times,* Tom gesticulait derrière le bureau de Jeff, le poing gauche levé. Il ne se rappelait pas avoir fait ce geste, et pourtant... « les vêtements
« qu'il portait sortaient visiblement d'un séjour de plu-
« sieurs années dans une armoire... il s'est laissé
« mitrailler par douze journalistes, et nous supposons
« que ce fut une épreuve assez pénible après six années
« de solitude. » Etait-ce une pointe, ce « nous supposons » ? Tom, en fait, ne le croyait pas, car le reste de l'article était favorable, pour un esprit anglais en tout cas. « L'œuvre actuelle de Derwatt est toujours de grande qualité... on peut la trouver ésotérique, bizarre, peut-être même malsaine... Aucune de ses toiles n'est bâclée ou abandonnée à mi-chemin. Ce sont des œuvres d'amour, bien que la technique semble rapide, fraîche, nullement laborieuse. Mais il n'y a là aucune facilité, ni apparente ni réelle. Derwatt dit qu'il n'a jamais mis moins de quinze jours pour peindre un tableau. » Avait-il réellement dit ça ? « ... et il travaille tous les jours, souvent pendant sept heures d'affilée... Des hommes, des petites filles, des chaises, des tables, d'étranges objets en flammes, voilà ce qui prédomine toujours dans ses toiles... Cette fois encore toutes les œuvres exposées vont être vendues. » Aucune allusion à la disparition de Derwatt après l'interview.

Quel dommage, pensa Tom, que quelques-uns de ces compliments ne puissent être gravés sur la tombe de Bernard Tufts, où qu'il dût être un jour enterré. Cela lui rappela l'inscription qui lui avait fait monter les larmes aux yeux les trois fois où il l'avait lue au cimetière anglais protestant de Rome, et qui lui mouillait encore les paupières quand il y pensait : « Ci-gît un homme dont le nom fut écrit dans l'eau. » Bernard, le vagabond, l'artiste, composerait peut-être lui-même son épitaphe avant sa mort. Finirait-il par acquérir une gloire anonyme grâce à un « Derwatt », à une toile splendide qu'il n'avait pas encore peinte ?

Mais peindrait-il encore des Derwatt ? Il ne le savait probablement pas lui-même. Et continuait-il à produire des œuvres personnelles, des Tufts, devrait-on dire ?

A midi, Mme Annette se sentait mieux. Et comme Tom l'avait prévu, à cause des pilules calmantes, elle ne voulut pas aller chez le dentiste de Fontainebleau.

« Madame Annette, je suis inondé d'invités en ce moment. Quel dommage que Mme Héloïse ne soit pas là. Il y a encore quelqu'un qui vient dîner ce soir, un jeune Américain, M. Christophe. Je pourrai faire toutes les courses nécessaires au village... Non, non, reposez-vous. »

Tom fit les courses pendant l'heure du déjeuner. A quatre heures, il était rentré. Mme Annette déclara qu'un Américain avait téléphoné : ils ne s'étaient pas compris et il rappellerait.

Il y eut, en effet, un coup de fil de Chris : Tom devait le prendre à Moret à dix-huit heures trente.

Tom enfila un vieux pantalon de flanelle, un chandail à col roulé, des bottes, et partit avec l'Alfa-Roméo. Pour le dîner, il y avait au menu de la viande hachée : le hamburger français, qui était si rouge et si délicieux qu'on pouvait le manger cru. Tom avait vu des Américains se pâmer sur leurs hamburgers à l'oignon dans les drugstores de Paris vingt-quatre heures seulement après leur départ des Etats-Unis.

Comme il s'en doutait, il reconnut Chris Greenleaf au premier coup d'œil. Plusieurs personnes lui bouchaient la vue, mais la tête blonde de Christopher dépassait un peu. Il avait les mêmes yeux, les mêmes sourcils légèrement froncés que Dickie. Tom leva le bras. Christopher, lui, hésita, jusqu'au moment où leurs regards se rencontrèrent. Il avait aussi le même sourire que Dickie. La différence, pensa Tom, venait des lèvres, plus pleines chez Christopher, sans ressemblance aucune avec celles de son cousin, et qui lui venaient probablement de sa mère.

Ils se serrèrent la main.

« C'est vraiment la campagne ici.

– Paris vous a plu?

– Oh! oui. C'est plus grand que je ne pensais. »

Christopher absorbait tout : il tendait le cou, pendant le trajet, pour examiner les cafés les plus ordinaires, les platanes, les maisons particulières. Son ami Gerald irait peut-être passer deux ou trois jours à Strasbourg, dit-il à Tom.

« C'est le premier village français que je vois. C'est fou ce qu'il a l'air vrai, n'est-ce pas? » observa-t-il, comme s'il avait pu s'agir d'un décor de théâtre.

Tom trouvait son enthousiasme amusant; il lui inspirait par contagion une nervosité bizarre. Il se rappelait son propre élan de joie délirante – incommunicable, faute de compagnie – quand il avait aperçu pour la première fois la tour penchée de Pise, depuis la fenêtre d'un train en marche, ou la rangée incurvée de lumières qui annonçait Cannes et son bord de mer.

Dans le soir tombant, Belle Ombre n'était plus entièrement visible, mais Mme Annette avait allumé au-dessus de la porte d'entrée. Grâce à une autre lampe, celle de la cuisine, située dans le coin gauche de la maison, on pouvait en deviner les proportions. Tom sourit sous cape en entendant les commentaires extasiés de Chris. Ils lui firent quand même plaisir. De temps en temps, l'envie lui venait d'envoyer une bonne ruade à Belle Ombre et à la famille Plisson en même temps, comme s'il pouvait tout détruire d'un coup de pied, château et gens. Cette idée lui passait par la tête quand il était exaspéré par quelque trait typiquement français, de rapacité, ou, sinon de mensonge, d'omission volontaire des faits. Mais, quand d'autres personnes lui faisaient des compliments sur Belle Ombre, il se mettait à l'aimer lui aussi. Il entra dans le garage et ressortit avec une des valises de Chris. Celui-ci avait, dit-il, tout ce qu'il lui fallait dedans.

Mme Annette leur ouvrit.

« Ma gouvernante, ma fidèle gardienne, sans qui je ne pourrais pas vivre, dit Tom. Monsieur Christophe. Madame Annette.

– Comment allez-vous ? Bonsoir, dit Chris.

– Bonsoir, monsieur. La chambre de Monsieur est prête. »

Tom conduisit le jeune homme en haut.

« C'est merveilleux, s'écria Chris. On dirait un musée. »

Il y avait pas mal de satin et de dorures, en effet, se dit Tom.

« C'est ma femme qui a fait la... la décoration. Elle n'est pas ici en ce moment.

– J'ai vu une photo d'elle et de vous. Oncle Herbert me l'a montrée à New York l'autre jour. Elle est blonde. Elle s'appelle Héloïse. »

Tom laissa Christopher faire sa toilette et lui dit qu'il l'attendrait en bas.

De nouveau, ses pensées revinrent à Murchison. Il ne serait pas parmi les passagers de l'avion. La police procéderait à des vérifications dans les hôtels parisiens et découvrirait qu'il n'était descendu dans aucun d'entre eux. Un coup de téléphone à Londres révélerait qu'il avait passé les journées du 15 et du 16 octobre au Mandeville et qu'il comptait revenir le 18. Le nom et l'adresse de Tom figuraient aussi sur les registres de cet hôtel pour la nuit du 16 octobre. Mais il n'était certainement pas le seul Français à y avoir séjourné ce soir-là. Est-ce que la police viendrait l'interroger?

Christopher descendit. Ses cheveux blonds ondulés étaient recoiffés, mais il portait encore son pantalon en velours côtelé et ses grosses chaussures militaires.

« J'espère que vous n'avez pas d'invités pour dîner. Ou alors je me changerai.

– Nous sommes seuls. A la campagne, on s'habille comme on veut. »

Christopher regarda les tableaux de Tom. Il s'y intéressa moins qu'à un nu de Pascin, un dessin dans les tons roses.

« Vous vivez ici toute l'année? Ça doit être bien agréable. »

Il accepta un scotch. De nouveau, Tom dut expliquer à quoi il passait son temps : il dit qu'il le partageait entre le jardinage et l'étude des langues, sans préciser, car il ne se l'avouait même pas à lui-même, avec quel sérieux il s'y attelait. Ce qui ne l'empêchait pas d'adorer l'oisiveté, comme seul, pensait-il, un Américain pouvait le faire quand il s'y mettait, et peu en étaient capables. Il n'aimait guère s'expliquer là-dessus. Autrefois, au moment de sa rencontre avec Dickie Greenleaf, il aspirait au luxe et à l'oisiveté : maintenant qu'il en disposait, le charme n'avait nullement pâli.

A table, Christopher se mit à parler de Dickie. Il dit qu'il avait une photo de lui, prise par quelqu'un à Mongibello, et que Tom y figurait. Il fit allusion, avec quelque difficulté, à sa mort... qui, pour tout le monde, passait pour un suicide. Christopher avait, Tom s'en rendait compte, quelque chose de mieux que des bonnes manières : de la sensibilité. Il contemplait avec fascination le reflet des bougies dans ses prunelles bleues, parce qu'il avait vu si souvent les yeux de Dickie s'éclairer ainsi, le soir à Mongibello ou dans un restaurant de Naples.

Christopher regarda les portes-fenêtres, puis le plafond à caissons crème. Il s'était levé et il avait l'air très grand.

« C'est fabuleux de vivre dans une maison comme celle-ci, dit-il. Au milieu d'œuvres d'art... et de musique. »

Il rappelait douloureusement à Tom ce qu'il était lui-même à vingt ans. Tom se doutait que sa famille ne devait pas être pauvre mais sa maison ne ressemblait sûrement pas à celle-ci. Pendant le café, il passa *Le Songe d'une nuit d'été.*

Puis le téléphone sonna. Il était près de vingt-deux heures.

L'opératrice française lui demanda si son numéro était bien comme ci et comme ça, puis elle lui dit de ne pas quitter : elle lui passait Londres.

« Allô, ici Bernard Tufts, dit une voix tendue, suivie de grésillements.

– Allô ? Oui. C'est Tom. Vous m'entendez ?

– Vous pourriez parler un peu plus fort ? Je vous appelle pour vous dire... »

La voix de Bernard s'éteignit, comme engloutie dans une mer profonde.

Tom jeta un coup d'œil à Chris, qui lisait la jaquette d'un disque.

« Ça va mieux maintenant ? » rugit-il et, comme pour se moquer de lui, le téléphone lui expédia dans les oreilles un énorme pet, puis un craquement effroyable de montagne fendue en deux par la foudre. L'oreille gauche de Tom résonna sous le choc et il porta l'appareil à son oreille droite. Il entendait Bernard qui s'acharnait, parler lentement, et très fort, mais les mots lui restaient, hélas, inintelligibles. Il ne comprit que

« Murchison ! » « *Il est à Londres !* » hurla-t-il, heureux d'avoir quelque chose de précis à dire. Bernard prononça le mot : Mandeville. L'expert avait-il essayé de joindre Murchison au Mandeville et parlé ensuite aux gens de Buckmaster Gallery ? se demanda Tom. « Bernard, ce n'est pas la peine de continuer ! cria-t-il avec désespoir. Vous ne pouvez pas m'écrire ? » Impossible de savoir si Bernard avait ou non raccroché, mais comme il n'entendait plus que des bourdonnements, il supposa que oui et reposa l'appareil sur son socle.

« Quand on pense qu'il faut débourser cent vingt dollars rien que pour se faire poser le téléphone dans ce pays, dit-il. Je suis désolé d'avoir crié comme ça.

– Oh ! j'ai toujours entendu dire qu'en France le téléphone marchait en dépit du bon sens, dit Chris. C'était quelqu'un d'important ? Héloïse ?

– Non, non. »

Chris se leva.

« Je voudrais vous montrer mes guides touristiques. Je peux ? »

Il courut en haut.

Tom se dit que la police française, anglaise ou peut-être même américaine ne tarderait pas à l'interroger à propos de Murchison : ce n'était plus qu'une question de temps. Il espérait que Chris ne serait plus chez lui à ce moment-là.

Le jeune homme descendit avec trois livres : *Le Guide bleu,* un ouvrage d'art sur les châteaux français et un gros volume sur la Rhénanie, qu'il avait l'intention de visiter avec Gerald Hayman quand celui-ci reviendrait de Strasbourg.

Christopher sirota avec ravissement un unique cognac, en faisant durer le plaisir.

« J'ai des doutes sérieux sur la valeur de la démocratie, déclara-t-il. C'est terrible à dire pour un américain, n'est-ce pas? Pour fonctionner la démocratie suppose que tout le monde ait un certain niveau d'éducation, et l'Amérique essaie de le donner à chacun... mais elle n'y réussit pas vraiment. Et je ne pense même pas que tout le monde le désire... »

Tom n'écoutait qu'à moitié. Pourtant ses quelques répliques parvinrent à satisfaire Chris, au moins pour la soirée.

Le téléphone sonna de nouveau. En consultant la pendulette d'argent posée sur la table, Tom vit qu'il était 22 heures 55.

Un homme dit en français qu'il était agent de police et s'excusa de téléphoner à une heure pareille, mais Mr. Ripley était-il chez lui ?

« Bonsoir, monsieur. Connaîtriez-vous par hasard un certain Thomas Murchison, un Américain ?

– Oui, dit Tom.

– Il ne serait pas venu vous voir récemment ? Jeudi ou vendredi ?

– Mais si, en effet.

– Ah ! bon. Il est chez vous en ce moment ?

– Non, il est retourné à Londres vendredi.

– Justement pas. Mais sa valise a été retrouvée à Orly. Il n'a pas pris l'avion de seize heures, comme il l'aurait dû.

– Tiens !

– Vous êtes un ami de Mr. Murchison, monsieur Ripley ?

– Non, pas vraiment. Je ne le connais que depuis peu.

– Par quel moyen est-il parti de chez vous ?

– C'est moi-même qui l'ai conduit à Orly. Vers quinze heures trente, vendredi après-midi.

– Vous lui connaissez des amis à Paris ? Des gens chez qui il pourrait séjourner ? Parce qu'il n'est dans aucun hôtel. »

Tom prit un temps de réflexion.

« Non. Il ne m'a parlé de personne. »

Cette réponse déçut visiblement l'agent.

« Vous serez chez vous ces jours-ci, monsieur Ripley ? Nous désirerons peut-être avoir un entretien avec vous... »

Cette fois, la curiosité de Christopher avait été éveillée.

« Qu'est-ce que c'était ?

– Oh ! quelqu'un qui me demandait des nouvelles d'un type que vous ne connaissez pas. »

Qui faisait tout ce tapage à propos de Murchison ? L'expert de la Tate Gallery ? La police française d'Orly ? Ou même la femme du disparu, en Amérique ?

« Héloïse, dit Christopher, comment est-elle ? »

Le lendemain matin, quand Tom descendit, Mme Annette lui dit que Mr. Christophe était allé se promener. Il espéra que le jeune homme n'avait pas choisi les bois pour but de sa promenade mais pensa qu'il faisait plutôt un tour dans le village. Il prit le *Sunday Times,* auquel il n'avait eu que le temps de jeter un coup d'œil rapide la veille, et scruta la page des faits divers à la recherche d'une allusion, aussi minime fût-elle, à Murchison ou à une disparition qui aurait eu lieu à Orly. Il ne trouva rien.

Chris entra, rose et souriant. Il avait acheté un fouet en fil de fer, pour battre les œufs, à la droguerie.

« C'est un petit cadeau pour ma sœur, dit-il. Ça ne pèsera pas lourd dans ma valise. Je lui dirai que ça vient de votre village. »

Tom lui proposa de faire une balade en voiture et d'aller déjeuner quelque part.

« Apportez votre *Guide bleu.* Nous longerons la Seine. »

Mais il voulait attendre le courrier, qui arriva quelques minutes plus tard.

Il n'y avait qu'une enveloppe, rédigée à l'encre noire,

d'une grande écriture anguleuse. Tout en ne connaissant pas l'écriture de Bernard, Tom sentit immédiatement que la lettre venait de lui. Il l'ouvrit et vit à la signature qu'il ne s'était pas trompé.

127 Commperfield St.
SE 1

*Cher Tom,*

*Excusez cette lettre imprévue. J'aimerais beaucoup vous voir. Est-ce que je peux venir? Vous n'aurez pas besoin de me loger.*

*Si vous êtes d'accord, une conversation avec vous me ferait beaucoup de bien.*

*Amitiés.*
BERNARD T.

*P.S. – J'essaierai peut-être de vous téléphoner avant que vous receviez cette lettre.*

Il fallait immédiatement télégraphier à Bernard. Mais pour lui dire quoi? Un refus, se dit Tom, le déprimerait encore davantage, et pourtant il n'avait pas du tout envie de le voir, pour l'instant en tout cas. Il pourrait peut-être lui télégraphier dans la matinée, d'un bureau de poste quelconque, en donnant un faux nom d'expéditeur et une fausse adresse, puisque, en France, ces précisions étaient exigées sur les formulaires. Il devrait donc se débarrasser de Chris le plus vite possible, idée qui lui déplaisait beaucoup.

« Si nous y allions? »

Chris, qui était en train d'écrire une carte postale, se leva.

« D'accord. »

Tom ouvrit la porte et se trouva face à face avec deux agents de police français qui se préparaient à sonner. Il recula même devant un poing ganté de blanc qui se levait vers la sonnette.

« Bonjour. Monsieur Ripley ?

– Oui. Entrez, je vous en prie. »

Ils devaient venir de Melun, pensa-t-il, parce qu'il connaissait les deux agents de Villeperce, alors que la tête de ces deux-là ne lui disait rien.

Les agents entrèrent, mais refusèrent de s'asseoir. Ils ôtèrent leur képi, le glissèrent sous le bras, et le plus jeune sortit de sa poche un carnet et un crayon.

« Je vous ai téléphoné hier soir à propos d'un Mr. Murchison, dit le plus âgé, qui était commissaire, nous avons appris que ce monsieur et vous étiez arrivés à Orly jeudi par le même avion. A Londres, vous êtes également descendus dans le même hôtel, le Mandeville. Donc, reprit-il avec un sourire satisfait, vous me dites que vous avez conduit Mr. Murchison à Orly le vendredi après-midi, à quinze heures trente.

– Oui.

– Vous l'avez accompagné à l'intérieur du bâtiment ?

– Non, parce que je ne pouvais pas me garer le long du trottoir, alors je l'ai fait descendre et je suis reparti.

– Vous l'avez vu entrer ? »

Tom réfléchit.

« Je n'ai pas regardé derrière moi en roulant.

– Parce qu'il a posé sa valise sur le trottoir et il a disparu purement et simplement. Il devait rencontrer quelqu'un à Orly ?

– Il ne m'en a pas parlé. »

Christopher écoutait tout ça dans un coin de la pièce, mais Tom était sûr qu'il n'y comprenait pas grand-chose.

« Il n'a pas fait allusion non plus à des amis qu'il comptait voir à Londres ?

— Non. En tout cas, je ne m'en souviens pas.

— Ce matin, nous avons rappelé le Mandeville, où il devait descendre. Il n'avait donné aucune nouvelle, mais on nous a informés qu'un monsieur... »

Il se tourna vers son collègue.

« M. Riemer.

— Qu'un M. Riemer avait téléphoné à l'hôtel parce qu'il avait rendez-vous avec Mr. Murchison samedi. La police de Londres nous a également appris que Mr. Murchison désirait vérifier l'authenticité d'un tableau dont il était propriétaire. Un tableau de Derwatt. Vous êtes au courant de ça ?

— Oh ! oui, dit Tom. Mr. Murchison avait apporté sa toile. Il voulait voir les Derwatt que je possède, ajouta-t-il en montrant les murs. C'est pour ça qu'il est venu en France avec moi.

— Ah ! je comprends. Depuis combien de temps le connaissez-vous ?

— Depuis mercredi dernier. Je l'ai aperçu à l'exposition Derwatt et puis je l'ai revu à mon hôtel le soir. Nous avons bavardé. »

Il se tourna vers Chris.

« Excusez-moi, mais c'est important.

— Oh ! allez-y, ça ne me gêne pas, dit Chris.

— Où est le tableau de Mr. Murchison ?

— Il l'a emporté.

— Il était dans sa valise ? On ne l'y a pas trouvé. »

Le commissaire regarda son collègue. Ils avaient l'air un peu surpris tous les deux.

Quelqu'un l'avait volé à Orly, grâces en soient rendues à Dieu, se dit Tom.

« Le tableau était enveloppé dans du papier brun. Mr. Murchison le portait à la main. J'espère qu'il n'a pas été volé.

— On dirait bien que si, hélas ! Comment s'appelait-il ? Quelles étaient ses dimensions ? Vous pouvez nous le décrire ? »

Tom s'exécuta, avec le plus de précision possible.

« C'est une affaire compliquée pour nous, et ça concerne peut-être la police de Londres, mais nous devons leur dire tout ce que nous savons. C'est ce tableau – *L'Horloge* – dont Mr. Murchison conteste l'authenticité ?

– Oui. Du moins il la contestait au début. Il est plus compétent que moi, dit Tom. Son avis m'intéressait, parce que je possède deux Derwatt, moi aussi, et c'est pour ça que je l'ai invité à venir les voir.

– Et... » Le commissaire fronça les sourcils d'un air intrigué. « Qu'est-ce qu'il a dit des vôtres ? »

Cette question aurait pu lui être simplement inspirée par la curiosité.

« Il est persuadé que les miens sont authentiques, répondit Tom, et moi aussi. Je crois qu'il commençait à penser que le sien l'était également. Il m'a dit qu'il annulerait peut-être son rendez-vous avec Mr. Riemer.

– Ah ! ah ! »

Le commissaire regarda le téléphone. Il hésitait peut-être à appeler Melun, mais il ne demanda pas la permission d'utiliser l'appareil.

« Puis-je vous offrir un verre de vin ? » proposa Tom, en englobant les deux fonctionnaires dans son invitation.

Ils refusèrent. Par contre, ils avaient envie de regarder les tableaux. Tom se déclara enchanté de les leur montrer. Ils se promenèrent dans la pièce, en échangeant à voix basse des commentaires qui pouvaient être pleins de sagacité, à en juger par leur air fasciné et les gestes qu'ils faisaient en direction des toiles et des dessins. Ils donnaient l'impression de visiter une galerie pendant leurs heures de loisir.

« Il est très célèbre en Angleterre, ce Derwatt, dit le plus jeune.

– Oui », répondit Tom.

L'entretien était terminé. Ils remercièrent et prirent congé.

Tom se réjouit que Mme Annette fût au village, en train de faire ses courses.

Une fois la porte fermée, Christopher demanda en riant :

« Et alors, qu'est-ce qu'ils voulaient ? Tout ce que j'ai compris, c'est « Orly » et « Murchison ».

– Il paraît que Thomas Murchison, un Américain qui a séjourné chez moi la semaine dernière, n'a pas pris à Orly l'avion qui devait le ramener à Londres. On dirait qu'il a disparu. Et la police a trouvé sa valise sur le trottoir d'Orly, là où je l'avais laissée vendredi.

– Disparu ? Ça alors ! Mais ça fait quatre jours !

– Je ne l'ai appris qu'hier soir. C'était ça, le coup de téléphone. La police.

– Eh bien, c'est rudement bizarre. » Chris posa quelques questions auxquelles Tom répondit dans les mêmes termes que tout à l'heure aux policiers. « L'histoire de la valise abandonnée, ça ressemble à une crise d'amnésie. Il ne buvait pas ? »

Tom éclata de rire.

« Oh ! non. Je n'y comprends rien. »

Ils se promenèrent sur les bords de la Seine avec l'Alfa-Roméo. Près de Samois, Tom montra à Chris le pont sur lequel le général Patton avait franchi le fleuve avec son armée en 1944, pour gagner Paris. Chris descendit de voiture pour lire l'inscription gravée sur la petite colonne grise et revint les yeux mouillés, comme Tom après avoir lu le vers écrit sur la tombe de Keats. Ils déjeunèrent à Fontainebleau, parce que Tom n'aimait pas le restaurant principal de Bas-Samois – chez

Bertrand ou quelque chose comme ça : Héloïse et lui ne s'y étaient encore jamais vu présenter une addition honnête; en outre, le propriétaire et sa famille avaient l'habitude de se mettre à laver par terre avant que les gens aient fini de manger, et de traîner les chaises métalliques sur le carrelage sans la moindre pitié pour les oreilles des dîneurs. Ensuite, il pensa à rapporter les petites commissions de Mme Annette : champignons à la grecque, céleri rémoulade, petites saucisses dont il n'arrivait jamais à se rappeler le nom parce qu'il ne les aimait pas beaucoup, des choses qu'on ne trouvait pas à Villeperce. Il acheta tout ça à Fontainebleau, ainsi que des piles pour son transistor.

Pendant le trajet du retour, Chris éclata de rire et dit :

« Ce matin, en me promenant dans les bois, je suis tombé sur quelque chose qui ressemblait à une tombe toute fraîche. Mais vraiment fraîche. Je trouve ça drôle à cause de ces deux policiers qui sont venus ce matin. Eux qui cherchent un disparu, un type qui a fait un séjour chez vous, s'ils voyaient ce morceau de terrain qui ressemble à une *tombe...* »

Il s'esclaffa.

Oui, c'était drôle. Sacrément drôle. Tom rit, lui aussi, de ce danger insensé qu'il courait. Mais il ne fit aucun commentaire.

Le lendemain, le ciel était gris et la pluie se mit à tomber vers neuf heures. Mme Annette sortit pour attacher un volet qui claquait quelque part. Elle avait écouté sa radio et elle mit Tom en garde : un orage menaçait.

Le vent rendait Tom nerveux. Pas question de tourisme, ni pour lui, ni pour Chris. A midi, ce fut une vraie tempête : la cime des grands peupliers se balançait comme une lanière de fouet ou une pointe d'épée. De temps en temps, une branche – petite et morte probablement – arrachée à un arbre près de la maison se cognait contre le toit en tombant.

« Je n'ai jamais rien vu de pareil ici », dit Tom au déjeuner.

Mais Chris, qui avait le sang-froid de Dickie, ou peut-être de toute sa famille, souriait et savourait cette agitation.

Les lumières s'éteignirent pendant une demi-heure. Cela se produisait souvent en France, à la campagne, même quand il s'agissait seulement d'un petit orage, dit Tom.

Après le déjeuner, il monta dans la pièce où il peignait. Quelquefois, peindre lui calmait les nerfs. Il travaillait debout devant sa table, la toile adossée à un lourd étau et à une pile de gros livres d'art et d'ouvrages sur l'horticulture. La base reposait sur des journaux et sur un grand chiffon à peinture qui provenait d'un vieux drap. Tom se mit au travail avec zèle. Il faisait souvent un pas en arrière pour regarder son œuvre. C'était un portrait de Mme Annette, dans le style de Kooning – peut-être – si bien que le modèle ne pourrait certainement jamais s'y reconnaître. Tom n'imitait pas consciemment de Kooning, et il n'avait pas non plus pensé à lui en commençant sa toile, mais ça ressemblait, sans nul doute, à l'un de ses portraits. Entre les lèvres rose vif de Mme Annette apparaissaient des dents nettement jaunâtres et irrégulières. Elle portait une robe mauve avec un ruché blanc autour du cou. Tout cela fait à grands coups de pinceau. Le travail préliminaire de Tom avait consisté à faire de rapides croquis de Mme Annette sur un carnet qu'il tenait sur ses genoux, dans le salon quand elle ne regardait pas.

Il y eut un éclair. Tom se redressa et prit une grande aspiration pour soulager sa poitrine oppressée. Sur son transistor, France-Culture passait l'interview d'un auteur qui n'avait pas l'air très à son aise non plus. « Votre livre, monsieur Hublot (Heublein ?) me semble (crac)... et, comme l'ont dit plusieurs critiques, il y a une volte-face par rapport au *défi* que vous lanciez dans vos précédents ouvrages aux concepts de l'antisartrisme. Dans ce livre-ci, au contraire... »

Tom coupa brusquement.

Un craquement sinistre retentit tout près, dans la direction des bois, et il regarda par la fenêtre. La cime des pins et des peupliers se balançait encore, mais si un arbre était tombé, impossible de le distinguer d'ici, dans la bouillie verdâtre de la forêt. Si seulement un arbre, même tout petit, avait pu s'écrouler sur cette fichue tombe et la recouvrir ! se dit Tom. Il était en train de mélanger du rouge et du brun pour faire les cheveux de Mme Annette – il voulait achever sa toile aujourd'hui – quand il entendit ou crut entendre des voix au rez-de-chaussée. Des voix d'hommes.

Il sortit sur le palier.

Les voix parlaient anglais, mais il n'entendait pas ce qu'elles disaient. Il y avait Chris et quelqu'un d'autre. *Bernard,* pensa Tom. Un accent anglais. Oui, nom de Dieu !

Il alla poser soigneusement son couteau à palette sur la tasse pleine d'essence, referma la porte derrière lui et descendit quatre à quatre.

C'était bien Bernard, crotté et trempé sur le tapis-brosse, devant la porte d'entrée. Tom fut frappé par ses yeux noirs, qui semblaient s'être encore enfoncés dans leurs orbites, sous le trait droit des sourcils. Il lui trouva l'air terrifié. L'instant d'après, il pensa que Bernard était l'image même de la mort.

« Bernard ! dit-il. Entrez donc !

– Bonjour », fit Bernard.

Un sac à dos était posé par terre devant lui.

« Christopher Greenleaf, dit Tom. Bernard Tufts. Vous vous êtes peut-être déjà présentés.

– Oui, c'est fait », déclara Chris.

Il souriait et paraissait enchanté d'avoir de la compagnie.

« J'espère ne pas vous gêner en débarquant comme ça », dit Bernard.

Tom l'assura qu'il ne le dérangeait pas du tout. Mme Annette apparut et il fit les présentations. Elle prit le manteau du nouvel arrivant.

« Vous pourriez préparer la petite chambre pour Mr. Bernard », dit Tom en français. C'était une seconde chambre d'amis, avec un lit d'une personne, qu'Héloïse et lui avaient baptisée « la petite chambre », et dont on ne se servait pas souvent. Puis, à Bernard : « Vous êtes venu en taxi ? Depuis Melun ou depuis Moret ?

– Depuis Melun. J'ai cherché votre village sur une carte à Londres. »

Bernard, aussi maigre et anguleux que son écriture, restait là à se frotter les mains. Sa veste elle-même avait l'air trempée.

« Vous voulez un chandail ? Si vous buviez un cognac pour vous réchauffer ?

– Oh ! non, merci.

– Entrez dans le salon. Vous aimeriez une tasse de thé ? Je vais demander à Mme Annette de nous en faire quand elle redescendra. Asseyez-vous, Bernard. »

Bernard regarda Chris d'un air anxieux, comme s'il espérait que l'autre s'assiérait le premier, ou quelque chose de ce genre. Mais, au cours des minutes qui suivirent, Tom s'aperçut qu'il regardait tout avec anxiété, même un cendrier posé sur la table basse. Dans ces conditions, le dialogue ne pouvait être que très difficile. Bernard aurait visiblement préféré que Christopher fût absent. Mais le jeune Américain ne s'en rendait pas compte, Tom le voyait bien, et d'ailleurs sa présence pouvait être utile car, de toute évidence, Bernard était dans un état épouvantable : il bégayait et ses mains tremblaient.

« Je ne vous dérangerai pas bien longtemps », dit-il.

Tom rit.

« Vous n'allez pas repartir aujourd'hui, en tout cas. La France vous offre le temps le plus affreux qu'il m'ait jamais été donné de voir, depuis trois ans que je suis ici. L'avion a eu du mal à atterrir ? »

Bernard ne s'en souvenait pas. Son regard dériva vers *L'homme assis* – son œuvre – accroché au-dessus de la cheminée, et s'en détourna aussitôt.

Tom pensa au mélange fatal d'outre-mer et de rouge

cadmium présent dans ce tableau. Il était devenu pour lui une espèce de poison chimique. Pour Bernard aussi, supposait-il.

« Il y a longtemps que vous n'avez pas vu *Les Chaises rouges* », dit-il en se levant.

Bernard leur tournait le dos. Il se leva à son tour et tordit le cou, les jambes toujours appuyées contre le divan.

Tom fut récompensé de son effort par un sourire, fugace mais vrai qui apparut sur son visage.

« Quelle toile merveilleuse, dit Bernard d'une voix douce.

— Vous êtes peintre ? demanda Chris.

— Oui. » Bernard se rassit. « Mais je suis loin de valoir Derwatt.

— Madame Annette, vous pourriez faire bouillir un peu d'eau pour le thé ? demanda Tom.

— Tout de suite, monsieur Tome. »

Mme Annette descendait, les bras chargés de serviettes ou de torchons.

« Est-ce que vous pourriez me dire, commença Christopher, à l'adresse de Bernard, ce qui fait le talent d'un peintre ? Par exemple, il me semble que plusieurs artistes peignent à la manière de Derwatt de nos jours. Leurs noms m'échappent, parce qu'ils ne sont pas célèbres. Ah ! si, Parker Nunally, entre autres. Vous aimez ce qu'il fait ? Qu'est-ce qui constitue le talent de Derwatt ? »

Tom chercha lui aussi une réponse valable, « l'originalité » peut-être, mais ce fut le mot « publicité » qui lui vint à l'esprit. Il laissa parler Bernard.

« C'est la personnalité, répondit prudemment celui-ci. C'est Derwatt lui-même.

— Vous le connaissez ? »

Tom ressentit un petit pincement au cœur, un élan de sympathie pour Bernard.

L'autre hocha la tête.

« Oh ! oui. »

Il serrait l'un de ses genoux entre ses mains osseuses.

« Et on sent sa personnalité quand on est avec lui ?

– Oui », dit Bernard avec une fermeté accrue.

Cette conversation le mettait à l'agonie. En même temps, on voyait à son regard sombre qu'il cherchait quelque chose de plus à dire sur ce sujet.

« Ma question était un peu injuste, dit Chris. En règle générale, les grands artistes ne montrent pas leur personnalité, ils ne gaspillent pas leur flamme dans la vie courante, je crois. Ils n'ont rien d'extraordinaire en apparence. »

Mme Annette servit le thé.

« Vous n'avez pas de valise, Bernard ? » demanda Tom.

Il savait que son hôte n'en avait effectivement pas et s'inquiétait de son confort.

« Non, je suis venu sur un coup de tête.

– Aucune importance. J'ai tout ce dont vous pourriez avoir besoin. » Il sentait les yeux bleus de Chris se poser sur Bernard et sur lui : le garçon se demandait probablement s'ils se connaissaient bien ou non. « Vous avez faim ? Ma gouvernante adore faire des sandwiches. » Il n'y avait que les petits fours avec le thé. « Elle s'appelle Mme Annette. Demandez-lui tout ce que vous voudrez.

– Non merci. »

La tasse de Bernard tinta très nettement, par trois fois, quand il la reposa sur la soucoupe.

Tom aurait bien voulu savoir si Ed et Jeff l'avaient bourré de tranquillisants au point qu'il lui fallait maintenant un remontant. Dès qu'il eut fini sa tasse de thé, il le conduisit en haut pour lui montrer sa chambre.

« Il vous faudra partager la salle de bain avec Chris, dit-il. Vous traversez le palier et vous passez par la chambre de ma femme. » Il laissa les portes ouvertes. « Héloïse n'est pas là, elle est en Grèce. J'espère que vous pourrez vous reposer un peu ici, Bernard. Qu'est-ce qui se passe, au fond? Qu'est-ce qui vous tracasse? »

Ils étaient revenus dans la « petite chambre » de Bernard et avaient fermé la porte.

Bernard secoua la tête.

« J'ai l'impression d'être au bout du rouleau, voilà tout. L'exposition m'a achevé. C'est la dernière que je fais. Je ne peindrai plus une toile après *Le Baquet*. Mais voilà qu'à présent ils essaient de... vous savez... de le *ressusciter*. »

Et ils ont réussi *grâce à moi*, aurait pu dire Tom, mais il garda le même sérieux que son interlocuteur.

« Ecoutez, il est *censé* être encore en vie depuis cinq ans. Je suis sûr qu'ils ne vous obligeront pas à continuer si vous voulez arrêter de peindre, Bernard.

– Oh! ils essaieront, Ed et Jeff. Mais j'en ai assez, vous savez. Vraiment assez.

– Je suis persuadé qu'ils le savent. Ne vous faites pas de soucis pour ça. On pourra toujours... Ecoutez, Derwatt est retourné au Mexique, dans son ermitage. Nous dirons au cours des prochaines années qu'il continue à peindre, mais qu'il ne veut rien montrer. » Tom se mit à faire les cent pas dans la pièce. « Et puis un beau jour il mourra, et on lui fera brûler ses dernières toiles, quelque chose comme ça, si bien que personne ne les verra. »

Tom sourit, mais le regard sombre de Bernard, fixé sur le parquet, lui donna l'impression d'avoir fait une blague qui passait par-dessus la tête de son auditoire.

Ou, pis encore, d'avoir commis un sacrilège, lancé un calembour de mauvais goût dans une cathédrale.

« Vous avez besoin de repos, Bernard. Vous voulez un somnifère ? J'ai quelque chose de léger.

– Non merci.

– Faites un brin de toilette. Ne vous inquiétez pas pour Chris ni pour moi. Nous vous ficherons la paix. Le dîner est à huit heures si vous voulez vous joindre à nous. Descendez plus tôt si vous avez envie de boire un verre. »

Sur le ululement prolongé du vent, un arbre énorme se courba – ils le virent tous les deux par la fenêtre, ça se passait dans le jardin de derrière – et Tom eut la sensation que la maison tout entière tanguait. Instinctivement, il écarta les jambes pour assurer son équilibre. Comment rester calme par un temps pareil ?

« Vous voulez que je tire les rideaux ? demanda-t-il.

– Ça n'a pas d'importance. » Bernard le regarda. « Qu'a dit Murchison en voyant *L'Homme assis* ?

– Que c'était un faux. Du moins au début. Mais je l'ai convaincu du contraire.

– Comment avez-vous fait ? Murchison m'a dit ce qu'il pensait à propos des violets. Il a raison. J'ai fait trois erreurs : *L'Homme assis, L'Horloge* et maintenant *Le Baquet.* Je ne sais pas ce qui s'est passé. Je n'ai pas réfléchi. Murchison a raison. »

Tom resta silencieux. Puis il dit :

« Evidemment, ça nous a tous paniqués. Vivant, Derwatt aurait pu s'expliquer. Le risque, c'était que, du coup, on découvre qu'il n'existait pas. Mais le danger est passé. »

Bernard ne paraissait pas avoir entendu.

« Vous lui avez offert de lui racheter *L'Horloge* ? Quelque chose comme ça ?

– Non. Je l'ai persuadé que Derwatt avait pu revenir

– pour une, deux ou même trois toiles – au violet qu'il utilisait avant.

– Mais il m'a même dit que ces tableaux étaient d'une qualité inférieure ! Oh ! mon Dieu ! » Bernard s'assit sur le lit et se laissa tomber en arrière. « Qu'est-ce qu'il fabrique à Londres ?

– Je n'en sais rien. En tout cas, je suis sûr qu'il n'ira pas voir l'expert, qu'il ne fera rien du tout, Bernard, parce que je l'ai gagné à notre cause, dit Tom d'un ton apaisant.

– Alors vous n'avez pu vous y prendre que d'une seule façon, très dangereuse.

– Qu'est-ce que vous voulez dire ? demanda Tom en souriant, le cœur un peu serré.

– Vous l'avez persuadé de me laisser tranquille. D'avoir pitié de moi. Mais je n'ai pas envie qu'on ait pitié de moi.

– Il n'a pas été question de vous, évidemment. »

*Vous êtes fou :* voilà les mots que Tom avait sur le bout de la langue. Bernard était fou, ou tout au moins provisoirement dérangé. Pourtant, il venait de deviner exactement ce que Tom avait essayé de faire dans la cave avant de tuer Murchison : obtenir de l'Américain qu'il laisse Bernard tranquille parce qu'il ne peindrait plus jamais de « Derwatt ». Il s'était même efforcé de lui faire comprendre l'adoration de Bernard pour Derwatt, son idole défunte.

« Je ne crois pas que Murchison ait pu se laisser convaincre, dit Bernard. Vous ne me mentez pas pour me remonter le moral, Tom, n'est-ce pas ? Parce que j'en ai vraiment marre des mensonges.

– Non. »

Mais mentir à Bernard mettait Tom mal à l'aise. Pourtant le mensonge lui donnait rarement mauvaise conscience. Il prévoyait que le moment viendrait où il faudrait lui dire que Murchison était mort. C'était la seule façon de le rassurer... de le rassurer en partie, tout au moins en ce qui concernait les faux. Mais impossible de le lui dire tout de suite, étant donné l'état dans lequel il se trouvait, ou alors il perdrait complètement la tête.

« Je reviens dans un instant », dit Tom.

Bernard se leva aussitôt et se dirigea vers la fenêtre, au moment même où le vent faisait ricocher sur les carreaux une violente giclée de pluie.

Tom tressaillit, mais Bernard ne cilla pas. Tom alla chercher dans sa chambre un pyjama et une robe de chambre en madras pour Bernard, ainsi qu'une paire de pantoufles et une brosse à dents neuve, encore dans son étui de plastique. Il la posa dans la salle de bain au cas où son hôte n'en aurait pas, et dit à celui-ci qu'il serait en bas s'il avait besoin de quelque chose, qu'il allait le laisser se reposer un moment.

Tom vit que Chris était monté dans sa chambre : sa lumière brillait. L'orage semblait avoir plongé le reste de la maison dans une obscurité anormale. Il retourna dans sa propre chambre et prit dans le tiroir de sa commode le dentifrice du comte. En retournant deux ou trois fois l'extrémité inférieure du tube, il restait utilisable, et ça valait mieux que de le jeter. Mme Annette aurait pu le voir dans la poubelle : gaspillage insensé et inexplicable. Tom alla chercher son propre dentifrice sur la tablette du lavabo et le porta dans la salle de bain que Bernard partageait avec Chris.

Que faire avec ce type ? Et s'il assistait à une prochaine visite de la police, comme Chris ? Il comprenait bien le français, lui.

Tom s'installa sur une chaise pour écrire à Héloïse. En général, ça lui calmait les nerfs. Il ne se précipitait pas sur son dictionnaire quand il hésitait sur un mot français, parce que ses erreurs amusaient Héloïse.

*22 octobre 19...*

*Héloïse chérie,*

*Nous avons ici un cousin de Dickie Greenleaf, un gentil garçon qui s'appelle Christopher et qui va rester un jour ou deux. C'est son premier séjour à Paris. Tu te rends compte! Voir Paris à vingt ans, pour la première fois! Il est très étonné par ses dimensions. Il vient de Californie.*

*Aujourd'hui, il y a un orage terrible. Tout le monde est nerveux. Vent et pluie.*

*Tu me manques. Est-ce que tu as reçu le maillot de bain rouge? J'ai dit à Mme Annette de l'envoyer par avion et je lui ai donné plein d'argent pour ça, alors si elle ne l'a pas fait, je la battrai. Tout le monde me demande quand tu vas revenir. Je suis allé prendre le thé chez les Grais. Je me sens très seul sans toi. Reviens et on dormira dans les bras l'un de l'autre.*

*Ton époux solitaire.*

TOM.

Il timbra la lettre et descendit la poser sur la table du vestibule.

Christopher lisait dans le salon, assis sur le divan jaune. Il sursauta.

« Dites donc, chuchota-t-il, qu'est-ce qu'il a, votre ami?

– Il vient de passer un mauvais moment, à Londres. Il est déprimé à cause de son travail. Et puis je crois qu'il a... il a rompu avec sa petite amie, ou bien c'est elle qui l'a quitté, je ne sais pas.

– Vous le connaissez bien?

– Pas très. Non.

– Je me demandais – puisqu'il est dans un état

pareil – si vous ne préféreriez pas que je m'en aille. Demain matin. Ou même ce soir.

– Oh! certainement pas ce soir, Chris. Pas par un temps pareil. Votre présence ne me gêne pas du tout.

– Mais j'ai l'impression qu'elle gêne Bernard, répliqua Chris avec un mouvement de la tête en direction de l'escalier.

– Ecoutez, la maison est assez grande pour qu'il puisse me parler seul s'il en a envie. Ne vous inquiétez pas.

– D'accord. Si vous le pensez vraiment. Alors je partirai demain. »

Il enfonça les mains dans les poches de son pantalon et se dirigea vers la porte-fenêtre.

Mme Annette allait entrer d'un moment à l'autre et tirer les rideaux, se dit Tom, ce qui introduirait au moins un peu de calme dans tout ce chaos.

« Regardez! s'écria Chris en montrant la pelouse.

– Quoi? »

Un arbre avait dû tomber, pensa Tom, détail sans importance au milieu de tout ça. Il lui fallut un moment pour distinguer ce que Chris avait vu, tellement il faisait noir. Enfin, il aperçut une silhouette qui traversait lentement la pelouse. La première pensée qui lui vint à l'esprit fut : « C'est le fantôme de Murchison. » Et il sursauta. Mais il ne croyait pas aux fantômes.

« C'est Bernard! » dit Chris.

En effet, c'était lui. Tom ouvrit la porte-fenêtre et sortit dans la pluie, qui s'abattait maintenant avec une violence incroyable.

« Hé, Bernard, qu'est-ce que vous faites? »

Voyant qu'il ne réagissait pas et qu'il continuait à marcher lentement, la tête levée, Tom se précipita vers lui. Il trébucha sur la première marche du perron, faillit descendre toutes les autres sur le derrière, ne se rattrapa qu'en bas et se tordit la cheville par la même occasion. Il continua son chemin en boitillant.

« Hé, Bernard, rentrez ! »

Chris courut rejoindre Tom.

« Vous allez être trempé ! » dit-il en riant.

Il fit le geste d'attraper Bernard par le bras, mais, visiblement, n'osa pas. Tom, lui, le saisit fermement par le poignet.

« Qu'est-ce que vous cherchez, Bernard ? A attraper un rhume sensationnel ? »

Bernard se retourna vers eux et leur sourit. La pluie qui lui dégoulinait sur la figure lui collait ses cheveux noirs sur le front.

« J'aime ça. Je vous assure. Je me sens bien ! »

Il leva haut les bras, échappant à l'étreinte de Tom.

« Mais vous allez rentrer maintenant ? Je vous en prie, Bernard. »

Bernard sourit à Tom.

« Oh ! d'accord », dit-il, du ton de quelqu'un qui veut faire plaisir.

Ils regagnèrent la maison côte à côte, mais à pas lents, car Bernard semblait avoir envie d'absorber chaque goutte de pluie. Il était de bonne humeur et il fit une petite plaisanterie en ôtant ses chaussures devant la porte-fenêtre, pour ne pas salir le tapis. Il enleva aussi sa veste.

« Vous devriez vraiment vous changer, dit Tom. Je vais vous chercher quelque chose. »

Il était en train de se déchausser, lui aussi.

« Entendu, je vais me changer », répondit Bernard, toujours sur le même ton condescendant, et il monta lentement l'escalier, ses chaussures à la main.

Chris regarda Tom en fronçant les sourcils, comme Dickie.

« Ce type est dingue ! chuchota-t-il. Complètement dingue ! »

Tom hocha la tête. Il était bizarrement secoué... secoué comme toujours quand il se trouvait en présence de quelqu'un qui ne tournait vraiment pas rond. Cette fois, la sensation s'installait de bonne heure : d'habitude il ne réagissait que le lendemain. Il s'appuya précautionneusement sur sa cheville et la fit jouer. Ça ne serait pas grave.

« Vous avez peut-être raison, dit-il à Chris. Je vais lui chercher des vêtements secs. »

Le soir, vers dix heures, Tom frappa à la porte de Bernard.

« C'est moi, Tom.

– Oh ! entrez », dit calmement Bernard. Il était assis à sa table, un stylo à la main. « Ne vous inquiétez pas de cette balade que j'ai faite sous la pluie, ce soir. Je me suis senti redevenir moi-même. Et c'est bien rare maintenant. »

Tom ne comprenait que trop bien.

« Asseyez-vous ! Fermez la porte. Faites comme chez vous. »

Tom s'assit sur le lit de Bernard. Il était venu le voir comme il le lui avait promis pendant le dîner, en présence de Chris d'ailleurs. Bernard avait été plus gai pendant ce repas. Pour l'instant, il portait la robe de chambre en madras. Deux feuilles de papier entièrement couvertes de son écriture à l'encre noire étaient posées sur la table, mais Tom avait le sentiment qu'il ne s'agissait pas d'une lettre.

« Je suppose que très souvent, vous avez l'impression d'être Derwatt, dit-il.

– Quelquefois. Mais qui pourrait réellement être

Derwatt ? Et pas quand je marche dans une rue de Londres, non. De temps en temps, seulement, quand je peins, l'espace de quelques secondes. Je peux en parler sans mal, maintenant, vous savez, parce que je vais tout lâcher. C'est déjà fait. »

C'était peut-être une confession, ces deux feuillets posés sur la table, mais une confession adressée à qui ?

Bernard passa le bras sur le dossier de sa chaise.

« Figurez-vous que mes faux ont évolué en quatre ou cinq ans, exactement comme les toiles de Derwatt auraient pu le faire. C'est amusant, vous ne trouvez pas ? »

Tom chercha une réponse convenable, une réponse respectueuse.

« Amusant, non. Vous avez compris Derwatt. Et les critiques le disent aussi, que sa peinture a évolué.

– Vous ne pouvez pas vous imaginer quel effet bizarre ça me fait, de peindre du... du Bernard Tufts. Lui, sa peinture ne s'est pas développée en tant que telle. Elle n'a pas changé depuis cinq ans : c'est lui que j'ai l'impression d'imiter ! » Bernard rit franchement. « En un sens, je dois fournir plus d'efforts pour être moi-même que pour être Derwatt. Ou je *devais.* Et j'en devenais fou, vous comprenez. Ça se voit bien. Je voudrais me garder une chance, s'il m'en reste une. »

Donner sa chance à Bernard Tufts, voilà ce qu'il voulait dire, pensa Tom.

« Je suis certain que c'est tout à fait possible. Ça ne dépend que de vous. »

Tom prit ses Gauloises dans sa poche et en offrit une à Bernard.

« Je veux tourner complètement la page. J'ai l'intention de reconnaître ce que j'ai fait et de recommencer à partir de là... ou d'essayer.

– Oh ! Bernard. Il faut renoncer à cette idée. Vous

n'êtes pas seul dans cette affaire. Pensez aux conséquences que cela aurait pour Ed et Jeff. Tous les tableaux que vous avez peints... Ecoutez, confessez-vous à un prêtre, si vous voulez, mais pas à la presse. Ni à la police anglaise.

– Vous me croyez fou, je sais. Et je le deviens quelquefois. Mais je n'ai qu'une vie. Et je l'ai gaspillée. Je n'ai pas envie de continuer. Ça me regarde, non ? »

La voix de Bernard tremblait. De résolution ou de faiblesse ? se demanda Tom.

« Je comprends, dit-il avec douceur.

– Je ne veux pas avoir l'air d'en faire une tragédie, mais il faut que je sache si les gens m'accepteront, s'ils me pardonneront. »

Sûrement pas, se dit Tom. Le monde ne pardonnerait pas. Est-ce qu'il écraserait Bernard s'il agissait ainsi ? Sans doute. Cette confession serait un suicide. Il s'éclaircit la gorge et s'efforça de réfléchir, mais rien ne vint, absolument rien.

« Et puis je pense que Cynthia serait heureuse que je me décharge la conscience. Elle m'aime. Je l'aime aussi. Je sais qu'elle a refusé de me revoir l'autre jour, à Londres. C'est Ed qui me l'a dit. Je ne le lui reproche pas. Ils ont présenté ça comme si j'étais un malade : « Venez « voir Bernard, il a besoin de vous ! » dit-il d'une voix affectée. Quelle femme y serait allée ? » Il regarda Tom et ouvrit les bras en souriant. « Vous voyez quel bien la pluie m'a fait, Tom ? Elle m'a nettoyé de tout, sauf de mes péchés. »

Il rit de nouveau, et Tom lui envia cette légèreté d'esprit.

« Cynthia est la seule femme que j'aie jamais aimée. Je ne veux pas dire... Enfin, depuis notre histoire elle a eu une ou deux liaisons, bien sûr. C'est moi qui ai rompu, plus ou moins. J'étais si nerveux, si... affolé en un sens, quand j'ai commencé à imiter Derwatt. (Il avala sa salive.) Mais je sais qu'elle m'aimera de nouveau si je redeviens *moi*. Vous comprenez ?

– Oui, évidemment, je comprends. C'est à Cynthia que vous écrivez en ce moment ? »

Bernard eut un coup d'œil pour les feuilles de papier et sourit.

« Non, je n'écris à personne. C'est simplement une déclaration. Pour la presse ou pour n'importe qui. »

Il fallait arrêter ça. Tom dit calmement :

« Je voudrais que vous y réfléchissiez encore pendant quelques jours, Bernard.

– Vous trouvez que je n'ai pas eu assez de temps pour y penser ? »

Tom essaya de trouver quelque chose de plus fort, de plus clair à dire pour dissuader Bernard, mais ses pensées tournaient aussi autour de Murchison. La police allait-elle revenir ? Est-ce qu'elle ferait des recherches sérieuses ? Est-ce qu'elle regarderait dans les bois ? La réputation de Tom Ripley était déjà un peu... ternie peut-être par l'histoire de Dickie Greenleaf. Quoiqu'on l'eût finalement lavé de tout soupçon, on s'était occupé de lui pendant un moment, l'affaire avait existé, malgré sa conclusion heureuse. Pourquoi ne pas avoir chargé Murchison dans le break pour le conduire à des kilomètres de là et l'enterrer quelque part, au beau milieu de la forêt de Fontainebleau par exemple, même s'il avait dû camper dans les bois pour ça ?

« Si nous en reparlions demain ? dit-il. Vous verrez peut-être les choses différemment, Bernard.

– Bien sûr, nous pouvons en reparler quand vous voudrez. Mais je n'aurai pas changé d'avis demain. J'ai voulu vous le dire à vous, en premier, parce qu'à l'origine c'est de vous qu'est venue l'idée... l'idée de ressusciter Derwatt. J'ai l'intention de commencer par le commencement. J'ai l'esprit très logique, vous voyez. »

Il y avait une nuance de folie dans cette déclaration dogmatique, et Tom éprouva de nouveau un profond malaise.

Le téléphone sonna. Il y avait un appareil dans la chambre de Tom et la sonnerie s'entendait très nettement dans toute la maison. Il se leva d'un bond.

« Il ne faut pas oublier toutes les personnes qui sont impliquées là-dedans...

– Je ne vous mêlerai pas à cette histoire.

– Le téléphone. Bonsoir, Bernard », dit Tom à la hâte, et il courut dans sa chambre. Il n'avait pas envie que Chris décroche l'appareil en bas.

C'étaient encore les policiers. Ils s'excusèrent de téléphoner à cette heure, mais...

« Je vous demande pardon, monsieur, dit Tom, mais vous ne pourriez pas rappeler dans cinq minutes ? En ce moment, je suis un peu... »

La voix courtoise répondit que si, bien sûr...

Tom raccrocha et se cacha le visage dans les mains. Il était assis au bord de son lit. Il se leva et ferma la porte. Les événements allaient un peu trop vite pour lui. Il s'était hâté d'enterrer Murchison à cause de ce damné comte. Quelle erreur ! La Seine et le Loing déroulaient leurs méandres dans toute la région, il y avait une quantité de ponts sur lesquels personne ne passait, surtout après une heure du matin. Ce coup de téléphone de la police ne pouvait être que de mauvais augure. Mrs. Murchison – comment s'appelait-elle déjà ? Harriet ? – avait peut-être engagé un détective anglais ou américain. Elle savait ce que son mari allait faire en Angleterre : chercher à savoir si un tableau d'un artiste célèbre était un faux ou non. Comment ne soupçonnerait-elle pas un mauvais coup ? Et si l'on interrogeait Mme Annette, est-ce qu'elle répondrait qu'elle n'avait pas réellement *vu* Mr. Murchison quitter la maison le vendredi après-midi ?

Si la police venait le voir dès ce soir, Chris risquait de mentionner le bout de terrain en forme de tombe qu'il avait vu dans les bois. Tom l'entendait déjà dire en anglais : « Pourquoi ne leur parlez-vous pas de cette... » Et il ne pourrait pas changer la phrase en traduisant parce que Chris aurait probablement envie de les voir commencer à creuser.

Le téléphone sonna, et Tom répondit calmement.

« Allô, monsieur Ripley. Ici la préfecture de Melun. Nous avons eu un appel de Londres. Mrs. Murchison a contacté la police métropolitaine anglaise, qui veut que nous lui transmettions dès ce soir tous les renseignements en notre possession. L'inspecteur anglais arrivera demain matin. Nous aimerions que vous nous disiez si Mr. Murchison a donné des coups de téléphone quand il se trouvait chez vous ? Nous pourrions chercher à quoi correspondent les numéros.

– Je n'ai pas l'impression qu'il en ait donné un seul, répondit Tom. Mais je n'étais pas tout le temps chez moi. »

Ils n'avaient qu'à regarder sa note de téléphone, se dit-il, mais qu'ils y pensent tout seuls.

Quelques secondes plus tard, ils avaient raccroché.

Tom trouvait un peu inamical de la part de la police londonienne de ne pas lui avoir téléphoné directement pour lui poser ces questions. Ça ressemblait à une échappatoire. Il avait l'impression qu'elle le traitait déjà en suspect, qu'elle préférait se procurer des renseignements par les voies officielles. Sans bien savoir pourquoi, il la redoutait plus que la police française. Pourtant, du point de vue de la minutie et de l'entêtement, les Français l'emportaient haut la main.

Il fallait faire deux choses : sortir le cadavre du bois

et se débarrasser de Chris. Et Bernard ? Tom sentait le cœur lui manquer devant l'ampleur de sa tâche.

Il descendit.

Chris était en train de lire, mais il bâilla et se leva.

« J'allais monter me coucher. Comment va Bernard ? Il m'a semblé mieux au dîner.

– Oui, à moi aussi. »

Tom avait horreur de ce qu'il allait devoir dire, ou insinuer, ce qui était encore pire.

« J'ai trouvé un horaire à côté du téléphone. Il y a un train qui part le matin à neuf heures cinquante-deux et un autre à onze heures trente-deux. J'irai à la gare en taxi. »

Tom fut soulagé. Il y avait d'autres trains encore plus tôt, mais il ne pouvait décemment pas les proposer.

« Prenez celui que vous préférez. C'est moi qui vous conduirai à la gare. Je ne comprends pas très bien ce qui se passe dans la tête de Bernard, mais je crois qu'il aimerait mieux être seul avec moi pendant un jour ou deux.

– J'espère que ce n'est pas dangereux, dit Chris d'un ton grave. Je me suis demandé si je ne ferais pas mieux de rester encore vingt-quatre ou quarante-huit heures pour vous donner un coup de main si vous en aviez besoin. » Il baissa la voix. « En Alaska – c'est là que j'ai fait mon service – il y a un type qui a craqué, tout à coup, et il avait exactement le même comportement que Bernard. Brusquement, il est devenu violent, il s'est mis à donner des coups de poing à tout le monde.

– Oh ! ça m'étonnerait que Bernard agisse comme ça. Vous pourriez peut-être revenir passer quelques jours ici avec votre ami Gerald, quand il sera parti. Ou après votre retour de Rhénanie. »

Le visage de Chris s'éclaira.

Lorsqu'il fut monté (finalement, il désirait prendre le

train de 9 heures 52), Tom se mit à faire les cent pas dans la pièce. Il était minuit moins cinq. Il fallait se débarrasser du corps de Murchison dès ce soir. Sale travail pour une seule personne que de le déterrer dans le noir, de le charger sur le break et d'aller le jeter... où ? Du haut d'un petit pont, peut-être. Tom se mit à envisager la possibilité de demander de l'aide à Bernard. Face à la réalité, il perdrait la tête, ou bien il coopérerait. Tom sentait que, dans les circonstances actuelles, il n'arriverait pas à le dissuader de se confesser. Le choc qu'il aurait en voyant le cadavre ne pourrait-il pas lui faire comprendre la gravité de la situation ?

C'était une sacrée question.

Bernard ferait-il le grand saut dont parlait Kierkegaard à propos de la foi ? Tom sourit de cette phrase qui venait de lui passer par la tête. Lui-même l'avait fait, ce grand saut, en se précipitant à Londres pour jouer le rôle de Derwatt. Et il avait réussi. Il en avait fait un autre en tuant Murchison. Et puis merde. Qui ne risque rien n'a rien.

Il se dirigea vers l'escalier, mais il dut ralentir le pas à cause de sa cheville douloureuse. Et il s'arrêta même, un pied sur la première marche, la main sur l'ange doré qui remplaçait la boule de la rampe. Il venait de penser que, si Bernard faisait la mauvaise tête ce soir, il faudrait se débarrasser aussi de lui. Le tuer. Cette idée lui retourna l'estomac. Il n'avait aucune envie de tuer Bernard. Il n'en serait peut-être même pas capable. Mais si Bernard refusait de l'aider et ajoutait *Murchison* à sa confession...

Il monta. Le palier n'était éclairé que par la petite lumière qui venait de sa propre chambre. Celle de Bernard était éteinte, celle de Chris aussi, apparemment, mais ça ne voulait pas dire que ce dernier dormait. Tom eut beaucoup de mal à lever la main et à frapper à la porte de Bernard. Il frappa doucement, parce que la chambre de Chris n'était qu'à trois mètres de là, et il ne voulait pas que le jeune homme vienne coller son oreille à la porte pour le protéger d'une attaque éventuelle.

BERNARD ne répondant pas, Tom ouvrit la porte, entra et referma derrière lui.

« Bernard ?

– Mmm ? Tom ?

– Oui. Excusez-moi. Je peux allumer ?

– Bien sûr. » Bernard avait l'air très calme, il trouva lui-même l'interrupteur de sa lampe de chevet. « Qu'est-ce qui se passe ?

– Oh ! rien. Je veux dire... J'ai simplement besoin de vous parler et je ne veux pas que Chris entende. » Tom attira une chaise près du lit et s'assit. « Bernard, j'ai des ennuis et j'aimerais que vous m'aidiez, si vous le voulez bien. »

Bernard fronça les sourcils, chercha son paquet de Capstan et en alluma une.

« Quel genre d'ennuis ?

– Murchison est mort, dit doucement Tom. Voilà pourquoi vous n'avez plus besoin de vous tourmenter à son sujet.

– Mort ? » Le froncement de sourcils s'accentua. « Pourquoi ne me l'avez-vous pas dit ?

– Parce que... c'est moi qui l'ai tué. Ici, dans la cave. »

Bernard étouffa une exclamation.

« Quoi ? Ce n'est pas vrai, Tom !

– Chut ! »

Tom avait l'impression bizarre qu'en ce moment précis Bernard était plus sain d'esprit que lui-même. Cela le mettait dans une situation encore plus difficile, parce qu'il s'était attendu à une réaction moins normale.

« J'ai été obligé de le tuer... ici même... et je l'ai enterré dans les bois derrière la maison. Il faut que je le conduise ailleurs cette nuit. La police a déjà téléphoné, vous comprenez. Elle risque de venir fouiller par ici demain.

– Vous l'avez tué ? répéta Bernard toujours incrédule. Mais pourquoi ? »

Tom poussa un soupir et frissonna.

« D'abord il allait faire sauter Derwatt Ltd, ai-je besoin de vous le dire ? Ensuite, ce qui est pire, il m'avait reconnu dans la cave. Reconnu à mes mains. Il m'a dit : « C'est vous qui avez joué le rôle de Derwatt à « Londres. » Tout s'est passé très vite. Je n'avais pas l'intention de le tuer quand je l'ai fait descendre à la cave.

– Il est mort », fit Bernard, assommé.

Tom, sentant les minutes s'écouler, s'impatientait.

« Croyez-moi, j'ai tout fait pour obtenir de lui qu'il reste tranquille. Je lui ai même dit que c'était vous le faussaire, vous qui étiez allé lui parler au bar du Mandeville. Oui, je vous ai vu là-bas, s'empressa-t-il d'ajouter sans laisser à Bernard le temps d'ouvrir la bouche. Je l'ai assuré que vous ne peindriez plus de Derwatt. Je lui ai demandé de vous ficher la paix. Il a refusé. Alors... est-ce que vous allez m'aider à sortir le cadavre de ma propriété ? »

Il jeta un coup d'œil à la porte. Elle était toujours fermée et aucun bruit ne venait du palier.

Bernard posa lentement ses jambes par terre.
« Qu'est-ce que vous voulez que je fasse ? »
Tom se leva.
« Je serais très heureux que vous me donniez un coup de main dans une vingtaine de minutes. Je voudrais le transporter dans le break. Ce sera beaucoup plus facile si nous sommes deux. A moi tout seul, je ne pourrais pas. Il est trop lourd. » Tom se sentait mieux, parce qu'il pouvait enfin dire ce qu'il pensait. « Si vous ne voulez pas m'aider, tant pis, j'essaierai de faire ça tout seul, mais...
– D'accord, je vais vous aider. »
Bernard parlait d'une voix résignée, comme s'il était réellement décidé à le faire, mais Tom se méfiait de lui. Ne risquait-il pas d'avoir une réaction imprévisible une demi-heure plus tard ? Son expression était celle d'un saint qui s'adresse à... enfin à un être supérieur. « Je vous suivrai, où que vous alliez.
– Vous pouvez vous habiller ? Mettez ce pantalon que je vous ai donné aujourd'hui. Ne faites pas de bruit. Chris ne doit pas nous entendre.
– D'accord.
– Retrouvez-moi en bas, dans un quart d'heure. » Il regarda sa montre. « Il est minuit vingt-sept.
– Bon. »
Tom descendit et ouvrit la porte d'entrée, que Mme Annette avait fermée pour la nuit. Puis il remonta en boitillant dans sa chambre où il mit sa veste. En redescendant, il prit les clefs de la voiture sur la table du vestibule. Il éteignit les lumières du salon, sauf une, qu'il laissait souvent allumée toute la nuit. Enfin, il saisit son imperméable et enfila par-dessus ses chaussures des bottes en caoutchouc qui étaient posées par terre dans les W.C. Il alla chercher la lampe électrique dans le tiroir de la table, et prit aussi une lanterne,

accrochée près de la porte : on pourrait la poser par terre.

Il sortit le break Renault et le conduisit sur le sentier qui menait dans les bois, en n'allumant que ses feux de position. Une fois arrivé à l'endroit qu'il croyait être le bon, il les éteignit. Puis il s'enfonça dans les bois avec sa lampe électrique, trouva la tombe, et, les doigts sur le verre pour cacher de son mieux la lumière, alla chercher la pelle et la fourche dans le hangar à outils. Il les rapporta près de la flaque de boue qui était la tombe de Murchison. Ensuite, il reprit calmement le chemin de la maison, en pensant à ménager ses forces. Il prévoyait que Bernard serait en retard et il se préparait même à ne pas le voir apparaître du tout.

Bernard était là, debout comme une statue dans le vestibule sombre. Il portait son propre costume, celui qui était encore trempé quelques heures plus tôt, mais qu'il avait mis à sécher sur le radiateur de sa chambre. Tom l'avait remarqué.

Tom fit un geste et Bernard le suivit.

Sur le chemin, Tom se retourna et vit que la fenêtre de Chris était plongée dans l'ombre. Celle de Bernard était la seule éclairée.

« Ce n'est pas loin. C'est ça le problème ! » dit-il, avec une gaieté aussi soudaine qu'insensée. Il tendit la fourche à Bernard et garda la pelle, parce qu'il pensait qu'elle serait plus difficile à manier. « J'ai le regret de vous dire que c'est assez profond. »

Bernard se mit au travail, toujours avec cette résignation étrange, mais ses gestes étaient robustes et efficaces. Il ôta un peu de terre, puis se mit à la remuer, et Tom, debout dans le trou, la jetait par-dessus bord à grandes pelletées.

« Je vais me reposer un moment », dit-il.

Mais ce repos consista à transporter deux énormes pierres, qui pesaient bien trente livres chacune, dans le coffre de sa voiture.

Bernard avait atteint le cadavre. Tom redescendit dans le trou et s'efforça de le décoller avec sa pelle, mais le trou était trop étroit. Ils se campèrent chacun d'un côté, saisirent les cordes et tirèrent. Celle de Tom cassa ou se défit. Il poussa un juron et refit le nœud pendant que Bernard tenait la lampe. On aurait dit que quelque chose aspirait le corps de Murchison vers les entrailles de la terre, qu'une force travaillait contre eux. Tom avait les mains pleines de boue et douloureuses. Elles saignaient peut-être.

« C'est très lourd, dit Bernard.

– Oui. Le mieux serait de faire « un, deux, trois » et de tirer un bon coup.

– D'accord.

– Un... deux... (Ils rassemblèrent leurs forces.) Trois ! Hop ! »

Murchison réapparut à la surface de la terre. Bernard avait hérité de la partie la plus lourde : les épaules.

« Le reste devrait être plus facile », déclara Tom, juste pour dire quelque chose.

Ils chargèrent le cadavre dans la voiture. Des mottes de terre tombaient encore de la bâche et l'imperméable de Tom était dans un état affreux.

« Il faut remettre la terre », dit-il, d'une voix enrouée par la fatigue.

L'opération ne leur donna aucun mal, et Tom, pour faire bonne mesure, disposa sur l'emplacement de la tombe une ou deux branches mortes. Comme Bernard laissait négligemment tomber sa fourche par terre, il lui dit :

« Rangeons les outils dans la voiture. »

Ce qu'ils firent. Ils montèrent, puis Tom regagna la

route en marche arrière, en regrettant le bruit que faisait le moteur. Le sentier n'était pas assez large pour tourner. Au moment où il reculait sur la route pour repartir dans l'autre direction, il vit, à sa profonde horreur, la lumière de Chris s'allumer. Il avait justement les yeux tournés vers la seconde fenêtre de cette chambre, celle qui donnait sur le côté de la maison : elle s'éclaira et s'éteignit aussitôt, comme pour les saluer d'un clin d'œil. Tom ne dit rien à Bernard. Il n'y avait pas de réverbère à cet endroit-là, et il espérait que Chris n'aurait pas pu distinguer la couleur (vert foncé) de sa voiture, quoique les feux de position fussent allumés, par nécessité.

« Où allons-nous ? demanda Bernard.

– Je connais un endroit à huit kilomètres d'ici. Un pont... »

Il n'y avait pas d'autre voiture sur la route pour l'instant, ce qui n'était pas inhabituel à une heure cinquante du matin. Tom était assez souvent rentré chez lui à une heure tardive après les dîners chez des amis pour le savoir.

« Merci, Bernard, tout se passe très bien », dit-il.

Bernard resta silencieux.

Ils arrivèrent à l'endroit auquel Tom avait pensé. C'était à côté d'un village appelé Voisy, auquel il ne s'était jamais intéressé avant ce soir et dont il ne se rappelait même pas le nom. Il le vit en passant devant le panneau pour rejoindre le pont dont il se souvenait. La rivière, se dit-il, était le Loing, qui se jetait dans la Seine. Murchison n'iraït d'ailleurs pas bien loin, avec ces pierres pour le lester. Il y avait un réverbère économique, qui éclairait faiblement cette extrémité du pont, mais l'autre était plongée dans les ténèbres. Tom passa sur la rive opposée et se gara à quelques mètres de là. Dans le noir, avec l'aide de la lampe électrique, Bernard et lui introduisirent les pierres sous la bâche et refirent les nœuds des cordes.

« Et maintenant, on le balance », dit Tom à voix basse.

Bernard se mouvait avec une tranquille efficacité et semblait savoir exactement ce qu'il devait faire. A deux ils n'eurent pas grand mal à transporter le corps, même avec les pierres. Le parapet de bois du pont avait à peu près un mètre vingt de hauteur. Tom recula et jeta un coup d'œil autour de lui : d'abord du côté du village obscur derrière lequel ne brillaient que deux réverbères, puis dans l'autre direction, là où le pont se perdait dans les ténèbres.

« Je crois que nous pouvons courir le risque d'aller jusqu'au milieu », dit-il.

Ils allèrent donc jusqu'au milieu du pont et posèrent le corps quelques instants, le temps de rassembler leurs forces. Puis ils se penchèrent, tirèrent tous deux un bon coup et il bascula par-dessus le parapet.

Le choc fut assourdissant – un vrai coup de canon qui semblait assez fort pour réveiller tout le village – et il y eut une gerbe d'éclaboussures. Ils regagnèrent la voiture.

« Ne courons pas », dit Tom, sans nécessité peut-être, car leur restait-il suffisamment d'énergie ?

Il prit le volant et partit droit devant lui sans bien savoir où il allait et sans même s'en préoccuper.

« C'est fini ! déclara-t-il. On s'est débarrassé de ce damné cadavre ! » Il se sentait merveilleusement heureux, léger et libre. « Je ne crois pas que je vous l'aie dit, Bernard, reprit-il d'une voix gaie – et il n'avait même pas la gorge sèche – mais j'ai raconté à la police que j'avais conduit Murchison à Orly vendredi. J'y ai effectivement déposé ses bagages. Alors, s'il n'a pas pris son avion, ce n'est pas de ma faute, hein ? » Il rit, comme il riait souvent, seul, avec autant de soulagement, après les sales moments. « A propos, *L'Horloge* a été volée à Orly. Elle était avec la valise de Murchison. Celui qui verra la signature de Derwatt dessus, il s'y accrochera, je parie, et il se gardera de dire quelque chose ! »

Mais Bernard l'écoutait-il ? Il ne disait rien.

Il recommençait à pleuvoir ! Tom aurait volontiers applaudi. La pluie effacerait peut-être, elle effacerait *probablement* les traces de sa voiture sur le petit chemin, près de la maison, et en tout cas elle contribuerait à fondre dans le paysage la tombe vide.

« Il faut que je descende, dit Bernard en tendant la main vers la portière.

– Quoi ?

– J'ai mal au cœur. »

Dès qu'il le put, Tom se gara sur le bord de la route. Bernard sortit.

« Vous voulez que je vous accompagne ?

– Non merci. »

Bernard fit quelques pas vers la droite, en direction d'un talus tout noir qui s'élevait abruptement à un ou deux mètres de haut. Il se pencha.

Tom était désolé pour lui. Lui qui se sentait si bien, et si gai, alors que ce pauvre Bernard avait mal au cœur ! Bernard resta deux minutes, trois, quatre, lui sembla-t-il.

Une voiture approchait par-derrière, à une allure modérée. Tom faillit éteindre ses phares, mais il les laissa tels qu'ils étaient, c'est-à-dire en code. Comme il y avait un tournant, ceux de l'autre voiture balayèrent une seconde la silhouette de Bernard. Nom de Dieu, une voiture de police ! Il y avait une lumière bleue sur le toit. Elle passa à côté de celle de Tom et poursuivit sa route, sans accélérer ni ralentir. Tom se détendit. Ouf !

Ils avaient sûrement pensé que Bernard était en train de soulager sa vessie, ce qui n'était en tout cas pas illégal en France sur une route de campagne, même en plein jour et devant tout le monde. Bernard ne parla pas de cette voiture en revenant, et Tom non plus.

En arrivant chez lui, il conduisit doucement le break dans le garage. Il sortit la pelle et la fourche et les adossa au mur, puis il essuya l'intérieur du coffre. Il abaissa la porte du garage sans la verrouiller, pour ne pas faire de bruit. Bernard attendait. Il lui fit un geste et sortit avec lui. Dehors, il acheva de fermer la porte et claqua doucement le cadenas.

Ils ôtèrent leurs chaussures devant la porte de la maison et entrèrent en les tenant à la main. Tom remarqua que la fenêtre de Chris ne s'était pas éclairée quand la voiture s'était approchée de la maison. Il se servit de la lampe électrique pour monter l'escalier avec Bernard. Par signes, il fit comprendre à celui-ci qu'il devait aller dans sa chambre et qu'il l'y rejoindrait dans un instant.

Chez lui, il vida les poches de son imperméable avant de le déposer dans la baignoire. Il rinça ses bottes sous le robinet et les fourra dans un placard. L'imperméable, il pourrait le laver plus tard et le pendre, lui aussi, dans le placard, pour que Mme Annette ne le voie pas en entrant le matin.

Puis, après avoir enfilé son pyjama et ses pantoufles, il passa silencieusement dans la chambre de Bernard.

Bernard fumait, debout, en chaussettes. Il avait posé son veston sale sur une chaise au dossier droit.

« Ce costume ne risque plus grand-chose, dit Tom. Laissez-moi m'en occuper. »

Bernard bougeait lentement, mais il bougeait. Il ôta son pantalon et le tendit à Tom, qui l'emporta, avec le veston, dans sa chambre. Il brosserait la boue quand elle serait sèche et donnerait le costume à nettoyer dans un pressing. Ce n'était pas un tissu de bonne qualité, détail bien caractéristique de Bernard. Ed et Jeff lui avaient dit qu'il n'acceptait pas tout l'argent qu'ils voulaient lui donner sur les bénéfices de Derwatt Ltd. Il retourna dans la chambre de Bernard. Pour la première fois, il appréciait pleinement la solidité de ses parquets : ils ne grinçaient pas.

« Je peux vous apporter quelque chose à boire, Bernard ? Je crois que ça vous ferait du bien. »

Maintenant, il pouvait se permettre d'être vu en bas par Mme Annette ou même par Chris. Il dirait que Bernard et lui s'étaient mis en tête de faire une petite promenade et qu'ils venaient juste de rentrer.

« Non merci », dit Bernard.

Tom se demanda s'il arriverait à dormir, mais il hésitait à lui proposer quelque chose d'autre, un somnifère par exemple ou un chocolat chaud, parce qu'il pensait que Bernard lui répondrait encore : « Non merci. »

« Je regrette de vous avoir imposé ça, murmura-t-il. Faites la grasse matinée si vous en avez envie. Chris part dans quelques heures.

– Bon. »

Bernard était verdâtre. Il évitait le regard de Tom. Il avait des lèvres au dessin ferme, les lèvres de quelqu'un qui sourit peu et qui ne parle guère. En ce moment, leurs commissures s'abaissaient, ce qui lui donnait une expression déçue.

Il a l'air trahi, pensa Tom.

« Je vais m'occuper de vos chaussures », dit-il, et il les prit.

Dans sa salle de bain – dont il avait fermé la porte, ainsi que celle de sa chambre, à cause de Chris – Tom lava son imperméable et nettoya le costume de Bernard. Il lui rinça ses chaussures et les posa sur un journal, à côté du radiateur, dans les W.C. Mme Annette lui apportait son café et faisait son lit, mais n'entrait dans sa salle de bain qu'une fois par semaine pour la nettoyer. Une certaine Mme Clusot, qui faisait le gros ménage, devait justement venir dans l'après-midi.

Enfin, Tom prit soin de ses mains. Elles n'étaient pas aussi abîmées qu'il aurait pu le croire. Il les enduisit de Nivéa. Il avait la sensation étrange d'avoir rêvé les événements de l'heure qui venait de s'écouler – de les avoir vécus quelque part, en somnambule, ce qui expliquait l'état de ses mains – mais ils ne lui semblaient pas réels.

Le téléphone fit entendre un tintement annonciateur. Tom bondit et le saisit au milieu de la première sonnerie, qui lui parut horriblement forte.

Il était près de trois heures du matin.

*Bip-bip... bzz... grr... bip ?*

Un bruit de sous-marin. D'où pouvait bien venir cet appel ?

« *Vous êtes... ne quittez pas... Athènes vous appelle...* »

Héloïse.

« Allô, *Tome ! Tome !* »

Ce fut tout ce que Tom put comprendre pendant plusieurs secondes exaspérantes.

« Parle plus fort », dit-il en français.

Il réussit à saisir qu'Héloïse était malheureuse, qu'elle s'ennuyait terriblement. Il y avait aussi quelque chose, ou quelqu'un, qui la dégoûtait.

« ... cette bonne femme, cette Norita...

– Lolita.

– Reviens à la maison, chérie ! Tu me manques beaucoup ! hurla Tom en anglais. Envoie-les au diable, tous ces emmerdeurs !

– Je ne sais pas ce que je dois faire, entendit-il très

clairement. Ça fait deux heures que j'essaie de te joindre. Même le téléphone ne marche pas ici.

– Il n'est censé marcher nulle part. C'est simplement un mécanisme destiné à extorquer de l'argent. »

Tom fut heureux d'entendre un petit rire : un rire de sirène qui surgirait de sous la mer.

« Tu m'aimes ?

– Bien sûr que je t'aime. »

Au moment où ils commençaient à s'entendre, la communication fut coupée. Tom était sûr qu'Héloïse n'avait pas raccroché.

Le téléphone ne sonna plus. Il devait être cinq heures du matin en Grèce. Héloïse avait-elle appelé d'un hôtel athénien ? De ce yacht farfelu ? Il avait grande envie de la voir. Il s'était habitué à sa présence, et elle lui manquait. Est-ce que c'était ça l'amour ? Le mariage ? Mais il voulait d'abord se débarrasser des derniers débris de cette histoire. Héloïse avait beau être assez amorale, elle ne prendrait pas tout ça dans la foulée. Et bien entendu, elle ne savait rien des faux Derwatt.

Tom se réveilla avec peine en entendant Mme Annette frapper à la porte. Elle lui apportait sa tasse de café noir.

« Bonjour, monsieur Tome! Il fait beau aujourd'hui. »

En effet, le soleil brillait, changement extraordinaire par rapport à la veille. Tom sirota son café, en savoura la magie noire qui s'infiltrait dans ses veines, puis se leva et s'habilla.

Il alla frapper chez Chris. Ils avaient encore le temps d'attraper le train de 9 heures 52.

Chris était au lit, une grande carte étalée sur les genoux.

« J'ai décidé de prendre le train de 11 heures 32... si ça ne vous ennuie pas. J'ai tellement de plaisir à traîner un peu au lit.

– Ça ne m'ennuie pas du tout, dit Tom. Vous auriez dû vous faire apporter une tasse de café par Mme Annette.

– Oh! ce serait trop demander. » Chris se leva d'un bond. « Je crois que je vais faire une petite balade.

– Bon. A tout à l'heure. »

Tom descendit. Il réchauffa le café, s'en versa une deuxième tasse dans la cuisine, et la but devant la fenêtre. Il vit Chris sortir de la maison et ouvrir le portail, puis tourner à gauche en direction du village. Il allait probablement boire un café au lait et manger un croissant quelque part, à la française.

Manifestement Bernard dormait encore, Dieu merci.

A 9 heures 10, le téléphone sonna. Une voix anglaise, qui choisissait ses mots avec soin, dit :

– Ici l'inspecteur Webster, de la police métropolitaine de Londres. Pourrais-je parler à Mr. Ripley? »

Cette petite chanson allait-elle devenir le thème majeur de son existence?

« C'est moi-même.

– J'appelle d'Orly. J'aimerais beaucoup vous voir ce matin, si possible. »

Tom aurait voulu répondre que l'après-midi lui conviendrait mieux, mais son audace habituelle lui faisait défaut pour l'instant, et puis il se dit que l'inspecteur le soupçonnait peut-être de vouloir mettre à profit sa matinée pour cacher quelque chose.

« D'accord pour ce matin. Vous venez par le train?

– Je crois que je prendrai plutôt un taxi, répondit négligemment la voix. Ça n'a pas l'air tellement loin. Il faut combien de temps en taxi?

– Environ une heure.

– Alors, dans une heure. »

Chris serait encore là. Tom versa du café dans une autre tasse et la porta à Bernard. Il aurait préféré cacher sa présence à l'inspecteur Webster, mais compte tenu des circonstances, et comme il ne pouvait pas prévoir ce que Chris raconterait, il jugea préférable de ne pas la dissimuler.

Bernard était réveillé. Couché sur le dos, la tête soutenue par deux oreillers et les doigts croisés sous le menton, il semblait plongé dans une méditation matinale.

« Bonjour, Bernard. Vous voulez du café ?

– Je veux bien, merci.

– Il y a un policier de Londres qui arrive dans une heure. Il voudra peut-être vous parler. C'est au sujet de Murchison, bien sûr.

– Oui », dit Bernard.

Tom le laissa boire une ou deux gorgées de café.

« Je n'ai pas mis de sucre dedans. Je ne savais pas si vous l'aimiez sucré.

– Ça n'a pas d'importance. Il est excellent.

– Ecoutez, Bernard, il vaut mieux, évidemment, que vous prétendiez n'avoir jamais rencontré Murchison. Vous n'avez pas eu cette conversation avec lui au bar du Mandeville. Vous comprenez ? »

Tom espéra que ses phrases portaient.

« Oui.

– Vous n'avez jamais entendu parler de lui, même par Ed ou Jeff. Vous n'êtes pas censé être lié avec eux, vous comprenez. Vous vous connaissez, mais ils n'auraient pas pris la peine de vous raconter, à *vous*, qu'un Américain quelconque mettait en doute l'authenticité de *L'Horloge.*

– Non, dit Bernard. Non, bien sûr.

– Et ce qu'il y a de plus facile à garder en mémoire, parce que c'est vrai, poursuivit Tom, comme s'il s'adressait à une classe d'écoliers qui ne l'écoutaient pas très attentivement, c'est que vous êtes arrivé hier après-midi, vingt-quatre heures après le départ de Murchison pour Londres. Il est naturel que vous ne soyez même pas au courant de son existence. D'accord ?

– D'accord, dit Bernard, qui s'était redressé sur un coude.

– Vous voulez manger quelque chose ? Des œufs ? Je

peux vous apporter un croissant. Mme Annette est allée en acheter.

– Non merci. »

Tom descendit.

Mme Annette sortait justement de la cuisine.

« Regardez, monsieur Tom, dit-elle en lui montrant la première page de son journal. Est-ce que ce n'est pas monsieur Murchison qui est venu ici jeudi ? Il paraît qu'on le recherche. »

*A la recherche de monsieur Murchison...* Tom regarda la photo souriante de Murchison qui s'étalait sur deux colonnes dans le coin inférieur gauche du *Parisien*, édition de Seine-et-Marne.

« Oui, c'est ça », dit-il. Et il lut :

*Thomas F. Murchison, 52 ans, Américain, est déclaré disparu depuis l'après-midi du vendredi 18 octobre. Sa valise a été retrouvée devant la porte des départs à l'aéroport d'Orly, mais il n'est pas monté dans l'avion qui devait le conduire à Londres. Mr. Murchison est un homme d'affaires de New York. Il a séjourné chez un ami dans la région de Melun. Sa femme Harriet, restée en Amérique, a engagé des recherches avec l'aide de la police française et anglaise.*

Tom se réjouit qu'ils n'aient pas mentionné son nom.

Chris entra, avec à la main deux revues, mais pas de journaux.

« Salut, Tom ! Bonjour, madame ! Il fait beau. »

Tom répondit à son salut, puis il dit à Mme Annette :

« Je croyais qu'il serait déjà retrouvé. Mais en fait, il y a un Anglais qui doit venir ce matin me poser des questions.

– Ah ! bon, ce matin ?

– Dans une demi-heure, à peu près.

– Quel mystère ! s'exclama-t-elle.

– De quel mystère parlez-vous ? demanda Chris à Tom.

– Murchison. Il y a une photo de lui dans le journal d'aujourd'hui. »

Chris regarda la photographie avec intérêt. Il traduisait lentement, à voix haute, une partie du texte.

« Ça alors ! Il n'a toujours pas reparu !

– Madame Annette, dit Tom, je ne sais pas si l'Anglais voudra rester pour déjeuner. Vous aurez assez pour quatre ?

– Mais oui, monsieur Tome. »

Elle repartit dans sa cuisine.

« Quel Anglais ? demanda Chris. Un autre ? »

Son français, remarqua Tom, s'améliorait rapidement.

« Oui, il vient me poser des questions sur Murchison. Vous savez, si vous voulez prendre le train de 11 heures 32...

– Oh ! je ne pourrais pas rester ? Il y en a encore un à midi passé, et puis il y a tous ceux de l'après-midi. Ça m'intrigue, cette histoire, j'aimerais bien savoir ce qu'ils ont découvert. Je ne resterai pas dans le salon, naturellement, pendant que vous lui parlerez, si vous désirez être seul.

– Pourquoi ça ? Je n'ai pas de secrets. »

Le taxi de l'inspecteur arriva vers dix heures et demie. Tom avait oublié de lui indiquer le chemin de la maison, mais il déclara qu'il s'était renseigné à la poste.

« Quelle jolie maison vous avez ! » dit-il d'un ton jovial. Il était en civil. Quarante-cinq ans environ. Des cheveux noirs clairsemés, une légère brioche, des lunettes à monture noire derrière lesquelles brillait un regard alerte et courtois. Son sourire aimable semblait fixé sur ses lèvres. « Il y a longtemps que vous habitez ici ?

– Trois ans, dit Tom. Asseyez-vous, je vous en prie. »

Il était allé ouvrir la porte lui-même, Mme Annette n'ayant pas vu arriver le taxi. Il prit le manteau de l'inspecteur. Celui-ci portait une mince valise noire, de celles qui peuvent contenir un costume, et il la garda pour aller s'asseoir sur le divan, comme s'il n'avait pas l'habitude de s'en séparer.

« Eh bien, commençons par le commencement. Quand avez-vous vu Mr. Murchison pour la dernière fois ? »

Tom s'assit sur une chaise.

« Vendredi dernier. Vers quinze heures trente. Je l'ai conduit à Orly. Il comptait se rendre à Londres.

– Je sais. » Webster entrouvrit sa valise noire, en sortit un carnet, et prit un stylo dans sa poche. Il écrivit quelque chose. « Il était de bonne humeur ? demanda-t-il en souriant, avant d'allumer rapidement une cigarette.

– Oui. »

Tom faillit préciser qu'il lui avait offert une bonne bouteille de margaux, mais il ne désirait pas faire allusion à sa cave.

« Et il avait avec lui une toile qui s'appelle *L'Horloge,* je crois.

– Oui. Elle était enveloppée dans du papier brun.

– Il semble qu'elle ait été volée à Orly. C'est cette toile que Mr. Murchison soupçonnait d'être un faux.

– En effet... du moins au début.

– Vous le connaissiez bien, Mr. Murchison ? Depuis combien de temps ? »

Tom lui raconta son histoire.

« Je me rappelais l'avoir vu entrer dans le bureau de la galerie, où on m'avait dit que Derwatt se trouvait. Alors, quand je l'ai aperçu au bar de mon hôtel ce soir-là, je lui ai parlé. Je voulais lui demander de me décrire Derwatt.

— Je vois. Et ensuite?

— Nous avons bu un verre ensemble. Il m'a dit qu'à son avis certains tableaux récents de Derwatt étaient des faux. Je lui ai appris que j'avais deux toiles du peintre chez moi, en France, et je lui ai demandé s'il voulait venir les voir. Alors nous avons pris l'avion ensemble jeudi après-midi et il a passé la nuit ici. »

L'inspecteur prenait des notes.

« Vous êtes allé à Londres spécialement pour l'exposition Derwatt?

— Oh! non, dit Tom avec un petit sourire. J'y suis allé pour deux raisons. En partie pour l'exposition Derwatt, je l'avoue, et en partie parce que l'anniversaire de ma femme tombe en novembre et qu'elle aime bien les choses qui viennent d'Angleterre. Chandails. Pantalons. Carnaby Street. J'ai fait quelques achats à Burlington Arcade... » Il eut un coup d'œil en direction de l'escalier : l'idée lui était venue d'aller chercher le petit singe en or, mais il se ravisa. « Cette fois, je n'ai pas acheté de Derwatt, mais je pensais acquérir *Le Baquet*. C'était la seule toile qui n'était pas encore vendue.

— Est-ce que... heu... est-ce qu'en invitant Mr. Murchison ici, vous pensiez que vos tableaux pouvaient être aussi des faux? »

Tom hésita.

« J'avoue que sa réaction m'intéressait, mais personnellement je n'avais aucun doute. Et après avoir vu mes deux toiles, Mr. Murchison m'a dit qu'à son avis elles étaient authentiques. »

Tom n'avait pas la moindre intention d'exposer la théorie de Murchison sur les violets. Et l'inspecteur Webster ne semblait pas s'intéresser beaucoup aux Derwatt : ce fut à peine s'il tourna la tête pour jeter un coup d'œil aux *Chaises rouges,* accrochées derrière lui, puis à *L'Homme assis,* qui lui faisait face.

« La peinture moderne n'est pas mon fort. Vous vivez seul avec votre femme, monsieur Ripley ?

– J'ai une gouvernante, Mme Annette. Ma femme est en Grèce pour l'instant.

– J'aimerais faire la connaissance de votre gouvernante », dit l'inspecteur, sans cesser de sourire.

Tom fit un pas en direction de la cuisine pour aller la chercher, mais, au même instant, Chris descendit l'escalier.

« Ah ! Chris. Voilà l'inspecteur Webster, de Londres. Mon invité, Christopher Greenleaf. »

Chris tendit la main, l'air impressionné de rencontrer un membre de la police londonienne.

« Comment allez-vous ?

– Comment allez-vous ? répondit aimablement l'inspecteur, en se penchant pour serrer la main qui s'offrait. Greenleaf. Richard Greenleaf. C'était un de vos amis, n'est-ce pas, monsieur Ripley ?

– Oui. Et Chris est son cousin. (Webster avait dû déterrer cette information depuis peu, en fouillant dans les archives pour voir si Tom Ripley avait un casier judiciaire, car il était impensable que quelqu'un se rappelât encore le nom de Dickie six ans après l'affaire.) Excusez-moi. Je vais chercher Mme Annette. »

Elle épluchait des légumes devant l'évier. Tom lui demanda si elle voulait bien venir voir le monsieur de Londres.

« Il parle probablement français. »

Au moment où Tom rentrait dans le salon, Bernard descendit à son tour. Il portait le pantalon et le chandail que son hôte lui avait prêtés. Tom le présenta à Webster.

« Mr. Tufts est peintre. Il habite Londres.

– Ah ! fit Webster. Est-ce que vous avez rencontré Mr. Murchison pendant son séjour ici ?

– Non, dit Bernard en s'asseyant sur un des fauteuils jaunes. Je ne suis arrivé qu'hier. »

Mme Annette entra. L'inspecteur Webster se leva, sourit et dit : « Enchanté, madame. » Il continua dans un français impeccable, mais avec un accent britannique prononcé :

« Je suis ici pour faire une enquête sur Mr. Thomas Murchison, qui a disparu.

– Ah ! oui. J'ai lu ça ce matin dans le journal, dit Mme Annette. On ne l'a pas retrouvé ?

– Non, madame. » Autre sourire, comme s'ils parlaient d'une chose beaucoup plus amusante. « Apparemment, vous êtes les dernières personnes qui l'aient vu, M. Ripley et vous. Mais vous étiez peut-être ici, monsieur Greenleaf ? » demanda-t-il à Chris en anglais.

Chris bafouilla, mais sa réponse était indiscutablement sincère.

« Non, je n'ai jamais rencontré Mr. Murchison.

– A quelle heure a-t-il quitté la maison vendredi, Mme Annette ? Vous vous en souvenez ?

– Oh ! ça devait être au tout début de l'après-midi. J'ai servi le déjeuner assez tôt. Disons deux heures et demie. »

Tom resta silencieux. Mme Annette ne se trompait pas.

« Il n'a pas mentionné des amis qu'il aurait pu avoir à Paris ? demanda l'inspecteur à Tom. Excusez-moi, madame, je peux continuer à parler français. »

Mais la conversation se poursuivit dans les deux langues : c'était tantôt Tom qui traduisait, tantôt Webster, parce qu'il désirait que Mme Annette lui apportât toutes les précisions qu'elle pouvait lui fournir.

Murchison n'avait parlé de personne à Paris. Tom dit

qu'à son avis, il n'avait aucun rendez-vous à Orly. « Voyez-vous, la disparition de Mr. Murchison et celle de son tableau sont peut-être liées », dit l'inspecteur Webster. Tom expliqua à Mme Annette que Murchison avait un tableau avec lui et qu'on l'avait volé à Orly. Par bonheur, elle se souvenait de l'avoir vu appuyé à la valise du monsieur, dans le vestibule, juste avant son départ. Elle n'avait dû l'apercevoir que très brièvement, se dit Tom, mais c'était un coup de chance. Webster aurait pu le soupçonner de l'avoir détruit. « La compagnie Derwatt – je crois avoir toutes les raisons de l'appeler ainsi – est importante. Le peintre lui-même n'est pas seul à en faire partie. Il y a ses amis, Constant et Banbury, qui gèrent la Buckmaster Gallery en plus de leur travail personnel : le journalisme et la photographie respectivement. Il y a les fournitures d'art Derwatt. Il y a l'école d'art Derwatt à Pérouse. Si l'histoire des faux se confirme et si nous jetons ce pavé dans la mare, ça fera des bulles ! » Il se tourna vers Bernard. « Vous connaissez Mr. Constant et Mr. Banbury, n'est-ce pas, monsieur Tufts ? »

Le cœur de Tom fit un nouveau bond dans sa poitrine, parce que Webster avait réellement dû creuser assez loin pour trouver ça : Ed Banbury ne mentionnait plus depuis des années dans ses articles le nom de Bernard parmi ceux des gens qui faisaient autrefois partie du groupe d'amis de Derwatt.

« Oui, je les connais », dit Bernard.

Il avait l'air dans le brouillard, mais au moins il ne s'affolait pas.

« Vous avez parlé à Derwatt, à Londres ? demanda Tom à l'inspecteur.

– Il est introuvable, répondit l'autre, qui rayonnait positivement. Ce n'est pas moi qui l'ai cherché, mais un de mes collègues... après la disparition de Mr. Murchison. Le plus curieux, ajouta-t-il en français pour inclure Mme Annette dans la conversation, c'est qu'il n'y a aucune trace de son entrée en Angleterre ces derniers jours, en provenance du Mexique ou d'ailleurs. Et ça pas seulement depuis la date présumée de son arrivée chez nous, mais depuis des années. En fait, le dernier document que le bureau de l'Emigration possède au sujet de Philip Derwatt est celui qui concerne son départ pour la Grèce il y a six ans. Nous n'avons pas trace de son retour. Comme vous le savez peut-être, on a longtemps cru que Derwatt s'était noyé, volontairement ou non, quelque part en Grèce. »

Bernard se pencha, les avant-bras sur les genoux. Etait-il en train de rassembler ses forces pour se montrer à la hauteur de la situation, ou se préparait-il au contraire à vider son sac ?

« Oui, c'est ce que j'ai entendu dire », répondit Tom. Et, à Mme Annette : « Nous parlons du peintre Derwatt, de son suicide présumé.

– C'est ça, madame, dit courtoisement Webster. Excusez-nous un instant. S'il y a quelque chose d'important, je le dirai en français. » Et à Tom : « Cela signifie que Derwatt a joué les hommes invisibles ou les fantômes pour entrer en Angleterre et peut-être pour en ressortir. » Il gloussa. « Mais vous, monsieur Tufts, vous avez connu Derwatt autrefois, il me semble. Vous l'avez vu à Londres ?

– Non.

– Pourtant vous êtes allé voir son exposition, je suppose ? »

Le sourire de Webster semblait presque excessif par contraste avec la mine sombre de Bernard.

« Non, j'irai peut-être plus tard, dit Bernard avec solennité. Je... tout ce qui concerne Derwatt me bouleverse beaucoup. »

Webster sembla regarder Bernard d'un nouvel œil.

« Pourquoi ça ?

— Je... j'ai beaucoup d'affection pour lui. Je sais qu'il n'aime pas la publicité. Je pensais aller le voir ensuite, quand les choses se seraient calmées, avant son départ pour le Mexique. »

Webster rit et s'assena une claque sur la cuisse.

« Eh bien, si vous arrivez à le trouver, vous seriez gentil de nous dire où il est. Nous aimerions lui demander son avis sur cette histoire de faux. Nous en avons parlé à Mr. Banbury et à Mr. Constant. Ils ont vu *L'Horloge* et ils disent qu'elle est bien de Derwatt, mais nous nous attendions à cette réponse, ajouta-t-il avec un coup d'œil en souriant en direction de Tom, puisque ce sont eux qui l'ont vendue. Ils ont aussi affirmé que Derwatt avait positivement identifié cette toile. Mais après tout, nous n'avons que leur parole là-dessus puisque Derwatt et Murchison restent l'un et l'autre introuvables. Si Derwatt avait déclaré que le tableau n'était pas de lui ou même exprimé des doutes à son sujet, voilà qui serait intéressant... Mais je n'écris pas des romans policiers, même en imagination ! »

Il s'esclaffa : les coins de ses lèvres se relevèrent gaiement et son postérieur tangua sur le divan. Son rire était séduisant et contagieux, malgré la dimension de ses dents tachées par le tabac.

Tom devina ce qu'il pensait : les gens de la Buckmaster Gallery auraient pu désirer fermer la bouche de Derwatt, ou le faire disparaître d'une façon ou d'une autre. De même pour Murchison.

« Mais, dit-il, Mr. Murchison m'a parlé de sa conversation avec Derwatt. Il m'a dit qu'il avait reconnu le tableau. Son idée, c'était que Derwatt pouvait se tromper. Avoir oublié. Mais il semblait s'en souvenir. »

L'inspecteur Webster le regarda, cligna des yeux et

observa un silence poli. Tom lisait dans ses pensées : « Maintenant, j'ai aussi votre parole *à vous,* mais elle ne vaut peut-être pas grand-chose. » Enfin il dit :

« Je suis convaincu que quelqu'un a pensé avoir de bonnes raisons de se débarrasser de Thomas Murchison. Que croire d'autre ? »

Il traduisit courtoisement pour Mme Annette.

« Tiens ! » dit-elle et, sans la regarder, Tom sentit son frisson d'horreur.

Webster semblait croire qu'il ne connaissait pas Ed et Jeff, qu'il ne les avait même jamais rencontrés. Il s'étonnait un peu que l'inspecteur ne lui ait pas directement posé la question. Mais peut-être Ed et Jeff lui avaient-ils déjà déclaré qu'ils connaissaient *un peu* Tom Ripley, pour lui avoir vendu deux tableaux.

« Madame Annette, si nous prenions une tasse de café ? Je peux vous offrir du café, inspecteur, ou quelque chose d'autre à boire ?

– J'ai vu une bouteille de Dubonnet dans votre bar. Je serais enchanté d'en boire un verre, avec un peu de glace et un zeste de citron, si ça ne vous gêne pas trop. »

Tom transmit à Mme Annette.

Personne ne voulait de café. Chris, qui s'adossait à une chaise près de la porte-fenêtre, ne désirait rien du tout. Il semblait captivé par ce qui se passait.

« Pourquoi exactement Mr. Murchison pensait-il que son tableau était un faux ? » demanda Webster.

Tom soupira, l'air pensif. La question lui était adressée.

« Il a parlé de l'atmosphère. Et puis d'une histoire de coups de pinceau. »

Rien de précis.

« Je suis absolument certain, dit Bernard, que Derwatt n'accepterait pas de laisser imiter sa signature. C'est hors de question. S'il pensait que *L'Horloge* était un faux, il serait le premier à le dire. Il irait immédiatement trouver... je ne sais pas, moi... la police, je suppose.

– Ou les gens de la Buckmaster Gallery, coupa l'inspecteur.

– Oui », répondit fermement Bernard.

Brusquement, il se leva.

« Vous voulez bien m'excuser un instant ? »

Il se dirigea vers l'escalier. Mme Annette servit à Webster son Dubonnet. Bernard redescendit avec un gros carnet brun, assez usé, dans lequel il chercha quelque chose en traversant la pièce.

« Si vous voulez connaître un peu mieux Derwatt, j'ai recopié ici plusieurs extraits de son journal. Il l'avait laissé dans sa valise, à Londres, en partant pour la Grèce. Je l'ai emprunté pendant un moment. Il y parle surtout de sa peinture, de ses difficultés quotidiennes, mais il y a un passage... oui, le voici. Il date de sept ans. Toute la personnalité de Derwatt y est contenue. Je peux le lire ?

– Je vous en prie », dit Webster.

Bernard lut :

« Il n'y a pas de dépression pour l'artiste, hormis celle qui est provoquée par un retour au Moi. Il met une majuscule à Moi. Le Moi est un verre grossissant, timide, prétentieux, égocentrique, qu'on ne devrait jamais regarder et dont on ne devrait jamais se servir non plus pour regarder quelque chose. De temps en temps, il fait des apparitions fugitives, et c'est vraiment horrible : ça arrive entre deux étoiles, pendant les vacances... Des vacances, on ne devrait jamais en prendre. » Bernard eut un petit rire. « Cette dépression se manifeste d'abord par un malaise général, mais aussi par des questions futiles, telles que : pourquoi suis-je sur terre ? Ou bien par cette exclamation : Comme j'ai raté ma vie ! Et par une découverte encore pire, que j'aurais dû faire il y a bien longtemps : je ne peux même pas m'appuyer sur les gens qui sont censés m'aimer au moment où j'ai besoin d'eux. Ce besoin, on ne l'éprouve pas quand le travail marche bien. Je ne dois pas me montrer à eux dans cet état de faiblesse. Je sais qu'on me le relancera, qu'on me le *relancerait* à la figure plus tard, comme une béquille que j'aurais dû brûler dès ce soir. Que le souvenir de ces nuits sombres ne vive qu'en moi. » Paragraphe suivant, dit Bernard avec respect : « Est-ce quand les gens peuvent vraiment se parler, sans crainte des représailles, que le mariage est le plus réussi ? Que sont devenues, en ce monde, la miséricorde, la bonté ? Je les retrouve plus souvent sur le visage des enfants qui posent pour moi, qui me regardent, qui me contemplent de leurs grands yeux innocents sans porter de jugement. Et les amis ? Au moment de s'empoigner avec son ennemie, la Mort, l'homme qui veut se suicider les appelle. Ils ne sont pas chez eux, le téléphone sonne dans le vide, ou bien, s'ils répondent, ils sont occupés ce soir, ils ont quelque chose d'important à faire, qu'ils ne peuvent pas remettre à plus tard. On est trop fier pour s'effondrer complètement et pour leur dire : « Il faut absolument que je te voie ce soir. » C'est le dernier effort qu'on fait pour établir le contact. Effort pitoyable, noble, humain... car qu'y a-t-il de plus divin que la communication ? L'homme qui va se suicider en connaît les pouvoirs magiques. » Bernard ferma le carnet. « Evidemment il était encore jeune quand il a écrit ça. Il n'avait pas trente ans.

– Très émouvant, dit l'inspecteur. Il date de quand, déjà, ce journal ?

– De sept ans. Ce passage a été écrit en novembre, répondit Bernard. Derwatt avait tenté de se suicider en octobre, à Londres. Il a rédigé ça après sa guérison. Ce n'était pas... une tentative très sérieuse. Somnifères. »

Tom se sentait mal à l'aise. Il n'était pas au courant de cette première tentative de suicide.

« Vous trouvez peut-être ça mélodramatique, dit Bernard à l'inspecteur. Son journal n'était pas destiné à être lu. La Buckmaster Gallery en possède les autres parties. A moins que Derwatt ne les ait réclamées. »

Bernard commençait à bégayer, il avait l'air gêné, sans doute parce qu'il se donnait du mal pour mentir.

« C'est un suicidomane alors ? dit Webster.

– Oh ! non. Il a ses hauts et ses bas. Il est tout à fait normal. Pour un peintre, en tout cas. Au moment où il a écrit ça, il était fauché. On venait de lui refuser une fresque. Il ne l'avait pas terminée. Les juges n'en voulaient pas, parce qu'il y avait un nu. C'était pour un bureau de poste quelque part. »

Bernard rit, comme si cette histoire n'avait plus aucune importance. Bizarrement, Webster prit, au contraire, un air sérieux et pensif.

« Je vous ai lu ça pour vous montrer que Derwatt est honnête, dit Bernard, sans se laisser abattre. Un homme malhonnête n'aurait jamais pu écrire des phrases comme celles-là, ni les passages sur la peinture, ou sur la vie tout simplement. » Il feuilleta le carnet du bout des doigts. « Je suis l'un de ceux qui n'ont pas eu le temps de le voir quand il a eu besoin de nous. Je ne me doutais pas qu'il était dans un état pareil, vous comprenez. Aucun d'entre nous ne le savait. Il avait même besoin d'argent, et il était trop fier pour nous en demander. Un homme tel que lui ne vole pas, il ne devient pas... je veux dire qu'il ne s'associe pas à des faussaires. »

Tom crut que l'inspecteur allait répondre, avec la solennité propre à l'occasion : « Je vous comprends », mais il se contenta de rester assis, l'air soucieux, les genoux écartés, une main sur la cuisse.

« Je trouve ça merveilleux... ce que vous nous avez lu », dit Chris dans le silence.

Comme personne n'ajoutait un mot, il baissa la tête, puis la releva, visiblement prêt à défendre son opinion.

« Il n'y a pas de passages plus récents? demanda Webster. Ce que vous venez de nous lire m'intéresse beaucoup, mais...

– Il y en a un ou deux, dit Bernard, en feuilletant le carnet. Ils datent quand même de six ans. Par exemple : « Ne jamais réussir tout à fait ce que l'on entreprend, « voilà qui ôte un peu de son horreur à l'acte de la « création. » Derwatt a toujours eu... beaucoup de respect pour son talent. C'est une chose très difficile à exprimer.

– Je crois que je comprends », dit Webster.

Tom lut sur le visage de Bernard une déception amère, presque personnelle. Il eut un coup d'œil pour Mme Annette, qui se tenait discrètement à mi-chemin de la porte en ogive et du divan.

« Vous n'avez pas du tout parlé à Derwatt pendant son séjour à Londres, même par téléphone? demanda Webster à Bernard.

– Non.

– Et à Banbury ou à Constant non plus?

– Non. Je ne les vois pas souvent. »

Personne ne pouvait soupçonner Bernard de mensonge, pensa Tom. Il semblait être la probité faite homme.

« Mais vous êtes en bons termes avec eux? » insista Webster, en inclinant la tête sur le côté, comme pour s'excuser de sa question. « J'ai cru comprendre que vous les connaissiez bien, autrefois, quand Derwatt vivait à Londres.

– Oh! oui, bien sûr. Mais je ne sors plus beaucoup.

– Vous ne savez pas, reprit l'inspecteur d'une voix

douce, si Derwatt aurait des amis qui possèdent un hélicoptère ou un bateau et qui auraient pu le faire entrer et sortir d'Angleterre en fraude, comme un chat siamois ou un pakistanais ?

– Non. Je ne vois personne.

– Encore une question. Vous avez certainement écrit à Derwatt au Mexique, en apprenant qu'il était encore en vie, n'est-ce pas ?

– Non. » Bernard avala sa salive et sa pomme d'Adam assez saillante, prit un air de navire en détresse. « Comme je vous l'ai dit, je n'ai pas beaucoup de contacts avec Ed et Jeff, les gens de la galerie. Et ils ne connaissent pas le nom du village de Derwatt, ça je le sais, parce que les toiles arrivent de Vera Cruz par bateau. Je pensais que Derwatt m'écrirait, s'il en avait envie. Comme il ne l'a pas fait, je n'ai pas écrit non plus. Je me disais...

– Oui ? Vous vous disiez ?

– Je me disais que Derwatt avait assez souffert, en Grèce ou avant. Qu'il avait peut-être changé d'attitude vis-à-vis de ses anciens amis, qu'il s'était aigri, et que s'il ne voulait pas entrer en communication avec moi, c'était sa façon à lui de faire les choses, de voir les choses. »

Tom en avait les larmes aux yeux pour Bernard. Il se donnait de la peine, mais il devait se sentir aussi mal dans sa peau qu'un amateur qui monte sur une scène et qui déteste chaque minute de la représentation.

L'inspecteur Webster jeta un coup d'œil à Tom, puis à Bernard.

« C'est étrange... A votre avis, Derwatt était donc dans un tel état que...

– Je crois, coupa Bernard, qu'il en avait jusque-là des gens quand il est parti pour le Mexique. S'il désirait s'isoler, je n'allais pas essayer de troubler sa solitude.

J'aurais pu m'embarquer pour le Mexique, moi aussi, et me mettre à le chercher jusqu'à ce que je le trouve. »

Tom en arrivait presque à croire les paroles qu'il venait d'entendre. Il devait les croire, se dit-il. Par conséquent, il les crut. Il alla chercher la bouteille de Dubonnet pour remplir le verre de Webster.

« Je vois. Mais quand il repartira pour le Mexique, et c'est peut-être déjà fait, vous ne saurez pas où le joindre ?

– Certainement pas. Tout ce que je sais, c'est qu'il peint... et je suppose qu'il est heureux.

– Et les gens de la Buckmaster Gallery, ils ne savent pas non plus où le trouver ? »

Bernard secoua la tête.

« A ma connaissance, non.

– Où lui envoient-ils l'argent qu'il gagne ?

– Ils l'expédient à une banque de Mexico, qui le lui fait suivre, je crois. »

Loué soit Bernard pour l'aisance de sa réponse, pensa Tom en se penchant pour verser le Dubonnet. Il prit le seau à glace pour aller le remplir dans la cuisine.

« Vous déjeunerez avec nous, inspecteur ? J'ai demandé à ma gouvernante de prévoir une personne de plus. »

Mme Annette s'était éclipsée dans sa cuisine.

« Non, merci, dit l'inspecteur Webster avec un sourire. J'ai rendez-vous pour déjeuner avec la police de Melun. C'est le seul moment où je pourrai parler tranquillement avec mes collègues, je crois. C'est bien français, n'est-ce pas ? On m'attend là-bas à une heure moins le quart. Donc je ne dois pas tarder à appeler un taxi. »

Tom le fit pour lui.

« J'aimerais bien faire un tour dans votre propriété, déclara l'inspecteur. Votre jardin a l'air splendide. »

Il prononça cette phrase sur le ton de quelqu'un qui cherche une diversion à son ennui et qui demande à regarder les roses pour échapper à une conversation mortelle autour d'une tasse de thé, mais Tom ne pensait pas que son attitude devait réellement s'interpréter ainsi.

Chris se préparait à les suivre, tant il était fasciné par la police britannique, mais sur un coup d'œil négatif de Tom, il les laissa sortir seuls. Ils descendirent les marches de pierre sur lesquelles Tom avait failli tomber la veille – oui, la veille seulement – en s'élançant sous l'orage à la poursuite de Bernard. Le soleil brillait à contrecœur, l'herbe était presque sèche. L'inspecteur enfonça ses mains dans les poches de son pantalon trop large. Il ne le soupçonnait peut-être pas d'avoir commis un méfait, se dit Tom, mais il ne le considérait quand même pas comme lavé de tout soupçon. *J'ai rendu à l'Etat un mauvais service et il le sait.* C'était un curieux moment pour penser à Shakespeare.

« Des pommiers. Des pêchers. Vous devez mener une vie merveilleuse ici. Vous avez une profession, monsieur Ripley ? »

La question était si directe qu'elle aurait pu être posée par les services de l'Immigration, mais Tom y était habitué.

« Je fais du jardinage, je peins, j'étudie ce que je veux. Je n'ai pas de métier à proprement parler, en tout cas rien qui m'oblige à me rendre à Paris tous les jours, ou même toutes les semaines. J'y vais d'ailleurs très rarement. »

Il ramassa un caillou qui déparait sa pelouse et le lança contre un tronc d'arbre. Le caillou heurta le bois avec un petit bruit sec, et Tom sentit un élancement à sa cheville.

« Et les bois ? Ils sont à vous ?

– Non. Je crois qu'ils appartiennent à la commune. Ou à l'Etat. Je vais quelquefois y ramasser quelques branches mortes pour faire du feu. Je vous y amène ? »

Tom indiqua le chemin. L'inspecteur fit cinq ou six pas dans cette direction, s'y engagea, puis, après avoir jeté un coup d'œil devant lui, tourna les talons.

« Pas aujourd'hui, merci. Je ferais mieux de voir si mon taxi est arrivé. »

Le taxi attendait devant la porte quand ils regagnèrent la maison.

Tom dit adieu à l'inspecteur et lui souhaita *bon appétit.* Chris vint aussi le saluer.

« C'est passionnant ! s'exclama-t-il. Vous lui avez montré la tombe, dans les bois ? Je n'ai pas regardé par la fenêtre. J'ai pensé que ça serait mal élevé. »

Tom sourit.

« Non.

– J'allais lui en parler et puis je me suis dit que ce serait idiot de ma part. Il ne faut pas le lancer sur une fausse piste. » Chris pouffa. Il avait aussi les mêmes dents que Dickie : des incisives pointues et une mâchoire un peu étroite. « Vous voyez l'inspecteur en train de creuser la terre à la recherche de Murchison ? »

Il partit d'un nouvel éclat de rire. Tom l'imita.

« Oui. Puisque je l'ai conduit à Orly, comment serait-il revenu ici ?

– Qui l'a tué ? demanda Chris.

– Je ne crois pas qu'il soit *mort,* répondit Tom.

– On l'aurait enlevé ?

– Peut-être. Avec son tableau. Je ne sais pas quoi penser... Où est Bernard ?

– En haut. »

Tom monta le voir. La porte de Bernard était fermée. Il frappa et l'entendit, en guise de réponse, marmonner légèrement.

Bernard était assis sur le bord de son lit, les mains sur les genoux. Il avait l'air épuisé, vaincu.

« Ça s'est bien passé, Bernard, dit Tom, aussi gaiement qu'il le pouvait, ou qu'il l'osait. Tout va bien.

– J'ai échoué, dit Bernard, avec un regard misérable.

– Qu'est-ce que vous racontez ? Vous avez été merveilleux.

– J'ai échoué. C'est pour ça qu'il m'a posé toutes ces questions sur Derwatt, qu'il m'a demandé si je savais où le joindre au Mexique. Derwatt a échoué, et moi aussi. »

Ce fut l'un des pires déjeuners auxquels Tom eût jamais assisté. Il valait presque celui qu'il avait pris chez les parents d'Héloïse après que celle-ci leur eut annoncé qu'ils étaient déjà mariés. Celui-ci, au moins, ne dura pas si longtemps. Bernard était plongé dans un abîme de dépression, comme un acteur qui croit avoir été si mauvais en scène qu'aucune gentillesse ne peut le réconforter. Il succombait à l'épuisement du champion qui a donné tout ce qu'il a : Tom connaissait cela.

« Vous savez, dit Chris en achevant le verre de lait, qu'il buvait en même temps que son vin, hier soir, j'ai vu une voiture sortir en marche arrière de ce chemin qui s'enfonce dans les bois. Il devait être une heure environ. Je ne pense pas que ça puisse être important. Les phares étaient éteints, le conducteur n'avait gardé que ses feux de position, comme s'il ne voulait pas être vu.

– Des amoureux, probablement », dit Tom.

Il redoutait une réaction – laquelle ? – de la part de Bernard, mais celui-ci ne semblait pas avoir entendu. Il s'excusa et se leva.

« C'est terrible, qu'il soit bouleversé comme ça, dit Chris dès que Bernard fut hors de portée de voix. Je vais m'en aller tout de suite. J'espère que je ne suis pas resté trop longtemps. »

Tom voulut consulter l'horaire des trains, mais Chris avait une autre idée. Il préférait regagner Paris en stop. Impossible de l'en dissuader. Il pensait que ce serait une aventure. La seule autre solution était un train qui partait aux alentours de dix-sept heures. Chris descendit avec ses valises et alla dans la cuisine dire au revoir à Mme Annette.

Puis ils entrèrent dans le garage.

« S'il vous plaît, dit Chris, soyez assez gentil pour dire adieu de ma part à Bernard. Sa porte était fermée. J'ai eu l'impression qu'il n'avait pas envie d'être dérangé, mais je ne voudrais pas qu'il me trouve grossier. »

Tom lui assura qu'il se chargerait de la commission. Il prit l'Alfa-Roméo.

« Vous pouvez me déposer n'importe où, vous savez », dit Chris.

Tom pensait que le meilleur choix serait Fontainebleau, la route de Paris, devant le Monument : Chris avait exactement l'air de ce qu'il était, d'un grand jeune homme en vacances, un Américain ni riche ni pauvre, et il n'aurait sans doute aucun mal à trouver une voiture pour Paris.

« Si je vous appelais dans un jour ou deux ? demanda Chris. J'aimerais bien savoir ce qui va se passer. Et puis je lirai les journaux, bien sûr.

– C'est moi qui vous téléphonerai, dit Tom. Hôtel Louisiane, rue de Seine. C'est bien ça ?

– Oui. Vous ne comprendrez jamais à quel point ça a été merveilleux pour moi... de voir l'intérieur d'une maison française. »

Si, pensa Tom. Il comprenait très bien. L'autre n'avait même pas besoin de le lui dire. Pour rentrer chez lui, il conduisit plus vite que d'habitude. Il se sentait très inquiet, sans savoir exactement à quel propos. Il n'avait aucun contact avec Jeff et Ed, mais il aurait été imprudent pour les uns comme pour les autres d'essayer de communiquer. Sans doute, il valait mieux persuader Bernard de rester. Il aurait peut-être du mal. Mais pour lui, retourner à Londres, ce serait se retrouver face à face avec les affiches de l'exposition Derwatt, peut-être revoir Ed et Jeff qui devaient être, eux aussi, effrayés et en porte à faux. Tom rentra la voiture dans le garage. Il monta tout droit dans la chambre de Bernard et frappa.

Aucune réponse.

Il ouvrit la porte. Le lit était fait, comme le matin quand il y avait vu Bernard assis, et on distinguait encore le léger creux que son corps avait laissé sur le couvre-lit. Mais toutes ses affaires avaient disparu : son sac à dos, le costume que Tom avait rangé dans le placard avec l'intention de l'envoyer au pressing. Il alla jeter un coup d'œil dans sa propre chambre. Bernard n'y était pas. Et il ne vit de lettre nulle part. Madame Clusot faisait le ménage.

« Bonjour madame » lui dit-il, et il descendit.

« Madame Annette ! »

Elle n'était pas dans la cuisine. Tom alla frapper à la porte de sa chambre et, avec sa permission, ouvrit. Elle lisait *Marie-Claire,* allongée sur son lit, sous un couvre-pieds tricoté de couleur mauve.

« Ne vous dérangez pas, dit-il. Je voulais simplement vous demander si vous saviez où est monsieur Bernard ?

– Il n'est pas dans sa chambre ? Il est peut-être allé faire une promenade. »

Tom ne voulait pas lui dire que Bernard semblait être parti en emportant ses affaires.

« Il ne vous a rien dit ?

– Non, monsieur.

– Bon... » Tom parvint à sourire. « Nous n'allons pas nous inquiéter pour lui. Il y a eu des coups de téléphone ?

– Aucun. Combien serez-vous pour dîner ce soir ?

– Deux, je crois, merci, madame Annette », dit Tom, en pensant que Bernard serait peut-être revenu.

Il sortit et referma la porte.

Bon dieu, se dit-il, c'est le moment de lire pour se calmer quelques poèmes de Goethe. *Der Abschied* ou un autre. Un peu de solidité allemande. Cette certitude qu'avait Goethe de sa supériorité, de son génie. Voilà ce qu'il lui fallait. Il prit les *Goethes Gedichte,* et son inconscient, ou la chance, fit que le volume s'ouvrit à la page de *Der Abschied.* Tom le connaissait presque par cœur, mais il n'aurait jamais osé le réciter à quelqu'un, parce qu'il craignait que son accent ne fût pas excellent. Les premiers vers le bouleversèrent :

*Lass mein Aug' den Abschied sagen,*
*Den mein Mund nicht nehmen kann !*

Que mes yeux disent l'adieu que mes lèvres ne sauraient prononcer...

*Schwer, wie schwer ist er zu tragen !*
*Und ich bin...*

Le bruit d'une portière de voiture qui se fermait le fit sursauter. Quelqu'un arrivait. Bernard était revenu en taxi, se dit-il.

Mais non, c'était Héloïse.

Elle fouillait dans son porte-monnaie, tête nue, ses longs cheveux blonds agités par la brise.

Tom se précipita vers la porte et l'ouvrit à la volée.

« Héloïse !

– Ah ! *Tome.* »

Ils s'étreignirent. « Ah ! Tome, Ah ! Tome ! » Tom s'était habitué à ce nom de livre et, dans la bouche d'Héloïse, il l'aimait.

« Tu es toute bronzée ! dit-il. Laisse-moi me débarrasser de ce type. Ça fait combien ?

– Cent quarante francs.

– Le salaud. Pour venir d'Orly... »

Tom refoula le reste de sa phrase qui était imprononçable, même en anglais. Il paya la note. Le chauffeur ne l'aida pas à transporter les bagages. Il transféra le tout dans la maison.

« Ah ! ça fait du bien de se retrouver chez soi ! » dit Héloïse, en étirant les bras.

Elle lança son grand sac en tapisserie – produit de l'artisanat grec – sur le divan jaune. Elle portait des sandales de cuir brun, un pantalon rose bouffant et une veste kaki de la marine américaine. Tom se demanda où et comment elle avait bien pu se la procurer.

« Tout va bien. Mme Annette se repose dans sa chambre, dit-il en français.

– Quelles affreuses vacances ! » fit Héloïse.

Elle s'écroula sur le divan et alluma une cigarette. Comme il lui faudrait bien plusieurs minutes pour se remettre, il entreprit de monter les valises. Un hurlement l'arrêta : il y avait dans l'une d'elles quelque chose qui devait rester en bas. Tom la laissa et en prit une autre.

« Est-ce qu'il faut absolument que tu fasses étalage de cette efficacité américaine ? »

Quelle était l'alternative ? Se camper devant elle et attendre qu'elle se calme ?

Il monta le reste de ses affaires dans sa chambre.

Quand il redescendit, Mme Annette était dans le salon. Héloïse et elle parlaient de la Grèce, du yacht, d'une maison là-bas (dans un petit village de pêcheurs, évidemment), mais pas encore de Murchison, remarqua-t-il. Mme Annette avait beaucoup d'affection pour Héloïse parce qu'elle adorait rendre service aux gens et qu'Héloïse aimait bien se faire servir. Pour l'instant, elle ne désirait rien, mais, sur l'insistance de Mme Annette, elle accepta une tasse de thé.

Ensuite, Héloïse raconta à Tom ses vacances à bord du *Princesse de Grèce,* le yacht de ce bon à rien de Zeppo, dont le nom lui faisait irrésistiblement penser aux Marx Brothers. Tom avait vu des photos de ce monstre velu, aussi infatué de lui-même, selon toute apparence, qu'un grand armateur grec, alors qu'il était seulement le fils d'un petit requin de l'immobilier, sans aucune envergure. Cet homme d'affaires pressurait ses compatriotes et se faisait pressurer à son tour par les colonels fascistes, d'après Héloïse et Zeppo, mais ça ne l'empêchait pas de gagner assez d'argent pour que son fils puisse se balader dans son yacht, jeter du caviar aux poissons et remplir la piscine du bateau de champagne qu'on faisait chauffer ensuite avant de se baigner.

« Zeppo a dû cacher le champagne, alors il l'a versé dans la piscine, expliqua Héloïse.

– Et qui couchait avec Zeppo ? Pas la femme du président des Etats-Unis, j'espère.

– N'importe qui », dit Héloïse en anglais, avec dégoût, et elle souffla sa fumée.

N'importe qui, sauf Héloïse, Tom en était sûr. Elle aimait bien aguicher les hommes – et encore, sans exagération – mais il aurait pu jurer qu'elle n'avait couché avec personne depuis leur mariage. Et Dieu merci, en tout cas pas avec Zeppo, qui était un vrai gorille. Elle n'aurait jamais accepté ça. Le comportement de Zeppo avec les femmes avait l'air répugnant, mais, à ce sujet, Tom pensait au fond de lui-même –

sans oser l'exprimer à haute voix – que si elles étaient d'accord au départ, pour décrocher un bracelet en brillants ou une villa dans le Midi, elles ne devaient pas venir se plaindre ensuite. L'irritation d'Héloïse semblait principalement due à la jalousie d'une dénommée Norita, qui lui en voulait de l'intérêt que lui portait l'un des passagers du yacht. Tom n'écoutait que d'une oreille ce flot de commérages : il se demandait comment révéler à Héloïse ce qu'il avait personnellement à lui dire sans la perturber.

Il s'attendait aussi à voir, d'un moment à l'autre, la silhouette efflanquée de Bernard apparaître sur le seuil, et il se mit à faire les cent pas dans la pièce, en jetant un coup d'œil du côté de la porte d'entrée chaque fois qu'il tournait les talons.

« Je suis allé à Londres.

– Ah ! oui ? C'était comment ?

– Je t'ai rapporté quelque chose. »

Il monta l'escalier quatre à quatre – sa cheville allait mieux – et revint avec le pantalon de Carnaby Street. Héloïse l'essaya dans le salon. Il lui allait très bien.

« Je l'adore ! s'écria-t-elle en se jetant dans les bras de Tom et en lui plantant un gros baiser sur la joue.

– Je suis revenu avec un Américain, un type qui s'appelle Thomas Murchison. »

Sur quoi, Tom raconta son histoire. Héloïse n'avait pas entendu parler de la disparition. Il lui dit que Murchison soupçonnait son *Horloge* d'être un faux, mais que lui, Tom, ne croyait pas du tout à cette histoire de faux et que, par conséquent, il ne comprenait rien à la disparition de Murchison, pas plus que la police. Héloïse, qui n'était pas au courant de l'escroquerie, ne savait pas non plus combien lui rapportait Derwatt Ltd : 8000 dollars par an, à peu près autant que le revenu des actions héritées de Dickie Greenleaf. Héloïse aimait l'argent, mais elle ne se préoccupait guère de savoir d'où il venait. Tout en n'ignorant pas que sa propre famille contribuait de moitié avec Tom à l'entretien de leur ménage, elle ne le lui avait jamais jeté à la figure et Tom savait qu'elle s'en fichait complètement, autre qualité qu'il appréciait chez elle. Il lui avait raconté que Derwatt Ltd. insistait pour lui donner un petit pourcentage sur les bénéfices parce qu'il avait aidé la société à s'organiser autrefois, bien des années avant de la rencontrer. Les sommes lui parvenaient par l'intermédiaire de la firme new-yorkaise qui distribuait les fournitures d'art Derwatt. Il en investissait une partie à New-York même et se faisait expédier le reste à Paris pour le convertir en francs. Le directeur de la société américaine (un Grec, lui aussi) savait que Derwatt n'existait pas et qu'on falsifiait ses tableaux.

« Encore une chose, reprit Tom. Bernard Tufts – je ne crois pas que tu l'aies jamais rencontré – est arrivé ici avant-hier. Il est parti brusquement cet après-midi, en emportant ses affaires. Je ne sais pas s'il va revenir ou non.

– Bernard *Toufts* ? Un *Anglais* ?

– Oui. Je ne le connais pas bien. C'est un ami d'amis. Un peintre. Il est dans le trente-sixième dessous en ce moment, à cause de sa petite amie qui l'a lâché. Il est probablement parti pour Paris. J'ai préféré t'avertir pour le cas où il reviendrait. » Tom rit. Il était de plus en plus convaincu que Bernard ne reviendrait pas. Il avait peut-être gagné Orly en taxi et sauté dans le premier avion pour Londres? « La dernière nouvelle que j'ai à t'annoncer, c'est que nous sommes invités à dîner demain soir chez les Berthelin. Ils seront enchantés d'apprendre que tu es rentrée. Ah! j'allais oublier. J'ai eu encore un autre invité : Christopher Greenleaf, un cousin de Dickie. Il a passé deux jours ici. Tu n'as pas reçu la lettre dans laquelle je te parlais de lui ? »

Non, parce qu'il ne l'avait envoyée que lundi.

« Mon Dieu, tu n'as pas arrêté ! dit Héloïse, avec une bizarre nuance de jalousie dans la voix. Je t'ai manqué, Tome ? »

Il l'enlaça.

« Bien sûr que tu m'as manqué. Beaucoup. »

Héloïse avait rapporté, pour le rez-de-chaussée, un vase à deux anses, court et massif, avec deux taureaux noirs face à face et tête baissée. Tom le trouva joli mais ne lui demanda pas s'il était très ancien, ou très précieux, parce que pour l'instant ça ne l'intéressait pas. Il mit les *Quatre Saisons* de Vivaldi. Héloïse était montée défaire ses valises. Elle voulait prendre un bain.

A dix-huit heures trente, Bernard n'était toujours pas là. Tom pressentait que Bernard se trouvait à Paris, pas à Londres, mais ce n'était qu'une intuition et il ne pouvait pas s'y fier. Pendant le dîner, Mme Annette bavarda avec Héloïse au sujet de ce monsieur anglais qui était venu dans la matinée poser des questions au sujet de Mr. Murchison. Héloïse parut intéressée, sans plus, et ne manifesta en tout cas aucune inquiétude. Par contre, elle voulait en savoir davantage sur Bernard.

« Tu crois qu'il va revenir ce soir ?

– Je n'en sais rien », dit Tom.

La matinée du lendemain se passa tranquillement, sans même un coup de téléphone. Seule Héloïse appela trois ou quatre personnes à Paris, y compris son père. Elle avait enfilé un jean passé et se promenait pieds nus dans la maison. *Le Parisien* du jour ne parlait pas de Murchison. Dans l'après-midi, Mme Annette sortit – soi-disant pour faire les courses, mais en réalité pour rendre visite à son amie Mme Yvonne et l'informer du retour d'Héloïse, ainsi que du passage d'un représentant de la police anglaise – et Tom alla s'allonger sur le divan jaune avec Héloïse. Il s'endormit à moitié, la tête sur sa poitrine. Dans la matinée, ils avaient fait l'amour. Bizarre. Cette activité à laquelle les gens attachaient tant d'importance en avait moins, pour Tom, que le fait de s'être endormi la nuit précédente avec Héloïse dans ses bras. Elle lui disait souvent : « C'est agréable de dormir avec toi. Les autres, quand ils se retournent, ils secouent tellement le lit qu'on dirait un tremblement de terre. Toi, quand tu te retournes, je ne m'en aperçois même pas. » Cette observation faisait plaisir à Tom. Il n'avait jamais demandé qui étaient les auteurs du tremblement de terre. Héloïse existait. Tom la trouvait un peu étrange. Il n'arrivait pas à déterminer quels étaient ses buts dans la vie. Elle était comme un portrait sur le mur. Elle disait qu'un jour elle aurait peut-être envie d'avoir un enfant. En attendant, elle existait. Non que Tom eût, pour sa part, des buts bien précis dans la vie, maintenant qu'il menait l'existence dont il rêvait autrefois, mais il se jetait avec un certain appétit sur les plaisirs qu'il pouvait s'offrir à présent, et c'était cet appétit qui semblait faire défaut à Héloïse, peut-être parce qu'elle avait depuis sa naissance tout ce qu'elle désirait. Quelquefois, faire l'amour avec elle donnait à Tom une impression étrange, parce que, la moitié du temps, il se sentait détaché d'elle, comme s'il tirait son plaisir d'un objet inanimé, irréel, d'un corps dépourvu d'identité. Peut-être cela venait-il de lui-même? De sa timidité? De son puritanisme? D'une espèce de crainte, qui le retenait de se donner (mentalement) tout à fait, comme s'il se disait : « Si je n'avais plus Héloïse, si je la perdais, je ne pourrais plus exister. » Il se savait capable de croire cela, même vis-à-vis d'elle, mais il préférait ne pas se l'avouer, il s'en défendait, et en tout cas il ne le lui avait jamais dit, parce que (dans les circonstances actuelles) ce serait un mensonge. Cet état de dépendance complète vis-à-vis d'elle, il ne le percevait que comme une possibilité. Il ne s'agissait pas d'une dépendance sexuelle. En règle générale, Héloïse se moquait des mêmes choses que lui. Malgré sa passivité, c'était une bonne compagne. Avec un garçon ou avec un homme, Tom aurait ri davantage : c'était peut-être la principale différence. Pourtant, il se rappelait avoir dit un jour devant les parents de sa femme : « Je parie que tous les membres de la Mafia sont baptisés et quel bien ça leur fait, *à eux* ? » Héloïse avait ri. Pas ses parents. Ils (ses parents) s'étaient arrangés pour lui faire avouer qu'il n'avait pas été baptisé aux Etats-Unis, détail dont Tom, en réalité, n'était pas très sûr : en tout cas, tante Dottie ne lui en avait jamais parlé. Comme son père et sa mère s'étaient noyés quand il était encore très jeune, il ne savait rien par eux à ce sujet. Impossible d'expliquer aux Plisson, qui étaient catholiques, qu'aux Etats-Unis le baptême, la messe, la confession, les oreilles percées, l'Enfer et la Mafia allaient de pair avec le catholicisme, pas avec le protestantisme. Et, tout en n'étant pas certain de sa religion, Tom savait une chose : il n'était pas catholique.

C'était quand Héloïse se mettait en colère qu'elle prenait vie aux yeux de Tom. Des colères, elle en avait. Tom ne comptait plus les crises de rage à propos d'un retard dans une livraison en provenance de Paris. Héloïse jurait alors (faussement) qu'elle ne mettrait plus jamais les pieds dans cette boutique. Les tempêtes plus graves avaient pour cause l'ennui ou une petite humiliation : par exemple, l'attitude d'un invité qui l'avait contredite ou vaincue dans une discussion, à table. Elle se contrôlait jusqu'au départ du ou des invités – c'était déjà ça – puis elle arpentait la pièce avec fureur, en jetant des coussins sur les murs et en hurlant : *Fous-moi la paix ! Ah ! les salauds !* Tom était son seul auditoire. Il lui disait quelque chose d'apaisant et de futile, elle devenait toute molle, une larme lui coulait au coin des yeux et, l'instant d'après, elle éclatait de rire. Tom supposait que c'était typiquement latin. Un Anglais, en tout cas, ne se serait pas conduit comme ça.

Il travailla pendant une heure ou deux dans le jardin, puis il lut quelque pages des *Armes secrètes,* de Julio Cortazar. Ensuite, il monta terminer le portrait de Mme Annette, dont c'était le jour de sortie. A dix-huit heures, il invita Héloïse à venir le regarder.

« Ce n'est pas mal, tu sais. Tu ne l'as pas trop travaillé. Moi, il me plaît. »

Cela fit plaisir à Tom.

« N'en parle pas à Mme Annette », dit-il.

Et il mit le tableau à sécher dans un coin, face au mur.

Ensuite ils se préparèrent pour aller chez les Berthelin. Ce n'était pas un dîner habillé. Les jeans suffiraient. Là encore, le mari, Vincent, travaillait à Paris et revenait passer ses week-ends à la campagne.

« Qu'est-ce que Papa t'a raconté ?

– Il est content que je sois revenue. »

Papa ne l'aimait pas beaucoup, Tom le savait, mais il avait aussi la vague impression qu'Héloïse négligeait son mari. La vertu bourgeoise devait entrer en conflit avec le flair.

« Et Noëlle ? »

C'était une des meilleures amies d'Héloïse, qui vivait à Paris.

« Oh ! toujours pareil. Elle dit qu'elle s'ennuie. Elle n'aime pas l'automne. »

Les Berthelin, quoique très à leur aise, vivaient volontairement, à la campagne, dans des conditions spartiates : cabinets dans la cour et pas d'eau chaude dans la cuisine. L'eau, on la faisait chauffer sur le fourneau à bois. Ils avaient le même âge que les Clegg, l'autre couple d'invités : la cinquantaine environ. Le fils de Vincent Berthelin, que Tom ne connaissait pas encore, un jeune homme brun de vingt-deux ans (Vincent lui dit son âge dans la cuisine, tout en préparant le dîner, un Ricard à la main), vivait avec une fille à Paris et se préparait à abandonner ses études d'architecture aux Beaux-Arts, ce qui rendait son père furieux.

« Cette fille n'en vaut pas la peine! dit-il avec rage. C'est l'influence anglaise, vous savez! »

Vincent était gaulliste.

Le dîner fut excellent : poule au riz, salade, fromage et tarte aux pommes confectionnée par Jacqueline. Tom avait la tête ailleurs. Mais il était content, content au point d'en sourire parce qu'Héloïse était de bonne humeur : elle raconta ses aventures en Grèce et, à la fin, tout le monde goûta l'ouzo qu'elle avait rapporté.

« Quel goût épouvantable, cet ouzo! Pire que le Pernod! dit Héloïse plus tard, à la maison, en se lavant les dents dans sa salle de bain. Elle avait déjà enfilé sa chemise de nuit, une espèce de petit chiffon bleu très court. »

Dans sa chambre, Tom passait son pyjama qu'il avait acheté à Londres.

« Je descends chercher un peu de champagne! cria Héloïse.

— Laisse-moi y aller! »

Tom mit ses pantoufles à la hâte.

« Il faut que je fasse passer ce goût. Et puis, j'ai envie de champagne. On croirait que les Berthelin sont dans la misère, à voir ce qu'ils nous servent à boire. Du vin ordinaire! »

Elle descendait. Tom l'arrêta.

« Non, j'y vais, dit-elle. Va chercher de la glace. »

Sans trop savoir pourquoi, Tom aurait préféré qu'elle n'entrât pas dans la cave. Il se dirigea vers la cuisine. Il venait de sortir les glaçons quand il entendit un cri... un cri étouffé à cause de la distance, mais un cri épouvantable et qui venait d'Héloïse. Il se précipita dans le vestibule.

Second hurlement. Ils se cognèrent l'un contre l'autre dans les W.C.

« Mon Dieu ! Il y a quelqu'un qui s'est pendu en bas !

– Seigneur ! »

Tom l'accompagna en haut, en la soutenant à moitié.

« N'y va pas, Tome ! C'est affreux ! »

C'était Bernard, évidemment. Tom tremblait en montant l'escalier avec elle. Il parlait en anglais, et elle en français.

« Promets-moi que tu ne descendras pas ! Appelle la police, Tome !

– D'accord. Je vais téléphoner.

– Qui est-ce ?

– Je n'en sais rien. »

Ils entrèrent dans la chambre d'Héloïse.

« Reste ici, dit Tom.

– Non, ne me quitte pas !

– Je t'en prie ! »

Il sortit et dévala l'escalier. Un whisky sec, voilà ce qu'il lui fallait, se dit-il. Comme elle buvait rarement de l'alcool, ça lui ferait du bien tout de suite. Après, un calmant. Il remonta avec la bouteille et un verre. Voyant qu'Héloïse hésitait, il en but une gorgée, puis approcha le verre de ses lèvres. Elle avait les dents qui claquaient.

« Tu vas appeler la police ?

– Oui ! »

Au moins, se dit-il, c'était un suicide, pas un meurtre. On devait pouvoir le prouver. Il soupira et frissonna, presque aussi secoué qu'Héloïse. Elle était assise au bord du lit.

« Et le champagne ? Si on en buvait une tonne ?

– D'accord... Enfin, non. Je ne veux pas que tu ailles là-dedans. Téléphone à la police.

– Bon. »

Tom descendit. En bas, il se dirigea vers les W.C., hésita un instant sur le seuil – la lumière de la cave était restée allumée – et s'engagea dans l'escalier. Il eut un choc en apercevant la forme sombre, suspendue à plusieurs centimètres du sol, la tête inclinée sur l'épaule. La corde était courte. Tom cligna des yeux. Il ne voyait pas les pieds. Il s'approcha.

C'était un mannequin.

Tom sourit, puis éclata de rire. Il flanqua une claque aux jambes molles : c'était un pantalon vide, le pantalon de Bernard Tufts.

« Héloïse ! hurla-t-il, en remontant à toute vitesse, sans se soucier de Mme Annette qu'il risquait de réveiller. Héloïse, c'est un *mannequin* ! dit-il en anglais. Ce n'est pas un vrai pendu. C'est un mannequin ! N'aie pas peur ! »

Il fallut quelques secondes pour la convaincre. C'était une blague de Bernard, peut-être même de Christopher, lui dit-il. En tout cas il avait tâté les jambes et il en était sûr.

Peu à peu, Héloïse se mit en colère, ce qui montrait qu'elle se remettait du choc.

« Quelles plaisanteries imbéciles ils peuvent faire, ces Anglais. Quelles blagues idiotes, stupides ! »

Tom rit de soulagement.

« Je vais chercher le champagne ! Et la glace ! »

Il redescendit. Le mannequin était accroché à l'aide d'une ceinture qu'il reconnut comme l'une des siennes. Un portemanteau soutenait la veste gris foncé. Le pantalon pendait à un bouton et la tête était un chiffon gris, attaché au col avec une ficelle. Tom alla chercher une chaise dans la cuisine – par bonheur, tout ce vacarme n'avait pas réveillé Mme Annette – et retourna dans la cave décrocher l'objet. La ceinture était suspendue à un clou planté dans une poutre. Il fit tomber le tout par terre et choisit rapidement un champagne. Puis il ôta la veste du portemanteau et prit aussi la ceinture. Après un détour par la cuisine pour prendre le seau à glace, il éteignit les lumières et monta.

Tom se réveilla peu avant sept heures. Héloïse dormait profondément. Il sortit doucement du lit et prit sa robe de chambre.

Mme Annette serait peut-être levée. Il descendit sans faire de bruit. Il voulait aller prendre les vêtements de Bernard dans la cave avant qu'elle ait le temps de les trouver. La tache de vin et de sang n'était pas bien terrible, constata-t-il. Si un technicien l'examinait, il y trouverait certainement des traces de sang, mais Tom était assez optimiste pour penser que ça ne se produirait pas.

Il déboutonna la veste pour la séparer du pantalon. Un bout de papier blanc, couvert de la grande écriture pointue de Bernard, tomba par terre.

*Je me pends en effigie dans votre maison. C'est Bernard Tufts que je pends, pas Derwatt. Pour D. je fais pénitence de la seule façon possible, en tuant celui que j'ai été pendant les cinq dernières années. Et maintenant, il ne me reste plus qu'à reprendre le collier et à essayer de travailler honnêtement pendant le reste de ma vie.*

*B.T.*

La première impulsion de Tom fut de chiffonner le billet et de le détruire. Puis il le plia et le glissa dans une poche de sa robe de chambre. Il en aurait peut-être besoin un jour. Comment savoir ? Comment savoir où était Bernard et ce qu'il faisait ? Il secoua le costume froissé et jeta le chiffon dans un coin. Le costume, il l'enverrait au pressing. Ça ne lui ferait pas de mal. Il faillit l'emporter dans sa chambre, puis il décida de le laisser sur la table du vestibule, où il posait les vêtements que Mme Annette devait donner à nettoyer.

« Bonjour, monsieur Tome ! dit Annette, dans sa cuisine. Vous voici encore debout de bonne heure ! Mme Héloïse est levée, elle aussi ? Elle veut son thé ?

– Je crois qu'elle préférera dormir tard ce matin. Qu'elle fasse la grasse matinée, si elle en a envie. Moi, par contre, je voudrais bien une tasse de café. »

Mme Annette déclara qu'elle allait le lui apporter. Tom monta s'habiller. Il voulait aller jeter un coup d'œil à la tombe, dans les bois. Bernard aurait pu faire quelque chose de bizarre : l'ouvrir à moitié, par exemple, ou même s'y enterrer.

Après avoir bu son café, il descendit. Le soleil se levait à peine, derrière son rideau de brume, l'herbe était encore humide de rosée. Il traîna un moment près des massifs. Il préférait ne pas se diriger en droite ligne vers la tombe, pour le cas où Héloïse ou Mme Annette regarderait par la fenêtre. Il ne tourna pas non plus la tête vers la maison, parce qu'il pensait que l'œil de quelqu'un attirait celui des autres.

La tombe était exactement telle que Bernard et lui l'avaient laissée.

Héloïse ne se réveilla qu'à dix heures passées, et Mme Annette monta dans l'atelier de Tom pour lui dire qu'elle désirait le voir. Il entra dans sa chambre. Elle prenait son petit déjeuner au lit.

« Je n'aime pas beaucoup les blagues de tes amis, dit-elle en mangeant son pamplemousse.

— Ça ne se produira plus. J'ai ôté... les vêtements de la cave. N'y pense plus. Si on allait déjeuner quelque part ? Au bord de la Seine, par exemple ? Pas trop tôt ? »

Cette idée lui plut.

Ils trouvèrent un restaurant qu'ils ne connaissaient pas dans une petite ville, mais pas au bord de la Seine, finalement.

« Si nous partions en voyage ? demanda Héloïse. On pourrait aller à Ibiza ? »

Tom hésita. Il aurait beaucoup aimé partir pour n'importe où en bateau, à condition d'emporter tous les bagages qu'il voulait : livres, pick-up, palette, carnet de croquis. Mais il se doutait que cela ressemblerait à une fuite : pour Bernard, pour Ed et Jeff, pour la police, même si tout le monde savait où il allait.

« J'y réfléchirai, dit-il. Peut-être.

— La Grèce m'a laissé un mauvais goût dans la bouche, dit Héloïse. Comme l'ouzo. »

Tom avait envie de faire une bonne sieste après le déjeuner. Héloïse aussi. Ils dormiraient dans son lit, dit-elle, jusqu'à ce qu'ils se réveillent ou qu'il soit l'heure de dîner. Il fallait débrancher le téléphone dans la chambre de Tom. S'il sonnait, Mme Annette répondrait en bas. C'était à des moments comme ceux-là, pensait Tom en regagnant paresseusement Villeperce à travers bois, qu'il savourait le fait d'être oisif, à son aise et marié.

Il n'était certainement pas préparé à ce qu'il vit tout de suite, en ouvrant la porte de la maison avec sa clef. Bernard, assis devant lui sur l'une des chaises jaunes.

Héloïse ne l'aperçut pas immédiatement.

« Tome chéri, dit-elle, tu peux me monter du Perrier et de la glace? Oh! j'ai tellement sommeil. »

Elle lui tomba dans les bras et s'étonna de le sentir contracté.

« Bernard est ici. Tu sais, l'Anglais dont je t'ai parlé. » Il entra dans le salon. « Bonjour, Bernard, comment ça va? »

Il ne put se contraindre à tendre la main, mais il s'arracha un sourire.

Mme Annette sortit de la cuisine.

« Ah! Monsieur Tome! Madame Héloïse! Je n'ai pas entendu la voiture. Je dois devenir sourde. M. Bernard est revenu. »

Elle semblait agitée.

« Oui, très bien, dit Tom, le plus calmement possible. Je l'attendais », ajouta-t-il, en se rappelant au même instant ce qu'il avait déclaré à Mme Annette : qu'il ne savait pas si Bernard reviendrait.

Bernard se leva. Il n'était pas rasé.

« Excusez-moi de revenir sans m'être annoncé.

– Héloïse, je te présente Bernard Tufts. Il est peintre et il vit à Londres. Ma femme, Héloïse.

– Comment allez-vous? » dit Bernard.

Héloïse ne bougea pas.

« Comment allez-vous? répondit-elle en anglais.

– Ma femme est un peu fatiguée. » Il s'approcha d'elle. « Tu préfères monter ou rester avec nous? »

Par un signe de tête, Héloïse lui fit comprendre qu'il devait l'accompagner.

« Je reviens dans une seconde, Bernard, dit Tom, et il la suivit.

– C'est lui qui a fait cette blague? demanda Héloïse dans sa chambre.

– Je le crois, hélas! Il est assez excentrique.

– Qu'est-ce qu'il fait ici? Il ne me plaît pas. Qui

est-ce ? Tu ne m'avais jamais parlé de lui avant. Et les vêtements qu'il porte sont à toi. »

Tom haussa les épaules.

« Nous avons des amis communs à Londres. J'arriverai sûrement à le persuader de repartir cet après-midi. Il lui faut sans doute un peu d'argent. Ou de quoi s'habiller. Je vais le lui demander. » Tom embrassa Héloïse sur la joue. « Va te coucher, ma chérie. A tout à l'heure. »

Il alla trouver Mme Annette dans la cuisine pour lui demander de porter une bouteille de Perrier à Héloïse.

« M. Bernard dînera ici ce soir ?

– Je ne crois pas. Mais nous, si. Faites-nous quelque chose de simple. Nous avons beaucoup mangé à midi. »

Il rejoignit Bernard.

« Vous êtes allé à Paris ?

– Oui », dit Bernard, toujours debout.

Tom ne savait pas très bien comment s'y prendre avec lui.

« J'ai trouvé votre effigie en bas. Ma femme a eu un choc épouvantable. Vous ne devriez pas faire des blagues pareilles... quand il y a des femmes dans la maison. A propos, reprit-il en souriant, ma gouvernante a envoyé votre costume au pressing. Je vous le ferai parvenir à Londres... ou ailleurs. Asseyez-vous. Tom s'installa sur le divan. « Quels sont vos projets ? »

Autant demander à un fou comment il se sent, se dit-il. Il éprouvait un malaise qui s'accrut encore quand il se rendit compte que son cœur battait très vite.

Bernard s'assit.

« Oh !... »

Long silence.

« Vous ne retournez pas à Londres ? »

En désespoir de cause, Tom prit un cigare dans le

coffret posé sur la table basse. Il y avait de quoi l'étouffer, vu son état, mais quelle importance ?

« Je suis revenu pour vous parler.

– Ah ! bon ? Et de quoi ? »

Autre silence, que Tom redouta de rompre. Bernard avait l'air de se diriger à l'aveuglette dans un amas de nuages : les nuages infinis de ses propres pensées. On aurait dit qu'il cherchait un petit mouton blanc au milieu d'un troupeau gigantesque.

« J'ai tout mon temps, reprit-il. Vous êtes avec des amis, Bernard.

– C'est très simple. Il faut que je recommence ma vie à zéro.

– Oui, je sais. Eh bien, rien ne vous en empêche.

– Est-ce que votre femme est au courant de mes... activités ? »

Tom accueillit avec plaisir cette question logique.

« Non, bien sûr que non. Personne ne le sait. En France, tout au moins.

– Et pour Murchison ?

– Je lui ai dit qu'il avait disparu. Et que je l'avais déposé à Orly. »

Tom parlait bas, pour le cas où Héloïse aurait écouté, là-haut, sur le palier. Mais il savait que, depuis l'étage, on n'entendait à peu près rien de ce qui se passait dans le salon.

Bernard dit avec une espèce d'irritation :

« Je ne peux pas vous parler avec tous ces gens dans la maison. Votre femme. La gouvernante.

– Eh bien, allons ailleurs.

– Non.

– Ecoutez, il me serait difficile de demander à Mme Annette de s'en aller. C'est elle qui fait marcher la baraque. Si nous faisions une promenade ? Je connais un café très tranquille...

— Non merci. »

Tom se laissa retomber en arrière, sur son divan, avec son cigare dont l'odeur évoquait une maison en flammes. Pourtant, d'habitude, il aimait bien ce parfum.

« Au fait, je n'ai eu aucune nouvelle de l'inspecteur anglais depuis votre départ. Ni de la police française. »

Bernard ne réagit pas. Puis il dit :

« Bon, d'accord, allons nous promener. » Il se leva et regarda la porte-fenêtre. « Passons plutôt par-derrière. »

Ils sortirent sur la pelouse. Ils ne portaient ni l'un ni l'autre de pardessus et il faisait frais. Tom laissa Bernard mener la marche, et ce dernier dériva du côté du chemin qui s'enfonçait dans les bois. Il marchait lentement, d'un pas mal assuré. Etait-il affaibli parce qu'il n'avait pas mangé ? se demanda Tom. Ils passèrent bientôt devant l'endroit où le cadavre de Murchison avait été enterré. Tom sentit la peur l'envahir, une peur qui lui fit dresser les cheveux sur la tête et qui lui donna des picotements derrière les oreilles. Ce n'était pas la tombe qui lui faisait peur, il s'en rendait très bien compte, mais Bernard. Il s'écarta légèrement de lui et ôta ses mains de ses poches.

Puis Bernard ralentit le pas, tourna les talons, et ils reprirent la direction de la maison.

« Qu'est-ce qui vous tracasse ? demanda Tom.

— Oh !... je me demande comment tout ça va finir. Cette affaire a déjà provoqué la mort d'un homme.

— Oui, c'est regrettable évidemment. Mais ça n'a aucun rapport avec vous, n'est-ce pas ? Puisque vous ne peignez plus de Derwatt, le nouveau Bernard Tufts peut recommencer à zéro. »

Pas de réponse.

« Vous avez téléphoné à Ed ou à Jeff pendant que vous étiez à Paris ?

– Non. »

Tom n'avait pas pris la peine d'acheter des journaux anglais et Bernard non plus, peut-être. Son angoisse ne pouvait s'extérioriser.

« Si vous en avez envie, vous pourriez appeler Cynthia de chez moi. De ma chambre, par exemple.

– Je lui ai téléphoné de Paris, elle ne veut pas me voir.

– Ah! » C'était probablement la goutte d'eau qui avait fait déborder le vase. « Eh bien, écrivez-lui. Ça vaudra peut-être mieux. Ou alors allez la voir quand vous serez rentré à Londres. Forcez sa porte! » conseilla Tom en riant.

Silence.

Cynthia voulait rester à l'écart de tout ça, pensa Tom. Elle ne mettait certainement pas en doute la décision que Bernard avait prise de ne plus peindre de faux – personne n'aurait pu contester la parole de ce garçon – mais elle en avait assez. Pour l'instant en tout cas, la peine de Bernard était trop profonde pour que Tom pût l'atteindre. Ils étaient arrivés sur la terrasse de pierre, devant la porte-fenêtre.

« Il faut que je rentre, Bernard, je gèle. »

Bernard le suivit dans le salon.

Raide de froid, ou de peur, Tom courut chez Héloïse. Assise sur son lit, dans sa chambre, elle triait des photos et des cartes postales.

« Quand s'en va-t-il?

– Ma chérie... c'est la fille qu'il aime, à Londres. Il lui a téléphoné de Paris. Elle ne veut pas le voir. Il est malheureux et je ne peux pas le flanquer à la porte. Je ne sais pas ce qu'il ferait. Mon chou... si tu allais passer un jour ou deux chez tes parents?

– *Non!*

– Il veut me parler. J'espère qu'il ne tardera pas trop.

– Pourquoi ne lui demandes-tu pas de partir? Ce n'est pas ton ami. Et puis il est fou. »

Bernard resta.

*

Ils étaient encore à table quand on sonna à la porte. Mme Annette alla répondre et dit à Tom, en revenant :

« Ce sont deux agents de police, monsieur Tome. Ils voudraient vous parler. »

Héloïse soupira avec impatience et jeta sa serviette. Elle ne s'était assise à cette table qu'avec répugnance et voilà qu'elle devait se lever.

« Encore des intrusions ! » dit-elle en français.

Seul Bernard resta imperturbable.

Tom passa dans le salon. Il y trouva les deux agents qui étaient déjà venus le voir lundi.

« Nous sommes désolés de vous déranger, monsieur, dit le plus âgé, mais votre téléphone ne fonctionne pas. Nous l'avons signalé.

– Ah ! bon ? » Le téléphone, en effet, cessait de fonctionner toutes les six semaines ou à peu près pour des raisons inexplicables, mais cette fois Tom se demanda si Bernard n'avait pas fait quelque chose de bizarre, coupé la ligne par exemple. « Je ne m'en étais pas aperçu, merci.

– Nous avons communiqué avec l'inspecteur anglais. Ou plutôt, c'est lui qui est entré en contact avec nous. »

Héloïse entra, mue sans doute à la fois par la curiosité et par la colère. Tom leur dit qui elle était et les policiers se présentèrent de nouveau : le commissaire Delaunay et un autre nom qu'il ne comprit pas.

« A présent déclara Delaunay, nous avons sur les bras deux disparus : Mr. Murchison et le peintre Derwatt. L'inspecteur Webster, qui a essayé, lui aussi, de vous téléphoner dans l'après-midi, voudrait savoir si vous avez eu des nouvelles de l'un ou de l'autre. »

Tom sourit, avec un amusement réel.

« Je n'ai jamais rencontré Derwatt et il ne sait certainement pas qui je suis, déclara-t-il au moment où Bernard entrait dans la pièce. Quant à Mr. Murchison, je regrette de vous dire qu'il n'est pas entré en contact avec moi. Puis-je vous présenter un ami anglais, Bernard Tufts ? Bernard, deux messieurs de la police. »

Bernard marmonna quelque chose. Tom remarqua que son nom ne semblait éveiller aucun écho chez les deux agents.

« Même les propriétaires de la galerie où les œuvres de Derwatt sont exposées ignorent où il se trouve, dit Delaunay. C'est étonnant, ça. »

En effet, mais Tom ne pouvait leur être d'aucun secours.

« Est-ce que vous connaîtriez par hasard ce Mr. Murchison ? demanda Delaunay à Bernard.

– Non.

– Et vous, madame ?

– Moi non plus », répondit Héloïse.

Tom expliqua que sa femme rentrait à peine de Grèce, mais qu'il lui avait parlé de la visite de Mr. Murchison et de sa disparition.

Les agents ne semblaient pas très bien savoir ce qu'ils devaient faire ensuite.

« Etant donné les circonstances, monsieur Ripley, dit Delaunay, l'inspecteur Webster nous a demandé de fouiller votre maison. Ce n'est qu'une formalité, vous le comprenez bien, mais elle est nécessaire. Nous pourrions trouver un indice... je parle de Mr. Murchison, bien sûr. Nous devons faire tout ce qui est en notre pouvoir pour aider nos collègues anglais.

– Mais bien sûr ! Vous voulez commencer tout de suite ? »

Bien qu'il fît assez sombre dehors, ils déclarèrent que oui, et qu'ils continueraient le lendemain. Ils sortirent tous deux sur la terrasse et Tom eut l'impression qu'ils contemplaient avec regret le jardin obscur et les bois qui s'étendaient derrière.

Ils visitèrent la maison sous son égide. D'abord, ils voulurent voir la chambre de Murchison, que Chris avait ensuite utilisée. Mme Annette avait vidé la corbeille à papier. Ils regardèrent dans les tiroirs : ils étaient tous vides à l'exception de ceux de la commode, les deux derniers, qui contenaient des draps et des couvertures. Il ne restait aucune trace de Murchison ni de Chris. Puis ils passèrent dans la chambre d'Héloïse. (Celle-ci était restée en bas et Tom savait qu'elle contenait sa fureur avec difficulté.) Ensuite ce fut le tour de l'atelier, où ils allèrent jusqu'à ramasser l'une de ses scies, puis du grenier. Là, l'ampoule était grillée : Tom dut aller chercher en bas une lampe électrique et une ampoule de rechange. Le grenier, très poussiéreux, abritait des fauteuils protégés par des housses et un vieux divan, souvenir des anciens propriétaires. Les agents passèrent derrière pour regarder, en se servant de leurs propres lampes. Ils cherchaient quelque chose de plus gros qu'un indice, se dit Tom, aussi absurde qu'il fût de penser qu'il avait pu cacher un cadavre derrière un divan.

Enfin, ils descendirent à la cave. Toujours avec la même aisance, Tom alla se planter sur l'emplacement de la tache pour éclairer les coins sombres avec sa lampe, quoique l'éclairage fût bien suffisant. Il avait un peu peur que Murchison ait saigné sur le sol de ciment, derrière le tonneau. Il n'avait pas inspecté cet endroit avec assez de soin. Mais s'il y avait du sang, les policiers ne le virent pas et ce fut à peine si leur regard effleura le sol. Ce qui ne voulait pas dire qu'ils n'entreprendraient pas le lendemain des recherches plus approfondies, se dit Tom.

Ils déclarèrent qu'ils reviendraient le lendemain à huit heures, si ce n'était pas trop tôt pour lui. Tom répondit que cette heure lui conviendrait parfaitement.

« Désolé », dit-il à Héloïse et à Bernard après avoir fermé la porte.

Il avait l'impression qu'ils étaient restés pendant tout ce temps à se regarder en chiens de faïence, en buvant leur café.

« Pourquoi ont-ils fouillé la maison ? demanda Héloïse.

— A cause de ce crétin d'Américain qui a disparu, dit Tom. De ce Mr. Murchison. »

Héloïse se leva.

« Je peux te parler cinq minutes, Tom ? »

Tom fit ses excuses à Bernard et la suivit dans sa chambre.

« Si tu ne mets pas ce fou à la porte, je quitte la maison ce soir ! »

C'était un véritable dilemme. Tom n'avait pas du tout envie qu'Héloïse s'en aille, mais, si elle restait, il n'arriverait à rien avec Bernard. Et, pas plus qu'avec ce dernier, il ne pouvait réfléchir en sentant le regard indigné d'Héloïse braqué sur lui.

« Je vais faire un dernier effort », dit-il.

Il embrassa sa femme dans le cou. Elle lui permit au moins cela.

Tom descendit.

« Bernard, Héloïse est dans tous ses états. Ça vous ennuierait de rentrer à Paris ce soir ? Je pourrais vous conduire à... pourquoi pas à Fontainebleau ? Il y a un ou deux bons hôtels là-bas. Si vous avez envie de me parler, je viendrai demain.

— Non. »

Tom soupira.

« Alors elle va s'en aller ce soir. Je monte le lui dire. »

Il rejoignit Héloïse et lui fit part des résultats.

« Mais qu'est-ce qui se passe ? C'est un second Dickie Greenleaf ? Tu ne peux même pas le mettre à la porte de ta propre maison ?

— Je n'ai jamais... ce n'est pas Dickie qui était chez moi... »

Tom se tut, ne sachant que dire. Héloïse avait l'air assez furieuse pour flanquer Bernard dehors elle-même, mais elle n'y arriverait pas, se dit-il, parce que l'entêtement du jeune homme défiait toutes les conventions et tous les protocoles.

Elle saisit une petite valise de cuir en haut d'un placard et se mit à la remplir. Inutile de lui dire qu'il se sentait responsable de Bernard, pensa Tom. Elle lui demanderait pourquoi.

« Héloïse, ma chérie, je suis navré. Tu prends la voiture ou tu veux que je te conduise à la gare ?

— J'irai à Chantilly avec l'Alfa. Au fait, il n'est pas détraqué, le téléphone. Je viens de l'essayer dans ta chambre.

— On l'a peut-être réparé depuis que les flics l'ont signalé.

— Moi, je me demande s'ils n'ont pas menti. Ils ont voulu nous surprendre. (Elle se redressa au moment de ranger une chemise pliée dans sa valise.) Qu'est-ce que tu as fabriqué, Tom ? Tu ne lui as rien fait, à ce Murchison ?

— Mais non, dit Tom, déconcerté.

— Tu sais, mon père ne tolérerait plus une autre histoire, un autre scandale. »

Elle faisait allusion à l'affaire Greenleaf. Certes, la réputation de Tom en était sortie intacte, mais il restait toujours les soupçons. Les plaisanteries latines avaient une étrange propension à se muer en vérités. Tom aurait pu tuer Dickie. Et, malgré ses efforts pour le cacher, tout le monde savait que sa mort lui avait rapporté de l'argent. Héloïse n'ignorait pas qu'il percevait des revenus sur l'héritage de Dickie. Son père non plus, qui ne gardait pourtant pas les mains bien nettes en brassant ses affaires, mais les mains de Tom étaient peut-être tachées de sang. *Ora non olet, sed sangua...*

« Il n'y aura plus de scandale, dit Tom. Si tu savais... tout ce que je fais a justement pour but de l'éviter. »

Elle ferma sa valise.

« Je ne suis jamais au courant de ce que tu fais. »

Tom prit la valise. Puis il la posa et ils s'embrassèrent.

« J'aimerais tant être avec toi ce soir. »

Héloïse aurait préféré rester avec lui, elle aussi, elle n'avait pas besoin de l'exprimer par des mots. Son *Fous-moi le camp* le sous-entendait. Son départ également. Une Française se devait de quitter la pièce, la maison, ou d'inviter quelqu'un d'autre à déménager, à se rendre dans le lieu le plus incommode possible, selon ses préférences, mais c'était quand même moins désagréable que ses hurlements. Tom appelait ça : « La loi du déplacement français. »

« Tu as téléphoné à tes parents ? demanda-t-il.

– S'ils ne sont pas là, il y aura toujours les domestiques. »

Il fallait compter près de deux heures de route.

« Tu m'appelleras à ton arrivée ?

– Au revoir, Bernard ! » hurla Héloïse depuis la porte d'entrée. Et, à Tom qui l'accompagnait : « *Non* ! »

Tom regarda avec amertume les feux arrière de

l'Alfa-Roméo tourner à gauche après le portail et disparaître.

Bernard fumait une cigarette, assis sur un fauteuil. Dans la cuisine, le couvercle de la poubelle tinta légèrement. Tom prit sa lampe électrique dans le vestibule et entra dans les W.C. du rez-de-chaussée. Il descendit dans la cave et regarda derrière le tonneau, là où avait séjourné le cadavre de Murchison. Pas de tache de sang. Il remonta.

« Vous savez, Bernard, je serais enchanté que vous couchiez ici cette nuit, mais la police va revenir demain matin pour fouiller plus à fond la maison. » Et les bois aussi, pensa-t-il tout à coup. « Les agents voudront sans doute vous poser d'autres questions. Ça ne peut que vous ennuyer. Vous ne préféreriez pas vous en aller avant leur arrivée ? Ils seront là à huit heures.

– Peut-être. Peut-être. »

Vers dix heures, Mme Annette vint leur demander s'ils voulaient un peu de café. Ils refusèrent.

« Mme Héloïse est sortie ?

– Elle a décidé d'aller voir ses parents, dit Tom.

– A cette heure-là ? Ah ! Mme Héloïse ! »

Tom sentit qu'elle n'aimait pas Bernard ou que, comme Héloïse, elle se méfiait de lui. Il était regrettable, se dit-il, que la personnalité de Bernard eût tant de mal à percer, qu'elle fût si déroutante en surface. Tom se rendait compte que ni Héloïse ni Mme Annette ne pouvaient l'aimer parce qu'au fond, elles ne savaient rien de lui, rien de son adoration pour Derwatt... elles considéraient sans doute qu'il « exploitait » le peintre. Et surtout, aussi différents que fussent les milieux d'où elles sortaient, elles ne comprendraient jamais la progression de Bernard Tufts qui, issu d'une modeste famille ouvrière (d'après Ed et Jeff), frôlait à présent la grandeur, pour ainsi dire, par la grâce de son talent...

bien qu'il signât ses œuvres d'un autre nom que le sien. Bernard ne s'intéressait même pas à l'aspect financier de l'opération : ce qui serait également incompréhensible pour Mme Annette et pour Héloïse. La gouvernante quitta la pièce avec une certaine hâte et Tom se dit qu'elle manifestait ainsi son mécontentement, dans la mesure où elle l'osait.

« Il y a une chose que je voudrais vous raconter, dit Bernard. La nuit qui a suivi la mort de Derwatt – la nouvelle nous est parvenue vingt-quatre heures plus tard – je l'ai vu en rêve debout dans ma chambre. Le clair de lune entrait par la fenêtre. J'avais décommandé un rendez-vous avec Cynthia, je m'en souviens, parce que je désirais être seul. Je *voyais* Derwatt, je sentais sa présence. Je me rappelle même qu'il souriait. Il m'a dit : « N'ayez pas peur, Bernard, ce n'est pas si terrible que « ça, je ne souffre pas. » Vous imaginez Derwatt en train de prononcer une phrase aussi prévisible? Pourtant je l'ai entendue. »

Il l'avait entendue avec l'oreille de l'esprit. Tom écoutait avec respect.

« Je l'ai regardé pendant une minute peut-être, assis dans mon lit. Il s'est promené dans ma chambre, la pièce où je peins quelquefois... et où je dors. »

Il voulait dire : où il peignait des Tufts, pas des Derwatt.

« Il m'a dit : « Tenez le coup, Bernard. Je ne regrette rien. » Il ne regrettait pas de s'être suicidé, voilà ce que j'ai cru comprendre, mais il me conseillait de continuer à vivre. Enfin... » Pour la première fois depuis qu'il avait commencé à parler, Bernard regarda Tom... « aussi longtemps que je le pourrais. On ne contrôle pas son existence, n'est-ce pas? C'est le destin qui s'en charge. »

Tom hésita :

« Derwatt avait le sens de l'humour. Jeff prétend qu'il aurait peut-être été amusé d'apprendre que nous imitions ses tableaux avec un tel succès. »

Dieu merci, Bernard prit ça assez bien.

« Dans une certaine mesure, oui. Il aurait considéré ça comme une blague professionnelle. Mais ce qu'il n'aurait pas apprécié, c'est l'aspect financier. Il aurait aussi bien pu se tuer par excès que par manque d'argent. »

Tom sentit les pensées de Bernard s'orienter dans une nouvelle direction, se braquer sur lui avec une espèce d'hostilité désordonnée. Fallait-il se lever et lui dire bonsoir? Bernard prendrait-il cela pour une insulte?

« Ces salauds de flics arrivent de bonne heure demain. Je crois que je vais aller me coucher. »

Bernard se pencha en avant.

« Vous ne m'avez pas compris l'autre jour, quand je vous ai dit que j'avais échoué. Vous savez, avec cet inspecteur anglais, quand j'ai essayé de lui expliquer la personnalité de Derwatt.

– Mais vous n'avez pas échoué! Chris a très bien senti ce que vous vouliez dire. Et Webster a déclaré que c'était très émouvant, je m'en souviens.

– Il n'a quand même pas abandonné l'hypothèse de l'escroquerie, et il pensait encore que Derwatt pouvait y être mêlé. Je n'ai même pas réussi à lui faire comprendre qui était Derwatt. J'ai fait de mon mieux et j'ai échoué. »

Tom fit un dernier effort pour ramener Bernard sur les rails.

« C'est Murchison que Webster doit chercher. Pas Derwatt... Je monte. »

Dans sa chambre, Tom enfila son pyjama. Il entrouvrit la fenêtre et se coucha – Mme Annette n'avait pas ouvert le lit ce soir – mais il se sentait nerveux et l'envie lui vint de fermer sa porte à clef. Etait-ce une idée stupide ou, au contraire, sensée? Il lui sembla que ce serait lâche et il n'en fit rien. Il lisait en ce moment un ouvrage de Trevelyan, *L'Histoire sociale de l'Angleterre.* Il le prit, mais se ravisa et ouvrit à la place son *Harrap's. To forge* (en anglais : *contrefaire, falsifier, commettre un faux.*) En français : *forge, atelier de forgeron.* Du latin *faber* : artisan. Au figuré : imaginer, inventer, produire un document faux. Tout cela, il le savait déjà. Il referma son dictionnaire.

Il lui fallut une grande heure pour s'endormir. De temps en temps, un brusque afflux de sang lui bourdonnait dans les oreilles, assez fort pour le faire sursauter, et il avait constamment la sensation de tomber d'une très grande hauteur. Il vit aux aiguilles lumineuses de sa montre qu'il était minuit et demi. Devait-il appeler Héloïse? Il avait grande envie de le faire, mais il ne voulait pas encourir davantage la réprobation de Papa en téléphonant à une heure tardive. Au diable tous ces gens.

Puis, tout à coup, Tom se sentit projeté sur le côté et des mains lui saisirent la gorge. Il se débattit pour libérer ses jambes des couvertures. Un long moment, il tira en vain sur les bras de Bernard pour lui faire lâcher prise, mais enfin il réussit à sortir un pied du lit, à le poser sur le ventre de l'autre et à pousser. Les mains retombèrent. Bernard s'en alla choir sur le parquet avec un bruit mou. Tom faillit renverser sa lampe de chevet en l'allumant, et il envoya valser un verre d'eau qui se vida sur le tapis bleu au dessin oriental.

Bernard reprenait péniblement son souffle.

Tom respirait aussi difficilement que lui.

« Mais enfin, dit-il, ça ne va pas, non? »

Bernard ne répondit pas, peut-être parce qu'il en était

incapable. Il se redressa sur un coude, dans la position du Gaulois mourant. Allait-il se relancer à l'attaque dès qu'il aurait repris des forces ? Tom se leva et alluma une cigarette.

« C'est complètement stupide, ce que vous venez de faire », dit-il. Il éclata de rire et s'étrangla avec sa fumée. « Vous n'aviez pas une chance de réussir. Ni de vous échapper ! Mme Annette sait que vous êtes là, et la police aussi. » Il regarda Bernard qui se levait. Ce n'était pas souvent, se dit-il, qu'un malheureux, à moitié étranglé, pouvait fumer une cigarette et se promener pieds nus, en souriant à celui qui venait d'essayer de le tuer. « Il ne faut pas recommencer. » Tom savait que ses paroles étaient stupides. Bernard ne se préoccupait pas de ce qui pouvait lui arriver. « Vous ne voulez rien dire ?

– Si, répliqua Bernard. Je vous déteste, parce que tout ça est entièrement de votre faute. Je n'aurais pas dû accepter, c'est vrai. Mais vous êtes à l'origine de tout. »

Tom comprenait. Il était l'origine, la source mystique du mal.

« Ce que nous tentons de faire, c'est de mettre un terme à cette histoire, pas de continuer.

– Et moi, je suis fini. Cynthia... »

Tom tira sur sa cigarette.

« Vous m'avez dit que quelquefois, en peignant, vous aviez l'impression d'être Derwatt. Pensez à ce que vous avez fait pour sa réputation ! Il n'était pas connu du tout quand il est mort.

– Sa réputation a été corrompue ! » déclara Bernard d'une voix d'outre-tombe, celle de l'Ange au jour du Jugement dernier.

Il gagna la porte et sortit. Pour une fois, il avait l'air de savoir où il allait. Qu'allait-il faire ? se demanda

Tom. Malgré l'heure – trois heures passées – il était encore habillé. Allait-il marcher dehors dans la nuit ? Ou descendre et mettre le feu à la maison ?

Tom tourna la clef dans la serrure. Si Bernard remontait, il devrait frapper à la porte. Il le laisserait entrer, bien sûr, mais au moins il serait sur ses gardes et ça ne serait que justice.

Bernard ne serait pas un atout, le lendemain, avec la police.

Le samedi 26 octobre, à neuf heures et quart, Tom devant la porte-fenêtre, regardait dans la direction des bois, où la police avait commencé à creuser l'ancienne tombe de Murchison. Bernard faisait les cent pas derrière lui, en s'agitant, mais sans dire un mot. Et Tom tenait à la main une lettre officielle, dans laquelle Jeff Constant lui demandait, au nom de la Buckmaster Gallery, s'il avait des nouvelles de Thomas Murchison parce que ni son collègue ni lui ne savaient où il se trouvait.

Trois agents de police étaient arrivés dans la matinée : deux nouveaux et le commissaire Delaunay, dont Tom s'était dit qu'il ne participerait sans doute pas activement aux travaux de déblaiement. « Vous savez ce que c'est, ce trou qui a été creusé récemment dans les bois ? » avaient-ils demandé. Tom avait répondu que non. Les bois ne lui appartenaient pas. L'un des gendarmes était allé discuter avec ses collègues, de l'autre côté de la pelouse. Ils avaient de nouveau fouillé la maison de fond en comble.

Tom n'avait pas encore ouvert la seconde lettre arrivée par le même courrier. Celle-là était de Chris Greenleaf.

La police creusait depuis dix minutes environ.

Tom relut plus attentivement la lettre de Jeff. Il l'avait écrite soit en pensant que sa correspondance était surveillée, soit parce qu'il se sentait d'humeur à plaisanter, mais la première hypothèse paraissait plus vraisemblable.

*The Buckmaster Gallery*
*Bond Street*
*W 1*
*23 octobre 19..*

*Thomas P. Ripley, esq.*
*Belle Ombre*
*Villeperce 77*

*Cher Mr. Ripley,*

*Nous avons appris que l'inspecteur Webster vous avait rendu visite récemment au sujet de Mr. Thomas Murchison, qui vous a accompagné en France jeudi dernier. Nous vous informons par la présente que nous n'avons aucune nouvelle de Mr. Murchison depuis le mercredi 16, date à laquelle il est venu à notre galerie.*

*Nous savons que Mr. Murchison désirait voir Derwatt avant son départ pour les Etats-Unis. Pour le moment, nous ignorons l'adresse de Derwatt en Angleterre, mais nous pensons qu'il nous contactera avant son retour au Mexique. Il se peut qu'il ait fixé rendez-vous à Mr. Murchison sans que nous le sachions. (Un thé de fantômes, peut-être, se dit Tom.)*

*Nous sommes aussi préoccupés que la police par la disparition du tableau de Derwatt intitulé* L' Horloge.

*Nous vous serions reconnaissants de bien vouloir nous téléphoner en P.C.V. si vous aviez des renseignements à nous communiquer.*

*Bien à vous*
JEFF CONSTANT

Tom se retourna. Il se sentait d'une bonne humeur arrogante – du moins pour l'instant – et l'air renfrogné de Bernard commençait à l'énerver. Il avait envie de lui dire : « Ecoutez, vieille andouille, vieux crétin, qu'est-ce que vous foutez là, au fond? » Mais il connaissait très bien la raison de sa présence : Bernard voulait lui tomber dessus une seconde fois. Par conséquent, il se retint, sourit à Bernard qui ne le regardait même pas, écouta les mésanges qui gazouillaient en picorant un peu de gras de viande que Mme Annette avait accroché à un arbre, entendit le bruit léger de son transistor dans la cuisine et perçut même le faible cliquetis d'une pelle, au loin dans les bois.

Il déclara, sur le même ton mi-figue mi-raisin que la lettre de Jeff :

« Eh bien, ce n'est pas là qu'ils trouveront trace de Murchison.

– Qu'ils aillent draguer la rivière, dit Bernard.

– Vous allez leur conseiller ça?

– Non.

– Et d'ailleurs, quelle rivière? Je ne me rappelle même pas son nom. »

Ce nom, Bernard l'avait oublié, en tout cas, Tom en était sûr.

Il attendait que la police réapparût en déclarant qu'elle n'avait rien trouvé. Mais peut-être ne lui dirait-on rien. Peut-être aussi les agents iraient-ils fouiller plus loin dans les bois. Ils risquaient d'y passer la journée. Il faisait un temps idéal pour tuer le temps de cette manière. Ils iraient sans doute déjeuner dans un village des environs ou, plus vraisemblablement, chez eux, parce qu'ils ne devaient pas habiter loin, et puis ils retourneraient dans les bois.

Tom ouvrit la lettre de Chris.

*24 octobre 19...*

*Cher Tom,*

*Encore merci pour l'accueil luxueux que vous m'avez offert. Il fait ressortir la crasse de ma présente demeure, mais je me plais bien ici. Hier soir, j'ai eu une aventure. J'ai rencontré dans un café de Saint-Germain-des-Prés une jeune fille, Valérie. Je lui ai proposé de venir boire un verre de vin à mon hôtel. (Hum !) Elle a accepté. J'étais avec Gerald, mais il s'est éclipsé avec tact, comme le gentleman qu'il sait être quelquefois. Valérie est montée quelques minutes après moi. C'est elle qui le voulait. Pourtant à mon avis, ça n'aurait pas fait de difficultés avec la réception. Elle m'a demandé si elle pouvait se laver. Je lui ai dit que j'avais seulement un lavabo dans ma chambre, et je lui ai proposé de sortir pendant ce temps. Quand j'ai frappé à la porte, elle m'a demandé s'il y avait quelque part une salle de bain avec une baignoire. J'ai répondu que oui, mais que je devrais aller chercher la clef. Ce que j'ai fait. Là-dessus elle a disparu dans la salle de bain pendant un bon quart d'heure. Ensuite elle est revenue et il a fallu que je sorte encore une fois de la chambre pendant qu'elle se lavait. J'ai obéi, mais je commençais à me demander ce qu'elle pouvait bien avoir encore à laver. J'ai attendu dehors, sur le trottoir. Quand je suis remonté, elle était partie, la chambre était vide. J'ai regardé dans les couloirs, partout. Personne ! Voilà une fille qui, à force de se laver, aura disparu de ma vie, me suis-je dit. Je n'ai peut-être pas fait ce qu'il fallait. Tu auras plus de veine la prochaine fois, mon pauvre Chris.*

*Je vais peut-être partir pour Rome avec Gerald...*

Tom regarda par la fenêtre.

« Je me demande pour combien de temps ils en ont

encore... Ah ! les voici. Regardez ! Ils balancent leurs pelles vides. »

Bernard ne leva pas les yeux.

Tom s'assit confortablement sur le divan jaune.

Les Français frappèrent au carreau. Tom leur fit signe d'entrer, puis se leva d'un bond pour leur ouvrir lui-même la porte.

« On n'a trouvé que ça dans le trou, dit le commissaire Delaunay en montrant une petite pièce de vingt centimes, couleur or. Elle date de 1965 », ajouta-t-il avec un sourire.

Tom sourit, lui aussi.

« C'est drôle que vous ayez trouvé ça.

– Voilà tout notre trésor pour aujourd'hui, dit Delaunay en empochant la pièce. Le trou a été creusé très récemment. C'est bizarre. Il a juste les bonnes dimensions pour un cadavre, et pas de cadavre dedans. Vous n'avez vu personne creuser là-bas ces derniers jours ?

– Non. Mais d'ici on ne voit pas très bien. C'est caché par les arbres. »

Tom alla parler à Mme Annette dans la cuisine. Elle n'était pas là. Elle faisait sans doute ses courses, ce qui lui prendrait plus longtemps que d'habitude parce qu'elle raconterait à ses trois ou quatre connaissances l'arrivée de la police, qui fouillait la maison à la recherche de Mr. Murchison, dont la photo était dans le journal. Tom posa sur un plateau une bouteille de vin et de la bière glacée qu'il porta dans le salon. Le commissaire bavardait avec Bernard. Ils parlaient de peinture.

« Qui se sert de ces bois ? demanda-t-il.

– Oh ! il y a des paysans qui y vont quelquefois, répondit Tom. Ils ramassent des branches mortes. Je vois rarement des passants sur ce chemin.

– Et la semaine dernière ? »

Tom réfléchit.

« Je ne me souviens pas. »

Les trois agents s'en allèrent, après avoir posé quelques questions : oui, son téléphone fonctionnait; sa femme de ménage était en train de faire ses courses. Tom leur dit qu'ils pourraient sans doute la trouver au village s'ils désiraient lui parler; Héloïse séjournait chez ses parents à Chantilly. Delaunay ne prit même pas la peine de demander son adresse.

« J'ai envie d'ouvrir les fenêtres », dit Tom après leur départ.

Il ouvrit tout en grand.

Le froid ne dérangea pas Bernard.

« Je vais voir ce qu'ils ont fabriqué », dit Tom.

Il traversa la pelouse en direction des bois. Quel soulagement de ne plus avoir les hommes de loi dans la maison !

Ils avaient comblé le trou. Cela formait un petit monticule de terre rougeâtre, mais c'était très proprement fait. Tom tourna les talons. Seigneur, se dit-il, combien de discussions devrait-il encore supporter, combien de fois faudrait-il encore répéter les mêmes choses? Il n'avait, pensa-t-il, qu'un seul sujet de satisfaction : Bernard, au lieu de s'apitoyer sur lui-même, l'accusait, lui. Au moins c'était une attitude active, nette, positive.

« Eh bien, dit-il en entrant dans le salon, ils ont fait du beau travail. Et tout ça pour vingt centimes. Si nous partions avant... »

A cet instant même, Mme Annette ouvrit la porte de la cuisine. Tom l'entendit sans la voir. Il s'avança à sa rencontre.

« Eh bien, madame Annette, les agents sont partis. Ils n'ont pas trouvé le moindre indice, malheureusement. »

Il n'allait pas lui parler de la tombe dans les bois.

« C'est drôle, non? dit-elle très vite, phrase qui en

français annonce généralement quelque chose de plus important. Il y a un mystère ici, hein ?

– Il y a un mystère à Orly ou à Paris, répliqua Tom. Pas ici.

– Vous déjeunez là, monsieur Bernard et vous ?

– Pas aujourd'hui. Nous allons manger un morceau quelque part. Et pour ce soir, ne vous donnez pas trop de mal. Si Mme Héloïse téléphone, voulez-vous lui dire que je la rappellerai ce soir ? Et même... » Tom hésita. « Oui, je vous passerai un coup de fil à cinq heures, cet après-midi. Si vous preniez votre soirée ?

– J'ai rapporté des côtelettes pour le cas où... C'est vrai, j'ai rendez-vous avec Mme Yvonne à...

– Parfait ! » coupa Tom. Il se tourna vers Bernard. « Si nous partions quelque part ? »

Mais ils ne purent s'en aller tout de suite. Bernard avait quelque chose à faire dans sa chambre, déclara-t-il. Mme Annette sortit, sans doute pour aller déjeuner avec une amie à Villeperce. Tom finit par aller frapper à la porte fermée de Bernard. Il était en train d'écrire, assis devant sa table.

« Si vous préférez que je vous laisse seul...

– Non, pas du tout », dit Bernard et il se leva sans difficulté.

Tom n'y comprenait plus rien. De quoi voulez-vous parler ? avait-il envie de dire. Pourquoi êtes-vous ici ? Mais il ne put se contraindre à poser ces questions.

« Descendons », dit-il.

Bernard l'accompagna.

Tom voulait téléphoner à Héloïse. Il était midi et demi. Autant la joindre avant le déjeuner. Là-bas, on se mettait à table à une heure précise. Le téléphone sonna au moment même où il entrait dans le salon avec Bernard.

« C'est peut-être Héloïse », dit-il, et il décrocha.

*« Vous êtes... bzz... Ne quittez pas. Londres vous appelle. »*

C'était Jeff.

« Allô, Tom. Je vous téléphone d'un bureau de poste. Est-ce que vous pourriez revenir ? »

Il voulait dire : pour jouer le rôle de Derwatt. Tom le comprit.

« Bernard est ici, déclara-t-il.

– C'est ce que nous pensions. Comment va-t-il ?

– Il... il prend tout ça très bien », dit Tom. Il avait l'impression que Bernard – les yeux fixés sur le paysage, à travers la porte-fenêtre – ne prenait même pas la peine d'écouter, mais il n'en était pas certain. « Pour l'instant, ça m'est impossible. »

Tout de même, est-ce qu'ils ne comprenaient pas encore qu'il avait tué Murchison ?

« Réfléchissez-y... je vous en prie.

– Mais ici aussi, j'ai quelques obligations, vous savez. Qu'est-ce qui se passe ?

– Cet inspecteur est venu ici. Il voulait savoir où était Derwatt. Il a regardé nos livres. » Jeff déglutit. Il avait baissé la voix, peut-être inconsciemment, pour ne pas être entendu, mais en même temps il semblait trop à bout pour se préoccuper de savoir qui pouvait l'écouter ou le comprendre. « Nous avons fait quelques listes, Ed et moi, des listes récentes... Nous lui avons dit que les choses se passaient depuis toujours sans grandes formalités, qu'aucun tableau ne s'était jamais perdu. J'ai l'impression qu'il nous a crus. Mais ce qui l'intéresse maintenant, c'est Derwatt lui-même, alors si vous pouviez recommencer...

– Ça ne serait pas très prudent, à mon avis, coupa Tom.

– Si vous pouviez confirmer nos livres... »

Merde pour leurs livres, se dit-il. Merde pour leurs

revenus. Et le meurtre de Murchison, est-ce que la responsabilité lui en incombait à lui seul? Et Bernard? Et la vie de Bernard? Sans même se poser consciemment la question, Tom eut une révélation insolite : Bernard allait se tuer, il se suiciderait quelque part. Pendant ce temps, tout ce qui tracassait Ed et Jeff, c'étaient *leurs* revenus, *leur* réputation, les risques de prison!

« J'ai certaines responsabilités ici. Je ne peux absolument pas aller à Londres. (Silence déçu.) Savez-vous si Mrs. Murchison compte venir?

– On ne nous a rien dit à ce sujet.

– Que Derwatt reste où il est. Il a peut-être un ami qui dispose d'un avion privé, dit Tom en riant.

– A propos, fit Jeff, d'un ton un peu plus animé, qu'est-ce qui est arrivé à *L'Horloge?* Elle a vraiment été volée?

– Oui. C'est fantastique, non? Je me demande qui est en train de couver ce trésor. »

Jeff avait encore l'air déçu quand il raccrocha : Tom ne voulait pas venir.

« Allons nous promener », dit Bernard.

Et le coup de téléphone à Héloïse? Tom faillit demander s'il pouvait monter dix minutes dans sa chambre pour l'appeler, mais il jugea préférable de faire plaisir à Bernard.

« Je vais chercher ma veste. »

Ils partirent en direction du village. Bernard ne voulut ni café, ni verre de vin, ni déjeuner. Ils firent près d'un kilomètre sur l'une des routes qui traversaient Villeperce, puis rebroussèrent chemin, en s'écartant de temps à autre pour laisser passer des tracteurs ou des carrioles tirées par des percherons. Bernard parlait de Van Gogh et d'Arles où il était allé à deux reprises.

« ... Vincent a eu un certain nombre d'années à vivre, et pas plus, comme les autres. Vous imaginez Mozart à quatre-vingts ans ? J'aimerais bien retourner à Salzbourg. Il y a un salon de thé là-bas, le Tomaselli. On y sert un café merveilleux... Et si Bach, par exemple, était mort à vingt-six ans, vous voyez ce que ça aurait donné ? Ce qui révèle la valeur d'un homme, c'est son œuvre, rien de plus et rien de moins. Ce n'est jamais de l'homme lui-même que nous parlons, mais de son œuvre... »

La pluie menaçait. Tom avait remonté depuis longtemps le col de sa veste.

« ... Derwatt a vécu pendant un nombre d'années suffisant, vous voyez. C'était idiot de ma part de le prolonger. D'ailleurs je n'y ai pas réussi. On ne peut pas changer ces choses-là », ajouta-t-il sur le ton d'un juge qui prononce une sentence et qui la trouve sage.

Tom ôta ses mains de ses poches, souffla dessus et les y enfonça de nouveau.

De retour à la maison, il fit du thé, sortit le whisky et le cognac. Ou l'alcool calmerait Bernard, ou il provoquerait chez lui une crise de rage et il se passerait quelque chose.

« Il faut que je téléphone à ma femme, dit-il. Buvez ce que vous voulez. »

Il monta quatre à quatre dans sa chambre. Même si Héloïse était encore en colère, sa voix serait celle d'une personne saine d'esprit.

Il donna le numéro de Chantilly à l'opératrice. La pluie se mit à tomber. Elle frappait doucement les carreaux. Il n'y avait pas de vent pour l'instant. Tom soupira.

« Allô, Héloïse ? » Elle avait répondu elle-même. « Mais oui, je vais bien. J'ai voulu t'appeler hier soir. C'était trop tard, je n'ai pas osé. Je rentre d'une promenade. » Elle venait d'essayer de le joindre, elle aussi. « Avec Bernard... Oui, il est encore là, mais je crois qu'il va partir cet après-midi, peut-être ce soir. Quand rentres-tu ?

– Quand tu te seras débarrassé de ce fou !

– Héloïse, je t'aime. Il se peut que j'aille à Paris. Avec Bernard. Parce qu'à mon avis, ça l'aidera à partir.

– Pourquoi es-tu si nerveux ? Qu'est-ce qui se passe ?

– Rien du tout.

– Si tu vas à Paris, tu me le diras ? »

Tom redescendit et mit un peu de musique. Il choisit du jazz. C'était un disque ni bon ni mauvais et, comme il l'avait remarqué à d'autres moments importants de sa vie, le jazz ne lui fit aucun effet. Seule la musique classique déterminait en lui une réaction : elle le calmait ou l'ennuyait, le rassurait ou le décourageait, parce qu'elle était construite selon un certain ordre, et que cet ordre, ou on l'acceptait ou on le refusait. Tom mit beaucoup de sucre dans son thé, qui avait refroidi, et le but. Apparemment, Bernard ne s'était pas rasé depuis deux jours. Allait-il arborer une barbe à la Derwatt ?

Quelques minutes plus tard, ils déambulaient sur la pelouse, derrière la maison. Bernard avait un lacet défait. Il portait des pataugas dont les semelles, aplaties par l'usure, bâillaient un peu devant. Elles évoquaient un bec d'oiseau nouveau-né, ces petites bêtes ont l'air si vieilles. Allait-il rattacher son lacet ou pas ?

« L'autre soir, dit Tom, j'ai essayé de composer un poème électronique. »

*Un beau jour un neutron*
*Rencontre un négaton*
*Au cœur même d'un cyclotron*
*Que diriez-vous, mon cher, si nous nous mariions ?*

*Que n'êtes-vous un positon*
*Car, hélas, à nous deux, nous nous neutralisons!*

« L'ennui, c'est que je ne suis pas sûr du tout qu'ils se neutralisent. Mais vous pourriez peut-être m'aider à l'améliorer? »

Tom avait deux versions différentes pour les deux vers du milieu, mais Bernard écoutait-il?

Ils venaient de s'engager sur le chemin qui traversait le bois. La pluie avait cessé. Seules quelques gouttes tombaient encore des arbres.

« Regardez cette minuscule grenouille! » dit Tom en se penchant pour la ramasser.

Il avait failli lui marcher dessus. Elle n'était pas plus grosse que l'ongle du pouce.

Le coup de poing l'atteignit à la nuque. Il entendit Bernard dire quelque chose, sentit sur son visage le contact de l'herbe mouillée, d'un caillou, et perdit connaissance... à moitié, tout au moins, car il sentit aussi un deuxième coup sur le côté de la tête. *Cette fois, c'en est trop*, se dit-il. Il imagina que ses mains vides palpaient la terre à tâtons, mais il savait qu'il ne bougeait pas.

Bernard le fit rouler plusieurs fois sur lui-même. Il n'entendait plus rien, hormis le bourdonnement de ses oreilles. Il voulut remuer et en fut incapable. Etait-il sur le ventre ou sur le dos? Il réfléchissait, d'une certaine manière, sans voir quoi que ce fût. Il cligna des yeux, mais de la terre lui collait aux cils. Il commença à se rendre compte, à comprendre, que quelque chose de lourd lui descendait sur la colonne vertébrale, sur les jambes. Malgré le sifflement qui l'assourdissait, il perçut le chuchotis d'une pelle qui s'enfonçait dans le sol. Bernard l'enterrait. Maintenant, il était sûr d'avoir les yeux ouverts. Quelle était la profondeur du trou? Il l'enterrait dans la tombe de Murchison, Tom le sentait. Depuis combien de temps creusait-il ?

*Bon Dieu!* pensa Tom. Il ne pensait pas laisser Bernard l'enfouir sous plusieurs mètres de terre, sinon il ne s'en sortirait jamais. Il se dit vaguement, avec une espèce d'humour, qu'il ne pouvait tout de même pas faire plus longtemps les quatre volontés de Bernard, qu'il y avait une limite, et que cette limite était sa propre vie. Il s'imagina qu'il criait : *Ecoutez, ça va comme ça!* Il crut vraiment avoir prononcé ces mots, mais il n'avait rien dit.

« ... pas le premier », fit la voix de Bernard, épaissie, étouffée par la terre qui entourait Tom.

Qu'est-ce que ça voulait dire? Avait-il bien entendu? Il essaya de tourner légèrement la tête et constata qu'il était couché face contre terre. Il réussit à tordre un tout petit peu le cou.

Le poids n'augmentait plus. Tom ne se préoccupait plus que de respirer. Il avait la bouche sèche et il cracha un peu de terre qui crissait sous ses dents. S'il ne bougeait pas, Bernard s'en irait. Il était maintenant assez bien réveillé pour se rendre compte que Bernard avait dû aller chercher la pelle dans le hangar à outils pendant qu'il était sans connaissance. Il sentit quelque chose de chaud qui lui coulait le long de la nuque. Du sang, probablement.

Deux minutes passèrent, peut-être trois, et Tom mourait d'envie de bouger, ou du moins d'essayer, mais Bernard le surveillait-il?

Impossible d'entendre quoi que ce soit, un bruit de pas, par exemple. Il était peut-être parti depuis plusieurs minutes déjà? Et d'ailleurs, est-ce qu'il l'attaquerait s'il le voyait surgir de sa tombe? C'était assez amusant. Tom se dit qu'il en rirait plus tard, s'il y avait un plus tard.

Il décida de risquer le coup et joua des genoux. Il plaça ses mains en bonne position pour se soulever sur les bras et découvrit qu'il n'avait aucune force. Alors il se mit à gratter avec ses doigts comme une taupe. Il dégagea un peu d'espace autour de sa figure et creusa un tunnel vers le haut, sans atteindre l'air libre. La terre était mouillée, elle ne formait pas bloc, mais elle collait beaucoup. Un poids formidable lui pesait sur la colonne vertébrale. Il se mit à pousser avec ses pieds et à travailler des mains et des bras, comme s'il nageait dans du ciment pas encore durci. Il ne pouvait pas y avoir plus d'un mètre ou un mètre cinquante au-dessus de lui, se dit-il avec optimisme, peut-être même moins que ça. Il fallait longtemps pour creuser un trou d'un mètre dans la terre, même aussi molle que celle-ci, et il était sûr que Bernard n'avait pas manié sa pelle très longtemps. Tom pensait qu'il approchait maintenant de la surface : s'il se trouvait face à face avec Bernard, si celui-ci le regardait sans bouger, sans lui jeter de la terre sur la figure, sans le déterrer pour lui flanquer un autre coup de pelle sur la tête, il pourrait se permettre de pousser un bon coup et de se détendre pendant quelques secondes. Il poussa un bon coup, ce qui lui donna plus de place pour respirer. Il aspira vingt goulées d'air humide — un air de caveau — et se remit au travail.

Deux minutes plus tard, couvert de boue et de terre de la tête aux pieds, il titubait comme un homme ivre au bord de la tombe : celle de Murchison, pas la sienne.

Le soir tombait. Il n'y avait pas de lumière dans la maison, comme il le constata en s'engageant d'un pas mal assuré sur le chemin. Automatiquement, il pensa à la tombe béante, se dit qu'il faudrait la combler, se demanda où Bernard avait mis la pelle dont il s'était servi, et puis envoya tout ça au diable. Il avait encore de la terre plein les yeux et les oreilles.

Peut-être trouverait-il Bernard assis dans le salon obscur, auquel cas il lui ferait : « Bouh ! » Les blagues de ce garçon étaient un peu lourdes. Tom ôta ses chaussures sur la terrasse et les laissa là. La porte-fenêtre était entrebâillée.

« Bernard ! » cria-t-il.

Il n'était vraiment pas en état de supporter une autre attaque.

Pas de réponse.

Tom entra dans le salon, puis tourna les talons et, comme dans un nuage, alla déposer sur la terrasse sa veste et son pantalon boueux. Il alluma la lumière en slip et monta dans sa chambre. Un bain le rafraîchit. Il noua une serviette autour de son cou. La plaie qu'il avait à la nuque saignait toujours. Il n'avait fait que l'effleurer avec son gant de toilette, puis il s'était efforcé de l'oublier puisqu'il ne pouvait pas la panser tout seul. Il enfila sa robe de chambre, descendit à la cuisine, se fit un sandwich avec une tranche de jambon, se servit un grand verre de lait et dévora cet en-cas sur place. Après quoi, il monta accrocher sa veste et son pantalon dans la salle de bain.

Il faut les brosser et les envoyer chez le teinturier, dirait la redoutable Mme Annette, et quelle chance qu'elle ne soit pas là en ce moment, mais elle rentrerait vers dix heures, ou peut-être onze heures et demie seulement, si elle décidait d'aller au cinéma à Fontainebleau ou à Melun. Quand même, il ne fallait pas compter là-dessus. Il était à présent 8 heures moins 10.

Qu'allait faire Bernard ? se demanda Tom. Traîner ses basques à Paris ? Sans trop savoir pourquoi, il l'imaginait mal retournant à Londres et par conséquent il élimina cette hypothèse. Mais Bernard était tellement perturbé en ce moment qu'on pouvait difficilement prévoir ses faits et gestes. Par exemple, informerait-il Ed et Jeff qu'il avait tué Tom Ripley ? Il avait l'air capable de crier n'importe quoi sur les toits. En réalité, Bernard allait se suicider. Tom le sentait comme il aurait flairé un meurtre, car le suicide était bien, après tout, une espèce de meurtre. Et pour que Bernard pût réaliser ses intentions, Tom savait qu'il devait, lui, continuer à faire le mort.

Mais comment s'y prendre avec Mme Annette, Héloïse, les voisins, la police ? Comment leur faire croire à tous qu'il était mort ?

Tom enfila ses jeans et retourna dans les bois avec la lanterne. La pelle était bien là, entre la tombe qui avait tant servi et le chemin. Il s'en servit pour combler le trou. Un jour, se dit-il, un bel arbre pousserait peut-être dans cette terre si bien labourée. Il alla jusqu'à traîner dessus les feuilles et les branches mortes avec lesquelles il avait recouvert Murchison.

Ci-gît Tom Ripley, pensa-t-il. *Requiescat in pace !*

Un autre passeport pourrait lui être utile, et à qui s'adresser sinon à Reeves Minot ? Il était grand temps de lui demander une petite faveur.

Tom écrivit un mot à Reeves en se servant de sa machine et, pour plus de précaution, glissa dans l'enveloppe non pas une, mais deux photos d'identité. Il lui téléphonerait de Paris dans la soirée. Il avait décidé de partir pour Paris, où il pourrait se cacher pendant quelques heures et réfléchir. Il porta donc ses souliers et ses vêtements pleins de boue dans le grenier, où Mme Annette ne monterait probablement pas. Puis il se changea de nouveau et se rendit à la gare de Melun avec le break.

Il était à Paris à 22 heures 45. Il posta sa lettre pour Reeves à la gare de Lyon. Puis il alla au Ritz, où il prit une chambre sous le nom de Daniel Stevens. Il dit qu'il avait oublié son passeport, inventa un faux numéro, et donna comme adresse : 14, rue du Docteur-Cavet, à Rouen. Cette rue n'existait pas, du moins à sa connaissance.

Tom téléphona à Héloïse de sa chambre. Elle n'était pas là. La bonne répondit qu'elle était allée dîner dehors avec ses parents. Il demanda le numéro de Reeves à Hambourg. Vingt minutes plus tard, il avait la communication.

« Bonjour, Reeves. Ici Tom. Je suis à Paris. Comment ça va chez vous ? Est-ce que vous pourriez m'expédier un passeport tout de suite ? Je vous ai déjà envoyé des photos. »

Reeves semblait désarçonné. Voilà que, pour une fois, Tom lui demandait quelque chose ! Un passeport, vraiment ? Oui, ce petit objet si utile qu'un tas de voyageurs se faisaient piquer. Tom eut la politesse de demander combien cela coûterait.

Reeves ne pouvait pas donner un chiffre pour l'instant.

« Mettez ça sur la note, dit Tom avec assurance. L'important, c'est de me le faire parvenir tout de suite. Si vous recevez mes photos lundi matin, ça pourrait être fait pour lundi soir ?... Oui, c'est urgent. Vous n'auriez pas un ami qui pourrait prendre l'avion pour Paris ce jour-là, par hasard ? »

Sinon, trouvez-en un, pensa-t-il.

Oui, dit Reeves, il avait un ami qui pouvait faire le voyage. Pas question de choisir un des porteurs habituels, insista Tom, parce qu'il ne serait pas en situation de faire les poches de quelqu'un ou de fouiller dans sa valise.

« Mettez n'importe quel nom, dit-il. Nationalité américaine de préférence, ou encore anglaise. En attendant, je suis au Ritz, place Vendôme... Daniel Stevens. »

Il lui donna le numéro de téléphone de l'hôtel pour le cas où il en aurait besoin et lui dit qu'il irait personnellement à la rencontre de son messager, quand il saurait la date de son arrivée à Orly.

Entre-temps Héloïse était rentrée à Chantilly, et Tom put lui parler.

« Oui. Je suis à Paris. Tu veux venir ce soir? »

Elle voulait bien. Tom fut enchanté. Il se voyait déjà en train de boire du champagne avec Héloïse dans une heure ou deux. Si Héloïse avait envie de champagne, ce qui était généralement le cas.

Quelques minutes plus tard, Tom, debout sur le trottoir gris, contemplait la place Vendôme. Elle était ronde et il n'aimait pas ça. Pour réfléchir, il préférait les carrés ou les rectangles. Où était Bernard? Pourquoi as-tu envie d'un passeport? se demanda-t-il. Pour l'avoir sous la main en cas de nécessité? Pour te donner une impression de liberté supplémentaire? *Je suis incapable de dessiner comme Derwatt,* avait dit Bernard cet après-midi. *Alors je ne dessine plus du tout... même pour moi.* Etait-il en ce moment même en train de se couper les veines au-dessus d'un lavabo, dans un hôtel parisien? Ou de se pencher par-dessus un parapet pour se laisser tomber doucement dans la Seine quand personne ne regarderait de son côté?

Il marcha droit devant lui en direction de la rue de Rivoli. Elle était morne et sombre à cette heure de la nuit. Rideaux de fer et chaînes protégeaient la camelote pour touristes qui s'étalait pendant le jour dans les vitrines : mouchoirs de soie avec le mot « Paris » imprimé dessus, cravates et chemises beaucoup trop chères pour leur qualité. L'envie lui vint de sauter dans un taxi et de se faire conduire dans le VI^e, pour se promener dans un endroit plus gai et boire une bière chez Lipp. Mais il ne voulait pas courir le risque de rencontrer Chris. Il regagna son hôtel et appela Jeff à son studio.

La communication, déclara l'opératrice, demanderait trois quarts d'heure d'attente, car les lignes étaient encombrées. Mais il ne fallut en fin de compte que trente minutes.

« Allô, Paris ? »

La voix de Jeff ressemblait à celle d'un dauphin en train de se noyer.

« C'est Tom à Paris. Vous m'entendez ?

– Très mal. »

La communication n'était tout de même pas assez mauvaise pour raccrocher et rappeler.

« Je ne sais pas où est Bernard. Vous avez de ses nouvelles ?

– Qu'est-ce que vous faites à Paris ? »

Il n'était vraiment pas utile, alors qu'ils s'entendaient à peine, de lui donner des explications là-dessus. Tom parvint à savoir que ni Ed ni Jeff n'avaient les moindres nouvelles de Bernard.

« Ils essaient de trouver Derwatt... » Jurons anglais indéfinissables. « Mon Dieu, si j'ai, moi, tellement de mal à vous entendre, je ne vois pas comment une table d'écoute...

– D'accord ! fit Tom. Racontez-moi tous vos ennuis.

– La femme de Murchison va peut-être...

– Quoi ? » Bon sang, c'était à rendre fou, ce téléphone ! On ferait mieux de revenir à la plume, au papier et au paquebot ! « Je ne comprends pas un mot.

– Nous avons vendu *Le Baquet.* Ils veulent savoir où est Derwatt. Tom, si seulement... »

Coupés.

Tom, furieux, raccrocha l'appareil et le reprit, pour passer un savon à la standardiste de l'hôtel. Puis il le reposa. Ce n'était pas sa faute. Ce n'était la faute de personne... personne d'accessible.

Donc Mrs. Murchison allait débarquer, comme Tom l'avait prévu. Et son mari lui avait peut-être fait part de sa théorie sur les violets. En outre, *Le Baquet* était vendu... à qui ? Et Bernard, où était-il ? A Athènes ? Allait-il répéter le geste de Derwatt et se noyer au large d'une île grecque ? Tom s'imagina partant pour Athènes. Comment s'appelait-elle, l'île de Derwatt ? Icarie ? Et où se trouvait-elle ? Se renseigner, dès le lendemain, dans une agence de voyage.

Tom s'assit et écrivit en hâte :

*Cher Jeff,*

*Si jamais vous voyez Bernard, je suis censé être mort. Il croit m'avoir tué. Je vous expliquerai plus tard. N'en parlez à personne. C'est seulement pour le cas où vous verriez Bernard et où il vous dirait qu'il m'a tué. Faites semblant de le croire et ne bougez pas. Empêchez-le de faire des bêtises, s'il vous plaît.*

*Amitiés*

TOM

Il descendit et posta sa lettre, avec un timbre de soixante-dix centimes acheté à la réception. Jeff ne la recevrait probablement pas avant mardi. Mais ce n'était pas le genre de message qu'on pouvait envoyer par télégramme. A moins que... *Contraint de me cacher, même à dix pieds sous terre, cause Bernard.* Non, ça ne serait pas assez clair. Il réfléchissait encore quand Héloïse entra. Tom se réjouit de voir qu'elle avait apporté son petit nécessaire.

« Bonsoir, madame Stevens, dit-il en français. Pour ce soir, c'est comme ça que tu t'appelles. »

Un moment, il pensa la conduire vers la réception pour l'inscrire, puis il se dit que ce n'était pas la peine, et il la guida vers l'ascenseur. Trois paires d'yeux le suivirent. Est-ce que c'était bien sa femme ?

« Tom, tu es pâle !

– Je me suis beaucoup agité aujourd'hui.

– Et qu'est-ce que c'est que ça ?

– Chut ! »

Elle voulait parler de sa nuque. Héloïse remarquait tout. Tom pensa qu'il pourrait lui dire certaines choses, mais sans entrer dans les détails. La tombe... ce serait trop horrible. Et puis, elle prendrait Bernard pour un tueur, ce qu'il n'était pas. Il donna un pourboire au liftier, qui voulait absolument porter la minuscule valise d'Héloïse.

« Qu'est-ce que tu as à la tête ? »

Tom ôta l'écharpe à carreaux bleu et vert foncé qu'il portait autour du cou à cause du sang.

« Bernard m'a frappé. Ne t'inquiète pas, ma chérie. Enlève tes chaussures. Déshabille-toi. Mets-toi à l'aise. Tu aimerais un peu de champagne ?

– Oui. Pourquoi pas ? »

Tom en commanda par téléphone. La tête lui tournait un peu, comme s'il avait la fièvre, mais il savait que c'était seulement la fatigue et l'hémorragie. S'était-il assuré qu'il n'avait pas fichu des taches de sang dans toute la maison ? Oui, il se souvenait d'être remonté au dernier moment pour inspecter sa chambre.

« Où est Bernard ? »

Héloïse avait ôté ses chaussures et se promenait pieds nus.

« Je n'en sais rien. Peut-être à Paris.

– Vous vous êtes battus ? Il ne voulait pas partir ?

– Oh ! c'était une petite bagarre. Il est très nerveux en ce moment. Il n'y a vraiment rien eu de grave.

– Mais pourquoi es-tu venu à Paris ? Il est encore à la maison ? »

C'était une possibilité, pensa Tom. Pourtant, les affaires de Bernard avaient disparu. Il était allé voir. Et Bernard ne pouvait pas rentrer dans la maison sans casser un carreau de la porte-fenêtre.

« Non, il n'y est pas.

– Je veux voir ta tête. Viens dans la salle de bain. Il y a plus de lumière. »

On frappa à la porte. C'était le champagne, déjà. Le garçon corpulent, aux cheveux gris, fit sauter le bouchon en souriant. La bouteille crissait agréablement dans son nid de glace.

« Merci, monsieur », dit le garçon en prenant le billet que Tom lui tendait.

Ils levèrent leurs flûtes, avec un peu d'incertitude de la part d'Héloïse, et burent. Elle voulait absolument voir sa tête. Il se soumit, ôta sa chemise et se pencha au-dessus du lavabo en fermant les yeux pendant qu'elle lui lavait la nuque avec un gant de toilette. Il n'écouta pas, ou du moins essaya de ne pas entendre les exclamations qu'il avait prévues.

« Ça n'est pas profond, ou alors ça aurait continué à saigner ! » dit-il. Evidemment, le contact du gant rouvrit la plaie. « Va chercher une serviette, quelque chose », dit Tom, et il retourna dans la chambre, où il s'écroula par terre, comme une fleur. N'étant pas complètement évanoui, il regagna la salle de bain à quatre pattes. Là, c'était du carrelage.

Héloïse parlait de ruban adhésif.

Tom perdit connaissance pendant quelques secondes, ne dit rien et s'approcha en rampant de la cuvette des W.C. où il vomit. Il se passa une serviette humide sur le visage et sur le front. Deux minutes plus tard, il sirotait son champagne, debout devant le lavabo, pendant qu'Héloïse lui confectionnait un pansement avec un petit mouchoir blanc.

« Pourquoi as-tu du ruban adhésif sur toi ? demanda-t-il.

– Je m'en sers pour mes ongles. »

Comment ça ? se demanda Tom. Il lui tendit le ruban. Elle coupa.

« Le ruban adhésif rose, déclara-t-il, est un signe de discrimination raciale. Le Black Power devrait s'en apercevoir et lutter contre ça. »

Héloïse ne comprit pas. Il avait parlé en anglais.

« Je t'expliquerai demain... peut-être. »

Puis ils se couchèrent, dans cet immense lit, merveilleux, avec ses quatre oreillers épais. Héloïse fit don de son pyjama à Tom pour qu'il se le glisse sous la nuque au cas où il saignerait encore, mais l'hémorragie avait l'air de s'être arrêtée. Héloïse était nue. Elle avait une peau incroyablement lisse, comme du marbre poli, mais douce bien sûr, et même tiède. Tom ne se sentait pas en état de faire l'amour. Il était très heureux comme ça et il ne se faisait aucun souci pour le lendemain... ce qui n'était peut-être pas très sage de sa part, mais pour cette nuit, ou pour ce qu'il en restait, il pouvait se permettre de se laisser aller. Dans le noir, il entendit le sifflement des bulles de champagne et le cliquetis du verre qu'Héloïse posait sur la table de chevet après l'avoir vidé. Puis il sentit le contact de son sein contre sa joue. Héloïse, tu es la seule femme au monde qui m'ait jamais fait penser au *présent*, voulut-il dire, mais il était trop fatigué pour ça et cette remarque n'avait probablement aucune importance.

Le matin venu, il fallut donner quelques explications à Héloïse et Tom s'en tira avec subtilité. Il lui dit que Bernard Tufts était dans cet état-là à cause d'une jeune femme anglaise, qu'il risquait de se tuer et qu'il désirait le trouver avant. Il était peut-être à Athènes. Et comme la police ne voulait pas le perdre de vue, lui, Tom, il valait peut-être mieux qu'elle le crût à Paris, chez des amis par exemple. Il ajouta qu'il attendait un passeport, mais que celui-ci n'arriverait pas avant le lundi soir, au mieux.

« Je ne comprends pas pourquoi tu te fais tant de souci pour ce fou qui t'a flanqué un coup sur la tête.

— C'est ça, l'amitié, dit Tom. Ecoute, ma chérie, si tu retournais à Belle Ombre pour tenir compagnie à Mme Annette ? Ou alors... on lui téléphone et tu restes avec moi jusqu'à demain, reprit-il d'un ton plus gai. Mais on ferait mieux de changer d'hôtel... par précaution.

— Oh ! Tome... »

Héloïse feignait seulement la déception, Tom le savait. Elle adorait faire les choses en douce, s'entourer de secret sans nécessité. Les histoires qu'elle avait racontées à Tom sur les manigances dont elle usait autrefois avec ses camarades filles, ou même garçons, pour échapper à la surveillance de ses parents, valaient les inventions de Cocteau.

« On va encore changer de nom aujourd'hui. Qu'est-ce qui te plairait ? Il faut un nom américain ou anglais, à cause de moi. Tu n'es que mon épouse française, tu comprends ? »

Tom parlait en anglais.

« Hum. Gladstone ? »

Tom éclata de rire.

« Qu'est-ce que ça a de drôle ? »

Héloïse détestait l'anglais : elle le croyait chargé de mots dégoûtants, à double sens, qu'elle ne comprendrait jamais.

« C'est seulement qu'il a inventé une valise.

– Une valise ! Je ne te crois pas. Qui pourrait inventer une valise ? C'est trop *simple* ! Franchement, Tome ! »

Ils s'installèrent à l'hôtel Ambassadeur, boulevard Haussmann, dans le neuvième arrondissement. C'était un établissement respectable et distingué. Tom s'inscrivit sous le nom de William Tenyck. Sa femme s'appelait Mireille. Il téléphona chez Reeves et donna son nouveau nom, son adresse, son numéro de téléphone, PRO. 72-71, au type à l'accent allemand qui répondait souvent à la place de Reeves.

Héloïse et Tom allèrent voir un film dans l'après-midi et retournèrent à l'hôtel à dix-huit heures. Toujours rien de Reeves. Sur les conseils de Tom, Héloïse téléphona à Mme Annette. Il lui parla, lui aussi.

« Oui, dit-il, nous sommes à Paris. Je regrette de ne pas vous avoir laissé un mot. Mme Héloïse reviendra peut-être demain soir, tard, mais je n'en suis pas sûr. »

Il rendit l'appareil à sa femme.

Bernard ne s'était certainement pas manifesté à Belle Ombre, sinon Mme Annette l'aurait mentionné.

Ils se couchèrent tôt. Tom s'était vainement efforcé d'obtenir d'Héloïse qu'elle lui enlève ce stupide croisillon de ruban adhésif qui lui déparait la nuque, mais elle avait acheté une espèce d'antiseptique français, couleur lavande, dont elle versa une bonne quantité sur le pansement. Elle lui avait rincé son écharpe la veille, au Ritz, et le matin, elle était sèche. Juste avant minuit, le téléphone sonna. Reeves dit à Tom que quelqu'un lui apporterait ce dont il avait besoin le lendemain soir, lundi, vol Lufthansa 311, arrivée à Orly, minuit quinze.

« Comment s'appelle-t-il ? demanda Tom.

– C'est une femme. Gerda Schneider. Elle sait quelle tête vous avez.

– D'accord. »

Tom était assez content de la rapidité du service, d'autant que Reeves n'avait pas encore reçu les photos.

« Tu as envie de venir avec moi demain soir à Orly ? demanda-t-il à Héloïse après avoir raccroché.

– C'est moi qui vais te conduire. Je veux être sûre que tu vas bien. »

Tom lui dit que le break était à la gare de Melun. Elle pourrait peut-être aller le chercher avec André, le jardinier dont ils se servaient quelquefois.

Ils décidèrent de passer encore une nuit à l'Ambassadeur, au cas où il y aurait un pépin pour le passeport. Tom pensait prendre un avion pour la Grèce de très bonne heure, le mardi matin, mais il ne pouvait rien faire tant qu'il n'aurait pas ce document. Et puis, il lui faudrait s'habituer à la signature qui serait apposée dessus. Tout ça, se dit-il, pour sauver la vie de Bernard. Il aurait bien voulu partager ses pensées, ses sentiments avec Héloïse, mais il craignait qu'elle ne comprît pas. Est-ce qu'elle comprendrait s'il lui parlait des faux ? Oui, peut-être, intellectuellement si l'on pouvait dire. Mais elle s'écrierait : « Pourquoi fait-on peser tout ça sur tes épaules ? Est-ce que Jeff et Ed ne peuvent pas partir eux-mêmes à la recherche de leur ami, de leur poule aux œufs d'or ? » Tom ne raconta pas son histoire. Mieux valait, au fond, s'engager dans l'action tout seul, les mains libres, sans même s'encombrer des tendres pensées d'Héloïse.

Tout se passa le mieux du monde. Héloïse et Tom arrivèrent à Orly le lundi à minuit, l'avion se posa à l'heure, et Gerda Schneider – ou une femme portant ce nom – accosta Tom en haut de l'escalier, où il l'attendait.

« Tom Ripley? demanda-t-elle en souriant.

– Oui. Frau Schneider? »

Blonde, la trentaine, plutôt belle et l'air intelligent, elle n'était pas maquillée, comme si elle avait simplement passé sa figure à l'eau froide avant de s'habiller.

« Monsieur Ripley, je suis très honorée de faire votre connaissance, dit-elle en anglais. J'ai tellement entendu parler de vous. »

Ce ton poli et amusé le fit éclater de rire. Il était assez surpris que Reeves eût pour collaborateurs des gens si intéressants.

« Ma femme m'accompagne. Elle est en bas. Vous passez la nuit à Paris? »

Elle répondit que oui. Elle avait même déjà retenu une chambre au Pont-Royal, rue Montalembert. Tom la présenta à Héloïse. Il laissa les deux femmes non loin de l'endroit où il avait déposé la valise de Murchison, pendant qu'il allait chercher la voiture. Frau Schneider attendit d'être arrivée devant le Pont-Royal pour dire :

« Maintenant, je vais vous donner le paquet. »

Ils étaient encore dans la voiture. Elle ouvrit son grand sac et en sortit une enveloppe blanche assez épaisse.

Il faisait sombre. Tom prit le passeport américain, à couverture verte, et le fourra dans la poche de sa veste.

« Merci, dit-il. Je prendrai contact avec Reeves. Comment va-t-il? »

Quelques minutes plus tard, Héloïse et lui roulaient en direction de l'hôtel Ambassadeur.

« Elle est jolie, pour une Allemande », dit Héloïse.

Dans leur chambre, Tom regarda le passeport. Il était

usé, et Reeves avait passé sa photo au papier de verre pour lui donner la même apparence. *Robert Fiedler Mackay,* trente et un ans, né à Salt Lake City, Utah; profession : ingénieur; célibataire. La signature était fine, haute, il n'y avait pas d'espace entre les lettres. Cette écriture rappela à Tom un ou deux Américains qu'il avait connus, des gens très ennuyeux.

« Ma chérie, Héloïse, je suis devenu Robert, dit-il en Français. Si tu veux bien m'excuser, il faut que je m'exerce à signer comme ça. »

Héloïse le contemplait, adossée à la commode.

« Oh! mon chou, ne te fais pas de souci, dit-il en l'enlaçant. Buvons un peu de champagne! Tout va très bien! »

*

Le mardi, à quatorze heures, Tom était à Athènes. Il trouva la ville plus étincelante, plus propre que lors de sa dernière visite, qui datait de cinq ou six ans. Il s'inscrivit à l'hôtel Grande-Bretagne, fit un peu de toilette dans sa petite chambre qui donnait sur la place de la Constitution, puis alla faire un tour et s'enquit de Bernard Tufts dans divers hôtels. Impossible de croire que Bernard avait choisi le Grande-Bretagne, l'établissement le plus coûteux de la ville. Tom était à peu près sûr – à soixante pour cent – qu'il ne se trouvait *pas* à Athènes, mais dans l'île de Derwatt, ou dans une autre. Néanmoins, il aurait été stupide de ne pas s'en assurer.

Dans les hôtels, Tom raconta qu'un incident l'avait séparé de son ami, Bernard Tufts, et qu'il désirait le retrouver. Non, son nom à lui n'avait pas d'importance, mais, quand on le lui demandait, il le donnait : Robert Mackay.

« Comment peut-on se rendre aux îles ? demanda-t-il dans un hôtel un peu plus convenable que les autres, où il lui sembla que le personnel n'ignorait peut-être pas tout du tourisme. A Icarie, en particulier, ajouta-t-il en français, quoiqu'il eût trouvé dans les autres hôtels des gens qui parlaient un anglais approximatif.

– A Icarie ! » lui répondit-on avec surprise.

C'était à l'est du pays, à la pointe nord du Dodécanèse. Il n'y avait pas d'aérodrome. Des bateaux y faisaient escale, mais l'employé ignorait à quelle fréquence.

Tom s'y rendit le mercredi. Il dut louer à Mykonos un bateau avec marin. Après l'élan d'optimisme qui s'était emparé de lui, Icarie fut une terrible déception. La ville d'Armemisti (ou quelque chose comme ça) avait l'air de dormir, et Tom ne vit que des pêcheurs en train de réparer des filets, ou des indigènes assis dans de minuscules cafés. Après avoir demandé si l'on n'avait pas vu un Anglais nommé Bernard Tufts, mince, brun, etc., il téléphona dans un autre village : Agios Kyricos. Un hôtelier lui répondit et déclara qu'il le rappellerait après avoir interrogé son unique collègue. Il ne rappela pas. Tom renonça. Autant chercher une aiguille dans une botte de foin, se dit-il. Bernard avait peut-être choisi une autre île.

Tout de même, cette île-ci, parce qu'elle avait été le théâtre du suicide de Derwatt, conservait pour Tom une petite aura de mystère. Quelque part sur l'une de ces plages d'un blanc jaune, Philip Derwatt était entré dans la mer pour ne plus jamais revenir. Tom pensait qu'aucun habitant d'Icarie ne réagirait plus au nom de Derwatt. Il fit un essai auprès d'un cafetier, mais sans succès. Derwatt n'avait passé là qu'un mois à peine, se dit-il, et cela six longues années auparavant. Il se restaura avec un plat d'agneau à la tomate et au riz, puis extirpa son marin d'un autre établissement où celui-ci lui avait dit qu'il serait jusqu'à quatre heures si on avait encore besoin de lui.

Ils repartirent pour Mykonos. Tom avait sa valise. Il se sentait agité, fatigué, déçu. Il décida de regagner Athènes le soir même, tout en buvant tristement une tasse de café sucré. Il retourna donc sur le quai où il avait rencontré le marin grec et finit par le trouver chez lui, où il dînait.

« Combien pour me conduire au Pirée ce soir? » demanda-t-il.

Il avait encore quelques travellers chèques américains.

Suivit un long récital d'obligations et de difficultés diverses, mais l'argent arrangea tout. Tom dormit pendant une partie du trajet, attaché sur un banc de bois, dans la petite cabine du bateau. Il était environ cinq heures du matin quand ils arrivèrent. Antinou, le marin, semblait ivre de joie, de richesse, de fatigue ou d'ouzo. Il déclara qu'il avait des amis au Pirée et qu'ils seraient très heureux de le voir.

Le froid de l'aube était mordant. Tom fit le siège d'un chauffeur de taxi et, en lui promettant une somme considérable, parvint à se faire conduire à Athènes, place de la Constitution, devant la porte du Grande-Bretagne.

On lui donna une chambre, mais pas la même que la dernière fois. Celle-là, lui dit honnêtement le portier de nuit, n'était pas encore nettoyée. Tom écrivit le numéro de Jeff sur un bout de papier et lui demanda d'appeler Londres.

Ensuite il monta et prit un bain, sans cesser de guetter la sonnerie du téléphone. Il était huit heures moins le quart quand il l'entendit. Il avait pris le parti de se coucher et dormait à moitié.

« Ici Tom. Je suis à Athènes.

– A Athènes ?

– Vous avez des nouvelles de Bernard ?

– Non, aucune. Qu'est-ce que vous...

– Je serai à Londres ce soir. Préparez le maquillage. D'accord ? »

Le jeudi après-midi, sur un coup de tête, Tom acheta à Athènes un imperméable vert que, dans les circonstances habituelles – c'est-à-dire sous le nom de Tom Ripley – il n'aurait jamais voulu porter. Il avait un tas de revers et de courroies, ornées les unes de doubles anneaux, les autres de petites boucles, comme si la personne qui le revêtait était censée transporter des dépêches, des gourdes, des cartouches, une cantine militaire, une baïonnette, un bâton, etc. Cet imperméable était de très mauvais goût, et Tom espérait qu'il l'aiderait à pénétrer en Angleterre, pour le cas où un douanier se rappellerait l'allure de Thomas Ripley. Il changea aussi sa raie de côté quoiqu'elle ne se vît pas sur la photo, prise de face. Par bonheur, il n'y avait pas d'initiales sur sa valise. L'argent posait un problème : en effet, il ne lui restait plus que des travellers chèques au nom de Ripley, et il ne pouvait pas les tendre aux douaniers comme il l'avait fait pour le marin grec, mais il avait assez de drachmes (données par Héloïse en échange de francs) pour se rendre à Londres en avion, et là-bas Ed et Jeff pourraient l'approvisionner. Il ôta de son portefeuille ses cartes de visite et tous les papiers capables de l'identifier, qu'il fourra dans la poche arrière de son pantalon. Mais il ne s'attendait pas vraiment à une fouille.

Il passa le contrôle de la douane.

« Combien de temps comptez-vous rester ?

— Pas plus de quatre jours, je crois.

— Voyage d'affaires ?

— Oui.

— Où descendez-vous ?

— Au Londoner Hotel. Walbeck Street. »

Nouveau trajet en autocar jusqu'à Londres. Tom entra dans une cabine téléphonique et fit le numéro de Jeff. Il était 22 heures 15.

Ce fut une femme qui répondit.

« Mr. Constant est-il là ? demanda Tom. Ou Mr. Banbury ?

— Ils sont sortis tous les deux. Qui est à l'appareil ?

— Robert... Robert Mackay. » Pas de réaction : Tom n'avait pas donné son nouveau nom à Jeff. Il savait que celui-ci avait dû laisser quelqu'un, un allié, au studio pour l'attendre. « C'est Cynthia ?

— Oui », fit la voix, assez haut perchée.

Tom décida de tenter le coup.

« C'est Tom, dit-il. Jeff rentre quand ?

— Oh ! Tom. Nous vous attendions. Ils doivent rentrer dans une demi-heure à peu près. Vous pouvez venir ? »

Tom se rendit au studio de St John's Wood en taxi.

Cynthia Grannor lui ouvrit la porte.

« Bonjour, Tom. »

Tom avait presque oublié comment elle était : taille moyenne, cheveux bruns et raides qui lui tombaient sur les épaules, grands yeux gris. Elle lui parut plus maigre que dans son souvenir. Et elle approchait de la trentaine. Elle semblait un peu nerveuse.

« Vous avez vu Bernard ?

– Oui, mais je ne sais pas où il est allé. » Tom sourit. Il supposa que Jeff et Ed s'étaient docilement gardés de raconter l'attentat de Bernard contre lui. « Il est probablement à Paris.

– Asseyez-vous, Tom, je vous en prie! Je peux vous offrir un verre? »

Il lui donna le White Horse dans son filet rouge, qu'il avait acheté à l'aérodrome d'Athènes. Cynthia était très aimable, en surface du moins. Il s'en réjouit.

« Bernard est toujours sur les nerfs pendant une exposition, dit Cynthia en contemplant fixement son verre. Du moins c'est ce qu'on m'a dit. Je ne l'ai pas beaucoup vu ces derniers temps, comme vous le savez peut-être. »

Tom était résolu à ne pas lui dire ce qu'il savait par Bernard : qu'elle l'avait repoussé, qu'elle ne voulait plus le voir. Mais ce n'était pas forcément à ça qu'elle faisait allusion. Impossible de deviner.

« En tout cas, dit-il avec entrain, il affirme qu'il ne peindra plus de Derwatt. C'est une bonne chose pour lui, j'en suis sûr. »

Il détestait ça.

Cynthia lui tendit son verre.

« C'est une histoire épouvantable. *Epouvantable.* »

Elle avait raison. Son frémissement le fit comprendre avec force à Tom. Un assassinat, des mensonges, une escroquerie... Oui, c'était une histoire épouvantable.

« Malheureusement, dit-il, l'affaire a mal tourné, mais elle n'ira pas plus loin. C'est la dernière apparition de Derwatt, si on peut dire. A moins qu'Ed et Jeff aient décidé que mieux valait pour moi... ne plus jouer son rôle. Même demain. »

Cynthia ne parut accorder aucune attention à ses paroles. C'était étrange. Elle arpentait la pièce et semblait guetter le pas d'Ed et de Jeff dans l'escalier.

« Qu'est-ce qui est arrivé à ce Murchison ? Sa femme arrive demain, paraît-il.

– Je ne sais pas. Je ne peux vous être d'aucun secours », dit Tom avec un grand calme.

Il ne pouvait pas se permettre de se laisser troubler par les questions de Cynthia. Il avait du pain sur la planche. Bon dieu, sa femme qui arrivait demain !

« Murchison sait que les tableaux sont des faux. Sur quoi fonde-t-il sa thèse, exactement ?

– Son opinion, voulez-vous dire. » Tom haussa les épaules. « Oh ! il m'a parlé de l'âme du tableau, de sa personnalité. Je ne crois pas qu'il aurait convaincu un expert de Londres. Franchement, qui pourrait reconnaître maintenant où finit Derwatt et où commence Bernard ? Ils m'embêtent, ces gens qui se prennent pour des critiques d'art. Ils ont exactement le même jargon que les revues de haute volée : le concept spatial, la valeur plastique et toutes ces imbécillités. » Tom rit, tira sur ses manchettes et, cette fois, réussit. « Murchison a vu les deux tableaux que j'ai chez moi, le vrai et celui de Bernard. Naturellement j'ai essayé de le décourager, et je crois y être parvenu. J'ai l'impression qu'il ne comptait pas confirmer son rendez-vous avec... avec ce type de la Tate Gallery.

– Mais où est-il allé ? »

Tom hésita.

« Mystère. Et Bernard, où est-il ? Je n'en sais rien. Murchison avait peut-être des idées derrière la tête. Des raisons personnelles pour disparaître. Ou alors, c'est un enlèvement inexplicable à Orly. »

Tom était nerveux et cette conversation lui déplaisait beaucoup.

« Ça ne nous simplifie pas les choses. La police a l'impression que Murchison a été éliminé, ou quelque chose de ce genre, parce qu'il était au courant des faux.

– C'est ce que j'essaie de rectifier. Après quoi, je quitte la scène. L'hypothèse du faux n'a pas encore été prouvée. Hé oui, Cynthia, c'est une sale histoire, mais puisque nous sommes allés si loin, il faut la suivre jusqu'au bout... dans une certaine mesure en tout cas.

– Bernard m'a dit qu'il voulait tout avouer à la police. C'est peut-être ce qu'il est en train de faire en ce moment. »

Terrible éventualité, qui fit frémir Tom, comme Cynthia tout à l'heure. Il but son verre d'un trait. Oui, si la police anglaise débarquait tout à coup avec un sourire amusé pendant qu'il jouait Derwatt pour la seconde fois, ce serait assez catastrophique.

« Je ne crois pas que Bernard fasse ça », dit-il, mais il n'en était pas du tout certain.

Cynthia le regarda.

« Vous avez essayé de le dissuader, lui aussi ? »

Tout à coup, Tom se sentit blessé par son hostilité, une hostilité vieille de plusieurs années, il le savait. C'était *lui* qui avait mis sur pied cette horrible affaire, au départ.

« Oui, dit-il, et pour deux raisons. D'abord, pour Bernard, ce serait la fin de sa carrière, et ensuite...

– La carrière de Bernard Tufts en tant que peintre est finie, à mon avis...

– Ensuite, reprit Tom avec le plus de douceur possible, Bernard n'est malheureusement pas le seul impliqué dans cette histoire. Elle ruinerait aussi Jeff, Ed, le... enfin le type qui s'occupe des fournitures, à moins qu'il ne soit à même de prouver qu'il ignorait tout de l'escroquerie, et je doute qu'il puisse convaincre la police... L'école d'art en Italie... »

Cynthia poussa un soupir. Elle semblait incapable de parler. Elle ne désirait peut-être pas en dire davantage. Elle se remit à faire les cent pas dans le studio et tomba en contemplation devant la photographie agrandie d'un kangourou, que Jeff avait appuyée contre le mur.

« Je ne suis pas venue ici depuis deux ans, dit-elle. Ça devient de plus en plus mondain. »

Tom ne répondit pas. A son grand soulagement, il entendit dehors un bruit de pas et un bourdonnement de voix mâles.

Quelqu'un frappa.

« Cynthia ? C'est nous ! » cria Ed.

Cynthia ouvrit.

« Tom, enfin ! hurla Ed, en se précipitant pour lui serrer la main.

– Mon vieux Tom ! Salut ! » fit Jeff, aussi heureux que son collègue.

Il portait une petite valise noire qui contenait, Tom le savait, le nécessaire à maquillage.

« J'ai été obligé de retourner chercher ça chez notre ami de Soho, dit-il. Comment ça va, Tom ? Et Athènes ?

– Triste, dit Tom. Prenez un pot, mes enfants. Les colonels, vous savez. Je n'ai pas entendu de bouzoukis... Dites-moi, j'espère que la représentation n'est pas prévue pour ce soir.

– Non, je vérifie simplement si tout est bien là. Vous avez des nouvelles de Bernard ?

– Quelle question ! répliqua Tom. Non, bien sûr. »

Il eut un coup d'œil gêné en direction de Cynthia, qui était adossée, les bras croisés, à un meuble, de l'autre côté de la pièce. Savait-elle qu'il était allé en Grèce dans le but précis de chercher Bernard ? Fallait-il le lui dire ? Non.

« Et de Murchison ? » demanda Ed par-dessus son épaule.

Il était en train de se servir quelque chose à boire.

« Non, dit Tom. Il paraît que Mrs. Murchison arrive demain ?

– Peut-être, répliqua Jeff. Webster nous a téléphoné aujourd'hui pour nous dire ça. Vous savez, Webster, l'inspecteur. »

Tom ne pouvait tout simplement parler en présence de Cynthia. Aussi ne dit-il rien. Il se sentait même incapable de poser une question sans importance, par exemple : « A qui avez-vous vendu *Le Baquet* ? » Cynthia était hostile. Elle ne les trahirait peut-être pas, mais elle était contre eux.

« Au fait, Tom, dit Ed, en apportant un verre à Jeff, Cynthia avait encore le sien, vous pouvez coucher ici ce soir. J'espère que vous allez le faire.

– Avec plaisir, dit Tom.

– Et demain matin, nous pensions téléphoner à Webster vers dix heures et demie, Jeff et moi. Si nous n'arrivons pas à le joindre, nous lui laisserons un message pour lui dire que vous êtes arrivé à Londres par le train dans la matinée, et que vous nous avez appelés. Vous étiez chez des amis, près de Bury St Edmunds, et vous ne pensiez pas...

– Vous ne pensiez pas qu'on vous cherchait assez sérieusement pour qu'il vaille la peine d'entrer en contact avec la police, acheva Jeff comme s'il récitait une comptine. D'ailleurs, ils n'avaient tout de même pas lancé un mandat d'arrêt contre vous. Ils nous ont simplement demandé une ou deux fois où vous étiez et nous avons répondu que vous étiez probablement avec des amis à la campagne.

– D'accord, dit Tom.

– Je crois que je vais m'en aller, déclara Cynthia.

– Oh ! Cynthia, vous ne voulez pas boire encore un verre ?

– Non. » Ed l'aida à enfiler son manteau. « Tout ce que je voulais, c'était savoir s'il y avait des nouvelles de Bernard.

— «Merci d'avoir veillé sur la citadelle en notre absence », dit Jeff.

Métaphore malheureuse, pensa Tom. Il se leva.

« Si j'apprends quelque chose, je vous le ferai savoir tout de suite, Cynthia. Je retourne à Paris bientôt... dès demain, peut-être. »

Les deux autres l'accompagnèrent à la porte pour lui dire adieu.

« Elle aime toujours Bernard ? demanda Tom. Je ne croyais pas. Lui, il m'a dit... »

Ed et Jeff prirent une expression vaguement peinée.

« Il vous a dit quoi ?

— Qu'il lui avait téléphoné de Paris la semaine dernière et qu'elle avait refusé de le voir. C'est peut-être lui qui exagère, je n'en sais rien.

— Nous non plus », dit Ed, en repoussant ses longs cheveux blonds.

Il se servit encore un verre.

« Je croyais que Cynthia avait un ami, dit Tom.

— Oh ! c'est toujours le même, fit Ed de la cuisine, sur un ton d'ennui.

— Stephen quelque chose, renchérit Jeff. Il ne l'a pas enflammée.

— Ce n'est pas le genre de type à mettre le feu aux poudres ! dit Ed en riant.

— Elle a toujours le même job, poursuivit Jeff. Ça paie bien. Elle est le bras droit d'un gros bonnet quelconque.

— Elle est *installée,* déclara Ed, en guise de point final. Et maintenant, *où est* Bernard ? Pourquoi doit-il croire que vous êtes mort ? »

Tom donna de brèves explications. Il raconta aussi son propre enterrement et sut le faire avec drôlerie, si bien qu'Ed et Jeff l'écoutèrent captivés, avec une fascination peut-être morbide et de brusques accès d'hilarité.

« Ce n'était qu'une petite tape sur la tête », dit-il.

Il avait volé les ciseaux d'Héloïse et découpé le ruban adhésif dans les W.C. de l'avion qui le menait à Athènes.

« Permettez-moi de vous toucher, s'écria Ed, en le saisissant par l'épaule. Voilà un homme qui est sorti de sa tombe, Jeff !

– Ce n'est pas à nous que ça arrivera », dit Jeff.

Tom ôta sa veste et s'installa plus confortablement sur le divan couleur rouille.

« Vous avez deviné, je suppose, dit-il, que Murchison est mort.

– C'est ce que nous pensions, déclara Jeff avec solennité. Ça s'est passé comment ?

– C'est moi qui l'ai tué. Dans ma cave. Avec une bouteille de vin. »

Par une bizarre association d'idées, Tom se dit au même instant qu'il devrait envoyer des fleurs à Cynthia. Libre à elle de les jeter à la poubelle ou au feu si elle en avait envie. Il se reprocha de ne pas avoir été assez galant avec elle.

Jeff et Ed, assommés par sa révélation, luttaient encore pour retrouver l'usage de la parole.

« Où est le cadavre ? demanda Jeff.

– Au fond d'une rivière. Près de chez moi. Le Loing, je crois. »

Devait-il leur dire que Bernard l'avait aidé ? Non. A quoi bon ? Tom se frotta le front. Il était fatigué et il s'appuya sur un coude.

« Seigneur ! fit Ed. Et c'est ensuite que vous avez porté ses bagages à Orly ?

– Oui.

– Mais vous avez une domestique, non ?

– Si. J'ai dû faire tout ça en secret. En profitant de son absence, ou bien de très bonne heure le matin.

– Mais vous nous avez parlé de cette tombe dans les

bois... celle dont Bernard s'est servi, observa Ed.

— Oui. J'ai commencé par enterrer Murchison dans les bois, puis la police est venue enquêter, et... et j'ai pensé qu'il valait mieux le transférer ailleurs avant qu'elle aille fouiller par-là. »

Tom accompagna ses paroles d'un geste vague. Non, décidément, il préférait ne pas leur révéler que Bernard l'avait aidé. Si Bernard désirait — comment dire? — soulager sa conscience moins il aurait de complices, mieux cela vaudrait.

« Merde, fit Ed. Vous croyez que vous allez pouvoir affronter sa femme?

— Chut! dit rapidement Tom, avec un sourire nerveux. Murchison avait tout deviné. C'est dans la cave que l'idée lui est venue. Il a compris que j'avais joué le rôle de Derwatt à Londres. Donc il aurait tout fichu en l'air si je ne m'étais pas débarrassé de lui. Vous comprenez? »

Il se mit à faire les cent pas dans la pièce pour essayer de se réveiller un peu.

Ed et Jeff comprenaient, et ils étaient impressionnés. En même temps, Tom croyait entendre grincer les rouages de leur cerveau : Tom Ripley avait déjà tué. Dickie Greenleaf, non? Et peut-être aussi ce type qui s'appelait Freddie quelque chose. Ce n'était qu'un soupçon, mais il reflétait probablement la vérité. Que représentait ce meurtre pour lui, et qu'attendrait-il en échange de Derwatt Ltd? Reconnaissance? Amitié? Argent? Est-ce que tout ça revenait au même pour eux? Tom était assez idéaliste pour penser, pour espérer que non. Il prêtait à Jeff Constant et Ed Banbury une âme plus élevée. Après tout, ils avaient été les amis, et même les meilleurs amis du grand Derwatt. Mais Derwatt était-il un grand homme? Il évita de répondre à cette question. Et Bernard? Bernard était un excellent peintre, aucun doute là-dessus. Tom redressa le buste en pensant à Bernard (qui avait évité Ed et Jeff pendant des années par amitié) et dit :

« Si vous me mettiez au courant de ce qui va se passer demain ? Qui attendons-nous d'autre ? J'avoue que je suis fatigué et que j'aimerais me coucher sans trop tarder. »

Ed s'était levé, lui aussi.

« Il y a des indices qu'on peut relever contre vous, à propos de Murchison ?

– Pas à ma connaissance. » Tom éclata de rire. « Il n'y a que les faits.

– Est-ce que *L'Horloge* a réellement été volée ?

– Elle était avec la valise de Murchison – dans un emballage séparé – à Orly. Quelqu'un l'a escamotée, c'est certain. » Il sourit. « Je me demande chez qui elle est accrochée en ce moment. Et si cette personne sait sur quoi elle a mis la main. Auquel cas la toile n'est sans doute pas exposée... Alors, on commence la répétition ? On peut avoir un peu de musique ? »

Au son d'une musique douce transmise par Radio-Luxembourg, Tom se soumit à une espèce de « couturière ». La barbe était toujours en un seul morceau et fixée sur sa gaze. Ils l'essayèrent sans la coller. Bernard n'avait pas repris le vieux costume bleu foncé de Derwatt, et Tom passa la veste.

« Vous savez quelque chose sur Mrs. Murchison ? »

Ils n'en savaient à peu près rien, mais ils lui livrèrent des lambeaux d'information qui s'annulaient réciproquement : Tom crut comprendre qu'elle n'était ni agressive ni timide, ni intelligente ni stupide. Jeff lui avait parlé par téléphone à la Buckmaster Gallery, qu'elle avait appelé après avoir averti par télégramme.

« C'est un miracle qu'elle ne m'ait pas téléphoné à moi.

– Oh ! nous lui avons raconté que nous n'avions pas votre numéro. Et comme vous habitez la France, ça l'a fait réfléchir.

– Vous permettez que je téléphone chez moi ? demanda Tom, avec la voix de Derwatt. Au fait, je suis complètement fauché. »

Ed et Jeff n'auraient pas pu se montrer plus obligeants. Ils avaient une quantité d'argent liquide sous la main. Jeff demanda immédiatement Belle Ombre. Sur la requête de Tom, Ed lui fit une petite tasse de café très fort. Tom prit une douche et se mit en pyjama. Il enfila une paire de pantoufles prêtées par Jeff... Voilà qui était déjà mieux. Il devait dormir sur le divan du studio.

« J'espère que je me suis bien fait comprendre, dit Tom. Bernard veut abandonner. Derwatt va prendre sa retraite de façon permanente. Un jour, il se fera dévorer par les fourmis rouges, au Mexique, ou par le feu, et ses toiles futures disparaîtront avec lui. »

Jeff hocha la tête, se rongea un ongle, l'ôta de sa bouche et demanda :

« Qu'est-ce que vous avez dit à votre femme ?

– Rien, répondit Tom. Rien d'important, en tout cas. »

Le téléphone sonna.

Jeff fit signe à Ed de passer dans la chambre avec lui.

« Allô, chérie, c'est *moi*, dit Tom. Non, je suis à Londres... Eh bien, j'ai changé d'avis... »

Quand allait-il rentrer ?... Et Mme Annette avait encore mal aux dents.

« Donne-lui l'adresse du dentiste à Fontainebleau ! »

Etonnant que, dans les circonstances actuelles, un simple coup de fil puisse avoir des effets si réconfortants. Tom eut un élan d'affection pour le téléphone.

« Est-ce que l'inspecteur Webster est là, s'il vous plaît ? demanda Jeff. Ici Jeff Constant de la Buckmaster Gallery... Voulez-vous dire à l'inspecteur que j'ai reçu un coup de téléphone de Derwatt ce matin, et qu'il doit venir tout à l'heure à la galerie... Non, je ne suis pas sûr de l'heure. Avant midi. »

Il était dix heures moins le quart. Debout devant la grande glace, Tom examinait sa barbe et ses sourcils épaissis. Ed le passait en revue sous l'un des projecteurs les plus puissants de Jeff, qui l'aveuglait. Il avait les cheveux plus clairs que la barbe, mais plus foncés que dans la réalité, comme la dernière fois. Ed avait fait attention à la plaie de sa nuque et par bonheur elle ne saignait plus.

« Jeff, mon vieux, dit Tom avec la voix tendue de Derwatt, vous ne pourriez pas arrêter cette musique et mettre quelque chose d'autre à la place ?

– Qu'est-ce qui vous plairait ?

– *Le Songe d'une nuit d'été.* Vous avez le disque ?

– Non.

– Vous pourriez vous le procurer ? C'est exactement ce qui me conviendrait. Cette musique m'inspire et j'ai besoin d'inspiration. »

Ce matin, l'entendre en imagination ne lui suffisait pas. Jeff ne voyait pas du tout à qui le demander.

« Il n'y a pas un disquaire entre ici et St John's Wood Road ? »

Jeff se précipita dehors.

« Vous n'avez pas parlé à Mrs. Murchison, vous, je suppose, dit Tom en prenant une Gauloise pour se détendre un moment. Il faut que j'achète des cigarettes anglaises. C'est quand même un peu trop risqué, ces Gauloises.

– Prenez celles-là. Si vous n'en avez plus, les gens vous en offriront, dit rapidement Ed, en fourrant un paquet dans la poche de Tom. Non, je ne lui ai pas parlé. En tout cas, elle ne nous a pas expédié un détective américain, c'est déjà ça. »

Peut-être y en avait-il un dans l'avion avec elle, pensa Tom. Il ôta ses deux anneaux. Evidemment, il n'avait pas sur lui la bague mexicaine. Il prit un stylo à bille et s'efforça d'imiter l'audacieuse signature de Derwatt, tamponnée sur une gomme bleue que Jeff avait sur sa table. Il fit trois tentatives, puis chiffonna le papier sur lequel il avait écrit et le jeta dans la corbeille.

Jeff réapparut, haletant comme s'il avait couru.

« Mettez le disque bien fort, si vous pouvez », dit Tom.

La musique commença... assez fort. Tom sourit. C'était *sa* musique. Pensée téméraire, mais la situation exigeait de la témérité. Une bonne chaleur lui monta dans les veines, il se redressa de toute sa taille, puis se rappela que Derwatt se tenait voûté.

« Jeff, je peux vous demander encore un service ? Téléphonez à un fleuriste et faites envoyer des fleurs à Cynthia. Mettez ça sur ma facture.

– Qui parle de facture ? Des fleurs pour Cynthia, d'accord. Quel genre de fleurs ?

— Oh ! des orchidées s'il y en a. Sinon, deux douzaines de roses.

— Fleurs, fleurs, fleuristes... » Jeff cherchait dans l'annuaire. « De la part de qui ? Tom, simplement ?

— Amicalement, Tom. »

Il se tint tranquille pendant qu'Ed lui passait un rouge à lèvres rose. Derwatt avait la lèvre supérieure plus pleine que lui.

La première face du disque n'était pas encore finie quand ils s'en allèrent. Le pick-up s'arrêterait automatiquement, déclara Jeff, qui partit dans le premier taxi. Tom était assez sûr de lui pour faire le trajet, seul, mais il sentait qu'Ed ne voulait pas courir ce risque, ou qu'il n'avait pas envie de le quitter. Ils prirent un taxi ensemble et descendirent une rue avant Bond Street.

« Si quelqu'un nous adresse la parole, nous nous sommes rencontrés par hasard sur le chemin de la galerie, dit Ed.

— Détendez-vous. Ça va très bien marcher. »

Cette fois encore, Tom passa par la porte de derrière, peinte en rouge. Il n'y avait personne dans le bureau, hormis Jeff qui téléphonait. Il leur fit signe de s'asseoir.

« Vous voulez bien essayer de m'obtenir cette communication le plus rapidement possible ? » Il raccrocha. « J'appelle par courtoisie la police française, à Melun. On nous a téléphoné de là-bas, vous savez... Derwatt, et j'ai promis de les avertir si vous entriez en contact avec nous.

— Je vois, dit Tom, et je suppose que vous n'avez rien dit à la presse.

— Non. Pourquoi l'aurais-je fait ?

— C'est vrai. »

Léonard, le gracieux jeune homme qui gérait la galerie, passa la tête par l'entrebâillement de la porte.

« Bonjour ! Je peux entrer ?

— Non... on », souffla Jeff pour le taquiner.

Léonard entra et ferma la porte derrière lui. Cette seconde résurrection de Derwatt le ravissait.

« Si je ne le voyais pas de mes propres yeux, je n'y croirais pas ! Qui attendons-nous ce matin ?

— D'abord l'inspecteur Webster, de la police métropolitaine.

— Est-ce que je dois laisser entrer les gens ?

— Non, pas n'importe qui, dit Jeff. Tu frappes d'abord et j'ouvrirai la porte. Mais aujourd'hui, elle ne sera pas fermée à clef. Et maintenant, ouste ! »

Léonard s'éclipsa.

Tom était écroulé dans un fauteuil quand l'inspecteur Webster fit son entrée.

Avec un sourire de lapin satisfait, Webster lui montra ses grandes dents jaunes.

« Comment allez-vous, Mr. Derwatt ? Je n'aurais jamais cru avoir un jour le plaisir de vous voir.

— Comment allez-vous, inspecteur ? » dit Tom, sans se lever tout à fait. Rappelle-toi, pensa-t-il, que tu es un peu plus vieux, plus lourd, plus lent, plus voûté que Tom Ripley. « Je regrette de vous avoir donné tant de mal, ajouta-t-il avec aisance, comme s'il n'était pas si désolé que ça et en tout cas pas inquiet du tout. J'étais chez des amis dans le Suffolk.

— C'est ce qu'on m'a dit. »

L'inspecteur s'assit sur une chaise, à deux mètres de Tom environ. Le store vénitien de la fenêtre était baissé aux trois quarts, ce qui donnait un éclairage suffisant pour écrire une lettre, mais pas très fort quand même.

« Vos allées et venues ne nous intéressent que par rapport à celles de Thomas Murchison, dit Webster en souriant. Je suis chargé de le retrouver.

— J'ai lu quelque part... non, c'est Jeff qui m'a dit qu'il avait disparu en France.

– Oui. En même temps qu'une de vos toiles : *L'Horloge.*

– Ce n'est probablement pas le premier vol, dit Tom avec philosophie. Il paraît que sa femme doit venir à Londres ?

– Elle est même déjà là. » Webster consulta sa montre. « Son avion devait atterrir à onze heures. Après avoir voyagé toute la nuit, je suppose qu'elle aura envie de se reposer une heure ou deux. Vous serez là cet après-midi, Mr. Derwatt ? Vous pourrez y être ? »

Tom se savait tenu de répondre oui, par courtoisie. Il le fit, en ne laissant transparaître dans sa voix qu'une ombre d'hésitation.

« Vers quelle heure ? J'ai quelques courses à faire dans la journée. »

Webster, en homme occupé, se leva.

« Disons quinze heures trente. S'il y a un changement de programme, je vous le ferai savoir par la galerie. » Il se tourna vers Ed et Jeff. « Merci beaucoup de m'avoir informé du retour de Mr. Derwatt. Au revoir, messieurs.

– Au revoir, inspecteur. »

Jeff lui ouvrit la porte.

Ed regarda Tom et lui sourit avec satisfaction, les lèvres closes.

« Soyez un peu plus... animé cet après-midi. Derwatt était plus énergique. Il avait une espèce d'énergie nerveuse.

– J'ai mes raisons », dit Tom.

Il se posa le bout des doigts sur les lèvres et contempla le vide, dans l'attitude de Sherlock Holmes réfléchissant. Ce geste était peut-être inconscient de sa part : il pensait justement à une certaine histoire de Conan Doyle, qui ressemblait à la situation présente. Il espérait bien que son déguisement passerait mieux la rampe. En tout cas, il était plus étudié que la plupart de ceux dont le célèbre détective ne faisait qu'une bouchée : la bague que l'aristocrate avait oublié de retirer, par exemple.

« Qu'est-ce que c'est, vos raisons ? » demanda Jeff.

Tom sursauta.

« Je vous le dirai plus tard. Pour l'instant, je boirais bien un scotch. »

Ils déjeunèrent dans un restaurant italien Edgeware Road. Tom avait faim. L'établissement lui convenait très bien : ambiance agréable et tranquille, pasta excellente. Il prit des gnocchi avec une délicieuse sauce au fromage et, à eux trois, ils burent deux bouteilles de Verdicchio. Des célébrités du Royal Ballet occupaient une table voisine : elles reconnurent Derwatt comme Tom les reconnaissait, mais on était en Angleterre et l'échange de regards cessa très vite.

« Cet après-midi, dit Tom, j'aimerais mieux arriver à la galerie seul et par la porte de devant. »

Ils en étaient aux cigares et au cognac. Tom se sentait prêt à affronter n'importe qui, même Mrs. Murchison.

« Déposez-moi ici, demanda-t-il dans le taxi. J'ai envie de continuer à pied. » Il parlait avec la voix de Derwatt, comme il l'avait fait pendant le déjeuner. « C'est une trotte, je sais, mais au moins ça ne monte pas autant qu'à Mexico. Hum. Hum ! »

L'activité d'Oxford Street lui plaisait. Il se rappela qu'il avait oublié de demander à Ed et à Jeff s'ils avaient fabriqué des livres, des reçus pour les tableaux. Webster demanderait peut-être à les consulter. Ou Mrs. Murchison. Comment savoir ? Des passants le regardaient, peut-être parce qu'ils le reconnaissaient — mais Tom en doutait — ou simplement parce que leur regard était attiré par sa barbe et par ses yeux brillants. Si ses yeux brillaient, pensait-il, c'était à cause de ses sourcils épais que Derwatt fronçait souvent... ce qui n'était pas du tout chez lui un signe de mauvaise humeur, comme Ed l'en avait assuré.

Cet après-midi, se dit-il, ce serait le succès ou l'échec. Il fallait que ce fût le succès. Il se mit à imaginer ce qui se passerait dans le cas contraire et ses pensées s'arrêtèrent quand il en arriva à Héloïse... et à sa famille. Ce serait la fin de tout ça, la fin de Belle-Ombre. De Mme Annette et de ses bons services. Pour dire les choses par leur nom, il se retrouverait en prison, car il serait plus qu'évident qu'il avait éliminé Murchison. La prison ! O horreur !

Tom tomba sur le vieux bonhomme qui faisait de la réclame pour des photos d'identité. Il ne s'écarta pas. Peut-être était-il aveugle. Tom fit un pas de côté et se retrouva face à face avec lui.

« Vous vous souvenez de moi ? Bonjour.

– Heu. Hum, hum ! »

Cette fois encore, un mégot éteint lui pendait aux lèvres.

« Souhaitez-moi bonne chance ! »

Tom lui fourra ce qui restait de son paquet de cigarettes dans la poche de son vieux pardessus en tweed et reprit sa route en pressant le pas, sans oublier de courber le dos.

Il entra calmement dans la galerie, où toutes les toiles de Derwatt, sauf celles qui provenaient de prêts, étaient ornées d'une petite étoile rouge. Léonard lui sourit et lui adressa un signe de tête qui était presque un salut. Il y avait cinq autres personnes dans la pièce : un jeune couple (la fille était pieds nus sur la moquette beige), un vieux monsieur, deux hommes. En se dirigeant vers la porte rouge, au fond de la boutique, Tom sentit tous les regards le suivre.

Jeff lui ouvrit.

« Bonjour, Derwatt. Entrez. Voici Mrs. Murchison. Philip Derwatt. »

Tom s'inclina légèrement devant une femme, assise dans un fauteuil.

« Comment allez-vous, Mrs. Murchison ? »

Il salua aussi l'inspecteur Webster, assis sur une chaise.

Mrs. Murchison avait une cinquantaine d'années : des cheveux blond roux, très courts, coupés au rasoir, des yeux bleu vif, une bouche assez grande, un visage qui aurait pu être gai en d'autres circonstances, pensa Tom. Elle portait un tailleur en bon tweed, bien coupé, un collier de jade, un chandail vert pâle.

Jeff était passé derrière son bureau, mais sans s'asseoir.

« Vous avez vu mon mari à Londres. Ici même, dit Mrs. Murchison.

– Oui, pendant quelques minutes. Dix peut-être. »

Tom se dirigea vers la chaise qu'Ed lui offrait. Il sentait le regard de Mrs. Murchison sur ses chaussures, les chaussures aux plis cassés qui avaient réellement appartenu à Derwatt. Il s'assit prudemment, comme s'il souffrait de rhumatisme, ou pis encore. A présent, il était à deux mètres de Mrs. Murchison, qui devait tourner légèrement la tête à droite pour le regarder.

« Il comptait se rendre en France, chez un certain Mr. Ripley. Il me l'a écrit. Il n'avait pas pris un autre rendez-vous avec vous ?

– Non, dit Tom.

– Est-ce que vous connaîtriez ce Mr. Ripley? Il paraît qu'il possède des œuvres de vous.

– J'ai entendu prononcer son nom, mais je ne l'ai jamais rencontré.

– Je vais essayer de le voir. Après tout, il se peut que mon mari soit encore en France. Ce que je voudrais savoir, monsieur Derwatt, c'est s'il peut exister à votre avis une *bande* qui pourrait tourner autour de vos tableaux... c'est difficile à expliquer. Enfin des gens qui auraient pu avoir intérêt à se débarrasser de mon mari pour l'empêcher de révéler l'existence parmi vos toiles d'un faux, ou même de plusieurs. »

Tom secoua lentement la tête.

« Pas à ma connaissance.

— Mais vous avez séjourné au Mexique.

— J'ai parlé aux gens de la galerie. » Tom regarda Jeff, puis Ed qui s'appuyait au bureau. « Ils ne voient pas du tout de qui il pourrait s'agir, et quant aux faux, ils n'y croient pas. J'ai vu la toile que votre mari avait apportée, vous savez. *L'Horloge.*

— C'est celle qui a été volée.

— Il paraît, oui. Mais l'important, c'est que ce tableau est de moi.

— Mon mari comptait le montrer à Mr. Ripley. »

Webster intervint.

« Il l'a fait. Mr. Ripley m'a raconté leur conversation.

— Je sais. Je sais. Mon mari avait une théorie, dit Mrs. Murchison avec un air de fierté ou de courage. Il se trompait peut-être. Je ne suis pas aussi compétente que lui en peinture, je l'avoue. Mais supposons qu'il ait *raison.* »

Elle attendit une réponse, de n'importe qui.

Tom espéra qu'elle ne connaissait pas la théorie de son mari, ou qu'elle ne la comprenait pas.

« Sur quoi fondait-il sa théorie, Mrs. Murchison ? demanda Webster avec avidité.

— Il s'agissait des violets dans certains tableaux de Mr. Derwatt, les plus récents. Il vous en a sûrement parlé, monsieur Derwatt.

— Oui, dit Tom. Il trouvait les violets de mes premières toiles plus sombres. C'est bien possible, ajouta-t-il avec un léger sourire. Moi, je ne l'avais pas remarqué. S'ils sont plus clairs maintenant, je crois par contre qu'il y en a davantage. Voyez par exemple *Le Baquet,* qui est accroché à côté. »

Il avait mentionné là, sans y réfléchir, un tableau que Murchison considérait comme un faux, au même titre que *L'Horloge,* parce que dans les deux toiles le violet était à base de cobalt pur.

Pas de réaction.

« A propos, dit Tom à Jeff, vous étiez en train d'essayer de joindre la police française au téléphone, ce matin, pour l'avertir que j'étais revenu à Londres. Vous avez eu la communication ? »

Jeff sursauta.

« Tiens ! Non, au fait, je ne l'ai pas eue. »

Mrs. Murchison demanda :

« Est-ce que mon mari vous a parlé de quelqu'un d'autre, à part Mr. Ripley, qu'il comptait voir en France, monsieur Derwatt ? »

Tom réfléchit. Fallait-il les lancer sur les traces d'un gibier imaginaire ou répondre franchement ? Il choisit la franchise.

« Je ne me souviens de personne. D'ailleurs il ne m'a même pas parlé de Mr. Ripley.

– Puis-je vous offrir un peu de thé, madame Murchison ? s'enquit aimablement Ed.

– Oh ! non, merci.

– Quelqu'un aimerait une tasse de thé, ou une goutte de sherry ? »

Personne ne voulut, ou n'osa accepter quelque chose. Mrs. Murchison, en fait, sembla considérer cette proposition comme le signal du départ. Elle désirait téléphoner à Mr. Ripley. – dont l'inspecteur lui avait donné le numéro – et prendre rendez-vous avec lui.

Avec une aisance que Tom apprécia beaucoup, Jeff

lui dit, en indiquant le téléphone posé sur le bureau :

« Vous voulez peut-être téléphoner d'ici, madame Murchison.

– Non merci. J'appellerai de mon hôtel. »

Tom se leva.

« Où êtes-vous descendu à Londres, monsieur Derwatt ? demanda l'inspecteur Webster.

– Mr. Constant me loge dans son studio.

– Puis-je savoir comment vous êtes entré en Angleterre ? » Grand sourire. « Les douanes n'ont pas gardé trace de votre arrivée. »

Tom prit délibérément un air vague et pensif. Il avait prévu cette question.

« J'ai un passeport mexicain, maintenant. Et au Mexique je porte un autre nom.

– Vous êtes venu par avion ?

– Non, par bateau. Je n'aime pas beaucoup l'avion. »

Tom s'attendait à ce que Webster lui demandât s'il avait débarqué à Southampton ou ailleurs, mais l'inspecteur se contenta de dire :

« Merci, monsieur Derwatt. Au revoir. »

S'il procédait à des vérifications, quels en seraient les résultats ? se demanda Tom. Combien de Mexicains étaient entrés en Angleterre quinze jours plus tôt ? Pas beaucoup, probablement.

Jeff referma la porte. Il y eut quelques secondes de silence pendant que les visiteurs s'éloignaient.

« S'il vérifie cela, dit Tom, j'inventerai quelque chose d'autre.

– Quoi ? demanda Ed.

– Oh !... je me fabriquerai un passeport mexicain par exemple. Je me doutais que je devrais retourner en France en vitesse. »

Il parlait avec la voix de Derwatt, mais en chuchotant presque.

« Vous n'allez tout de même pas repartir ce soir? Sûrement pas?

– Non, puisque j'ai dit que je serais chez Jeff.

– Bon dieu, fit ce dernier avec soulagement, et il prit son mouchoir pour s'essuyer la nuque.

– C'est un triomphe, mes enfants, dit Ed avec une solennité feinte, en se passant la main sur la figure.

– Seigneur, dit brusquement Tom, qu'est-ce que je donnerais pour fêter ça! Mais c'est pratiquement impossible avec cette maudite barbe. A midi, déjà, j'ai eu un mal fou pour la protéger de la sauce au fromage. Et il faut que je la garde toute la soirée!

– Sans compter la nuit! piaula Ed, écroulé de rire.

– Messieurs... » Tom se redressa et se laissa aussitôt retomber sur sa chaise. « L'urgence de la situation m'oblige à courir le risque de téléphoner à Héloïse. Vous permettez, Jeff? J'espère que ça ne se verra pas trop sur votre note de téléphone. Mais, dans le cas contraire, tant pis, ça me paraît indispensable. »

Il prit le téléphone. Jeff fit du thé, et posa en renfort une bouteille de whisky sur le plateau.

Ce fut Mme Annette qui répondit, contrairement à ce que Tom avait espéré. Il prit une voix de femme et demanda, dans un français bien pire que le sien, si Mme Ripley était là. « Chut », dit-il à Jeff et Ed qui riaient.

« Allô, Héloïse? reprit-il en français. Je ne peux pas te parler longtemps, ma chérie. Si quelqu'un me demande au téléphone, je suis à Paris, chez des amis... Ce sera sans doute une femme qui appellera, une femme qui ne parle qu'anglais, mais je n'en suis pas sûr. Donne-lui un faux numéro à Paris... Tu n'as qu'à l'inventer... Merci chérie... Demain après-midi, je crois, mais ne le dis pas à l'Américaine... Et ne dis pas non plus à Mme Annette que je suis à Londres. »

Après avoir raccroché, Tom demanda à voir les livres que Jeff avait préparés. C'étaient deux registres, le premier un peu usé, l'autre plus neuf. Il s'absorba un moment dans la lecture des listes : d'un côté le titre des toiles, de l'autre les dates. Jeff n'avait pas été avare avec la place et les Derwatt ne prédominaient pas, puisque la Buckmaster Gallery vendait également plusieurs autres peintres. Comme Derwatt ne donnait pas toujours de titre à ses tableaux, certains étaient inscrits avec une encre différente.

« Elle me plaît bien, cette page avec la tache de thé », dit Tom.

Jeff sourit de toutes ses dents.

« C'est une idée de Ed. Elle date d'avant-hier.

– Puisqu'il est question de fêter ça, proposa Ed en faisant le geste de battre silencieusement des mains, si nous allions au cocktail de Michael ce soir ? Vingt-deux heures trente. Holland Park Road.

– On verra ça, dit Jeff.

– On n'y passerait pas plus d'un quart d'heure », dit Ed avec espoir.

*Le Baquet* figurait parmi les tableaux les plus récents. C'était exact et probablement inévitable. Les registres contenaient surtout le nom et l'adresse des acheteurs, le prix payé : les achats étaient authentiques, les dates d'arrivée devaient être falsifiées pour la plupart, mais dans l'ensemble, Tom trouva qu'Ed et Jeff avaient fait du bon travail.

« L'inspecteur a regardé ça ?

– Oh ! oui, dit Jeff.

– Et il n'a posé aucune question, n'est-ce pas, Jeff ? dit Ed.

– Non. »

*Vera Cruz... Vera Cruz... Southampton... Vera Cruz...* Si la police n'y avait vu que du feu, tant mieux.

Ils dirent adieu à Léonard – l'heure de la fermeture approchait, d'ailleurs – et regagnèrent le studio de Jeff en taxi. Tom sentait que ses deux compagnons le considéraient un peu comme une espèce de personnage magique : ça l'amusait, tout en lui déplaisant. Ils avaient l'air de le prendre pour un saint, ils semblaient le croire capable de guérir une plante morte en la touchant, de faire disparaître un mal de tête par l'imposition des mains, de marcher sur les eaux. Mais Derwatt n'avait pas le don de marcher sur les eaux, lui, ou bien, peut-être, il ne le désirait pas. Et, pour l'instant, Tom était Derwatt.

« Je voudrais téléphoner à Cynthia, dit-il.

– Elle travaille jusqu'à dix-neuf heures, répondit Jeff. C'est une drôle de boîte. »

Tom commença par appeler Air France, pour retenir une place dans l'avion de treize heures le lendemain. Il pourrait prendre son billet à l'aérogare. Il avait décidé de passer la matinée à Londres, pour le cas où des difficultés surgiraient. Derwatt ne devait plus donner l'impression de s'enfuir comme s'il avait le feu au derrière.

Tom but une tasse de thé bien sucré et s'allongea sur le divan de Jeff. Il avait ôté sa veste et sa cravate, mais pas cette barbe qui le gênait tant.

« J'aimerais bien que Cynthia renoue avec Bernard, dit-il d'un ton nostalgique, celui que Dieu Lui-même pourrait avoir dans un moment de faiblesse.

– Pourquoi ? demanda Ed.

– J'ai peur que Bernard se détruise. Je voudrais bien savoir où il est en ce moment.

– Vous voulez dire qu'il se détruise vraiment ? Qu'il se suicide ?

– Oui. Je croyais en avoir déjà parlé devant vous. Je n'ai pas voulu le dire à Cynthia. J'ai pensé que cela ne serait pas juste... que ce serait une espèce de chantage, pour l'obliger à renouer avec lui. Et je suis sûr que ça ne plairait pas à Bernard.

– Alors, à votre avis, il va se suicider ?

– Exactement. » Tom n'avait pas eu l'intention de mentionner le simulacre de suicide qui avait eu lieu chez lui, mais il se dit : pourquoi pas ? Quelquefois, on pouvait tirer profit de la vérité, aussi dangereuse qu'elle fût, s'en servir pour obtenir quelque chose de neuf, quelque chose de plus. « Il s'est pendu dans ma cave... en effigie. Enfin, il a accroché au plafond des vêtements qu'il a étiquetés « Bernard Tufts ». C'est l'ancien Bernard qu'il a tué, vous comprenez, le faussaire. Ou alors c'est le vrai Bernard. Tout ça est très embrouillé dans sa tête.

– Eh bien, il a vraiment perdu la boussole, hein ? » dit Ed en regardant Jeff.

Ils avaient tous les deux les yeux écarquillés, et l'expression de Jeff semblait calculatrice. Est-ce qu'ils se rendaient compte pour la première fois que Bernard Tufts ne leur fabriquerait plus jamais de Derwatt ?

« Ce n'est qu'une possibilité, dit Tom. Inutile de se faire du mauvais sang à l'avance. Mais, voyez-vous... »

Tom se leva. Il était sur le point de dire : *l'important, c'est que Bernard croie m'avoir tué.* Puis il se demanda : est-ce vraiment important ? Et si oui, pourquoi ? Il se rendit compte qu'il s'était félicité de l'absence des journalistes parce que si Bernard avait lu, le lendemain, dans un journal : « Derwatt est revenu », il aurait su que Tom s'était arrangé pour sortir de sa tombe et qu'il vivait. Mais, au fond, cela n'aurait peut-être pas été mauvais pour lui ; il serait sans doute moins enclin à se suicider s'il savait ne pas avoir tué Tom Ripley. Ou alors, son esprit était-il plongé dans une confusion si grande que ça ne compterait plus pour lui ? Comment le savoir ?

Après dix-neuf heures, Tom composa le numéro de Cynthia, à Bayswater.

« Cynthia... Avant mon départ, je voulais vous demander la permission de... de dire quelque chose à Bernard si je le retrouve.

– Quoi ? » fit Cynthia d'un ton sec.

Tom la sentait sur la défensive, toute repliée sur elle-même, beaucoup plus que Bernard encore.

« Que vous acceptez de le revoir à Londres. Ce serait merveilleux, vous comprenez, si je pouvais lui dire quelque chose de positif comme ça. Il est très déprimé.

– Mais cela ne servirait à rien que je le revoie », dit Cynthia.

Sa voix évoqua, dans l'esprit de Tom, des châteaux forts, des églises, des pierres gris et beige, imprenables. La bourgeoisie. Le bien et le mal.

« Vous ne voulez plus jamais le revoir, en aucune circonstance ?

– Non. Ça sera beaucoup plus facile si je ne prolonge pas cette histoire. Plus facile pour Bernard aussi. »

C'était définitif. Digne. Mesquin également, très mesquin. Tom comprenait enfin la situation. Cette fille avait été larguée, congédiée, abandonnée trois ans plus tôt. La rupture venait de Bernard. A lui de faire les premiers pas.

« D'accord, Cynthia. »

Apprendre que Bernard allait se suicider à cause d'elle, est-ce que ça ferait du bien à son orgueil ? se demanda Tom.

Jeff et Ed, qui bavardaient dans la pièce voisine n'avaient pas entendu la conversation, mais ils demandèrent à Tom ce que Cynthia avait dit.

« Elle ne veut plus revoir Bernard. »

Ils ne parurent saisir ni l'un ni l'autre les conséquences de cette décision.

« Evidemment, dit Tom en guise de point final, moi non plus, je ne reverrai peut-être jamais Bernard. »

Ils allèrent au cocktail de Michael. Michael qui ? Quand ils arrivèrent, aux alentours de minuit, la moitié des invités étaient déjà ivres et Tom ne vit personne d'important, du moins d'important pour lui. Il s'assit dans un fauteuil profond, tout près d'une lampe d'ailleurs, prit un whisky très allongé et bavarda avec des gens qui semblaient fort intimidés par lui, qui lui témoignaient en tout cas beaucoup de respect. Jeff gardait un œil sur lui à travers la pièce.

Les murs étaient roses et pleins de galons dorés. Les fauteuils faisaient penser à des meringues blanches. Les filles portaient des jupes si courtes que le regard de Tom – peu habitué à cet accoutrement – était invinciblement attiré par le dédale coloré des coutures qui apparaissaient en haut des collants et s'en détournait avec horreur. Affreux, se dit-il. Complètement dingue. Mais ne les voyait-il pas avec les yeux de Derwatt ? Pouvait-on imaginer une chair accessible sous ces collants qui ne révélaient que des coutures renforcées et quelquefois un bout de culotte opaque ? Quand les filles se penchaient pour allumer une cigarette on voyait leurs seins. Quelle moitié de leur corps était-on censé regarder ? En relevant la tête, Tom fut surpris de rencontrer deux yeux cerclés de brun. Une bouche incolore lui demanda :

« Derwatt, vous pouvez me dire où vous habitez, au Mexique ? Je ne m'attends pas à une réponse précise, bien sûr, mais un à-peu-près suffira. »

Tom la regarda avec un étonnement méditatif, à travers ses lunettes qui ne déformaient rien, comme s'il consacrait une partie de son immense intelligence à la question qu'elle venait de lui poser, mais en réalité il s'ennuyait à mort. Combien il préférait les jupes d'Héloïse, qui lui arrivaient juste au-dessus des genoux, son visage si peu maquillé, ses cils qui ne ressemblaient pas à une poignée d'épieux braqués contre lui.

« Ah ! dit-il en faisant semlant de réfléchir. C'est au sud de Durango.

– Durango ? Où est-ce ?

– Au nord de Mexico. Non, je ne peux pas vous dire le nom de mon village, évidemment. C'est un nom aztèque imprononçable. Ah ! ah !

– Nous cherchons quelque chose qui ne soit pas envahi par les touristes. Nous, c'est-à-dire mon mari, Zach, et nos deux enfants.

– Essayez Puerto Vallerte, dit Tom, et il fut secouru par un signe d'Ed Banbury. Excusez-moi », dit-il en s'arrachant à la meringue blanche.

Ed pensait qu'il était temps de s'esquiver. Tom aussi. Jeff circulait dans la pièce avec aisance, en bavardant, un sourire très naturel aux lèvres. Parfait, se dit Tom. Des gens, jeunes et vieux, le regardaient, lui, sans l'aborder, peut-être parce qu'ils n'osaient pas, peut-être parce qu'ils n'en avaient pas envie.

« On s'en va ? » dit-il quand Jeff les rejoignit.

Tom insista pour aller à la recherche de son hôte, qu'il n'avait même pas aperçu depuis une heure qu'il était là. Michael portait un énorme chandail noir avec une cagoule qui lui pendait dans le dos. Il n'était pas très grand et avait des cheveux noirs coupés en brosse.

« Derwatt, vous avez été le bijou de mon escarcelle ce soir. Je ne peux pas vous dire à quel point vous m'avez fait plaisir en venant ni combien je suis reconnaissant à ces deux zèbres de... »

Le reste se perdit dans le bruit.

Après une quantité de poignées de main la porte se referma enfin derrière eux.

« Ouf, dit Jeff par-dessus son épaule, quand ils furent en sécurité au bas de l'escalier. La seule raison pour laquelle nous sommes allés à ce cocktail, ajouta-t-il en baissant la voix, c'est qu'il n'y avait personne d'important.

– C'étaient tout de même des gens, dit Ed. Autre succès ! »

Tom le laissa dire. Personne, en effet, ne lui avait arraché sa barbe.

Ils prirent un taxi et déposèrent Ed quelque part.

Le lendemain matin, Tom prit son petit déjeuner au lit. Jeff pensait que ça le consolerait un peu de devoir garder sa barbe pour manger. Ensuite, Jeff sortit. Il devait aller chercher quelque chose chez un marchand de fournitures pour photographes. Il serait rentré, déclara-t-il, pour dix heures et demie, mais il ne pourrait évidemment pas accompagner Tom à l'aérogare de West Kensington. A onze heures, il n'était toujours pas là. Tom passa dans la salle de bain et entreprit de décoller avec soin la gaze qui supportait sa barbe.

Le téléphone sonna.

Le premier mouvement de Tom fut de ne pas répondre. Mais est-ce que ça n'aurait pas l'air bizarre ? Suspect, même ?

Il se prépara à affronter Webster et répondit, avec la voix de Derwatt :

« Oui ? Allô ?

– C'est Mr. Constant ? Ou Derwatt ? Ah ! très bien. Ici, l'inspecteur Webster. Quels sont vos projets, Mr. Derwatt ? » demanda-t-il avec son amabilité habituelle.

Tom n'avait pas de projets, du moins pour l'inspecteur Webster.

« Oh ! je compte partir dans la semaine. Reprendre le harnais. Retrouver ma tranquillité, ajouta-t-il avec un petit rire.

– Vous pourriez me passer un coup de fil avant votre départ, si ça ne vous ennuie pas trop ? »

Webster lui donna son numéro et Tom l'inscrivit.

Jeff rentra. Tom tenait déjà presque sa valise à la main, tant il était pressé de partir. Les adieux furent brefs, et même hâtifs de la part de Tom, et pourtant ils savaient, ils savaient tous les deux, que leur sort était lié.

« Au revoir. A bientôt.

– Au revoir. »

Merde pour Webster.

Tom retrouva bientôt le cocon de l'avion, le sourire artificiel des hôtesses, les ceintures, les imbéciles formulaires jaune et blanc à remplir, les coudoiements désagréables. Il regretta de ne pas voyager en première classe.

Serait-il obligé de préciser à quelqu'un où il était descendu, à Paris, en tant que Tom Ripley ? Au moins la nuit dernière, par exemple ? Il avait un ami qui accepterait sûrement de donner sa parole, mais il ne désirait guère mêler une personne de plus à cette affaire. Il y en avait déjà trop.

L'avion décolla, à la verticale. Quel ennui, se dit Tom, de foncer ainsi, à plusieurs centaines de kilomètres à l'heure, sans rien entendre, en infligeant un bruit d'enfer aux malheureux dont on survolait les maisons. Seul le train l'excitait. Les express en provenance de Paris, qui défilaient à toute allure sur leurs rails parfaitement lisses devant le quai de Melun... ils allaient tellement vite qu'on ne pouvait même pas déchiffrer les noms français et italiens inscrits sur les wagons. Un jour, Tom avait eu envie de traverser une voie en bravant l'interdiction. La gare était tranquille et déserte. Il avait décidé de ne pas prendre ce risque et, quinze secondes plus tard, deux express étincelants de chrome s'étaient croisés à la vitesse de la foudre. Tom s'était imaginé pris en sandwich entre les deux, réduit, avec sa valise, à l'état de lambeaux non identifiables projetés dans toutes les directions sur plusieurs mètres. Cette image lui revint à l'esprit, dans l'avion, et il tressaillit. Encore une chance, se dit-il, que Mrs. Murchison ne soit pas là. Il l'avait cherchée des yeux en montant à bord.

L'AVION amorçait sa descente au-dessus de la France. Les arbres ressemblaient à de petits nœuds marron et vert foncé brodés sur une tapisserie, ou aux boutons des brandebourgs qui ornaient la robe de chambre de Tom. Pour l'instant, il portait son affreux imperméable neuf. A Orly, le préposé au contrôle jeta un coup d'œil rapide à la photo agrafée sur le passeport de Robert Mackay, puis à Tom, mais ne tamponna rien. Il ne l'avait pas fait non plus au moment du départ d'Orly. Seule la douane de Londres jouait du tampon, selon toute apparence. Tom prit la file des « rien à déclarer », puis sauta dans un taxi qui le ramena chez lui.

Il arriva à Belle Ombre juste avant quinze heures. Pendant le trajet, il avait remis sa raie du bon côté, et il portait son imperméable sur le bras.

Héloïse était là. Le chauffage central fonctionnait bien. Les meubles et les parquets luisaient de cire. Mme Annette porta sa valise en haut. Héloïse et Tom s'embrassèrent.

« Qu'est-ce que tu as fabriqué en Grèce? demanda-t-elle avec une certaine anxiété. Et à Londres ensuite?

– J'ai fouiné un peu partout, répondit-il en souriant.

– Et tu as trouvé ce fou? Comment va ta tête? »

Elle le fit pivoter en le saisissant par les épaules. Tom ne souffrait pratiquement plus de sa blessure. Il se réjouit de constater que Bernard n'était pas venu effrayer Héloïse.

« Est-ce que l'Américaine a téléphoné ?

— Ah ! oui. Mrs. Murchison. Elle parle un peu le français, mais avec un accent terrible. Elle a appelé de Londres ce matin. Elle arrive à Orly cet après-midi à quinze heures et elle veut te voir. Enfin, qui sont tous ces gens ? »

Tom regarda sa montre. L'avion de Mrs. Murchison allait atterrir dans une douzaine de minutes.

« Tu veux une tasse de thé, mon chéri ? » Héloïse le conduisit vers le divan jaune. « Alors, ce Bernard, tu l'as vu quelque part ?

— Non. Attends une seconde. Je voudrais me laver les mains. »

Il alla se passer de l'eau sur le visage et sur les mains dans les W.C. du rez-de-chaussée. Il espérait que Mrs. Murchison ne manifesterait pas le désir de venir à Belle Ombre, qu'elle se contenterait de le voir à Paris. Pourtant, l'idée d'y repartir dans la journée lui était fort désagréable.

Quand il entra dans le salon, Mme Annette descendait l'escalier.

« Alors, cette fameuse dent ? Elle va mieux, j'espère.

— Oui, monsieur Tome. Je suis allée chez le dentiste de Fontainebleau ce matin et il m'a enlevé le nerf. Il l'a *vraiment* enlevé. Je dois y retourner demain.

— Ah ! si nous pouvions tous nous faire enlever nos nerfs ! Tous nos nerfs ! Vous ne souffrirez plus maintenant, c'est sûr ! »

Tom se rendait à peine compte de ce qu'il disait. Aurait-il dû téléphoner à Webster ? Il avait jugé préférable de *ne pas* l'appeler avant son départ, car sinon il aurait eu l'air de vouloir à toute force obéir aux ordres de la police. Un innocent ne l'aurait pas fait, s'était-il dit.

Il prit le thé avec Héloïse.

« Noëlle voudrait savoir si nous pourrons aller chez elle mardi soir. C'est son anniversaire. »

Noëlle Hassler, la meilleure amie d'Héloïse, qui habitait Paris, donnait des soirées délicieuses. Mais Tom envisageait d'aller à Salzbourg, et même d'y partir tout de suite, parce qu'il pensait que Bernard avait peut-être choisi cette ville. Salzbourg, la ville de Mozart, autre artiste qui était mort jeune.

« Vas-y, toi, ma chérie. Moi, je ne suis pas sûr de pouvoir.

– Pourquoi ?

– Parce que... parce que je serai peut-être obligé d'aller à Salzbourg.

– En *Autriche* ! Pas pour te remettre à la recherche de ce fou ! Bientôt ce sera la Chine ! »

Tom eut un coup d'œil nerveux en direction du téléphone. Mrs. Murchison allait appeler. Mais quand ?

« A l'Américaine, tu lui as donné un numéro à Paris où elle pouvait me joindre ?

– Oui, dit Héloïse. Un numéro inventé. »

Elle parlait toujours en français et elle commençait à manifester des signes d'agacement.

Tom se demanda ce qu'il pouvait lui révéler sans risque.

« Et tu lui as dit que je rentrais quand ?

– Je lui ai dit que je ne savais pas. »

Le téléphone sonna. C'était Mrs. Murchison. Elle appelait d'Orly. Tom se leva.

« Le plus important, dit-il très vite, en anglais parce que Mme Annette entrait, c'est que je ne suis pas allé à Londres. Oui, ma chérie, c'est très important. Je ne suis allé qu'à Paris. Ne parle pas de Londres si nous voyons Mrs. Murchison.

– Elle va venir *ici ?*

– J'espère que non. »

Tom décrocha.

« Allô... oui... Comment allez-vous, madame Murchison ? » Elle voulait venir le voir. « Je serais enchanté, bien sûr, mais est-ce qu'il ne serait pas plus commode pour vous que j'aille à Paris ? Oui, c'est *assez* loin, plus loin que d'Orly à Paris... (Pas de veine. Il aurait pu lui donner de fausses directives, mais il ne voulait pas provoquer des ennuis supplémentaires à cette pauvre femme.) Alors le plus facile, c'est de prendre un taxi.

Tom lui indiqua l'itinéraire. Puis il s'efforça d'expliquer la situation à Héloïse. Mrs. Murchison arriverait dans une heure. Elle voulait lui parler au sujet de son mari. Comme Mme Annette avait quitté la pièce, Tom put s'exprimer en français. D'ailleurs la gouvernante aurait pu écouter, c'était sans importance. Un instant, avant le coup de téléphone de Mrs. Murchison, il avait pensé révéler à Héloïse les raisons de son voyage à Londres, lui dire qu'il avait joué par deux fois le rôle du peintre Derwatt, qui était mort. Mais le moment ne semblait pas bien choisi pour lui faire toutes ses révélations. Si la visite de Mrs. Murchison se passait sans problème, il ne pouvait pas demander grand-chose de plus à Héloïse.

« Mais qu'est-ce qui est arrivé à son mari ? demanda celle-ci.

– Je n'en sais rien, ma chérie. Elle est venue en France et naturellement elle désire parler à... » Tom ne voulait pas dire : à la dernière personne qui ait vu son mari. « Elle désire voir la maison, parce que son mari y est venu. C'est en partant d'ici que je l'ai conduit à Orly. »

Héloïse se leva avec un mouvement d'impatience.

Mais elle n'était pas assez sotte pour faire une scène. Elle n'allait pas se montrer rebelle, déraisonnable. Ça viendrait peut-être plus tard.

« Je sais ce que tu vas dire. Tu n'as pas envie qu'elle passe la soirée ici. Entendu. Nous ne l'inviterons pas à dîner. Nous dirons que nous sommes retenus ailleurs. Mais il faut que je lui offre une tasse de thé, un apéritif, ou les deux. A mon avis, elle ne passera guère plus d'une heure chez nous. Je tiens à la traiter poliment. Et correctement. »

Héloïse se soumit.

Tom monta dans sa chambre. Mme Annette avait vidé sa valise et rangé ses affaires, mais il y avait des choses qui n'étaient pas tout à fait à leur place habituelle et il les remit dans l'état où elles se trouvaient quand il passait plusieurs semaines d'affilée à Belle Ombre. Il prit une douche, enfila un pantalon gris, une chemise, un chandail et emporta une veste de tweed pour le cas où Mrs. Murchison voudrait faire un tour dehors.

Mrs. Murchison arriva.

Tom sortit pour l'accueillir et s'assurer que le chauffeur de taxi ne lui faisait pas de difficultés. Elle avait de la monnaie française et elle donna un pourboire excessif, mais il n'intervint pas.

« Ma femme, Héloïse, dit-il. Mrs. Murchison... qui arrive d'Amérique.

– Comment allez-vous ?

– Comment allez-vous ? » répondit Héloïse.

Mrs. Murchison accepta une tasse de thé.

« J'espère que vous m'excuserez de m'être invitée si brusquement, dit-elle, mais il s'agit d'une affaire importante et je voulais vous voir dès que possible. »

Ils étaient tous installés : Mrs. Murchison sur le divan jaune, Héloïse et Tom sur des chaises à dossier droit.

Héloïse réussissait merveilleusement à donner l'impression de ne pas s'intéresser beaucoup à la situation et de n'être là que par politesse. Mais Tom la savait captivée.

« Mon mari...

— Il m'a dit de l'appeler par son prénom, coupa Tom avec un sourire, tout en se levant. Il a regardé ces tableaux. *L'homme assis,* à ma droite, et *Les Chaises rouges,* derrière vous. Celui-là est plus ancien. »

Tom fonçait dans le brouillard. Au diable les convenances, l'éthique, la charité, la vérité, la loi et même le destin... il voulait dire : l'avenir. Ou il emportait le morceau, ou il ratait son coup. Si Mrs. Murchison désirait faire le tour de la maison, il n'en exclurait même pas la cave. Il s'attendait à ce qu'elle lui demande ce que son mari avait pensé des tableaux.

« Vous avez acheté ces toiles à la Buckmaster Gallery ?

— Oui, toutes les deux, dit-il, avec un coup d'œil en direction d'Héloïse qui, contrairement à son habitude, fumait une Gitane maïs. Ma femme comprend l'anglais, ajouta-t-il.

— Vous étiez là pendant le séjour de mon mari ?

— Non, répondit Héloïse. J'étais en Grèce. Je ne l'ai pas rencontré. »

Mrs. Murchison se leva pour aller regarder les tableaux et Tom alluma deux lampes supplémentaires pour lui permettre de mieux voir.

« C'est *L'Homme assis* que je préfère, dit-il. Voilà pourquoi je l'ai accroché au-dessus de la cheminée. »

Mrs. Murchison parut l'apprécier, elle aussi.

Tom pensait qu'elle allait dire quelque chose à propos de la thèse que défendait son mari. Elle n'en fit rien et ne parla ni de violet ni de lavande, mais posa les mêmes questions que l'inspecteur Webster. Elle voulait savoir si son mari se sentait bien quand il était parti, s'il avait rendez-vous avec quelqu'un.

« Il avait l'air en excellente forme, répondit Tom, et il ne m'a parlé d'aucun rendez-vous, comme je l'ai déclaré à l'inspecteur Webster. Ce qui est étrange, c'est que son tableau ait été volé. Il l'avait emporté à Orly, très bien emballé.

– Oui, je sais. » Mrs. Murchison fumait une de ses Chesterfield. « Le tableau a disparu. Mais mon mari aussi. Et son passeport. »

Elle sourit. Elle avait un visage plaisant, affable, bien en chair, ce qui, pour l'instant, la préservait des rides. Tom lui servit une autre tasse de thé. Elle observait Héloïse. Est-ce qu'elle la mesurait du regard ? Est-ce qu'elle se demandait ce qu'Héloïse pensait de tout ça, ce qu'elle savait, s'il y avait quelque chose à savoir, ou bien dans quel camp elle se rangerait si son mari était coupable de quelque chose ?

« L'inspecteur Webster m'a dit que vous étiez un ami de Dickie Greenleaf, ce garçon qui a été tué en Italie.

– C'est vrai, dit Tom, mais personne ne l'a tué. Il s'est suicidé à Venise. Je l'ai connu pendant cinq mois, peut-être six.

– S'il ne s'agissait pas d'un suicide – et l'inspecteur Webster a l'air d'en douter – qui aurait pu le tuer ? Et pourquoi ? Vous avez des idées sur ce sujet ? »

Tom, qui était debout, se campa solidement sur ses jambes et but une gorgée de thé.

« Non. Aucune. Dickie s'est suicidé. Il n'arrivait pas à trouver sa voie, en tant que peintre, et il n'imaginait pas non plus son avenir dans l'affaire de son père, qui est constructeur de bateaux. Dickie avait un tas d'amis, mais ce n'étaient pas des gens sinistres. » Tom marqua une pause. « Il n'avait aucune raison d'avoir des ennemis, ajouta-t-il dans le silence.

– Mon mari non plus... sauf si quelqu'un fabrique des faux Derwatt.

– Ça, il me serait difficile de le savoir... à moi qui habite ici.

– Il y a peut-être une bande. » Elle regarda Héloïse. « J'espère que vous comprenez ce que nous disons, madame Ripley.

– Mrs. Murchison se demande s'il n'y aurait pas une bande de gens malhonnêtes qui auraient monté une escroquerie autour des œuvres de Derwatt, dit Tom en français.

– Je comprends », fit Héloïse.

Elle avait ses doutes sur l'histoire de Dickie, Tom le savait. Mais il était sûr de pouvoir compter sur elle. Curieusement, elle avait un petit côté escroc, elle aussi. En tout cas, elle ne donnerait jamais l'impression de douter de sa parole devant un étranger.

« Vous aimeriez visiter la maison ? demanda Tom à Mrs. Murchison. Ou le jardin, avant qu'il ne fasse noir ? »

Mrs. Murchison accepta.

Tom l'accompagna en haut. Elle portait une robe grise en lainage fin. Elle était solidement bâtie – elle faisait de l'équitation, peut-être, ou du golf – mais personne ne l'aurait trouvée grosse. On ne disait jamais de ces robustes sportives qu'elles étaient grosses, et pourtant quel autre adjectif leur appliquer ? Héloïse avait préféré rester en bas. Tom montra la chambre d'amis. Il ouvrit la porte toute grande et alluma la lumière. Puis, avec une aimable désinvolture, il la promena dans les autres pièces et la conduisit même devant la chambre d'Héloïse, dont il entrebâilla la porte, sans appuyer sur l'interrupteur, toutefois, parce qu'elle n'avait pas l'air très intéressée.

« Merci », dit-elle en redescendant.

Tom se sentait navré pour elle. Il regrettait d'avoir tué son mari. Mais il ne pouvait pas se permettre de s'adresser ce reproche en ce moment : ou alors il deviendrait exactement comme Bernard, qui voulait tout avouer, au risque de mettre plusieurs autres personnes dans le bain.

« Vous avez vu Derwatt à Londres ?

– Oui, je l'ai vu, dit Mrs. Murchison en s'asseyant sur l'extrême bord du divan.

– Comment est-il ? J'ai failli le rencontrer le jour du vernissage.

– Oh ! il a une barbe. Il est aimable, mais pas très bavard », conclut-elle. Visiblement, Derwatt ne l'intéressait guère. « Il m'a dit qu'à son avis personne ne falsifiait son œuvre, et qu'il l'avait affirmé à Tommy.

– Oui, il me semble que votre mari me l'a raconté. Et vous le croyez ?

– J'ai l'impression qu'il est sincère. Que peut-on dire d'autre ? »

Elle s'appuya au dossier du divan.

Tom s'avança.

« Encore un peu de thé ? Un verre de whisky ?

– Oui, merci, j'aimerais bien un whisky. »

Tom alla chercher de la glace dans la cuisine. Héloïse vint l'aider.

« Qu'est-ce qu'elle a raconté à propos de Dickie ?

– Rien du tout. Je te le répéterais si elle avait dit quelque chose. Elle sait que j'étais un de ses amis. Tu veux un peu de vin blanc ?

– Oui. »

Ils portèrent la glace et les verres dans le salon. Mrs. Murchison voulait demander un taxi par téléphone pour se rendre à Melun. Elle s'excusa de le mentionner si tôt, mais elle ne savait pas combien de temps ça prendrait.

« Je peux vous conduire à Melun en voiture, dit Tom, si vous désirez prendre un train pour Paris.

– Non, j'ai rendez-vous avec le commissaire de police. Je l'ai appelé d'Orly.

– Alors je vous accompagne. Vous parlez convenablement français ? Moi, ce n'est pas extraordinaire, mais...

– Oh ! je crois que je m'en tirerai, dit-elle avec un sourire. Merci beaucoup. »

Elle préférait voir le commissaire sans lui, supposa Tom.

« Il y avait quelqu'un d'autre dans la maison pendant le séjour de mon mari ? demanda Mrs. Murchison.

– Seulement notre gouvernante, Mme Annette. Où est-elle Héloïse ? »

Elle était peut-être dans sa chambre, peut-être dehors en train de faire les courses. Tom alla frapper chez elle. Mme Annette cousait. Il lui demanda si elle pouvait venir parler un moment avec Mme Murchison.

Mme Annette avait l'air captivée en entrant dans le salon : elle allait rencontrer l'épouse du disparu.

« La dernière fois que je l'ai vu, dit-elle, il déjeunait et ensuite il est parti avec monsieur Tome. »

Elle ne se rappelait visiblement plus, se dit Tom, qu'en réalité elle n'avait pas vu Murchison quitter la maison.

« Vous voulez quelque chose, monsieur Tome ? »

Mais ils ne voulaient rien et Mrs. Murchison n'avait apparemment plus de questions à lui poser. Mme Annette quitta la pièce à regret.

« A votre avis, qu'est-ce qui est arrivé à mon mari ? demanda Mrs. Murchison, en regardant d'abord Héloïse, puis Tom.

– Si je devais hasarder une hypothèse, répondit Tom, je dirais que quelqu'un savait qu'il transportait une toile de valeur. Pas un tableau inestimable, bien sûr, mais quand même un Derwatt. J'ai eu l'impression qu'il en avait parlé à plusieurs personnes à Londres. Peut-être qu'en essayant de la lui enlever on sera allé trop loin et qu'on l'aura tué. Ensuite, on aura caché son corps quelque part. Ou alors... il est toujours en vie et quelqu'un le retient prisonnier.

– Mais ce serait aussi valable si mon mari ne s'était pas trompé en pensant que *L'Horloge* était un faux. Comme vous venez de le dire, ce tableau n'a pas une très grande valeur, peut-être parce qu'il est de petite dimension. On veut peut-être l'empêcher de crier à tous les échos qu'il y a des faux parmi les œuvres attribuées à Derwatt.

– Mais je ne crois pas que le tableau de votre mari était un faux. Et il en doutait lui-même quand il est parti. Comme je l'ai déclaré à Webster, je ne pense pas que... Tommy aurait pris la peine de montrer *L'Horloge* à cet expert anglais. Je ne me rappelle pas le lui avoir demandé, mais j'ai eu l'impression qu'il avait changé d'avis après avoir vu mes deux toiles. Je me trompe peut-être. »

Silence. Mrs. Murchison se demandait sans doute que lui dire d'autre. Ce qui devait lui paraître le plus important, c'étaient les gens de la Buckmaster Gallery, et comment aurait-elle pu l'interroger sur eux ?

Le taxi arriva.

« Merci, Mr. Ripley, dit Mrs. Murchison. Et Madame... Je vous reverrai peut-être si...

– Oui », dit Tom.

Il l'accompagna jusqu'au taxi.

De retour dans le salon, il se dirigea lentement vers le divan et s'y laissa tomber. La police de Melun n'aurait rien de neuf à révéler à Mrs. Murchison, ou alors elle l'aurait déjà averti, lui. D'après Héloïse, elle n'avait pas téléphoné en son absence. Si elle découvrait le cadavre de Murchison dans le Loing...

« Chéri, dit Héloïse, tu es tellement nerveux! Bois quelque chose.

– Volontiers », répondit Tom en se servant un verre.

Les journaux anglais qu'il avait lus dans l'avion ne parlaient pas de la réapparition de Derwatt à Londres. Apparemment, ils n'y attachaient pas grande importance. Tom s'en réjouit; il ne désirait pas que Bernard, où qu'il se trouvât actuellement, apprît qu'il avait réussi à sortir de sa tombe. Les raisons en étaient confuses dans son esprit, mais elles avaient quelque chose à voir avec l'idée qu'il se faisait du destin de Bernard.

« Tu sais, Tome, les Berthelin voudraient que nous allions prendre l'apéritif chez eux à sept heures. Ça te ferait du bien. Je leur ai dit que tu serais peut-être rentré ce soir. »

Les Berthelin n'habitaient qu'à sept kilomètres.

« Je peux... » commença Tom.

Le téléphone l'interrompit. Il fit signe à Héloïse de répondre.

« Je dis que tu es là ? »

Il sourit, heureux de la sentir préoccupée de sa santé.

« Oui. C'est peut-être Noëlle qui veut te demander conseil sur ce qu'elle doit mettre mardi.

– Oui. Yes. Bonjour. » Elle sourit à Tom. « Un instant. » Elle lui tendit le téléphone. « C'est un Anglais qui essaie de parler français.

– Allô, Tom ? C'est Jeff. Tout va bien ?

– Mais oui. »

Jeff ne semblait pas aller très bien, lui. Son bégaiement l'avait repris, il parlait tout bas et très vite. Tom dut lui demander d'élever la voix.

« Webster est revenu nous poser des questions sur

Derwatt. Il voulait savoir où il était, s'il avait quitté l'Angleterre.

– Qu'est-ce que vous lui avez répondu ?

– Que nous n'en savions rien.

– Vous pourriez dire à Webster que... qu'il semblait déprimé et qu'il a probablement eu envie d'être seul.

– J'ai l'impression que Webster va retourner vous voir. Il compte rejoindre Mrs. Murchison en France. C'est pour ça que je vous appelle. »

Tom soupira.

« Quand vient-il ?

– Aujourd'hui, peut-être. Je ne sais pas ce qu'il mijote... »

En raccrochant, Tom était troublé, mais aussi mécontent, irrité. Affronter Webster encore une fois ? Il préférait quitter la maison.

« Qu'est-ce qu'il y a, chéri ?

– Je ne peux pas aller chez les Berthelin. » Tom éclata de rire : les Berthelin étaient le cadet de ses soucis. « Il faut que je parte pour Paris tout à l'heure et pour Salzbourg demain. Peut-être même dès aujourd'hui pour Salzbourg. Il se peut que l'inspecteur Webster téléphone ce soir. Dis-lui que je suis à Paris pour affaires, que j'avais rendez-vous avec mon comptable, n'importe quoi. Tu ne sais pas où je couche. A l'hôtel sûrement, mais tu ignores lequel.

– Que cherches-tu à fuir, Tome ? »

Tom sursauta. Que fuyait-il ? Où fuyait-il ? Pourquoi ? A cause de Bernard ?

« Je ne sais pas. » Il commençait à transpirer. Il avait envie de reprendre une douche, mais il craignait de ne pas en avoir le temps. « Dis aussi à Mme Annette que j'ai dû partir pour Paris en coup de vent. »

Il monta et sortit sa valise du placard. Il faudrait

porter de nouveau l'ignoble imperméable, changer sa raie de côté, redevenir Robert Mackay. Héloïse vint l'aider.

« Ce que j'aimerais une douche! » dit-il.

Aussitôt, il entendit Héloïse ouvrir les robinets dans la salle de bain. Il se déshabilla en un tour de main et courut sous la douche, qui était juste à la bonne température.

« Est-ce que je peux venir avec toi? »

Avec quel plaisir il l'aurait laissé faire!

« Ma chérie, c'est cette histoire de passeport. Mme Ripley ne peut pas traverser la frontière allemande ou autrichienne avec Robert Mackay. Mackay, cet immonde cochon! »

Il sortit de sous la douche.

« C'est à cause de Murchison que l'inspecteur anglais va venir? Tome, est-ce que tu l'as tué? »

Elle savait la vérité, pour Dickie, Tom s'en rendait bien compte. Elle ne le lui avait jamais dit, mais elle savait. Autant tout lui avouer, pensa-t-il, parce qu'elle pourrait peut-être l'aider, et d'ailleurs la situation était si désespérée que s'il ratait son coup, s'il faisait un faux pas, tout lui claquerait entre les mains, son mariage y compris. Il se demanda un moment s'il lui serait vraiment impossible d'aller à Salzbourg sous le nom de Tom Ripley. En emmenant Héloïse. Mais, aussi attiré qu'il fût par cette idée, il ne savait pas ce que les événements le contraindraient de faire, à Salzbourg, ni où la piste risquait de le conduire à partir de là. En tout cas, il ferait bien de prendre les deux passeports, celui de Mackay et le sien.

« Tu l'as tué, Tome? Ici?

– J'ai été obligé de le tuer pour sauver plusieurs autres personnes.

– Les gens de la galerie? Pourquoi? » Elle se mit à

parler en français. « Qu'est-ce qu'ils ont de si important ?

– Eh bien, Derwatt est mort, depuis plusieurs années, dit Tom. Murchison allait le crier sur les toits.

– Il est mort !

– Oui. C'est moi qui ai joué son rôle à Londres, deux fois de suite. » « Joué son rôle », en français, cela rendait un son si gai, si innocent ! « Maintenant ils le cherchent. Ils ne mettent pas encore tout le paquet, mais enfin l'histoire n'est pas terminée.

– Ce n'est pas aussi toi qui imitais ses tableaux ? »

Tom pouffa.

« Tu me fais trop d'honneur, Héloïse. Non, le faussaire, c'est Bernard, le fou. Il ne veut plus continuer. Oh ! c'est très compliqué à expliquer.

– Et pourquoi faut-il que tu partes à sa recherche ? Je t'en prie, Tome, reste à l'écart de tout ça... »

Tom n'écouta pas le reste de son discours. Il savait maintenant pourquoi il devait retrouver Bernard. Il venait d'avoir une vision. Il prit sa valise.

« Mon ange, tu peux me conduire à Melun ? En évitant le commissariat de police, s'il te plaît ? »

Mme Annette était en bas, dans sa cuisine. Tom lui dit hâtivement au revoir, depuis le seuil, en détournant la tête pour qu'elle ne remarque pas le changement qu'il avait apporté à sa coiffure. Il avait sur le bras l'imperméable toujours aussi affreux, mais qui lui porterait quand même bonheur.

Tom promit à Héloïse de garder le contact avec elle, tout en précisant qu'il signerait ses télégrammes d'un nom différent. Ils s'embrassèrent dans l'Alfa-Roméo, puis il quitta le refuge de ses bras pour monter dans le train de Paris, en première classe.

À Paris, Tom découvrit qu'il n'y avait pas d'avion direct pour Salzbourg. Il fallait changer à Francfort. Ce vol-là, le seul de la journée, était prévu pour quatorze heures trente. Il alla coucher dans un hôtel, non loin de la gare de Lyon. Juste avant minuit, il risqua un coup de téléphone à Héloïse. Il souffrait beaucoup de l'imaginer seule à la maison, ignorant où il était, et peut-être face à Webster. Elle lui avait dit qu'elle n'irait pas chez les Berthelin.

« Allô, ma chérie. Si Webster est là, dis que c'est une erreur et raccroche.

– Vous vous êtes trompé de numéro, monsieur, c'est une erreur », dit Héloïse, et elle raccrocha.

Tom sentit le cœur lui manquer. Ses genoux fléchirent et il s'assit sur son lit. Il se reprocha de l'avoir appelée. Il était toujours préférable de travailler en solitaire. Webster allait sûrement comprendre, ou tout au moins se douter que le coup de téléphone venait de lui.

Quelle épreuve traversait Héloïse en ce moment? Devait-il se féliciter de lui avoir dit la vérité ou non?

DANS la matinée, Tom acheta son billet d'avion, et à quatorze heures trente, il était à Orly. S'il ne trouvait pas Bernard à Salzbourg, où aller ensuite ? A Rome ? Il espérait ne pas y être obligé. Il serait bien difficile de retrouver quelqu'un à Rome. A l'aéroport, Tom garda la tête baissée et ne regarda ni à droite ni à gauche, car Webster avait pu faire venir quelqu'un de Londres pour le chercher. Tout dépendait de la physionomie que l'affaire avait prise, et cela, il l'ignorait. Pourquoi cette seconde visite de Webster ? L'inspecteur le soupçonnait-il d'avoir joué le rôle de Derwatt ? Si oui, le fait d'être entré et ressorti d'Angleterre, la deuxième fois, avec un autre passeport, jouerait légèrement en sa faveur : au moins, Tom Ripley n'était pas à Londres pendant la dernière apparition de Derwatt.

Il y eut une heure d'attente à l'aérogare de Francfort, puis Tom monta dans un quadrimoteur autrichien qui portait un nom charmant : *Johann-Strauss.* A Salzbourg, il se sentait déjà plus en sécurité. Il prit le car pour la Mirabelplatz et, comme il voulait coucher au Goldener Hirsch, il jugea préférable de téléphoner d'abord, parce que c'était le meilleur hôtel de la ville et qu'il risquait d'être plein. On avait une chambre avec bain à lui offrir. Il la retint au nom de Thomas Ripley. Puis il décida d'aller à l'hôtel à pied, car ce n'était pas loin. Il avait déjà fait deux séjours à Salzbourg, dont l'un avec Héloïse. Sur les trottoirs déambulaient quelques hommes en Lederhosen et chapeaux tyroliens, qui arboraient même, pour compléter leur costume, des couteaux de chasse glissés sous l'élastique de leurs chaussettes. De vieux hôtels assez vastes, dont Tom gardait un vague souvenir, déployaient leurs menus, affichés sur de grands écriteaux appuyés à la porte : repas complet avec Wienerschnitzel pour vingt-cinq ou trente schillings.

Puis il y eut le Salzach et le pont principal – le Stadtsbrüke – suivi de deux autres ponts plus petits. Tom emprunta le premier. Il cherchait partout la silhouette efflanquée et probablement voûtée de Bernard. L'eau grise coulait rapidement et entourait d'écume les gros rochers qui jonchaient les rives verdoyantes. Le soir tombait, il serait bientôt dix-huit heures. Les réverbères commencèrent à s'allumer, irrégulièrement, dans la partie plus ancienne de la ville, dont il s'approchait : les lumières éclataient tout à coup, comme des constellations, sur la grande colline du Feste Hohensalzburg et du côté du Mönschberg. Tom entra dans une rue étroite et courte, qui donnait dans la Getreidegasse.

Par la fenêtre de sa chambre, située à l'arrière de l'hôtel, Tom avait vue sur la Siegmundsplatz. Il voyait à sa droite, devant le puits sculpté, la fontaine dite du « bain des chevaux », adossée à une petite falaise rocheuse. Il se souvenait que, le matin, des marchands des quatre-saisons venaient y vendre des fruits et des légumes. Il prit quelques minutes pour respirer, pour ouvrir sa valise, et pour se promener en chaussettes sur le parquet immaculé de pin verni. Le vert autrichien prédominait dans l'ameublement, les murs étaient blancs, les doubles fenêtres se dissimulaient dans de profondes embrasures. Ah! l'Autriche. S'il descendait prendre un Doppelespresso au café Tomaselli, qui n'était qu'à quelques pas? Ça ne serait pas une mauvaise idée, car il s'agissait d'un grand établissement et il avait des chances d'y rencontrer Bernard.

Finalement, Tom but un sliwovitz au Tomaselli, parce que ce n'était pas l'heure du café. Pas de Bernard. Il y avait des journaux en plusieurs langues, sur des présentoirs pivotants. Tom parcourut le *Times* et le *Herald Tribune,* édition de Paris, sans rien trouver sur Bernard (il ne s'y attendait d'ailleurs pas), ni sur Thomas Murchison, ni sur la visite de sa femme en Angleterre ou en France. Tant mieux.

Il sortit, retraversa le Stadtsbrücke et remonta la Linzergasse, la grande rue qui en partait. Il était plus de vingt et une heures. Tom se dit que si Bernard était là, il serait sans doute dans un hôtel à prix modique, qui pouvait aussi bien être de ce côté-ci du Salzach que de l'autre. Et il devait être arrivé depuis deux ou trois jours. Comment savoir? Tom contempla les vitrines, où étaient exposés des couteaux de chasse, des mortiers pour pilonner l'ail, des rasoirs électriques, des habits tyroliens : chemisiers blancs et jupes à volants. Il essaya les petites rues, dont certaines n'étaient que d'étroites ruelles, plongées dans l'ombre, avec des portes fermées des deux côtés. Vers vingt-deux heures, la faim le prit et il entra dans un restaurant, en haut et à droite de la Linzergasse. Après quoi, il retourna par un itinéraire différent au café Tomaselli, où il avait l'intention de passer une heure. Il y avait dans la même rue que son hôtel, la Getreidegasse, la maison où Mozart était né. Si Bernard traînait à Salzbourg, il fréquentait peut-être ce quartier.

Au Tomaselli, Tom n'eut pas plus de chance que quelques heures plus tôt. La clientèle semblait à présent composée de Salzbourgeois, des familles qui mangaient d'énormes gâteaux arrosés de café à la crème ou de Himbeersaft rose. Tom s'impatientait, les journaux l'ennuyaient, il s'énervait de ne pas voir entrer Bernard. Sa fatigue l'irritait. Il regagna son hôtel.

Le lendemain, à neuf heures trente, il était de nouveau dans les rues, sur la « rive droite » du Salzach, la partie la plus moderne de la ville. Il la parcourut en zigzag, l'œil aux aguets, avec quelques arrêts pour regarder les vitrines. Puis il repartit en direction de la rivière, avec l'intention de visiter le musée Mozart. Il prit la Dreifaltigkeitsgasse, puis la Linzergasse, et, au moment où il approchait du Stadtsbrücke, il vit Bernard qui descendait du pont de l'autre côté de la rue.

Bernard marchait tête basse et il faillit se faire renverser par une voiture. Tom, qui voulait le suivre, fut longuement retenu par un feu, mais ça n'avait pas d'importance, car il le voyait très bien. Son imperméable était encore plus sale qu'auparavant; la ceinture, échappée à l'un des passants, effleurait presque le sol. Bernard avait l'air d'un clochard. Tom changea de trottoir et se mit à marcher à une dizaine de mètres en arrière, prêt à bondir si Bernard tournait à un coin de rue, parce qu'il ne voulait pas qu'il disparaisse dans une de ces ruelles qui comptaient peut-être plusieurs hôtels.

« Vous êtes occupé ce matin ? » demanda en anglais une voix de femme.

Surpris, Tom leva la tête et se trouva face à face avec une putain blonde, debout dans l'encadrement d'une porte. Il pressa le pas. Bon Dieu, est-ce que cet imperméable vert lui donnait une allure si misérable, ou si désemparée ? A dix heures du matin !

Bernard marchait toujours dans la Linzergasse. Puis

il traversa la rue et, quelques maisons plus loin, poussa une porte sur laquelle était écrit : *Zimmer und Pension.* L'immeuble était assez sordide. Tom s'immobilisa sur le trottoir d'en face. La place s'appelait Der Blaue quelque chose. La plaque était usée. Mais il savait au moins où Bernard habitait. Et son intuition ne l'avait pas trompé ! Bernard était à Salzbourg ! Tom se décerna des félicitations. Mais peut-être Bernard cherchait-il simplement une chambre ?

Non, il habitait bien place Blaue quelque chose, car il ne réapparut pas au cours des minutes qui suivirent, et tout à l'heure il ne portait pas son sac à dos. Tom attendit : attente pénible, parce qu'il n'y avait pas de café à proximité, d'où il aurait pu surveiller la porte. En outre, il devait se cacher, pour le cas où Bernard jetterait un coup d'œil par la fenêtre. Mais les gens comme Bernard se faisaient toujours attribuer les plus mauvaises chambres, celles qui donnaient sur la cour. Tom se cacha quand même, et il dut attendre presque jusqu'à onze heures.

Enfin Bernard sortit. Il s'était rasé. Il tourna à droite, comme s'il se dirigeait vers un lieu bien déterminé.

Tom le suivit discrètement, en allumant une Gauloise. Ils franchirent de nouveau le pont principal. Puis ils empruntèrent la rue que Tom avait prise la veille et ils débouchèrent dans la Getreidegasse. L'espace d'un instant, Tom aperçut le profil aigu et assez beau de Bernard, sa bouche ferme, sa joue creuse au teint olivâtre. Ses chaussures de marche avaient rendu l'âme. Il poussa la porte du musée Mozart. Entrée : douze schillings. Tom remonta le col de son imperméable et lui emboîta le pas.

On payait son ticket dans une pièce, en haut du premier escalier. Il y avait là des vitrines pleines de manuscrits et de programmes d'opéras. Tom regarda dans la grande salle et, ne voyant pas Bernard, supposa qu'il était monté au deuxième étage, ancien appartement de la famille Mozart, si ses souvenirs étaient exacts. Il gravit le second escalier.

Bernard était penché sur le clavecin de Mozart, au clavier protégé par une vitre pour le cas où quelqu'un aurait eu envie d'appuyer sur une touche. Tom se demanda combien de fois il l'avait regardé.

Comme le musée n'abritait que cinq ou six personnes, du moins à cet étage, la prudence s'imposait. Tom alla même jusqu'à se cacher derrière le montant d'une porte pour éviter d'être vu par Bernard si celui-ci regardait de son côté. Il se rendait compte qu'il désirait l'observer d'abord, pour essayer de voir dans quel état d'esprit il se trouvait. Ou alors – Tom s'efforçait d'être honnête avec lui-même – ce qui le poussait à agir ainsi, c'était simplement la curiosité, l'amusement de suivre une personne qu'il connaissait un peu, et qui traversait une crise, sans qu'elle s'en aperçût. Bernard se dirigea à pas lents dans une autre pièce.

Quelques instants plus tard, Tom gravit derrière lui le dernier escalier. Encore des vitrines. (Dans la salle du clavecin, il y avait un écriteau, dans un coin, qui marquait l'ancien emplacement du berceau de Mozart, mais le berceau ne s'y trouvait pas. Ils auraient pu prévoir au moins une copie.) L'escalier s'ornait d'une mince rampe en fer. Certaines fenêtres d'angle étaient disposées en oblique, et Tom, toujours impressionné par Mozart, se demanda ce que la famille du musicien voyait autrefois, quand elle regardait dehors. Sûrement pas la corniche de cet autre bâtiment, situé à moins de deux mètres. Les maquettes miniatures de scènes – *Idoménée* ad infinitum, *Cosi fan tutte* – étaient sans intérêt et d'une confection assez maladroite, mais Bernard les contemplait, captivé.

Brusquement, il tourna la tête dans la direction de Tom... et celui-ci se figea dans l'encadrement d'une porte. Leurs regards se rencontrèrent. Puis Tom fit un pas en arrière et à droite, ce qui le conduisit derrière un montant et dans une autre pièce, qui donnait sur la rue. Il retrouva son souffle. Il venait de vivre un drôle de moment, à cause de l'expression de Bernard...

Tom n'osa pas rester plus longtemps sur place pour y réfléchir et se dirigea immédiatement vers l'escalier. Il se sentait mal à l'aise et il ne reprit son sang-froid qu'en plein air, dans l'activité de la Getreidegasse. Il emprunta la petite rue qui menait à la rivière. Bernard allait-il essayer de le suivre? Il rentra la tête dans les épaules et accéléra le pas.

Sur ses traits, la terreur avait succédé à l'incrédulité, comme s'il voyait un fantôme.

Et Tom comprit que, pour lui, c'était exactement ce que Bernard ressentait. Il croyait avoir vu un fantôme, celui de Tom Ripley, l'homme qu'il avait tué.

Il tourna brusquement les talons et repartit vers la Mozarthaus parce qu'il lui était venu à l'idée que Bernard déciderait peut-être de quitter la ville et il ne voulait pas qu'il le fît à son insu. Devait-il le héler à présent, s'il l'apercevait sur un trottoir? Il attendit quelques minutes, en face du musée, et, comme Bernard n'apparaissait pas, il prit la direction de sa pension. Alors qu'il en approchait, il le vit qui marchait, d'un pas rapide, dans la Linzergasse. Bernard entra dans son hôtel-pension. Tom l'attendit pendant près d'une demi-heure, puis il décida que cette fois il ne sortirait plus avant un moment. Ou alors, il était prêt à courir le risque de le laisser partir, il ne savait pas. Il avait grande envie d'un café. Il alla en prendre un au bar d'un hôtel. Et il décida qu'en en ressortant il irait droit à la pension de Bernard, qu'il demanderait à la réception d'avertir Herr Tufts que Tom Ripley était en bas et qu'il désirait lui parler.

Mais il ne put franchir le seuil de l'immeuble sordide. Il leva un pied et, pris de vertige, le reposa sur le trottoir. C'est l'indécision, se dit-il, rien d'autre. Pourtant, il regagna son hôtel, de l'autre côté de la rivière. Il entra dans le confortable vestibule du Goldener Hirsch, où le portier en uniforme gris et vert lui tendit aussitôt sa clef. L'ascenseur automatique le conduisit au troisième étage. Dans sa chambre il ôta l'affreux imperméable et en vida les poches : cigarettes, allumettes, pièces françaises et autrichiennes. Il sépara les pièces françaises des autres et les glissa dans une poche extérieure de sa valise. Puis il se déshabilla et s'écroula sur son lit. Il ne s'était pas rendu compte de sa fatigue.

Quand il se réveilla, il était quatorze heures passées et le soleil brillait. Tom alla faire une promenade. Il ne chercha pas Bernard et vagabonda comme un touriste ordinaire, enfin pas tout à fait, parce qu'il n'avait pas d'objectif. Que fabriquait Bernard ici ? Combien de temps allait-il rester ? Tom se sentait bien réveillé, à présent, mais il ne savait pas ce qu'il devait faire. Aborder Bernard et essayer de lui dire que Cynthia voulait le voir ? Fallait-il lui parler et tenter de le persuader... mais de quoi ?

Entre seize et dix-sept heures, Tom eut un accès de dépression. Il avait pris un café et un Steinhager quelque part. Il était très loin, en amont de la rivière, plus haut que Hohensalzburg, mais toujours sur le quai, dans le vieux quartier de la ville. Il pensait à la façon dont Jeff, Ed et maintenant Bernard avaient changé depuis le début de l'affaire Derwatt. Et Cynthia aussi avait souffert : à cause de Derwatt Ltd, le cours de sa vie avait changé, ce qui était plus important maintenant aux yeux de Tom que la vie des trois hommes. Sans cette histoire, Cynthia serait probablement mariée avec Bernard, ils auraient peut-être un ou deux enfants. Tom ne savait pas pourquoi mais les conséquences lui paraissaient plus graves pour elle que pour lui. Seuls Jeff et Ed étaient roses et prospères, semblaient avoir tiré profit de l'aventure. Bernard à trente-trois ou trente-quatre ans avait l'air épuisé.

Tom avait eu l'intention de dîner au restaurant de son hôtel, qui passait pour l'un des meilleurs établissements de Salzbourg, mais en ce moment il ne se sentait pas d'humeur à savourer un dîner fin dans un joli décor, et il remonta un peu au hasard la Getreidegasse, passa devant la Bürgerspital Platz (comme il l'apprit grâce à la plaque), traversa la G'stättentor, l'une des vieilles portes de la ville, adossée à la masse sombre du Mönschberg, si étroite que deux voitures ne pouvaient pas y passer de front. De l'autre côté, la rue était presque aussi étroite et assez sombre. Tom pensait qu'il devait y avoir un petit restaurant quelque part. Il en trouva deux, qui affichaient un menu presque identique : potage du jour, Wienerschnitzel avec pommes de terre, salade, dessert, pour vingt-six schillings. Il entra dans le second, le café Eigler ou quelque chose comme ça, qui arborait une petite enseigne en forme de lanterne.

Deux serveuses noires en uniforme rouge étaient assises à une table avec des clients. De la musique sortait d'un juke-box et l'éclairage était tamisé. S'agissait-il d'un bordel, d'une maison de rendez-vous ou simplement d'un restaurant bon marché? Tom n'avait fait qu'un pas à l'intérieur lorsqu'il vit Bernard penché, tout seul, sur son assiette de soupe. Il hésita.

Bernard leva les yeux vers lui.

Tom était redevenu tout à fait lui-même, avec sa veste de tweed et son écharpe autour du cou pour se protéger des courants d'air : cette écharpe qu'Héloïse lui avait lavée dans un hôtel parisien. Il allait s'approcher, tendre la main, sourire, quand Bernard se leva à moitié, avec une expression épouvantée.

Le regard des deux serveuses noires alla de Bernard à Tom. L'une d'elles se leva, avec une lenteur apparemment très africaine, dans l'intention évidente de s'avancer vers Bernard, de lui demander s'il se sentait bien, car il avait l'air d'avoir avalé quelque chose qui allait le tuer.

Bernard fit, très vite, un geste négatif... dirigé contre la serveuse ou contre Tom, impossible de le dire.

Tom tourna les talons, poussa la porte, puis les contrevents, et sortit sur le trottoir. En franchissant la G'stättentor, vers le quartier mieux éclairé, il allait les mains dans les poches et la tête basse, un peu comme Bernard. Il se demandait s'il avait fait une erreur. Est-ce qu'il aurait dû avancer... tout simplement ? Mais il avait eu l'impression que Bernard se mettrait à hurler.

Il passa devant son hôtel et tourna à droite au coin de rue suivant. Le Tomaselli était à quelques mètres. Si Bernard le suivait – car il quitterait sûrement le restaurant – et s'il le rejoignait, tant mieux. Mais il savait que ça ne se passerait pas comme ça. Bernard croyait vraiment avoir des visions. Il s'assit au milieu de la salle, à une table bien en vue, commanda un sandwich, une carafe de vin blanc, et lut un ou deux journaux.

Bernard ne vint pas.

L'encadrement en bois de la porte était entouré d'une tringle arrondie qui supportait un rideau vert et, chaque fois que ce rideau bougeait, Tom levait les yeux, mais ce n'était jamais Bernard qui entrait.

Si Bernard mettait les pieds dans cette salle et s'approchait de lui, ce serait pour s'assurer qu'il était bien réel. Attitude logique. (Mais hélas ! Bernard n'obéissait probablement plus aux règles de la logique.) Tom lui dirait : « Asseyez-vous et buvez un verre de vin avec moi. Vous voyez bien que je ne suis pas un fantôme. J'ai parlé à Cynthia. Elle aimerait vous revoir. » *Il fallait tirer Bernard de là.*

Mais Tom doutait d'en être capable.

Le lendemain, Tom prit une autre décision : il parlerait à Bernard, de gré ou de force, même s'il devait se battre avec lui pour ça. Il tenterait de l'inciter à regagner Londres. Bernard devait bien avoir des amis là-bas, en plus d'Ed et de Jeff qu'il refuserait probablement de voir. Est-ce que sa mère vivait encore ? Tom n'en était pas sûr, mais il sentait qu'il devait faire quelque chose parce que Bernard l'apitoyait avec son air malheureux. Chaque fois qu'il l'apercevait, il éprouvait une étrange douleur, comme s'il voyait un homme en proie aux affres de l'agonie, mais toujours debout sur ses jambes.

A onze heures, Tom se rendit donc au Blaue quelque chose et demanda en allemand à une femme brune, d'une cinquantaine d'années, assise au bureau de la réception :

« Excusez-moi, y a-t-il chez vous un certain Bernard Tufts, *ein Englischer* ? »

Elle écarquilla les yeux.

« Oui, mais il vient de régler sa note. Il y a une heure environ.

– Il a dit où il allait ? »

Bernard n'avait rien dit. Tom la remercia et il sentit

son regard le suivre jusqu'à la rue : elle le contemplait comme si elle le trouvait aussi bizarre que Bernard, pour la simple raison qu'il connaissait ce dernier.

Tom alla en taxi à la gare. L'aéroport de Salzbourg était petit : le trafic aérien ne devait pas être intense. Et le train était moins cher que l'avion. Bernard resta introuvable. Tom regarda sur les quais et au buffet de la gare. Puis il retourna à pied vers la rivière, en cherchant des yeux un homme en imperméable beige froissé, un sac sur le dos. Vers quatorze heures, il se rendit à l'aéroport en taxi, au cas où Bernard prendrait l'avion de Francfort. Là non plus il ne le trouva pas.

Ce fut peu après quinze heures qu'il le vit. Bernard était sur un pont, au-dessus de la rivière, l'un des plus petits, ceux qui n'admettaient les voitures que sur une file. Il regardait l'eau, accoudé au parapet. Son sac était posé à ses pieds. Tom n'avait pas encore commencé à franchir le pont. Il avait aperçu Bernard d'assez loin. Se préparait-il à sauter? Le vent agitait ses cheveux sur son front. Tom eut la certitude qu'il allait se tuer. Peut-être pas à l'instant même. Peut-être irait-il se promener et reviendrait-il dans une heure ou deux. En tout cas, il se tuerait ce soir. Deux femmes passèrent à côté de Bernard et lui jetèrent un coup d'œil curieux. Après leur départ, Tom s'avança vers lui, d'un pas qui n'était ni lent ni rapide. En contrebas, l'eau bouillonnait autour des rochers qui jonchaient les rives. Tom ne se souvenait pas d'avoir jamais vu un bateau sur le Salzach. La rivière n'était peut-être pas assez profonde. Il était à quatre mètres de Bernard et il se préparait à prononcer son nom, quand l'autre tourna la tête à gauche et le vit.

Il se redressa brusquement, et Tom eut le sentiment que son regard fixe ne changeait pas d'expression en le voyant. Pourtant il ramassa son sac.

« Bernard ! » cria Tom.

Mais à ce moment même une moto qui traînait une remorque passa à côté d'eux en faisant beaucoup de bruit, et Tom craignit de ne pas avoir été entendu.

« *Bernard !* »

Bernard s'enfuit.

« *Bernard !* »

Tom se cogna contre une femme qui marchait dans la direction opposée, et il l'aurait jetée par terre si elle n'avait pas heurté le parapet.

« Oh ! je suis désolé », dit-il.

Il répéta sa phrase en allemand et l'aida à ramasser un paquet qu'il avait fait tomber. Elle lui répondit quelque chose, où il était question d'un « joueur de football ».

Il se mit à courir. Bernard était toujours en vue. Tom fronça les sourcils, à la fois gêné et furieux. Brusquement il détesta Bernard. Un mouvement de haine lui raidit tous les muscles, puis il passa. Bernard marchait d'un pas vif, sans regarder derrière lui. Son allure même avait quelque chose de démentiel : il avançait à grandes enjambées nerveuses, mais régulières, et Tom avait l'impression qu'il pourrait marcher ainsi jusqu'à ce qu'il s'écroule. Il s'étonnait de constater que, pour lui, Bernard était une espèce de fantôme, comme il l'était lui-même, selon toute apparence, pour Bernard.

Celui-ci se mit à zigzaguer au hasard dans la ville, mais sans s'écarter de la rivière. Ils marchèrent pendant une demi-heure. A présent, la ville proprement dite était derrière eux. Ils longeaient des rues presque désertes où ils rencontraient de temps en temps une boutique de fleuriste, des bois, des jardins, une villa, une petite *Konditorei* dont la terrasse vide donnait sur la rivière. Enfin, Bernard poussa la porte de l'une d'entre elles.

Tom ralentit le pas. Il n'était ni fatigué ni hors d'haleine après cette marche rapide. Il se sentait dans un état bizarre. Seule l'agréable fraîcheur du vent sur son front lui rappelait qu'il appartenait encore au monde des vivants.

La petite salle carrée du café avait des murs de verre, et Tom vit Bernard assis à une table, devant un verre de vin rouge. Il n'y avait personne d'autre, hormis une serveuse assez vieille et maigre, en uniforme noir avec un tablier blanc. Tom sourit, soulagé, et sans prendre le temps de réfléchir ou de se poser des questions, il entra. Bernard le regarda, comme étonné, intrigué (il fronçait les sourcils), mais sans épouvante.

Tom sourit et hocha la tête. Il ne savait pas pourquoi il faisait ce geste. Pour saluer Bernard ? Pour affirmer quelque chose ? Il imagina qu'il prenait une chaise, qu'il s'asseyait devant Bernard et qu'il lui disait : « Je ne suis pas un fantôme. Il n'y avait pas beaucoup de terre audessus de moi et j'ai réussi à m'en sortir. C'est drôle, non ? Je reviens de Londres. J'ai vu Cynthia et elle m'a dit... » Puis il lèverait son verre, il donnerait une petite claque sur la manche de Bernard et celui-ci saurait qu'il était bien réel. Mais les choses ne se passaient pas comme ça. L'expression de Bernard changea : elle devint soupçonneuse et, pensa Tom tout au moins, hostile. Un élan de colère le saisit de nouveau. Il se redressa, ouvrit la porte derrière son dos et se glissa dehors, d'un mouvement preste et gracieux, bien qu'il marchât à reculons. C'était un peu du cinéma, il s'en rendait bien compte.

La serveuse en uniforme noir n'avait pas levé les yeux vers lui. Sans doute, ne l'avait-elle pas vu. Au moment où il était entré elle faisait quelque chose derrière le comptoir, à droite de Tom.

Il traversa la route, en s'éloignant à la fois du café où

était Bernard et de Salzbourg, ce qui le conduisit sur le quai de la rivière. Il y avait une cabine téléphonique toute en verre près du tournant et il se réfugia derrière elle. Il alluma une cigarette française.

Bernard sortit du café, et Tom contourna lentement la cabine en continuant à s'abriter derrière. Bernard le cherchait des yeux, mais son regard ne semblait pas nerveux : il n'avait pas l'air de s'attendre vraiment à le voir. En tout cas, il ne le vit pas et il se remit en marche d'un pas assez rapide, en tournant le dos à Salzbourg, sur le trottoir opposé au quai. Tom finit par en faire autant.

Devant eux se dressaient les montagnes, traversées par le lit plus étroit du Salzach : des montagnes couvertes d'arbres vert sombre, des pins en particulier. C'était encore sur du pavé qu'ils marchaient mais Tom distinguait, un peu plus loin, l'endroit où la rue se transformait en route de campagne à deux voies. Bernard allait-il, mû par cette énergie démentielle, s'élancer à l'assaut d'une montagne? Une ou deux fois, il regarda par-dessus son épaule, mais Tom se maintenait à une distance assez grande pour ne pas être vu, ou du moins pour échapper à un coup d'œil peu attentif, et le comportement de Bernard indiquait clairement qu'il ne l'avait pas aperçu.

Ils devaient être à huit kilomètres de Salzbourg. Tom s'arrêta pour s'essuyer le front et pour desserrer son nœud de cravate, sous son écharpe. Bernard disparut à un tournant, et il s'élança derrière lui en courant : il craignait, comme la veille à Salzbourg, que Bernard ne fît un pas à droite ou à gauche et ne s'évanouît brusquement dans la nature.

Enfin il le vit. Au même instant, Bernard regarda derrière lui. Tom s'arrêta et écarta un peu les bras pour être plus visible. Mais Bernard se détourna vivement, comme il l'avait déjà fait plusieurs fois, et Tom hésita : l'avait-il vu ou non ? Et d'ailleurs, est-ce que c'était important ? Il se remit en marche. Un tournant lui cacha de nouveau Bernard. Il hâta le pas. Quand il déboucha sur la partie droite de la route, Bernard n'était plus là. Tom s'arrêta et tendit l'oreille, pour le cas où il se serait enfoncé dans les bois, mais il n'entendit que le gazouillis des oiseaux et, très loin, les cloches d'une église.

Puis il perçut, sur la gauche, un léger craquement de branches, qui cessa presque aussitôt. Il avança de quelques mètres dans les bois et écouta.

« *Bernard !* » hurla-t-il d'une voix rauque.

Bernard l'entendait sûrement.

Silence complet. Est-ce que Bernard hésitait ?

Il y eut un bruit mou. Ou bien Tom l'avait-il seulement imaginé ?

Il pénétra plus avant dans les bois. A une vingtaine de mètres, le terrain descendait en pente douce vers la rivière, mais, un peu plus loin, une falaise de rocher gris clair formait un mur d'environ quinze ou vingt mètres, davantage peut-être. Le sac de Bernard était posé au sommet de cette falaise, et Tom comprit aussitôt ce qui s'était passé. Il s'approcha, l'oreille tendue : les oiseaux eux-mêmes semblaient s'être tus. Il regarda en bas : la falaise était moins abrupte qu'on aurait pu le croire et Bernard avait dû s'engager sur l'éboulis de rochers avant de sauter ou simplement de se laisser rouler.

« *Bernard ?* »

Tom fit quelques pas vers la gauche, où il était moins dangereux de se pencher. En s'accrochant à un petit arbre et en mesurant de l'œil la distance qui le séparait d'un grand pin, pour le cas où il glisserait et devrait se rattraper à quelque chose, il tendit le cou et vit une forme grise, allongée sur les pierres, en contrebas, un bras écarté. Ça correspondait à une chute du haut d'un immeuble de quatre étages, et sur du rocher. Bernard ne bougeait pas. Tom regagna un terrain plus sûr.

Il ramassa le sac, dont la légèreté lui parut pitoyable.

Il lui fallut bien plusieurs minutes pour rassembler ses esprits et se mettre à réfléchir. Il tenait toujours le sac.

Bernard allait-il être découvert rapidement ? Pouvait-on le voir de la rivière ? Mais qui passait jamais sur cette rivière ? Un promeneur l'apercevrait peut-être, mais ça ne paraissait guère vraisemblable, du moins dans les quelques heures à venir. Tom se sentait incapable de s'approcher de Bernard et de le regarder. Il savait qu'il était mort.

C'était un meurtre bien étrange qu'il venait de commettre là.

Tom repartit dans la direction de Salzbourg. La route descendait. Il ne rencontra personne. A proximité de la ville, il vit un autocar et le héla. Il ne savait pas très bien où il était, mais il lui semblait que le car allait dans la bonne direction.

Le conducteur lui demanda s'il descendait à un certain endroit, dont il ne comprit pas le nom.

« Le plus près possible de Salzbourg », dit-il.

Le conducteur lui prit quelques schillings.

Tom sortit du car dès qu'il reconnut les abords de la ville. Il poursuivit son chemin à pied. Enfin, il se retrouva sur la Residenzplatz, puis dans la Getreidegasse. Il portait toujours à la main le sac de Bernard.

Il poussa la porte du Goldener Hirsch, respira l'odeur agréable de la cire, l'arôme du confort et de la tranquillité.

« Bonsoir, monsieur », lui dit le portier en lui tendant sa clef.

Le réveil arracha Tom à un rêve qui lui laissa une pénible impression de frustration. Il était dans une maison avec sept ou huit personnes (dont seul Jeff Constant était reconnaissable) et tout le monde se moquait de lui, le regardait en riant, parce que tout allait de travers pour lui : il était en retard pour quelque chose, il se promenait en slip alors qu'il aurait dû être en pantalon, il n'avait pas assez d'argent pour rembourser une dette, il venait de manquer un rendez-vous important. La sensation d'abattement persista pendant plusieurs minutes après son réveil. Il tendit la main et toucha le bois verni de sa table de nuit.

Puis il commanda un Kaffee Komplet.

Les premières gorgées de café lui firent du bien. Il hésitait entre deux idées : faire quelque chose au sujet de Bernard – mais quoi ? – ou bien téléphoner à Ed et Jeff pour leur raconter ce qui était arrivé. Jeff garderait peut-être son sang-froid, mais Tom doutait que l'un ou l'autre des deux pût lui suggérer une solution. Il se sentait anxieux; il éprouvait cette espèce d'angoisse qui ne le menait jamais nulle part. Au fond, il désirait parler à Jeff parce qu'il avait peur et qu'il se sentait seul.

N'ayant aucune envie d'attendre dans un bureau de poste bruyant et surpeuplé, il décrocha son téléphone et donna le numéro de Jeff à la standardiste. La demi-heure qui suivit s'écoula dans une sorte de limbe, étrange mais pas déplaisante. Tom se dit qu'il avait voulu ou souhaité le suicide de Bernard mais qu'en même temps, comme il savait qu'il allait se tuer, il pouvait difficilement s'accuser de l'avoir forcé à le faire. Au contraire, il lui avait montré à plusieurs reprises qu'il était bien vivant et, si Bernard avait cru voir un fantôme, c'était parce qu'il le voulait bien. D'ailleurs le suicide de Bernard était peut-être sans grand rapport, ou même sans rapport du tout, avec sa conviction d'avoir tué Tom. Ne s'était-il pas déjà pendu en effigie dans la cave de Tom, bien avant de l'attaquer ?

Tom se rendit compte également qu'il allait avoir besoin du cadavre de Bernard et que cette idée lui trottait dans la tête depuis la veille. S'il le faisait passer pour celui de Derwatt, resterait à savoir ce qui était arrivé à Bernard Tufts. Il résoudrait cette question plus tard.

Le téléphone sonna et Tom bondit. C'était Jeff.

« Ici Tom. Je suis à Salzbourg. Vous m'entendez bien ? »

La communication était excellente.

« Bernard... Bernard est mort. Il s'est jeté du haut d'une falaise.

– Ce n'est pas vrai ! Il s'est tué ?

– Oui. Je l'ai vu le faire. Qu'est-ce qui se passe à Londres ?

– Il y a... la police cherche Derwatt. Elle se demande s'il est à Londres ou... ou ailleurs, dit Jeff en bégayant.

– Il faut en finir avec Derwatt, déclara Tom, et c'est l'occasion ou jamais. »

Jeff ne comprit pas.

Le dialogue devint difficile, parce que Tom ne pouvait pas dire à Jeff ce qu'il avait l'intention de faire. Il lui laissa entendre qu'il s'arrangerait pour sortir d'Autriche les restes de Bernard et peut-être pour les ramener en France.

« Mais... où est-il ? Toujours à l'endroit où il est tombé ?

– Personne ne l'a vu... Je dois donner l'impression qu'il s'est incinéré ou qu'il m'a demandé de le faire pour lui, reprit-il avec une patience laborieuse et pénible, en essayant de répondre aux questions brutales ou, au contraire, à demi formées, de Jeff. Il n'y a pas d'autre solution, n'est-ce pas ? »

Il n'y en avait pas d'autre s'il voulait secourir encore une fois Derwatt Ltd.

« Non. »

Toujours aussi serviable, ce Jeff.

« Je vais me dépêcher d'avertir la police française, et Webster s'il est encore là, dit Tom d'un ton plus ferme.

– Oh! Webster est revenu. Il cherche Derwatt *ici* et hier un type, un policier en civil a lancé l'idée que quelqu'un avait pu jouer son rôle.

– C'est à *moi* qu'ils pensent? demanda Tom anxieusement, mais avec un élan de défi.

– Non, pas du tout, Tom. Je ne crois pas. Mais quelqu'un – je ne suis pas sûr que ce soit Webster – a dit qu'on se demandait où vous étiez à Paris. Il paraît qu'on vous a cherché dans les hôtels.

– Pour l'instant, dit Tom, vous ne savez évidemment pas où je suis. Déclarez que Derwatt avait l'air déprimé, et que vous n'avez pas la moindre idée de l'endroit où il se trouve. »

Quelques secondes plus tard, ils avaient raccroché. Si, par la suite, la police enquêtait sur les faits et gestes de Tom à Salzbourg et découvrait cet appel sur sa note, il dirait qu'il avait téléphoné à cause de Derwatt. Il faudrait inventer une histoire, raconter qu'il avait suivi ce dernier à Salzbourg, pour une raison quelconque. Bernard devrait aussi figurer dans le tableau. Par exemple, si le peintre...

Derwatt, déprimé et troublé par la disparition de Murchison et par sa mort présumée, avait contacté Tom Ripley à Belle Ombre. Il savait, par Jeff et Ed, que Bernard était passé chez lui. Il lui avait proposé de le retrouver à Salzbourg, où il désirait se rendre. (L'idée de Salzbourg pouvait aussi venir de Bernard.) Tom dirait qu'il avait vu au moins deux ou trois fois Derwatt à Salzbourg, probablement en compagnie de Bernard.

Derwatt semblait très abattu. Pour quelle raison, en particulier ? Eh bien, Tom ne savait pas du tout. Derwatt ne lui avait pas beaucoup parlé du Mexique, mais il lui avait posé des questions sur Murchison, en lui disant qu'il n'aurait pas dû venir à Londres. A Salzbourg, il voulait tout le temps sortir, aller boire un café, un bol de Gulyasuppe, une bouteille de Grinzing. Conformément à sa nature, il n'avait pas indiqué à Tom l'adresse de son hôtel. Quand ils se séparaient, il s'en allait toujours seul. Tom avait supposé qu'il s'était inscrit quelque part sous un faux nom.

Il ajouterait qu'il n'avait voulu dire à personne, pas même à Héloïse, qu'il allait à Salzbourg pour rencontrer Derwatt.

L'histoire commençait à prendre tournure.

Tom ouvrit sa fenêtre sur la Sigmundsplatz, qui grouillait à présent de carrioles sur lesquelles s'étalaient de gros radis blancs, des oranges et des pommes aux couleurs éclatantes. Des gens, debout, trempaient de longues saucisses dans de la moutarde, sur des assiettes en carton.

Peut-être Tom pourrait-il affronter maintenant le sac de Bernard. Il se mit à genoux par terre et ouvrit la fermeture éclair. Sur le dessus, une chemise sale. Dessous, des slips et un maillot de corps. Il le jeta sur le parquet. Puis il alla fermer sa porte à clef. Pourtant, ici, à la différence de ce qui se passait dans beaucoup d'hôtels, les femmes de chambre ne faisaient pas irruption dans les pièces sans frapper. Un *Salzburgen Nachrichten* vieux de deux jours, un *Times* de la même date. Une brosse à dents, un rasoir, une brosse à cheveux très usée, un pantalon en coton beige enroulé, et tout au fond le vieux carnet marron que Bernard avait sorti à Belle Ombre pour le lire. Par-dessous encore, un carnet de croquis à reliure en spirale, dont la couverture portait la signature de Derwatt, marque de fabrique de la société qui vendait les fournitures pour artistes. Tom l'ouvrit. Il vit les églises baroques et les tours de Salzbourg, les unes penchées, les autres enjolivées d'arabesques supplémentaires. Le ciel était sillonné d'oiseaux qui ressemblaient à des chauves-souris. Par-ci par-là, des ombres, obtenues en passant sur la page un pouce mouillé. Un dessin avait été barré, à coups de fusain appuyés. Dans un coin du sac, une bouteille d'encre de Chine dont le bouchon fêlé tenait encore, des fusains et deux pinceaux retenus par un élastique. Tom osa ouvrir le carnet marron, pour voir si Bernard y avait écrit quelque chose récemment. Rien depuis le 5 octobre dernier, mais il ne put se contraindre à lire les passages précédents. Il détestait lire le courrier des gens, leurs papiers personnels. Il reconnut pourtant les deux feuillets pliés rédigés à Belle Ombre. Voilà ce que Bernard avait écrit le soir de son arrivée chez Tom et, d'un coup d'œil, celui-ci vit qu'il s'agissait d'un récit de l'affaire, qui commençait six ans plus tôt. Il ne voulut pas le lire et il déchira les deux pages en petits morceaux qu'il jeta dans la corbeille. Puis il rangea les affaires dans le sac, le ferma et le posa dans son placard.

Comment se procurer de l'essence pour brûler le corps ?

Il pourrait prétendre que sa voiture était en panne sèche. Impossible de tout faire aujourd'hui, car le seul avion à destination de Paris décollait à 14 heures 40. Il avait son billet de retour. Certes, rien ne l'empêchait de prendre le train, mais le contrôle des bagages serait peut-être plus sévère. Tom ne désirait pas qu'un douanier ouvre sa valise et y trouve un paquet de cendres.

« Est-ce que le cadavre brûlerait suffisamment, en plein air, pour se transformer en cendres ? Est-ce qu'il ne faudrait pas une espèce de four, pour augmenter la chaleur ? »

Tom quitta son hôtel peu avant midi. Sur la rive opposée, il acheta une petite valise en peau de porc dans une boutique de la Schwarzstrasse, et plusieurs journaux qu'il mit dedans. Le soleil brillait mais il faisait frais, il y avait un peu de vent. Tom prit un car qui remontait en direction du vieux quartier, vers Maria-Plain et Bergheim, deux villes dont il avait trouvé le nom sur la carte. Il descendit à l'endroit qui lui parut être le bon et se mit à chercher un poste d'essence. Il lui fallut vingt minutes pour en trouver un. Il déposa sa valise dans les bois avant de s'en approcher.

L'employé, très courtois, lui proposa de le conduire jusqu'à sa voiture, mais Tom répondit que ce n'était pas très loin, qu'il prendrait un bidon de dix litres pour ne pas avoir besoin de revenir. Il s'éloigna sans regarder derrière lui et récupéra sa valise. Il se trouvait sur la bonne route, c'était déjà ça, mais il restait pas mal de kilomètres à faire et il fouilla par deux fois des parties du bois qui n'étaient pas celle qu'il cherchait.

Enfin il retrouva l'emplacement. Il vit la falaise grise. Abandonnant sa valise, il descendit avec le bidon, par un chemin détourné. Des petites rigoles de sang zigzaguaient autour du corps de Bernard. Tom regarda autour de lui. Il lui fallait une grotte, une anfractuosité de rocher, une dalle en surplomb, quelque chose pour augmenter la chaleur. Il aurait besoin d'une grande quantité de bois. L'image d'un ghat indien, ce bûcher surélevé sur lequel se consumaient les cadavres, lui passa par la tête. L'opération exigeait apparemment beaucoup de bois. Il découvrit un endroit convenable au pied de la falaise, une espèce de cavité entre les rochers. Le plus facile serait d'y rouler le corps.

Tom commença par ôter à Bernard la seule bague

qu'il portait, une chevalière en or sur laquelle était gravée une couronne usée. Il fit le geste de la lancer dans les bois, puis se ravisa en pensant que quelqu'un risquait de la trouver un jour et l'empocha : il la jetterait dans le Salzach du haut d'un pont. Ensuite, les poches. Quelques pièces autrichiennes dans l'imperméable, des cigarettes dans la veste (il les laissa), un portefeuille dans le pantalon. Il le vida de son contenu, chiffonna le tout, argent et papiers, et le mit dans sa propre poche : il s'en servirait pour allumer le feu, ou bien il le lancerait ensuite dans les flammes. Après quoi, il souleva le corps gluant, le fit rouler sur les rochers et l'amena jusqu'à la cavité qu'il avait trouvée.

Enfin, heureux de pouvoir s'en détourner, il se mit à ramasser du bois avec énergie. Il fit au moins six voyages jusqu'à la grotte. Il évitait de regarder la tête et le visage de Bernard, qui étaient d'ailleurs plongés dans l'ombre. Puis il amassa des feuilles sèches et des branchages, glissa au milieu les papiers et l'argent pris dans le portefeuille de Bernard, et traîna le corps sur ce tas en retenant son souffle pour repousser les jambes et rectifier du bout du pied la position d'un bras. Le cadavre était raide. Le bras resta tendu. Tom prit le bidon d'essence et en versa la moitié sur l'imperméable. Il décida d'empiler dessus encore un peu de bois avant d'y mettre le feu.

De loin, il craqua une allumette et la lança sur le bûcher.

Des flammes jaunes et blanches jaillirent aussitôt. Les yeux à demi fermés, Tom chercha un endroit à l'abri de la fumée. Ça crépitait beaucoup. Il ne regarda pas.

Il n'y avait rien de vivant en vue, pas même un oiseau dans le ciel.

Tom ramassa encore une provision de bois. Il n'y en

aurait jamais trop, se dit-il. La fumée était pâle, mais abondante.

Une voiture passa sur la route : un camion plutôt, à en juger par le grincement du moteur. Les arbres le cachaient à Tom. Le bruit se tut, et il espéra que le conducteur ne s'était pas arrêté pour chercher d'où venait la fumée. Au bout de trois ou quatre minutes, il conclut que le camion avait poursuivi sa route. Sans regarder les restes de Bernard, il rapprocha les branches des flammes, à l'aide d'un grand bâton. Il sentait qu'il s'y prenait mal, que le feu ne brûlait pas assez fort, qu'il était loin d'avoisiner la haute température nécessaire pour incinérer quelqu'un. Il ne restait donc qu'une solution : l'entretenir le plus longtemps possible. Il était maintenant 14 heures 17. La chaleur commençait à augmenter, à cause du rocher en surplomb, et Tom dut se borner à lancer les branches de loin. Il le fit avec régularité pendant plusieurs minutes. Les flammes ayant légèrement baissé, il put s'approcher du feu, ramasser le bois à moitié brûlé et le rejeter sur le bûcher. Il lui restait encore la moitié de son bidon d'essence.

Décidé à agir avec méthode, il refit provision de bois, en allant le chercher plus loin cette fois, et fournit un dernier effort. Après avoir entassé ses fagots, il jeta le bidon sur le corps... qui ressemblait toujours, d'une façon décourageante, à un corps. L'imperméable et le pantalon avaient brûlé, mais pas les chaussures, et la chair, ce qu'il pouvait en voir, était seulement noircie par la fumée : elle ne se consumait pas. Le bidon fit un bruit de tambour, mais n'explosa pas. Tom guettait constamment des bruits de pas, ou de branches écrasées, dans les bois. La fumée pouvait alerter un passant. Enfin il recula de quelques mètres, ôta son imperméable, le prit sur le bras et s'assit par terre, en tournant le dos au feu. Attendons vingt minutes, se dit-il. Les os ne brûleraient pas, ne tomberaient pas en poussière, il le savait. Il devrait donc creuser une nouvelle tombe. Pour ça, il lui faudrait trouver une pelle quelque part. L'acheter ? La voler serait plus prudent.

Quand Tom se retourna vers le bûcher, il était noir, cerclé de braises rouges, qu'il repoussa avec son bâton. Le corps restait un corps. L'incinération avait échoué, il fallait le reconnaître. Tom se demanda s'il allait achever le travail aujourd'hui ou revenir le lendemain et opta pour la première solution, à condition d'avoir assez de lumière pour voir ce qu'il faisait. Maintenant, la pelle. Il tâta le corps du bout de son bâton et lui trouva une consistance gélatineuse.

Il remonta la pente en courant presque. L'odeur était épouvantable et il avait respiré le moins possible au cours des dernières minutes. Il se donna une heure pour trouver la pelle. Il éprouvait le besoin d'avoir un *plan* quelconque en tête, sinon il se serait senti complètement perdu et incapable. Il arpenta la route, débarrassé de sa valise, les bras ballants. Au bout de plusieurs minutes, il atteignit la maigre rangée de maisons, non loin du café où Bernard avait bu son verre de vin rouge. Il y avait des jardinets bien tenus, des appentis vitrés, mais pas de pelle commodément appuyée contre un mur de brique.

« *Grüss' Gott !* » dit un homme qui travaillait dans son jardin, avec une pioche étroite et pointue dont Tom aurait bien fait son affaire.

Il lui rendit négligemment son salut.

Tom aperçut ensuite un arrêt d'autocar, qu'il n'avait pas remarqué la veille. Une jeune fille, une femme plutôt, s'en approchait, elle marchait dans la direction de Tom. Le car ne tarderait sans doute pas. L'envie lui vint de sauter dedans quand il arriverait, d'oublier le cadavre, la valise, tout. Il passa à côté de la femme sans la regarder, en espérant qu'elle ne se souviendrait pas de lui. Puis il vit, sur le bord de la route, une brouette en métal pleine de feuilles avec une pelle posée dessus, en travers. Il n'en crut pas ses yeux. Un don du Ciel... à cela près que la pelle était émoussée. Tom ralentit le pas et jeta un coup d'œil dans les bois, en pensant que la personne à laquelle l'instrument appartenait pouvait s'être éclipsée un instant.

Le car arriva. La jeune femme monta dedans, et il repartit.

Tom prit la pelle et s'en fut d'un air indifférent, en la tenant de la façon la plus nonchalante possible, comme il aurait tenu un parapluie, encore qu'il dut la porter dans une position horizontale.

De retour sur les lieux, il laissa tomber sa pelle et se remit en quête d'une provision supplémentaire de bois. Le temps passait et, puisqu'il faisait encore assez jour, il en profita pour s'avancer davantage au milieu des arbres. Il se rendait compte qu'il devrait démolir le crâne, se débarrasser des dents surtout, et il n'avait aucune envie de revenir le lendemain. Il alimenta son feu, prit la pelle et se mit à creuser dans les feuilles mouillées. Ce n'était pas aussi facile qu'avec une fourche. D'autre part, les restes de Bernard ne seraient d'aucun intérêt pour un animal qui passerait par-là, et par conséquent la tombe n'avait pas besoin d'être très profonde. Quand il commença à se sentir fatigué, il se retourna vers le feu et, du même mouvement, abattit sa pelle sur le crâne. Il se dit que ça ne marcherait pas. Mais deux autres coups de pelle détachèrent la mâchoire. Il la poussa un peu plus loin et empila quelques branches à proximité du crâne.

Puis il alla chercher sa valise et en tapissa l'intérieur avec les journaux. Il fallait emporter une partie quelconque du cadavre. L'idée de prendre une main ou un pied lui répugnait. Un lambeau de chair suffirait peut-être. On ne pouvait probablement pas confondre la chair d'un homme avec celle d'une vache, par exemple. Une nausée le prit et il s'accroupit, en s'adossant à un arbre. Puis il marcha droit vers le feu avec sa pelle et gratta un peu de chair autour de la taille de Bernard. C'était noir et humide. Il laissa tomber le contenu de la pelle dans la valise, qu'il ne referma pas. Enfin, épuisé, il s'écroula par terre.

Une heure environ s'écoula. Tom ne dormit pas. Il se rendait compte que le soir tombait et qu'il n'avait pas de lampe électrique. Un autre coup de pelle sur la tête ne donna aucun résultat. Il savait qu'il n'arriverait à rien non plus s'il la piétinait. Ce qu'il fallait, c'était une grosse pierre. Il en trouva une et la roula vers le feu. Puis il la souleva avec un renouveau d'énergie qui ne durerait peut-être pas longtemps et la lâcha sur le crâne, qui s'écrasa. Tom repoussa la pierre avec sa pelle et s'écarta vivement pour échapper à la chaleur du feu rougeoyant. Sa pelle ramena une étrange mixture d'os et quelque chose qui devait être les dents du haut.

Cette activité lui apporta un peu de soulagement et il entreprit d'éteindre le feu. Il se dit avec optimisme que la forme oblongue n'avait plus aucune ressemblance avec un être humain. Il se remit à creuser. C'était une tranchée étroite, et elle atteignit bientôt une profondeur d'environ un mètre. A l'aide de sa pelle, il y fit rouler la forme fumante. De temps en temps, il frappait la terre pour étouffer de petites flammèches. Avant d'enfouir le squelette, il s'assura qu'il avait bien les dents du haut. Alors il recouvrit les restes de terre, et aussi de feuilles parmi lesquelles s'élevaient encore quelques petites volutes de fumée. Il déchira un bout de journal qui tapissait sa valise et s'en servit pour envelopper les fragments d'os qui contenaient les dents du haut. Il y ajouta la mâchoire inférieure.

Il acheva d'éteindre le feu et fit de son mieux pour s'assurer qu'il n'en jaillirait pas d'étincelles susceptibles de déclencher un incendie de forêt. Par surcroît de précaution, il en retira les feuilles. Mais il ne pouvait pas se permettre de rester là plus longtemps, car il commençait à faire vraiment noir. Il replia les journaux autour du petit paquet et remonta sur la route avec sa valise et sa pelle.

Quand il arriva devant l'arrêt d'autocar, la brouette n'était plus là. Il laissa la pelle au bord de la route.

Il marcha jusqu'à l'arrêt suivant, qui était assez loin, et attendit. Une femme le rejoignit. Tom ne la regarda pas.

Dans le car qui roulait en cahotant, puis s'arrêtait avec de grands bruits de portes coulissantes pour laisser monter et descendre les voyageurs, il essaya de réfléchir, et comme d'habitude ses pensées suivirent un itinéraire capricieux. Quel effet cela ferait-il quand il raconterait qu'ils s'étaient tous rencontrés – Bernard, Derwatt et lui-même, – ici, à Salzbourg, qu'ils avaient eu plusieurs conversations ? Derwatt avait parlé de suicide. Il avait déclaré qu'il désirait être incinéré, mais pas dans un four crématoire : en plein air. Tom s'était efforcé de remonter le moral des deux hommes, mais Bernard était déprimé à cause de Cynthia (Jeff et Ed pourraient le confirmer) et Derwatt...

Tom descendit du car, sans se soucier de savoir où il était, parce qu'il avait envie de réfléchir en marchant.

« Je vous monte votre sac, monsieur ? »

C'était le groom du Goldener Hirsch.

« Non merci, il est très léger. »

Dans sa chambre, il se lava les mains et la figure, puis se déshabilla et prit un bain. Il imaginait ses entretiens avec Bernard et Derwatt dans divers Bier-et-Weinstübe de Salzbourg. Ce serait la première fois que Bernard reverrait Derwatt depuis le départ de ce dernier pour la Grèce, cinq ans plus tôt ou davantage, parce qu'il l'avait évité au moment de son retour à Londres et qu'il ne s'y trouvait pas lui-même pendant la seconde visite, si brève, de son ami. Bernard était déjà allé à Salzbourg. Il en avait parlé à Tom à Belle Ombre (vrai), et quand Héloïse avait eu Derwatt au téléphone, elle lui avait dit que Tom était allé à Salzbourg voir Bernard, ou essayer de le trouver, par conséquent il était venu lui aussi. Sous quel nom Derwatt avait-il voyagé ? Ça resterait un mystère. Qui savait comment il se faisait appeler au Mexique, par exemple ? Il suffisait de demander à Héloïse de déclarer (mais seulement si quelqu'un lui posait la question) que Derwatt l'avait appelée à Belle Ombre.

Tout n'était peut-être pas parfait, ça ne se tenait pas encore dans les moindres détails, mais c'était un commencement.

Tom affronta pour la seconde fois le sac de Bernard et ouvrit son carnet. Il trouva, à la date du 5 octobre : « J'ai quelquefois l'impression déjà d'être mort. Curieusement, une partie de moi-même reste encore assez consciente pour comprendre que mon identité, mon moi, s'est désintégré, a disparu. Je n'ai jamais été Derwatt. Mais suis-je encore réellement Bernard Tufts ? »

Tom ne pouvait pas laisser subsister ces deux dernières phrases : il déchira toute la page.

Quelques croquis étaient annotés. Il y en avait en couleurs, dans les verts caractéristiques des bâtiments de Salzbourg. « Le sanctuaire de Mozart, envahi par la foule et le bruit... il n'y a pas un seul portrait de lui qui ait l'air fidèle. » Et plus loin : « Je regarde souvent la rivière. Ses flots sont rapides et j'aime cela. Ce serait peut-être la meilleure solution : sauter du haut d'un pont, une nuit en espérant que personne ne sera là pour crier : sauvez-le! »

Ce passage-là convenait parfaitement à Tom. Il ferma très vite l'album et le remit dans le sac.

Y avait-il des choses qui le concernaient, lui? Il reprit l'album, y chercha son nom ou ses initiales. Puis il ouvrit le carnet marron. Il était presque entièrement rempli de phrases recopiées dans le journal de Derwatt, et les dernières pages, rédigées par Bernard celles-là, dataient toutes de l'époque où il se trouvait encore à Londres. Rien sur Tom Ripley.

Tom descendit au restaurant de l'hôtel. Il était tard, mais il pouvait encore commander quelque chose. Dès les premières bouchées, il se sentit mieux. Le vin blanc, frais et léger, le stimula. Il prendrait l'avion du lendemain après-midi. Si on l'interrogeait sur ce coup de téléphone qu'il avait donné la veille à Jeff, il répondrait qu'il avait appelé de sa propre initiative pour lui dire que Derwatt était à Salzbourg et qu'il s'inquiétait à son sujet. Il préciserait qu'il avait demandé à Jeff de n'en souffler mot à personne, et surtout pas « au public ». Et Bernard? Eh bien, Tom pouvait très bien avoir également annoncé à Jeff sa présence à Salzbourg. Pourquoi pas? La police ne cherchait pas Bernard Tufts. On penserait qu'il s'était suicidé, sans doute en se jetant dans le Salzach, le soir du jour où Tom et lui avaient incinéré le corps de Derwatt. Oui, mieux valait dire que Bernard l'avait aidé.

On lui reprocherait sûrement de s'être rendu complice d'un suicide, il le prévoyait. Quelle peine encourait-on pour ce genre de choses? Derwatt avait insisté pour prendre une dose massive de somnifères, prétendrait-il. Ils s'étaient promenés pendant toute la matinée dans les bois, tous les trois. Derwatt avait déjà avalé quelques pilules avant de les rejoindre. Ils n'avaient pas pu l'empêcher de prendre le reste, et Tom ajouterait sur le ton de la confession qu'il ne s'était pas senti le droit de s'opposer à un désir que Derwatt manifestait avec tant de force. Bernard non plus.

Tom remonta dans sa chambre, ouvrit sa fenêtre et souleva le couvercle de sa valise en peau de porc. Il prit le petit paquet et l'entoura d'une couche supplémentaire de papier journal. Il n'était toujours pas plus gros qu'un pamplemousse. Il referma sa valise pour le cas où une femme de chambre entrerait (mais son lit était déjà ouvert), laissa sa fenêtre entrebâillée et descendit avec son paquet. Il prit le pont de droite, celui sur lequel il avait vu Bernard s'accouder la veille. Comme lui, il s'appuya sur le parapet et, dès qu'il se trouva seul, il ouvrit les mains. Le paquet tomba avec un bruit léger et disparut aussitôt dans l'obscurité. Tom fit suivre le même chemin à la bague de Bernard, qu'il avait apportée.

Le lendemain matin, il réserva sa place dans l'avion et alla faire quelques achats, pour Héloïse surtout. Il lui trouva un gilet, une *Walkjanke* bleu clair, de la couleur d'un paquet de Gauloises, un chemisier blanc à volants. Quant à lui, il s'offrit aussi un gilet, mais d'un vert plus foncé, et deux couteaux de chasse.

Cette fois, son petit avion s'appelait le *Ludwig van Beethoven*.

Tom atterrit à Orly à vingt heures et présenta son propre passeport. D'un coup d'œil, l'employé compara son visage à sa photo, mais ne tamponna rien. Tom se rendit à Villeperce en taxi. Il craignait qu'Héloïse n'eût des invités et, en arrivant, il constata que ses craintes étaient fondées : la vieille Citroën rouge foncé des Grais était garée devant la maison.

Ils achevaient de dîner. Une petite flambée donnait à la pièce une atmosphère agréable.

« Pourquoi n'as-tu pas téléphoné? » reprocha Héloïse.

Mais elle était visiblement contente de le voir.

« Ne vous dérangez pas pour moi, dit Tom.

– Nous avons fini. »

En effet, ils se préparaient à prendre le café au salon.

« Vous avez dîné, monsieur Tome? » demanda Mme Annette.

Tom répondit que oui, mais qu'il aimerait bien une tasse de café. Il déclara aux Grais, sur un ton qui lui parut tout à fait naturel, qu'il revenait de Paris où il était allé voir un ami qui avait des ennuis personnels. Les Grais, en gens discrets, ne lui posèrent aucune question. Tom demanda ce qu'Antoine, architecte toujours très occupé, faisait à Villeperce un lundi soir.

– Je me donne du bon temps, dit Antoine. Il fait beau. J'essaie de me persuader que je prends des notes pour mon prochain immeuble, et ce qui est plus important, je dessine une cheminée pour notre chambre d'amis. »

Il s'esclaffa. Tom pensa qu'Héloïse était la seule à sentir quelque chose de bizarre dans son attitude.

« Comment c'était chez Noëlle, mardi?

– Très amusant, répondit Agnès. Tu nous as manqué.

– Et ce mystérieux Murchison? demanda Antoine. Où en est l'affaire?

– Eh bien, on ne l'a toujours pas retrouvé. Mrs. Murchison est venue me voir ici... mais Héloïse vous l'a peut-être raconté.

– Non, dit Agnès.

– Je n'ai pas pu lui être d'un grand secours. Le tableau que transportait son mari, une toile de Derwatt, a été volé à Orly. »

Il ne courait aucun risque en leur disant cela : d'abord c'était vrai, et ensuite les journaux en avaient parlé.

Après le café, Tom s'excusa, en disant qu'il voulait ouvrir sa valise et qu'il reviendrait dans un instant. A son grand déplaisir, il constata que Mme Annette avait porté ses bagages en haut, quoiqu'il lui eût demandé, sur un ton négligent, bien entendu, de les laisser en bas. Dans sa chambre, il vit avec soulagement qu'elle ne les avait pas ouverts, sans doute parce qu'elle était trop occupée dans sa cuisine. Il posa la valise en peau de porc sur une étagère, dans son placard, et ouvrit l'autre, celle qui contenait ses nouveaux achats. Puis il redescendit.

Les Grais avaient l'habitude de se lever tôt. Ils partirent avant vingt-trois heures.

« Est-ce que Webster a rappelé? demanda Tom à Héloïse.

— Non. » Elle reprit à voix basse, en anglais. « Mme Annette peut savoir que tu reviens de Salzbourg? »

Tom sourit de la voir si efficace.

« Oui. Et maintenant, d'ailleurs, il faut dire que j'y suis allé. » Il avait envie de lui donner des explications, mais il se sentait incapable de lui parler ce soir des restes de Bernard, des cendres de Bernard-Derwatt. Il ne le pourrait peut-être jamais. « Je te raconterai plus tard. Pour l'instant, je dois téléphoner à Londres. »

Il décrocha l'appareil et demanda le numéro de Jeff.

« Qu'est-ce qui s'est passé à Salzbourg? Tu as retrouvé ce fou? » s'enquit Héloïse, plus inquiète pour Tom qu'agacée par Bernard.

Tom jeta un coup d'œil du côté de la cuisine, mais Mme Annette avait fermé la porte après leur avoir dit bonsoir.

« Le fou est mort. Il s'est suicidé.

– Vraiment ? Ce n'est pas une blague, Tome ? »

Mais Héloïse savait qu'il ne blaguait pas.

« Ce qui compte avant tout, c'est de dire aux gens que je suis allé à Salzbourg. » Tom s'agenouilla par terre à côté de sa chaise, posa une seconde sa tête sur ses genoux, puis se releva et l'embrassa sur les deux joues. « Ma chérie, je vais être obligé de prétendre que Derwatt est mort à Salzbourg, lui aussi. Au cas où on te le demanderait, dis qu'il a téléphoné ici, de Londres, qu'il désirait me voir. Alors tu lui as répondu : « Tom « est parti pour Salzbourg. » C'est d'accord ? Tu n'auras pas de mal à t'en souvenir, puisque c'est vrai. »

Héloïse inclina la tête, le regarda avec malice et dit :

« Qu'est-ce qui est vrai ? Qu'est-ce qui ne l'est pas ? »

Elle avait parlé sur un ton philosophique. Et en effet, c'était une question qui regardait les philosophes. Pourquoi s'en seraient-ils préoccupés, Héloïse et lui ?

« Monte avec moi. Je vais te prouver que je suis allé à Salzbourg. »

Il la tira par les mains pour l'obliger à se lever. En haut ils regardèrent tous les deux les choses que Tom avait apportées. Héloïse essaya le gilet vert. Elle serra dans ses bras la veste bleue, qu'elle enfila et qui lui allait parfaitement.

« Tu as acheté aussi une valise neuve ! s'écria-t-elle en apercevant dans le placard la mallette en peau de porc.

– Oh ! c'est quelque chose de très ordinaire », dit Tom en français, et comme le téléphone sonnait, il l'entraîna loin de la valise.

L'opératrice lui apprit que le numéro de Jeff ne répondait pas. Tom lui demanda d'insister. Il était presque minuit.

Pendant qu'il prenait sa douche, Héloïse l'interrogea.

« Alors, c'est vrai que Bernard est mort ? »

Tom était en train de se rincer. Il savourait le plaisir d'être chez lui, de sentir sous ses pieds une baignoire qu'il connaissait bien. Il enfila son pyjama de soie. Il ne savait par où commencer ses explications. La sonnerie du téléphone retentit de nouveau.

« Si tu écoutes, dit-il, tu comprendras.

— Allô ? » fit la voix de Jeff.

Tom redressa le buste et dit d'un ton grave :

« Allô, ici Tom. Je vous téléphone pour vous dire que Derwatt est mort... qu'il est mort à Salzbourg... »

Jeff bredouilla comme si la ligne était surveillée, et Tom continua, en citoyen honnête :

« Je n'ai pas encore averti la police, ni ici ni là-bas. Il est mort dans... des circonstances que je préfère ne pas vous décrire par téléphone.

— Est-ce que... est-ce que vous allez venir à Londres ?

— Non. Mais voulez-vous dire à Webster que je vous ai appelé, que je suis allé à Salzbourg chercher Bernard... enfin, il n'est pas question de Bernard pour l'instant, sauf un détail important. Il faudrait que vous alliez chez lui détruire toute trace de Derwatt. »

Jeff dit qu'il comprenait. Il connaissait le concierge et pourrait se procurer les clefs. Il dirait que Bernard avait besoin de quelque chose. Cela expliquerait les dessins, les toiles inachevées peut-être, qu'il serait obligé de transporter.

« Faites ça à fond, dit Tom. Pour en revenir à notre histoire, Derwatt est censé avoir téléphoné à ma femme il y a quelques jours. Elle lui a répondu que j'étais à Salzbourg.

— Oui, mais pourquoi... »

Pourquoi Derwatt s'était-il fourré dans la tête l'idée de le rejoindre à Salzbourg ? allait-il demander sans doute.

« Le seul point important, c'est que je suis prêt à

recevoir Webster chez moi. Et même je désire le voir. J'ai des nouvelles à lui apprendre. »

Tom raccrocha et se tourna vers Héloïse. Il osait à peine lui sourire. Et pourtant, n'était-il pas tout près du succès ?

« Comment peux-tu prétendre que Derwatt est mort à Salzbourg, alors que tu m'as raconté qu'il s'était noyé en Grèce il y a cinq ans ? fit Héloïse en anglais.

– Sa mort doit être prouvée. Tu sais, chérie, si j'ai fait tout ça, c'est pour préserver le... l'honneur de Philip Derwatt.

– Comment peut-on tuer un homme qui est déjà mort ?

– Laisse-moi m'en occuper. J'ai... » Il regarda sa montre, posée sur la table de nuit. « J'ai un petit travail à faire, qui va me prendre une demi-heure, et après je serai enchanté de te rejoindre au...

– Quel travail ?

– Rien. Des choses. Une corvée.

– Ça ne peut pas attendre demain matin ?

– L'inspecteur Webster risque de débarquer demain. Et même de bonne heure. Le temps que tu te déshabilles et j'aurai terminé. » Il lui tendit la main. Elle se leva de bonne grâce, ce qui signifiait qu'elle n'était pas de mauvaise humeur. « Tu as des nouvelles de papa ? »

Héloïse débita en français un tas de phrases qui avaient l'air de vouloir dire :

« Merde pour papa ! On ne va pas s'occuper de lui un jour pareil !... Deux morts à Salzbourg ! Je parie qu'il n'y en a qu'un seul... ou pas du tout ! »

Tom pouffa. L'attitude irrévérencieuse d'Héloïse le ravissait parce qu'elle ressemblait à la sienne. Son respect des convenances n'était qu'un vernis : sinon, elle ne l'aurait certainement pas épousé.

Dès qu'Héloïse eut traversé le palier, Tom alla prendre dans sa valise le carnet marron et l'album de croquis de Bernard, qu'il posa sur sa table. Il avait jeté le pantalon en coton et la chemise dans une poubelle, à Salzbourg, et s'était débarrassé du sac dans une autre. Il comptait dire que Bernard lui avait demandé de garder ses affaires pendant qu'il allait à la recherche d'un hôtel, mais qu'il n'était jamais revenu. Tom n'avait conservé que les objets présentant une certaine valeur. Il prit ensuite dans sa boîte à boutons la bague mexicaine qu'il avait portée la première fois, à Londres, pour jouer le rôle de Derwatt. Il descendit au salon, pieds nus, sans faire de bruit et la déposa dans la cheminée, au milieu des braises encore rougeoyantes. Elle fondrait sans doute, se dit-il, parce que c'était de l'argent mexicain, pur et malléable. Il en resterait quelque chose, qu'il ajouterait aux cendres de Derwatt, ou plutôt de Bernard. Le lendemain matin, il devrait se lever tôt, avant que Mme Annette vide la cheminée.

Héloïse fumait une cigarette au lit. Tom détestait le tabac blond, mais il en aimait bien l'odeur, quand cela venait d'elle. Une fois la lumière éteinte, il serra sa femme dans ses bras. Dommage de ne pas avoir pensé à jeter aussi au feu le passeport de Robert Mackay. Retrouverait-il jamais un moment de paix ?

*

Tom se sépara doucement d'Héloïse endormie, en lui soulevant la tête qu'elle avait posée sur son bras. Il se risqua à la retourner sur le côté et à lui embrasser un sein avant de sortir du lit. Elle avait à peine ouvert un œil et elle penserait sans doute qu'il allait simplement aux W.C. Il passa dans sa chambre sans se chausser et prit le passeport de Mackay dans une poche de sa valise.

Puis il descendit au salon. Sept heures moins le quart, d'après la pendulette posée près du téléphone. Dans la cheminée, les cendres étaient blanches, mais encore tièdes. Il les fouilla à l'aide d'une brindille, tout en se tenant prêt à cacher le passeport vert qu'il avait plié en deux si Mme Annette entrait dans la pièce. Il trouva la bague en argent, noircie et déformée, mais pas du tout réduite à l'état de masse informe comme il s'y attendait. Il la mit à refroidir sur la pierre, remua les cendres et déchira le passeport. Il craqua une allumette pour le faire brûler et surveilla l'opération jusqu'au bout. Puis il remonta avec la bague, qu'il fourra dans la valise en peau de porc avec l'innommable chose noire et rouge rapportée de Salzbourg.

Le téléphone sonna. Tom décrocha aussitôt.

« Ah! c'est l'inspecteur Webster? Bonjour... Non, non, pas du tout. J'étais réveillé.

– Si j'ai bien compris ce que m'a raconté Mr. Constant, Derwatt est *mort* ? »

Tom hésita un instant, et Webster précisa que Mr. Constant avait téléphoné à son bureau, tard la nuit dernière, pour lui laisser un message.

« Il s'est suicidé à Salzbourg, dit Tom. J'étais là.

– J'aimerais beaucoup vous voir, monsieur Ripley, et si je vous téléphone si tôt, c'est parce que je me suis aperçu que je pouvais prendre un avion à neuf heures. Est-ce que vous pourriez me recevoir dans la matinée, vers onze heures? »

Tom accepta sans difficultés.

Il retourna ensuite dans la chambre d'Héloïse. Il serait réveillé – s'il dormait – une heure plus tard par Mme Annette, qui apportait tous les matins du thé pour Héloïse et du café pour lui. Elle avait l'habitude de les trouver dans le même lit, soit dans celui de Tom, soit dans celui d'Héloïse. Tom ne dormit pas, mais le simple fait d'être allongé à côté de sa femme le reposa tout autant.

Mme Annette fit son apparition à huit heures et demie. Tom lui indiqua par signes qu'il boirait volontiers son café, mais qu'Héloïse préférait dormir plus longtemps. En dégustant le contenu de sa tasse, il réfléchit à ce qu'il devait faire, à la façon dont il devait se comporter. L'honnêteté avant tout, se dit-il, et il repassa l'histoire dans son esprit. Le coup de téléphone de Derwatt disant qu'il était très troublé par la disparition de Murchison (plus troublé qu'il n'aurait dû l'être en toute logique, mais c'était justement le genre de détails qui sonnaient vrai), et qu'il désirait voir Tom. Héloïse répondant que Tom était parti pour Salzbourg à la recherche de Bernard. Oui, mieux vaudrait qu'elle prononce la première le nom de Bernard devant Webster. Comme il s'agissait d'un de ses vieux amis, il était normal que Derwatt réagisse tout de suite. A Salzbourg, ils étaient tous deux beaucoup plus inquiets pour Bernard que pour Murchison.

Comme Héloïse commençait à bouger, Tom descendit demander à Mme Annette de refaire du thé. Il était neuf heures et demie.

Tom alla regarder l'ancienne tombe de Murchison. Il avait plu depuis la dernière fois qu'il l'avait vue. Il ne toucha pas aux branches qui la recouvraient, parce qu'elles semblaient être là par hasard, et ne donnaient pas du tout l'impression d'avoir été placées à cet endroit pour cacher quelque chose. D'ailleurs, Tom ne voyait pas pourquoi il se serait amusé à dissimuler un trou creusé par les policiers eux-mêmes.

Vers dix heures, Mme Annette alla faire ses courses. Tom dit à Héloïse que l'inspecteur Webster devait arriver bientôt et qu'il aimerait lui parler en sa présence.

« Tu peux lui dire franchement que je suis allé à Salzbourg pour essayer de retrouver Bernard.

– Est-ce que M. Webster va t'accuser de quelque chose ?

– Comment le pourrait-il ? » rétorqua Tom en souriant.

Webster arriva à onze heures moins le quart. Sa valise noire lui donnait l'allure efficace d'un médecin.

« Ma femme, dit Tom, que vous avez déjà rencontrée. »

Il prit le manteau de Webster et le fit asseoir.

Webster s'installa sur le divan. Il s'intéressa d'abord aux dates et prit des notes. Quand Tom avait-il eu des nouvelles de Derwatt ? Le dimanche 3 novembre.

« C'est ma femme qui l'a eu au téléphone, dit-il. Moi, j'étais à Salzbourg.

– Alors vous lui avez parlé ? demanda Webster à Héloïse.

– Oh ! oui. Il voulait voir Tome. Je lui ai dit qu'il était à Salzbourg.

– A quel hôtel étiez-vous descendu ? » s'enquit Webster.

Il arborait son sourire habituel et personne n'aurait pu penser, en voyant son expression affable, que plusieurs morts étaient mêlés à cette histoire.

« Au Goldener Hirsch, dit Tom. Je suis allé d'abord à Paris, puis, sur une intuition, je suis parti pour Salzbourg parce que Bernard m'avait parlé de cette ville. Il m'avait dit, non qu'il s'y rendait, mais qu'il aimerait la revoir. Ce n'est pas grand, Salzbourg, et quand on y cherche quelqu'un, on n'a pas de mal à le trouver. En effet, j'ai repéré Bernard dès le lendemain.

– Qui avez-vous vu en premier ? Bernard ou Derwatt ?

– Oh ! Bernard, parce que je le cherchais. A l'époque, je ne savais pas que Derwatt était à Salzbourg.

– Et... continuez », dit Webster.

Tom s'avança sur sa chaise.

« J'ai dû parler une ou deux fois seul à seul avec Bernard. De même avec Derwatt. Nous nous sommes aussi rencontrés de temps en temps tous les trois. C'étaient de vieux amis, vous savez. Il me semblait que le plus déprimé des deux était Bernard. Son amie Cynthia, qui habite Londres ne veut plus... enfin, ne voulait plus le voir. Quant à Derwatt... » Tom hésita, il avait l'air plus inquiet pour Bernard que préoccupé par son propre sort. « A propos, j'ai là deux carnets qui appartiennent à Bernard et que je crois devoir vous montrer. »

Tom se leva, mais Webster le retint.

« Finissons-en d'abord avec les faits. Comment Bernard s'est-il tué ?

– Il a disparu, juste après la mort de Derwatt. Ce que j'ai lu dans son carnet me donne à penser qu'il s'est noyé dans la rivière qui traverse Salzbourg. Mais, à ce moment-là, je n'en étais pas assez certain pour avertir la police autrichienne. Je préférais vous parler d'abord. »

Webster avait l'air déconcerté, et même un peu égaré, ce qui ne surprenait pas Tom.

« Je serais très content de voir les carnets de Bernard. Mais pour Derwatt... qu'est-ce qui s'est passé ? »

Tom jeta un coup d'œil à Héloïse.

« Eh bien, nous devions nous retrouver tous les trois le mardi, à dix heures du matin. Derwatt nous a dit qu'il avait pris des calmants. Il avait déjà parlé de se tuer, mais cette fois il a ajouté qu'il désirait être incinéré... par nous deux, Bernard et moi. Au début, je ne l'ai pas pris très au sérieux. Il semblait groggy et... il faisait des espèces de plaisanteries. Il a pris d'autres pilules en marchant. C'est lui qui a voulu aller dans les bois. » Tom se tourna vers Héloïse. « Si tu ne veux pas écouter, ma chérie, tu n'as qu'à monter. Il faut que je raconte très exactement ce qui est arrivé.

– Je préfère écouter. » Elle se cacha la figure dans les mains, puis baissa celles-ci et se leva. « Je vais demander à Mme Annette de nous faire un peu de thé. D'accord, Tome ?

– Bonne idée. » Et, à l'adresse de Webster : « Derwatt a sauté du haut d'une falaise sur les rochers. On pourrait dire qu'il a employé en même temps trois méthodes différentes pour se tuer : les pilules, la chute... et le feu, mais je peux vous assurer qu'il était bien mort quand nous l'avons brûlé. C'est la chute qui l'a tué. Nous sommes retournés sur les lieux le lendemain, Bernard et moi. Ce que nous ne pouvions incinérer, nous l'avons enterré. »

Héloïse revint.

« Cela se passait le lendemain nota Webster. Donc le mercredi 6 novembre. »

Où logeait Bernard ? Tom put lui indiquer l'adresse : Der Blaue quelque chose, du côté de la Linzergasse. Mais il ne savait pas où il était allé après ce mercredi. Où et quand avaient-ils acheté l'essence ? Le mercredi en début d'après-midi. Au sujet de l'endroit, Tom resta dans le vague. Et Derwatt ? Où habitait-il ? Tom répondit qu'il n'avait jamais cherché à le savoir.

« Nous avions rendez-vous, Bernard et moi, jeudi matin, vers neuf heures et demie à l'Alter Markt. Mercredi soir, il m'avait demandé de lui garder son sac, en disant qu'il allait chercher un autre hôtel. Je lui ai proposé le mien, mais il n'a pas voulu. Il n'est pas venu à ce rendez-vous de jeudi. Je l'ai attendu une heure ou deux. Je ne l'ai plus jamais revu. Il n'avait pas laissé de message à mon hôtel. J'ai pensé qu'il avait fait exprès de ne pas venir, que sans doute il s'était tué, en se noyant dans la rivière. Alors je suis revenu. »

Webster alluma une cigarette avec des gestes plus lents que d'habitude.

« Vous deviez lui garder son sac jusqu'au lendemain jeudi ?

— Pas nécessairement. Bernard savait où j'étais, et je pensais au contraire qu'il passerait le chercher dans la soirée du mercredi. Je lui ai même dit : « Alors, si « nous ne nous revoyons pas ce soir, à demain ! »

— Vous l'avez cherché hier, dans les hôtels ?

— Non. Je crois que j'avais perdu tout espoir. J'étais bouleversé et découragé. »

Mme Annette servit le thé et échangea des salutations avec l'inspecteur Webster.

« Bernard avait pendu un mannequin dans notre cave il y a quelques jours, dit Tom. Ce mannequin était censé le représenter. C'est ma femme qui l'a trouvé et ça lui a fait très peur. Il avait accroché à un clou son pantalon et sa veste, en glissant un papier sous le revers. » Il regarda Héloïse. « Je suis navré », ajouta-t-il.

Héloïse se mordit la lèvre et haussa les épaules. Sa réaction était incontestablement sincère. Ce que Tom venait de décrire était bien arrivé, et l'entendre raconter ne lui faisait aucun plaisir.

« Vous avez toujours ce papier? demanda Webster.

– Oui. Il doit être resté dans la poche de ma robe de chambre. Vous voulez que j'aille le chercher?

– Tout à l'heure. » Webster amorça un sourire, qui ne s'acheva pas. « Pouvez-vous me dire pour quelle raison précise vous êtes allé à Salzbourg?

– Je me faisais du souci pour Bernard. Il m'avait dit qu'il souhaitait revoir cette ville. Je sentais qu'il allait se tuer. Et je me demandais pourquoi il était venu me voir, au fond, moi? Il savait que je possédais deux tableaux de Derwatt, c'est vrai, mais il ne me connaissait pas. Pourtant il m'a parlé très librement pendant son séjour ici. J'ai pensé que je pourrais peut-être l'aider. Et puis, en fin de compte, ils se sont tués tous les deux, Derwatt et lui. C'est Derwatt qui a agi le premier. Il y a des moments où on ne se sent pas le droit d'intervenir dans les affaires des gens, surtout quand il s'agit d'un type comme Derwatt. On a l'impression de mal agir. Enfin, ce que je veux dire, c'est qu'il n'est pas bien, et qu'il est inutile, d'essayer de détourner du suicide une personne qui a pris la ferme résolution de mettre fin à ses jours. Comment pourrait-on se reprocher de n'avoir rien fait, puisqu'on savait que ça n'aurait servi à rien? »

Tom marqua une pause.

Webster écoutait avec attention.

« Après s'être pendu en effigie dans notre cave, Bernard est parti, pour Paris sans doute. Puis il est revenu. C'est à ce moment-là qu'Héloïse l'a rencontré. »

Webster voulait savoir à quelle date Bernard Tufts était revenu à Belle Ombre. Tom fit de son mieux pour le renseigner. Il pensait que c'était le 25 octobre.

« J'ai tenté d'aider Bernard en lui disant que son amie Cynthia accepterait peut-être de le revoir. Ce qu'elle n'aurait pas fait, à mon avis, d'après ce qu'il m'avait raconté. Mais j'essayais simplement de l'arracher à sa dépression. Derwatt s'est donné encore plus de mal que moi pour ça, il me semble. Je suis sûr qu'ils se sont vus sans moi, tous les deux, à Salzbourg. Derwatt aimait beaucoup Bernard. Est-ce que tu comprends tout cela, ma chérie? » demanda-t-il à Héloïse.

Elle hocha la tête.

Et, en effet, elle comprenait sans doute très bien.

« Pourquoi Derwatt était-il si déprimé? »

Tom réfléchit un moment.

« Tout l'ennuyait. Le monde. La vie. Je ne sais pas s'il s'y ajoutait des raisons personnelles. Il m'a parlé d'une jeune Mexicaine qui l'avait quitté pour épouser quelqu'un d'autre. J'ignore à quel point c'était important pour lui. Il semblait regretter d'être venu à Londres. Il m'a dit qu'il n'aurait pas dû faire ça. »

Webster cessa enfin de prendre des notes.

« Si nous montions? »

Tom conduisit l'inspecteur dans sa chambre et prit sa valise dans le placard.

« Je ne veux pas que ma femme voie ceci », dit-il en l'ouvrant.

Webster et lui se penchèrent. Les restes étaient toujours enveloppés dans les journaux allemands et autrichiens que Tom avait achetés. Il remarqua que l'inspecteur en regardait les dates avant de soulever le paquet et de le poser sur le tapis. Webster prit la précaution de poser par-dessous un autre journal, mais Tom savait que ce n'était pas mouillé. Il ouvrit.

« Oh ! la ! la ! Qu'est-ce que Derwatt voulait que vous fassiez de ça ? »

Tom fronça les sourcils et ne répondit pas tout de suite.

« Rien », dit-il enfin. Il se dirigea vers la fenêtre et l'entrebâilla. « Je ne sais pas pourquoi je l'ai pris. J'étais bouleversé. Et Bernard aussi. Je ne me rappelle plus si c'est lui qui a dit que nous devrions rapporter quelque chose en Angleterre. Nous nous attendions à ce qu'il y ait des cendres. Il n'y en a pas eu. »

Webster tâtait l'objet du bout de son crayon à bille. Il tomba sur la bague, qu'il écarta du reste.

« Une bague en argent.

– Je l'ai prise exprès. »

Tom savait que les deux serpents enlacés étaient encore visibles.

« Je vais rapporter tout ça à Londres, déclara Webster en se relevant. Si vous aviez une boîte, peut-être...

– Oui, bien sûr, dit Tom en faisant un pas vers la porte.

– Vous m'avez parlé des carnets de Bernard Tufts.

– C'est vrai. » Tom se retourna et montra le carnet et l'album posés sur un coin de sa table. « Ils sont là. Et voilà le mot qu'il m'a écrit... »

Il passa dans la salle de bain où il accrochait sa robe de chambre. Le papier était toujours dans la poche. *Je me pends en effigie...* Il le tendit à Webster et descendit.

Mme Annette mettait toujours les boîtes de côté et elle en avait une provision, de toutes les tailles.

« C'est pour quoi faire ? demanda-t-elle en essayant de l'aider.

– Celle-ci ira très bien. »

Les boîtes étaient empilées en haut du placard de sa chambre. Tom en prit une. Elle contenait quelques restes de laine à tricoter, proprement enroulés, qu'il tendit à Mme Annette avec un sourire.

« Merci, mon trésor. »

Webster était descendu. Il parlait au téléphone, en anglais. Héloïse avait dû monter chez elle. Tom porta la boîte dans sa propre chambre, y mit le paquet et autant de papier journal qu'il put en introduire. Il alla chercher de la ficelle dans son atelier. C'était une boîte à chaussures. Il la redescendit.

Webster était toujours au téléphone.

Tom se servit un whisky sec et décida d'attendre que Webster ait fini pour lui demander s'il désirait un Dubonnet.

« Les gens de la Buckmaster Gallery ?... Attendez que je sois revenu... »

Tom changea d'avis et alla chercher de la glace dans la cuisine pour préparer le Dubonnet de Webster. Voyant arriver Mme Annette, il lui demanda de s'en charger à sa place sans oublier le zeste de citron.

« Je vous rappellerai dans une heure environ, disait Webster. Alors n'allez pas déjeuner dehors... Non, pour l'instant, n'en parlez à personne... Je ne sais pas encore. »

Tom se sentait mal à l'aise. Il aperçut Héloïse sur la pelouse et alla à sa rencontre, quoiqu'il eût préféré rester au salon.

« Je crois que nous devrions inviter l'inspecteur à déjeuner ou lui proposer des sandwiches. D'accord, ma chérie ?

– Tu lui as donné les cendres ? »

Tom cilla.

« C'est une petite chose. Dans une boîte, dit-il avec maladresse. Je l'ai emballée. N'y pense pas. » Il la reconduisit vers la maison en la tenant par la main. « Il est bien que Bernard fasse don de ses restes et qu'on les prenne pour ceux de Derwatt. »

Elle comprenait peut-être. Elle savait ce qui était arrivé, mais Tom ne pouvait pas s'attendre à ce qu'elle fût capable de mesurer l'adoration de Bernard pour Derwatt. Il demanda à Mme Annette de confectionner des sandwiches avec du homard en boîte, ou autre chose de ce genre. Héloïse alla l'aider, et Tom rejoignit l'inspecteur.

« C'est une simple formalité, monsieur Ripley, dit ce dernier, mais puis-je jeter un coup d'œil à votre passeport ?

– Certainement. »

Tom monta et redescendit aussitôt en l'apportant.

Webster buvait son Dubonnet. Il feuilleta lentement le passeport. Il semblait aussi intéressé par les dates vieilles de plusieurs mois que par les plus récentes.

« L'Autriche. Oui. »

Tom se rappela, avec un sentiment de sécurité, qu'il n'était pas entré en Angleterre sous son propre nom, celui de Ripley, à l'époque où Derwatt avait fait sa seconde apparition. Il se laissa tomber avec lassitude sur une chaise. Il était censé être fatigué, déprimé à cause des événements de la veille.

« Que sont devenues les affaires de Derwatt ?

– Quelles affaires ?

– Sa valise, par exemple.

– Je n'ai jamais su où il habitait, dit Tom. Bernard aussi l'ignorait. Je lui ai posé la question quand nous avons... après la mort de Derwatt.

– Vous pensez qu'il les a simplement abandonnées dans un hôtel ?

– Non. » Tom secoua la tête. « Pas Derwatt. Bernard pensait qu'il avait dû détruire toute trace de son existence, quitter son hôtel et... comment se débarrasse-t-on d'une valise ? En éparpillant son contenu dans diverses poubelles, ou bien en la jetant dans la rivière ? C'est très facile à Salzbourg. Derwatt, par exemple, n'aurait eu aucune difficulté à le faire la veille, en profitant de l'obscurité. »

Webster réfléchit.

« L'idée vous est-elle venue que Bernard avait pu retourner dans ces bois et se jeter du haut de cette même falaise ?

– Oui, dit Tom, car, bizarrement, cette hypothèse l'avait effleuré. Mais je n'ai pas pu me contraindre à y revenir hier matin. J'aurais peut-être dû le faire. Ou chercher plus longtemps Bernard dans les rues. Je sentais qu'il était mort, voilà, et que je ne le retrouverais jamais.

– Pourtant, si j'ai bien compris, il se pourrait que Bernard Tufts soit encore vivant ?

– C'est parfaitement exact.

– Est-ce qu'il avait assez d'argent ?

– J'en doute. Je lui ai proposé de lui en prêter, il y a trois jours, mais il a refusé.

– Que vous a dit Derwatt à propos de la disparition de Murchison ?

– Cela le déprimait, répondit Tom après un silence. Quant à vous répéter notre conversation... Il m'a parlé du poids de la célébrité. Sa réputation lui était désagréable. Il pensait qu'elle avait déjà provoqué la mort d'un homme... de Murchison.

– Derwatt se montrait aimable avec vous ?

– Oui. En tout cas, je n'ai jamais remarqué aucune animosité de sa part. Nos entretiens ont été brefs. Je ne l'ai vu seul à seul qu'une ou deux fois, il me semble.

– Il était au courant de vos relations avec Richard Greenleaf ? »

Tom sentit son corps entier parcouru d'un frisson qu'il espéra invisible. Il haussa les épaules.

« Si oui, il ne m'en a jamais parlé.

– Et Bernard ? Lui non plus n'y a pas fait allusion ?

– Non, dit Tom.

– Voyez-vous, il est étrange, vous en conviendrez, que trois personnes aient disparu ou soient mortes autour de vous : Murchison, Derwatt et Bernard Tufts. Richard Greenleaf lui aussi a disparu, et je crois qu'on n'a jamais retrouvé son corps. Sans compter son ami... comment s'appelait-il déjà ? Fred ? Freddie quelque chose ?

– Miles, je pense, dit Tom. Mais il serait inexact de prétendre que Murchison était très proche de moi. Je le connaissais à peine. Freddie Miles non plus, d'ailleurs. »

Au moins, Webster n'imaginait pas encore qu'il avait pu jouer le rôle de Derwatt.

Héloïse entra avec Mme Annette. Celle-ci poussait la table roulante, chargée d'un plat de sandwiches et d'une bouteille de vin dans un seau à glace.

« Ah ! notre collation, dit Tom. Je ne vous ai pas demandé si vous étiez libre à déjeuner, inspecteur, mais ce petit...

– J'ai rendez-vous avec la police de Melun, répliqua Webster avec un sourire rapide. Il ne faut pas que je tarde à les rappeler. A propos, je vous rembourserai tous ces coups de téléphone. »

Tom agita la main en guise de protestation.

« Merci », dit-il à Mme Annette.

Héloïse offrit à l'inspecteur Webster une assiette et une serviette, puis lui présenta les sandwiches.

« Homard et crabe. Le homard est ici.

– Comment pourrais-je résister ? » dit l'inspecteur en acceptant l'un et l'autre. Mais il n'abandonna pas son sujet. « Je dois alerter la police de Salzbourg, en passant par Londres parce que je ne parle pas allemand, lui demander de rechercher Bernard Tufts. Et nous pourrions peut-être convenir de nous retrouver à Salzbourg demain. Cela vous serait possible, monsieur Ripley ?

– Oui, je pourrais m'arranger, bien sûr.

– Vous devrez nous conduire à cet endroit, dans les bois. Il faudra que nous déterrions le... vous savez. Derwatt était sujet britannique. Mais en sommes-nous bien certains, au fait ? » Il sourit, la bouche pleine. « Il n'aurait sûrement pas pris la nationalité mexicaine ?

– Je ne le lui ai jamais demandé, dit Tom.

– Ce sera intéressant de retrouver son village au Mexique, remarqua Webster, ce village anonyme est retiré. Vous savez le nom de la ville la plus proche ? »

Tom sourit.

« Derwatt n'a jamais laissé échapper le moindre indice.

– Je me demande si sa maison sera abandonnée... ou s'il a un homme de confiance, un avoué, qui aura les pouvoirs nécessaires pour régler ses affaires là-bas lorsque sa mort sera connue. »

Webster se tut. Tom n'ouvrit pas la bouche. L'inspecteur jetait-il sa ligne au hasard, dans l'espoir de ramener un renseignement ? A Londres, en se faisant passer pour Derwatt, il lui avait dit qu'il possédait un passeport mexicain et qu'il vivait au Mexique sous un autre nom.

« Vous pensez que Derwatt a pu entrer en Angleterre et voyager sous un faux nom ? Avec un passeport anglais peut-être ?

– C'est ce que j'ai toujours supposé, répondit Tom avec calme.

– Alors, c'est qu'au Mexique aussi il vivait probablement sous un faux nom.

– Sans doute. Je n'avais jamais pensé à ça.

– Et c'est sous cette identité qu'il expédiait ses tableaux ? »

Tom laissa passer un instant, comme si cela ne l'intéressait pas beaucoup.

« Les gens de la Buckmaster Gallery doivent le savoir. »

Héloïse présenta de nouveau les sandwiches, mais l'inspecteur refusa.

« Je suis à peu près sûr qu'ils ne le diront pas. Et d'ailleurs, ils ignorent peut-être l'identité de Derwatt au Mexique, s'il envoyait, par exemple, ses toiles sous son vrai nom. Mais c'est sous un faux nom qu'il a dû entrer en Angleterre, puisque nous n'avons aucune trace de ses allées et venues. Puis-je appeler maintenant la police de Melun ?

– Mais bien sûr. Vous voulez téléphoner de ma chambre ? »

Webster déclara que l'appareil du rez-de-chaussée lui convenait parfaitement. Il consulta son carnet et parla à l'opératrice dans un français correct. Il demanda le commissaire.

Tom remplit de vin blanc les deux verres qui se trouvaient sur le plateau. Héloïse avait déjà le sien.

Webster voulait savoir si le commissaire de Melun avait des nouvelles de Murchison. Tom devina que la réponse était négative. Webster précisa que Mrs. Murchison resterait encore quelques jours au Connaught Hôtel, à Londres, et qu'elle attendait avec impatience tout renseignement qu'on voudrait bien lui faire parvenir par son intermédiaire. Il posa aussi des questions à propos de *L'Horloge,* la toile disparue. Rien.

Quand il eut raccroché, Tom eut envie de lui demander comment progressait l'enquête au sujet de Murchison, mais il ne voulut pas montrer qu'il avait écouté sa conversation au téléphone.

Webster insista pour payer ses communications en laissant un billet de cinquante francs. Il remercia Tom : non, il ne voulait pas un second Dubonnet, mais il goûta le vin.

Tom lisait dans les pensées de l'inspecteur. Celui-ci se demandait ce que Tom Ripley cachait, *en quoi* il était coupable, quel rôle il avait joué dans l'affaire, quel profit il pouvait en retirer. Mais il était évident, se dit Tom, que personne ne serait allé assassiner deux personnes, ou même trois – Murchison, Derwatt et Bernard Tufts – dans le seul but de protéger la valeur des deux toiles accrochées sur ses murs. Et si Webster se donnait le mal de faire une enquête sur la Société de Fournitures d'Art Derwatt, qui expédiait à Tom un chèque mensuel, ces sommes étaient envoyées anonymement à un compte numéroté en Suisse.

Restait l'obligation d'accompagner la police en Autriche le lendemain.

« Puis-je vous demander de m'appeler un taxi, monsieur Ripley ? Vous connaissez le numéro mieux que moi. »

Tom appela la station de Villeperce. On lui dit qu'on lui envoyait immédiatement une voiture.

« Je vous contacterai ce soir à propos de ce voyage à Salzbourg demain, déclara Webster. Est-ce que les communications sont faciles ? »

Tom expliqua qu'il fallait changer d'avion à Francfort. On lui avait dit, ajouta-t-il, que mieux valait atterrir à Munich et prendre un autocar pour Salzbourg. C'était plus rapide que d'attendre la correspondance à Francfort. Mais Webster aurait intérêt à se faire préciser tout cela par téléphone, dès qu'il connaîtrait l'heure de l'avion Londres-Munich. Il comptait faire le voyage avec un collègue.

Ensuite l'inspecteur Webster remercia Héloïse.

Comme le taxi arrivait, Tom et elle le raccompagnèrent jusqu'à la porte. En passant devant la table du vestibule, il vit la boîte à chaussures et la prit sans laisser à Tom le temps d'aller la lui chercher.

« J'ai le billet de Bernard et ses deux carnets dans ma valise », dit-il.

Tom et Héloïse assistèrent du haut de leur perron au départ du taxi. Webster leur fit son sourire de lapin par la vitre arrière. Puis ils rentrèrent dans la maison.

Un silence paisible y régnait. Ce n'était peut-être pas encore la paix, pensa Tom, mais c'était le silence.

« Si nous ne faisions rien ce soir ? Si on se contentait de regarder la télévision ? »

Dans l'après-midi, Tom voulait jardiner. Il s'en trouvait toujours bien.

Il jardina donc. Quant à la soirée, ils la passèrent couchés dans le lit d'Héloïse, en pyjama, à regarder la télévision et à boire du thé. Juste avant vingt-deux heures le téléphone sonna et Tom alla répondre dans sa chambre. Croyant que ce serait Webster, il avait rassemblé ses forces et prit un crayon pour noter le programme du lendemain, mais c'était Chris Greenleaf, qui appelait de Paris. Il rentrait tout juste de Rhénanie et il se demandait s'il pouvait venir avec son ami Gerald.

Après avoir raccroché, Tom rejoignit Héloïse et dit :

« C'était Chris, le cousin de Dickie Greenleaf. Il voulait venir nous voir lundi avec son ami Gerald Hayman. J'ai accepté. J'espère que ça ne t'ennuie pas, ma chérie. Ils ne passeront probablement qu'une nuit ici. Ça nous changera : un peu de tourisme, quelques balades en voiture, de bons déjeuners... Oui ? Ce sera tranquille.

– Quand rentreras-tu de Salzbourg ?

– Oh ! dimanche sans doute. Je ne vois pas pourquoi cette histoire prendrait plus de vingt-quatre heures : l'après-midi de demain et la matinée de dimanche. Tout ce qu'ils veulent, c'est que je leur montre cet endroit dans les bois. Et l'hôtel de Bernard.

– Hum... très bien, murmura Héloïse, adossée à ses oreillers. Ils arrivent lundi ?

– Ils rappelleront. Disons lundi soir. »

Tom se recoucha. Il savait qu'Héloïse était curieuse de connaître Chris. Les garçons comme Chris et son ami l'amusaient toujours, du moins pendant un moment. Tout s'arrangeait bien. Il regarda le vieux film français qui se dévidait devant eux sur l'écran de télévision. Louis Jouvet, habillé en garde suisse du Vatican, menaçait quelqu'un de sa hallebarde. Tom décida qu'il devrait adopter une attitude grave et directe le lendemain à Salzbourg. Les policiers autrichiens auraient une voiture, bien sûr, et il les conduirait tout droit à cette falaise, dans les bois, pendant qu'il ferait encore jour, et de là au Der Blaue quelque chose dans la Linzergasse. La réceptionniste brune se souviendrait de Bernard Tufts; elle n'aurait pas oublié que Tom était venu le demander un jour. Il se sentit en sécurité. Alors qu'il commençait à suivre le dialogue soporifique, à la télévision, le téléphone sonna.

« C'est sûrement Webster », dit Tom, et il se releva.

## ŒUVRES DE PATRICIA HIGHSMITH

*chez le même éditeur :*

L'INCONNU DU NORD-EXPRESS.
PLEIN SOLEIL (Mr. Ripley).
EAUX PROFONDES.
LE MEURTRIER.
JEU POUR LES VIVANTS.
LE CRI DU HIBOU.
DITES-LUI QUE JE L'AIME (Ce mal étrange).
CEUX QUI PRENNENT LE LARGE.
L'EMPREINTE DU FAUX.
RIPLEY ET LES OMBRES.
LA RANÇON DU CHIEN.
L'AMI AMÉRICAIN (Ripley s'amuse).
L'AMATEUR D'ESCARGOTS.
LE RAT DE VENISE ET AUTRES HISTOIRES DE CRIMINALITÉ ANIMALE À L'INTENTION DES AMIS DES BÊTES.
LE JOURNAL D'EDITH.
L'ÉPOUVANTAIL.
SUR LES PAS DE RIPLEY.

« Composition réalisée en ordinateur par IOTA »

IMPRIMÉ EN FRANCE PAR BRODARD ET TAUPIN
7, bd Romain-Rolland - Montrouge - Usine de La Flèche.
LE LIVRE DE POCHE - 12, rue François Ier - Paris.
ISBN : 2 - 253 - 02700 - 6

30/7444/0